Albert Cohen

Solal

Gallimard

Albert Cohen, né en 1895 à Corfou, Grèce, a fait ses études secondaires à Marseille et ses études universitaires à Genève. Il a été attaché à la Division diplomatique du Bureau International du Travail, à Genève. Pendant la guerre, il a été à Londres le Conseiller juridique du Comité intergouvernemental pour les réfugiés dont faisaient notamment partie la France, la Grande-Bretagne et les États-Unis. En cette qualité, il a été chargé de l'élaboration de l'Accord international du 15 octobre 1946, relatif à la protection des réfugiés. Après la guerre, il a été directeur dans l'une des institutions spécialisées des Nations Unies. Il fut officier de la Légion d'honneur et commandeur de l'Ordre de Léopold de Belgique.

Albert Cohen a publié *Solal* en 1930, *Mangeclous* en 1938 et *Le livre de ma mère* en 1954. En 1968, le Grand Prix du roman de l'Académie française lui est décerné pour *Belle du Seigneur*. En 1969, il publie *Les Valeureux*, en 1972, *Ô vous, frères humains*, et en 1979, *Carnets 1978*. Il est mort à Genève le 17 octobre 1981.

A

SA

MÉMOIRE

Première partie

I

L'oncle Saltiel s'était réveillé de bonne heure. A la fenêtre du pigeonnier qui, depuis de nombreuses années, lui servait de demeure et qui était posé de travers sur le toit de la fabrique désaffectée, le petit vieillard brossait avec minutie sa redingote noisette et chantait à tue-tête que l'Éternel était sa force et sa tour et sa force et tour. Il s'arrêtait parfois pour aspirer les senteurs que le vent de mars lançait sur l'île de Céphalonie. Puis il reprenait, les sourcils froncés, son importante besogne. Il sifflotait de bonheur en pensant que dans quatre heures il ferait la promenade habituelle du lundi avec son neveu bien-aimé.

Il mouilla d'eau ses joues et passa sans autre un rasoir bien affilé. Il se lava avec énergie, s'habilla avec adresse. Ensuite, le poing campé, il se regarda avec complaisance dans la vitre cassée, fit bouffer sa houppe de fins cheveux blancs et posa sa toque de castor obliquement, à la manière d'un pigeonnier.

Sur le toit, devant la fenêtre, était son déjeuner. Trois assiettes. Une olive, un oignon, un petit

13

cube de fromage. Il prit délicatement l'olive et la mangea avec une croûte de vieux pain. Il sifflota l'hymne national français puis arrosa de quelques gouttes d'huile le fromage qu'il savoura en protégeant de la main gauche sa redingote et en approuvant, les yeux fermés, l'excellence de l'arôme. Une mouche se posa sur l'assiette où était l'oignon. L'oncle Saltiel jeta le bulbe souillé dans la rue déserte, prononça la bénédiction des liquides et but avec satisfaction et affabilité. Il versa l'eau de la cruche dans le creux de sa main, aspergea sa figure aux traits mobiles et fins, passa lentement la paume sur la peau tendue, rouvrit les yeux, reconnut le monde, aspira avec force et expira délicieusement sans s'apercevoir que sa chère redingote de fête avait été largement arrosée.

— Nous sommes prêts, messieurs, annonça le vieux solitaire. J'ai tout de même un peu de remords de m'être lavé si vite. Demain je me savonnerai pendant dix minutes, j'en prends le solennel engagement. Bon, c'est réglé, j'ai la conscience nette. Allons. Ah, j'ai oublié une fleur, il faut une fleur pour bien commencer la journée.

Le petit homme virevolta avec aisance, se pencha à la fenêtre, arracha du toit une touffe de jasmin qu'il épingla, mollets cambrés et poitrine gonflée, sur un des revers de velours. Il se regarda dans un éclat de miroir et songea qu'il avait cinquante-cinq ans, qu'il n'avait rien fait de bon dans la vie, que ses multiples professions irisées avaient crevé les unes après les autres, que ses magnifiques inventions l'avaient conduit à la ruine et que, maintenant, il en était réduit à gagner sa vie en gravant, muni d'une loupe et d'une aiguille très fine, des chapitres du Deutéronome sur des marrons ou sur des os de poulet. Il soupira puis se réconforta en admirant ses bas mordorés et ses culottes courtes qu'il avait repassées la veille

— Mes souliers, voyons les souliers encore une fois.

Félicité parfaite. Les souliers à boucle craquaient avec éclat et attesteraient qu'ils étaient neufs à tous les habitants de Céphalonie.

— Je ne suis pas beau évidemment, mais plus je me regarde plus je m'aperçois que je ne suis pas laid non plus. Il faut être impartial. Figure sympathique, vive, ouverte, franche et non dénuée d'intelligence et peut-être même de malice. Le rabbin mon beau-frère me fait des sermons parce que je me rase, il prétend qu'il y a impudeur à montrer sa face nue. J'ai l'âme aussi pure que vous, ô très magnifique Gamaliel Solal, ô éminentissime grand rabbin de la Communauté des Sept Iles Ioniennes avec siège à Céphalonie ! Et s'il me plaît à moi d'être pareil aux Saxons quant à la face ? Mais je ne veux pas me fâcher. Ah, le cadeau pour le neveu de mon âme, le petit cadeau. Solal des Solal. Il a le même prénom et le même nom. Enfin je me comprends. C'est une tradition, messieurs, dans cette grande famille.

(Rictus respectueux à gauche pour les Solal et à droite méprisant pour toutes les autres familles.) Toutes les deux générations, le premier-né du chef de la famille s'appelle Solal des Solal. Cela me plaît. Moi je l'appelle Sol. C'est plus affectueux. Les autres ont pris l'habitude de l'appeler Sol aussi, ce qui ne me plaît point. Bref, tant pis. Et qui est le vrai papa de cet enfant? C'est moi puisqu'il m'aime plus que son père. Ah ah, messieurs de la Richesse, à nous deux! Saltiel vainqueur éternel!

Ayant confondu ses adversaires absents, il sortit, revint dans sa chambre pour verser sur son mouchoir quelques gouttes d'essence de bergamote, redescendit à grande allure et, consultant à tout moment sa grosse montre de fer, s'ennuya dans les ruelles vides du quartier hébraïque.

Saltiel Solal et son neveu avaient gravi la montée des Jasmins et se promenaient dans la forêt argentée d'oliviers. L'enfant regardait avec sympathie le petit oncle ridicule avec ce châle des Indes qui protégeait ses épaules.

— Comprends-tu, mon pigeon, dix degrés au-dessus de zéro, c'est aujourd'hui la fin du monde par la froidure, dit Saltiel d'un air satisfait.

Un vieillard aux yeux blancs demandait l'aumône en déclamant. A l'effroi ravi de son oncle, Solal mit dans la main de l'aveugle toutes ses piécettes d'argent. Les cyprès montaient la garde autour de la citadelle des anciens podestats. La

16

mer lisse séparait Solal des belles vies étrangères. L'île, découverte maintenant, était stupide de beauté.

— Le Dôme, présenta Saltiel avec fierté.

Sur la colline lointaine, de l'autre côté du golfe, la courbe demeure des Solal dominait la mer et veillait sur le ghetto de hautes maisons eczémateuses que des chaînes séparaient de la douane et du port où se promenaient des Grecs rapiécés, des Albanais lents et des prêtres lustrés de crasse. Solal regardait avec curiosité la ville chrétienne avec ses masures pyramidales, ses églisettes juchées sur des escaliers, ses petits oratoires, ses ruelles tordues et ses perspectives d'arcades. A cent mètres claquait le drapeau du consulat français d'où sortit la déesse que Solal espérait. Les deux enfants qui accompagnaient la jeune femme crièrent et le garçon jeta une balle à la fillette qui sourit à Solal.

— Il la lance mal, dit à voix haute le fils du rabbin.

— Pour l'amour de Dieu, tais-toi! chuchota Saltiel en posant une main timide sur les boucles noires de son neveu qui fronça ses sourcils fastueux et s'écarta avec ennui. C'est le petit frère de la consulesse. Ce sont gens puissants. Et la petite c'est la fille d'un sénateur français. Ils quittent Céphalonie par le bateau de demain, les deux enfants. Tu vois, je suis renseigné. Pour l'amour de Dieu, sois sérieux mon enfant et n'oublie pas que demain tu auras treize ans.

17

Solal regardait ces deux qui venaient de pays qu'il ne connaissait pas. Il aima croire que Paris était une immense salle de marbre où chantaient des femmes blondes comme celle-ci que Saltiel salua avec respect.

— C'est la consulesse de France, se rengorgea le petit oncle. Madame de Valdonne. Elle ne me connaît pas. Moi non plus.

La jeune femme appela les enfants.

— Aude, Jacques !

Saltiel courut pour rattraper Solal qui avait pressé le pas. Des oies passèrent avec une importance affectée.

— Regarde, mon chéri, regarde comme ces oies sont jolies !

Mais la beauté des volatiles fut impuissante à conjurer le mal et l'enfant se mit soudain à courir vers la femme dont il était amoureux depuis qu'il l'avait vue à la distribution de prix du lycée français et qu'il appelait la déesse Montpensier. Il dépassa la robe, s'arrêta, contempla avec frayeur la chevelure dorée et l'ironie violette. Mme de Valdonne regarda l'enfant de velours, posa sa main sur le collier dont le fil se brisa. Des perles tombèrent. Solal se baissa ; il ramassa et tendit les deux grains avec un sourire ; mais il se ravisa soudain, ferma la main, garda le butin et courut vers son oncle stupéfié. Il ramassa une pierre et visa la fillette qui était enfin accourue à l'appel de Mme de Valdonne.

— Tu es fou ! Que s'est-il passé ? Tu as parlé à

la consulesse ? Et pourquoi veux-tu tuer l'enfant Aude ?

— J'avais envie de jouer, dit Solal avec un doux sourire.

A la maison, il feignit de lire durant tout l'après-midi le « Traité des Bénédictions » sous le regard censément profond et scrutateur de son oncle. Il lui avait pris deux perles et elle n'avait pas osé protester. Viendrait-elle se plaindre ? Comme elle l'avait regardé. Elle l'aimait aussi peut-être. Une femme nue. Il rougit.

Retenant une envie de rire, le janissaire du rabbin vint remettre à l'oncle un long rectangle de carton orné de fleurettes et dentelé. Pour se donner plus d'importance, Saltiel crut devoir chausser des lunettes de fer dont les verres éraillés troublaient sa vue perçante. Il lut à haute voix ·

Carte de Visite de Maître Pinhas Solal
Des Solal originaires de France Bénie
Mais en Exil depuis des Siècles Hélas
A Céphalonie Ile grecque en Mer Ionienne
Citoyen Français Papiers en Règle
Surnommé Parole d'Honneur
Dit Mangeclous Professeur Très
Émérite de Droit Avocat Habile
Docteur en droit et médecine non diplômé
Rédige des Contrats Excellents
Et des Conventions Empoisonnées
Que Tu ne peux plus T'en Sortir !

Appelé aussi le Compliqueur de
Procès Qui un jour fit mettre en
Prison une Porte de Bois On Le Trouve
Assis sur les Marches des Divers
Tribunaux entre Six et Onze heures du
Matin le plus grand Jurisconsulte de
Céphalonie homme Honnête Les versements
En espèces sont Préférés Pour les
Ignorants on Donne l'explication de
L'expression élégante Espèces veut Dire
Argent Mais on accepte Aussi la Nourriture
On le trouve chez Lui la nuit Et il Se
Charge d'autres Affaires Il aurait Pu
Être Diplômé s'Il avait Daigné Mais il
N'a pas daigné Ne pas détruire La Carte
Qui a coûté Extrêmement d'Or et d'Argent

Précédé de sa toux dont les échos se répercu-
taient dans les nombreuses cavernes de ses poumons tuberculeux et vivaces, le faux avocat
Mangeclous entra, suivi de deux amis. Salomon
et Mattathias. Ses pieds nus écartés, il fit craquer
ses formidables mains tout en os, poils et veines,
boutonna sa redingote noire, souleva son chapeau
haut de forme, ajusta une plume d'oie au creux de
son oreille, eut un sourire inutilement sardonique
et demanda à parler d'urgence au grand rabbin.

Le long et décharné Mangeclous, dit aussi le
Bey des Menteurs et le Père de la Crasse, était un
homme habile et miséreux, pourvu d'une faim et
d'une soif célèbres dans tous les ports méditerra-

néens. Les gens de Céphalonie le surnommaient encore le Capitaine des Vents, faisant ainsi allusion à une particularité physiologique dont Mangeclous était assez vain. Il possédait une culture juridique réelle mais les négociants craignaient d'avoir recours à ses talents car il se plaisait trop, pour l'amour de l'art, à compliquer les procès. Il était affligé de nombreuses filles que, par jalousie, il ne laissait jamais sortir, et d'une femme qu'il battait de confiance tous les vendredis matin afin de la punir des infractions qu'elle avait dû commettre en cachette ou qu'elle commettrait dans les années à venir. (« J'aime la justice », avait-il coutume de dire à l'issue de cette cérémonie hebdomadaire.)

Mangeclous avait d'innombrables métiers. Il s'était acquis une brillante réputation de médecin et avait mis en vers les propriétés médicinales de la plupart des légumes et des fruits. (« L'oignon accroît le sperme, apaise la colique — Pour la dent ébranlée est un bon spécifique. ») Des végétaux sur lesquels il n'avait pas de lumières spéciales, il disait invariablement : « Apaise les vents et provoque l'urine. » Il était, de plus, oculiste, savetier, guide, portefaix, pâtissier, gérant d'immeubles, professeur de provençal et de danse, guitariste, interprète, expert, rempailleur, tailleur, vitrier, changeur, témoin d'accidents, fripier, précepteur, spécialiste, peintre, vétérinaire, pressureur universel, médecin de chiens, improvisateur, poseur de ventouses terri-

bles, chantre à la synagogue, péritomiste, perfo-
reur de pain azyme, cartomancien, pilote, failli,
intermédiaire après coup, prestidigitateur, mendiant plein de superbe, dentiste, organisateur de
sérénades et d'enlèvements amoureux, fifre, fos-
soyeur, ramasseur de mégots, percepteur de fausses taxes militaires sur de diaphanes et ahuris
nonagénaires, détective privé, pamphlétaire,
répétiteur de Talmud, tondeur, vidangeur, inscrit
à divers fonds de secours, hannetonnier, annon-
ceur de décès, pêcheur à la dynamite, créancier de
négociants en faillite, courtier en véritables faux
bijoux et en mariages, truqueur de chevaux,
destructeur de mites et raconteur stipendié d'histoires joyeuses. Excellent homme d'ailleurs et fort
charitable lorsqu'il le pouvait.

Deux semaines auparavant et durant vingt-
quatre heures, il avait été banquier. Commandité
par Saltiel, il avait fondé le « Comptoir d'Escompte Ambulant et d'Orient, S.A. ». Il avait en
quelques heures dilapidé le petit avoir de Saltiel
en frais de notaire, en enregistrements compliqués
de contrats ténébreux et inutiles d'association.
Un seul louis d'or était resté en possession de
Saltiel. Les deux associés l'avaient placé dans une
boîte de verre, siège social de la Banque, que
Mangeclous portait en bandoulière. Mais dès le
lendemain, le faux avocat s'était irrité de la lente
progression des affaires : il avait demandé la
dissolution de la société anonyme, réclamé avec

âpreté des comptes à son associé et exigé le partage de l'avoir social.

Mangeclous était ingénieux. C'est ainsi, par exemple, qu'il avait coutume de prédire en secret à tous les petits enfants de Céphalonie qu'ils seraient millionnaires un jour. Il les exhortait à se rappeler sa prophétie et à se souvenir de lui au jour de leur prospérité. Plaçant tout son espoir dans le calcul des probabilités, il se préparait de cette manière des rentes pour l'avenir et suivait avec sollicitude le développement intellectuel et commercial de ses jeunes protecteurs futurs qui, le jour venu, sauraient certainement lui témoigner leur reconnaissance. Parfois même, il faisait don de quelques centimes à un bambin particulière- ment doué, contre une reconnaissance de dette de vingt mille drachmes, payables dans vingt ans et au cas où le petit signataire du billet deviendrait millionnaire. Il lui arrivait de négocier ces valeurs hypothétiques et il avait, dans ce but, fondé une sorte de Bourse aux Espoirs. Si le jeune débiteur croissait en force et en intelligence, Mangeclous, sans cesse acculé par ses créanciers, vendait le billet souscrit par le favori avec des bénéfices formidables et d'ailleurs insuffisants. Assez parlé de Mangeclous.

— Quel besoin as-tu de carte de visite pour entrer ici ? lui demanda Saltiel.

— C'est la nouvelle mode des avocats de Marseille, dit Mangeclous en achevant une livre de pain trempé dans l'huile et frotté d'ail. Mais laissons cela, j'ai à parler avec le rabbin et à lui annoncer un fait suprême. Suprême !

Il boucla les poils qui sortaient de son oreille, frotta le rond fiévreux de ses pommettes et se dirigea vers la chambre où le rabbin était en consultation avec un de ses collègues venu de Bagdad.

— C'est la fin véritable du monde que nous venons annoncer ! dit le gros petit Salomon encore essoufflé.

— Oui, dit simplement l'économe Mattathias.

Le janissaire Michaël, bonasse terroriseur et qui avait bu plus que de coutume, pinça le bras dodu de Salomon tout en chantonnant une mélodie turque. Puis, fier de sa voix grasse qu'il jugeait langoureuse, il écrasa sa forte moustache galante, posa son poing massif sur un des pistolets damasquinés qui barraient sa fustanelle et fit saillir les muscles de son cou, pareils à de fortes cordes.

— Je me demande, Mangeclous, dit Saltiel nullement impressionné par les exaltations et les exagérations auxquelles il était habitué, je me demande s'il est possible, lorsqu'on a une créance en monnaie ottomane, de la faire régler en napoléons de France au cours du change de la signature du contrat si celui-ci est du XVIIe siècle et a été conclu en pays barbaresque...

Mais il s'aperçut que Mangeclous avait disparu. Salomon continuait à annoncer une fin du monde sans précision.

24

— Mais qu'y a-t-il, langue de lapin? Parle, dit Saltiel en approchant ses mains du brasero.

— Oh mais laisse-moi, Michaël! s'écria Salomon. Quel plaisir as-tu à me tourmenter, moi ton ami, moi un fils de la tribu et qui ne peut se défendre? Tu es fort et grand et je suis faible et petit. Alors quel plaisir? Je n'aime pas qu'on me pince et je n'aime pas parce que ça me fait mal, ajouta-t-il d'un ton résolu et avec son bon sens coutumier. Que je parle, oncle? Je parlerai. Voici. Mangeclous qui est lié avec l'interprète du consulat de France a appris tout à l'heure que la consulesse va venir voir demain notre seigneur rabbin. Et voilà! Nous sommes venus à toute vitesse.

Solal tournait avec vélocité les pages du Talmud. Évidemment elle venait se plaindre du vol des perles. Tant mieux; il la reverrait. L'oncle Saltiel prit l'air généralissime que méritait une telle nouvelle.

— Continue, cher Salomon.

Mais Salomon ne savait rien d'autre. Dans la cuisine, des cris retentirent. Fortunée, la plus vieille des servantes et que l'âge avait privée de raison, apprenant la venue prochaine de la Franque, s'était mise à la fenêtre et hurlait en dénouant ses cheveux : « Au secours, hommes de Juda, on nous assassine! »

Enfin Mangeclous revint. Saltiel tourmenta l'anneau d'or de son oreille droite, introduisit deux doigts dans son gilet et attendit. Mais le faux avocat ne voulut rien révéler et prétendit, pour humilier un peu son ami, que le rabbin lui avait ordonné le silence. Il dit à Solal que son révéré seigneur père l'attendait.

Gamaliel Solal se comporta avec son fils comme d'habitude, et lui demanda, peut-être à l'intention du collègue de Bagdad, de lire le travail d'exégèse qu'il lui avait donné à préparer. Rachel Solal, une épaisse créature larvaire qui se mouvait avec difficulté et dont les yeux faux luisaient de peur ou de désir, regardait alternativement son mari et son fils. Solal obéit et lut d'une voix neutre. Parfois, sous la frange des immenses cils recourbés et qui paraissaient fardés, son regard allait du père à la mère, tâchant de deviner leurs pensées et repoussant les images odieuses du père et de la mère dans la couche nocturne.

— Le travail est moins mauvais que de coutume, dit Gamaliel.

En réalité, il jugeait admirable l'étude talmudique de son fils. Il posa quelques questions de casuistique à Solal, tout en lançant des regards de réprobation sur l'énorme collègue de Bagdad qui, par discrétion, avait rabattu ses paupières boudeuses sur les bouffissures pensantes, enregistrant les réponses et proclamant en lui-même son fils supérieur au fils de Gamaliel. Solal répondait avec sagesse et acuité tout en pensant au scandale qu'allait provoquer la venue de Mme de Valdonne. Ou peut-être venait-elle simplement par amour pour lui et non pour se plaindre? Il l'enlèverait plus tard, cette femme, et il l'emmènerait en Italie! Mais comment faisait-on avec une femme nue? Il rougit de nouveau et mordit sa lèvre sombre.

II

Le lendemain, l'oncle Saltiel se leva de meilleure heure encore. Il craignait de manquer le service du matin où l'on allait proclamer la majorité religieuse de son neveu, dont les treize ans étaient enfin accomplis. Il se sentait de grands devoirs vis-à-vis de Solal des Solal. Il lui fallait observer les mouvements divers de l'opinion publique, connaître par le détail les cadeaux qu'on allait envoyer et enfin décrire à ses amis et ennemis l'état de félicité dans lequel il se trouvait ainsi que les aliments somptueux qu'on préparait dans la demeure du rabbin. Il imaginait des visages pâles d'envie avec un plaisir qu'il jugeait satanique et qui était d'un cher vieux naïf.

La cérémonie devait commencer à neuf heures. A six heures du matin, il se trouvait au bas de la montée des Jasmins, petit chemin qui longeait la mer. Une voix aigre retentit dans la fraîcheur.

— Holà, compère Saltiel! Quelles nouvelles?

Il regarda l'homme vêtu d'une robe de toile verte serrée à la taille par une ceinture de cuir et qui le saluait en agitant le harpon de fer qui terminait son bras amputé. Mattathias Solal, dit Mâche-Résine, dit le capitaine des Avares, maître de la barcasse qui transportait la soude pour les savonniers de l'île, jeta l'ancre et vint rejoindre Saltiel auquel il serra la main. Il avait les yeux obliques et les oreilles écartées à force de regarder dans les coins et de vouloir tout écouter.

— Laisse-moi tranquille, frère, car j'ai mille soucis, dit Saltiel qui était au comble du ravissement.

Mattathias promena d'une joue à l'autre sa résine de lentisque et caressa les fils roux de son bouc. Son œil était particulièrement circonspect.

— Qu'aucun mal ne t'atteigne, oncle! Quels sont donc ces soucis? J'espère qu'ils ne sont pas d'ordre financier.

— Les treize ans. Saura-t-il lier les phylactères? Il est homme en Israël. Ah que de soucis! répondit Saltiel avec un ennui feint qui plissa de jolies petites rides la peau tendue de son visage candide.

— Mes félicitations, dit Mattathias dont les yeux bleus n'étaient pas dupes. Santé, force et vie sur Solal des Solal!

— Laisse, laisse, Mattathias. Malgré tes prêts à six pour cent, tu es un bon garçon, je l'ai toujours dit.

— Comment six pour cent? dit Mattathias offensé car il ne prêtait pas à moins de sept et

28

quart. Ne me fais pas une mauvaise réputation, je te prie.

Le gros petit Salomon, vendeur de boissons fraîches, était à une centaine de mètres. Son ventre rondelet en avant, il portait une énorme jarre d'argile retenue par une lanière de cuir et il appelait d'invisibles clients en frappant l'un contre l'autre deux gobelets de cuivre. Ce poète, vêtu d'une courte veste jaune et de culottes rouges bouffantes, criait pour lui seul dans l'ivresse matinale :

— Eau d'abricot et limonade aux petits citrons ! Fraîche ma limonade comme l'amour au printemps ! Fraîche l'eau d'abricot comme les yeux de la gazelle et comme les lèvres de la Sulamite !

Sa bonne figure imberbe s'éclaira, son nez retroussé frémit lorsqu'il aperçut ses deux amis intimes. Il courut les rejoindre de toute la force de ses jambes dodues et de ses petits pieds nus.

— O oncle Saltiel, vous êtes là ? demanda-t-il tout essoufflé et avec un ton d'exquise politesse. Buvez, je vous prie, un verre d'eau fraîche au jus d'abricot. Et toi, Mattathias, bois aussi un verre gratuit. Et moi aussi je boirai, s'il plaît à Dieu ! Et comme cela tout est bien et nous sommes heureux !

Il rinça les verres avec des feintes destinées à persuader qu'il employait beaucoup d'eau, les frotta avec une feuille d'oranger et les remplit jusqu'au bord d'un liquide doré, tout en formant de gracieux vœux de bonheur.

— Merci, Salomon, dit Saltiel. Tiens, prends cette cigarette, tu la fumeras ce soir.

— Et alors, comment va le monde? demanda Salomon en tournant naïvement sa main menue.

— Très mal, mon ami. J'ai mal à la tête. C'est ce triste temps, dit Saltiel en contemplant le magnifique ciel tendu à craquer et pur de tout nuage. J'ai manqué une affaire superbe.

— Un numéro de loterie que vous lûtes en songe? demanda avec feu l'innocent Salomon qui respectait les connaissances cabalistiques de son ami.

— Autre chose que loterie! On m'avait demandé de diriger un comptoir de pêcherie de morues au Spitzberg, dit Saltiel en regardant fixement le crédule vendeur d'eau.

Mattathias, tout en sondant du regard les rigoles du chemin dans l'espoir d'y trouver quelque menue monnaie, se demandait où l'oncle Saltiel trouvait ses mensonges et ses absurdités.

— Et j'ai refusé pour ne pas quitter mon île et mes amis. Aussi vrai que Dieu et moi sommes vivants!

— Mais ce n'est que partie remise, vous partirez demain, dit Salomon dont les yeux brillaient de convoitise à l'image d'une situation si poétique et si lointaine.

— Oh, ça ne fait rien. Il y a d'autres affaires. Par exemple à Ceylan. A Ceylan. A Ceylan, cher ami, il y a énormément de perles. C'est ainsi. Tu plonges. Tu vends tes perles. Cent louis d'or. Tu vas fumer une cigarette, après la plongée. Et tu es riche et heureux.

Le sceptique Mattathias lui-même ne put résister à une aussi agréable vision et vérifia machinalement la fermeture de son porte-monnaie.

— Ainsi dis-tu, ô compaing Saltiel, soupira-t-il.

D'émotion, Salomon frottait frénétiquement son petit crâne tondu et la plantation de cheveux rebelles et inversés, près du front.

— Tu plonges! dit-il éberlué. Tu pêches des perles. Cent louis d'or! Mille cigarettes! Et tu es heureux toute la vie! C'est moi qui aimerais pêcher à Ceylan, contrée de la félicité. (Et tout en torturant la mèche frontale qui avait résisté aux ciseaux de nombreux barbiers, il nota les chiffres sur un petit carnet qu'il portait toujours avec lui.)

— Et parfois, ajouta Saltiel, la mer indienne de Ceylan contient des huîtres à diamants ou à rubis, des escargots marins dont la coquille est de saphir et des globules de racamalardinisfaronfe qui, comme vous le savez, est entre les précieuses la pierre la plus précieuse et quasiment introuvable.

— Nous le savions, répéta Salomon. (Un temps.) Ou plutôt, à vrai dire, je ne le savais qu'un peu, ajouta-t-il en baissant la tête.

C'est ainsi que le pauvre Saltiel brillait devant ses humbles amis et se consolait des rebuffades que lui infligeait son arrogant beau-frère.

— Conte-nous donc, collègue, un de tes voyages, mais ne mens pas trop, lui demanda Mattathias en caressant sa barbiche.

Saltiel prit une petite clef et remonta sa montre.

— Ma parole d'honneur, il est déjà sept heures, mes amis ! La cérémonie a lieu à neuf heures et la consulesse vient cet après-midi. Enfin asseyons-nous, enfants de l'Alliance, et causons deux minutettes.

Salomon déclara, comme d'habitude, qu'il avait assez travaillé pour aujourd'hui ; qu'il était fatigué ; qu'il n'avait pas envie de mourir jeune et de surmenage ; qu'il reprendrait son travail demain ; qu'il lui restait d'ailleurs vingt centimes, de quoi vivre heureux pendant deux jours. Il alla donc déposer sa jarre chez un voisin. Il rejoignit bientôt ses amis qui s'étaient assis sur les marches du couvent des Dames de la Miséricorde et sortit un cornet de pois chiches grillés. Les trois se mirent à parler hiérarchie, préséances, généraux, politique, ministres. Comme toujours, lorsqu'ils entamaient ce sujet de prédilection, ils discutèrent longuement, se disputèrent et finirent par s'injurier.

— O fils idiot d'un père imbécile, que la lèpre t'atteigne, as-tu jamais vu un ministre ?

— Oui, beau sire, j'en ai vu.

— Et sais-tu qu'il touche des pourboires d'un demi-million ?

— Le fait m'est connu. Et d'un million même.

Tu vois que je suis au courant. Tiens, prends des raisins secs.

— Loué sois-tu et que tu vives cent trois ans. Tiens, prends des amandes.

Ils étaient heureux et regrettaient seulement l'absence de leurs deux autres amis, Mangeclous et Michaël le Fort.

— Nous nous aimons bien tous les cinq! déclara Salomon en se frottant les mains. Même sur l'échafaud nous ne renoncerons pas à notre amitié! J'en fais le solennel serment! L'amitié qui nous unit est proverbiale. Nous sommes cinq comme les doigts de la main. De vrais amis pleurant du malheur de l'un et s'esbaudissant de la joie de l'autre. Quelle plus belle chose quand nous sommes tous les cinq ensemble et que nous nous tenons par le bras et que nous nous promenons. Pourvu que je vous retrouve au Paradis, ô mes amis! N'ai-je pas raison? (— Tu as raison, dirent les deux autres.) Et tous des Solal tous les cinq! Quelle grande famille nous sommes!

Une parenté lointaine unissait en effet les cinq amis. Ils descendaient des Solal de la branche cadette qui, après cinq siècles de vagabondage dans diverses provinces françaises, étaient venus, à la fin du XVIIIe siècle, s'installer dans l'île grecque de Céphalonie. De père en fils, les Solal Cadets avaient continué de parler entre eux en langue française. Leur langage parfois archaïque faisait sourire les touristes français qui visitaient l'île. Mais cette fidélité au cher pays et à la noble langue était touchante. Durant les soirées d'hiver, les cinq amis lisaient ensemble Villon, Rabelais, Montaigne ou Corneille, pour ne pas « perdre l'habitude des tournures élégantes » — qui faisaient monter aux yeux de Saltiel ou de Salomon des larmes d'attendrissement et de regret. Certes, les cinq amis étaient fiers d'être demeurés citoyens français — comme, d'ailleurs, une partie des Juifs de Céphalonie. Mattathias, Salomon et Saltiel avaient été, pour des raisons diverses et malgré leur insistance, dispensés du service militaire, tandis que Michaël et Mangeclous tiraient vanité de l'avoir accompli au 141e d'infanterie à Marseille. Le janissaire avait été un beau tambour-major et Mangeclous un âpre caporal.

Si les cinq regardaient de haut ceux des Juifs de l'île qui étaient sujets hellènes, par contre ils jalousaient quelque peu les Solal de la branche aînée. Ceux-ci, originaires d'Espagne, étaient venus à Céphalonie au début du xvie siècle. La ligne aînée, à la tête de laquelle était placé le rabbin Gamaliel, avait pour auteur l'exilarque Juda et son chef portait, depuis des temps immémoriaux, le titre de « Prince de la Dispersion ». Riche, possédant des palais à Venise, au Caire et à Naples, ornée d'hommes célèbres et aventureux, cette famille comptait parmi ses ancêtres de grands médecins, des philosophes (l'un d'eux fut célèbre), des astronomes, des courtisans, des poètes et des chevaliers habiles aux tournois. Dans la bibliothèque de Gamaliel était un portrait de Don Solal ben Gamaliel Solal, premier ministre du roi Alphonse de Castille et ami de la reine.

— Il m'est revenu qu'on nous surnomme depuis quelque temps les Valeureux de France, dit Salomon. Jalousie, parce que nous parlons entre nous le parler agréable de notre lointain pays qui est comme raisin muscat, et que nous partageons entre nous tous nos biens, à l'exception de Mattathias, et quand l'un de nous est en faillite c'est le désespoir sur les quatre autres qui trottent de toutes parts et s'ingénient pour le sauver. Moi j'adore m'affairer pour mes amis quand ils me donnent un ordre !

« Un seul petit Salomon nous avons, murmura Saltiel. Que Dieu nous le conserve. »

— Que veux-tu, on sait que nous sommes des amis de toujours et que nous nous aimons plus que des frères, dit l'oncle. Te souviens-tu, Salomon, de l'École de Talmud ? Tu avais cinq ans et moi j'en avais vingt. Tu étais toujours le dernier.

— Et vous, oncle, toujours le premier ! fit Salomon en relevant fièrement la tête. Et maintenant, je vous prie qu'il vous plaise de conter votre histoire.

Saltiel, qui savait que son beau-frère lui en voulait de se commettre en humble compagnie, regarda si nulle notabilité n'apparaissait à l'horizon. Rassuré, il puisa dans le cornet de Salomon et commença en ces termes :

— D'abord, ô fils d'Israël, ô mes amés et

féaux, ô collègues de ma vie et de mon destin, j'exalterai le nom de l'Éternel car il est un et bénin! Et ensuite, il faut que je vous dise et que vous sachiez qu'il fait froid au Spitzberg.

— Ah bah! s'exclama Salomon, tout en prenant des pois chiches. Et moi qui croyais au contraire. Et où est donc ce pays de la froidure et du frisson?

Il croisa ses courtes jambes et aspira avec satisfaction la tiédeur de l'air. Saltiel regarda avec sévérité ce petit ignorant et répondit que le Spitzberg se trouvait dans le coin de l'Angleterre.

— Pays de la livre sterling, hocha Mattathias avec gravité et compétence.

— Qui peut lutter contre la Banque des Angleterres? soupira Salomon en frottant sa ronde figure imberbe semée de taches de rousseur. Mais j'aime mieux la France.

— Qu'elle vive et prospère, dit Saltiel, car c'est le plus joli pays du monde et restons fidèles à sa langue. Car l'Angleterre, dis-je, comme son nom l'indique, est toute en coins.

— Et quand es-tu allé à ce Spitzberg-là? demanda Mattathias, pris de soupçon.

— En un temps de ma vie, fit sèchement Saltiel.

— Et qu'est-ce qu'on fait là-bas? interrogea Salomon, absolument satisfait de la réponse.

— Rien. Des jours, il fait froid, des jours, il fait chaud. Tu manges de la morue au soleil de minuit. Voilà.

Saltiel Solal était en effet allé au Spitzberg à la suite d'une erreur. Tout autre que lui eût tiré orgueil des aventures qui lui étaient réellement arrivées en ce lointain pays et se fût borné à les raconter avec véracité.

— Je devais donc aller en Argentine, mais le fils de Moab qui était au guichet du bureau des voyages, par pure haine de notre sainte nation, m'indiqua une fausse frégate. Or, en n'allant pas en cette Argentine...

— Pays de l'argent, expliqua Mattathias à Salomon.

— Exact, dit Salomon. Et « tine » c'est pour la joliesse.

— En n'y allant pas, j'ai manqué la plus grande affaire de ma vie. Oncques ne chus-je en telle embûche. Au lieu de devenir millionnaire, j'ai vu des phoques ; sur les montagnes, des phoques ; sur la mer, des animaux appelés léonphants ; et des serpents et des cocodrilles sur tous les chemins. D'ailleurs ce Spitzberg-là, c'est probablement une invention des compagnies de navigation qui sont, comme vous le savez, dirigées par les Jésuites, conclut Saltiel avec une mine désabusée.

— Vérité, dit Mattathias.

Il n'en savait rien mais l'arrivée inopinée de ces Jésuites lui plaisait infiniment. Salomon, stupéfié, ouvrait une grande bouche et oubliait de mastiquer les pois grillés. Quelles merveilles il allait raconter à sa femme en rentrant ! Il supplia Saltiel d'écrire sur son carnet ces noms de pays et d'animaux qu'il craignait d'oublier.

— Les Jésuites donc qui ont une police terrible, continua l'inventif petit oncle, quand ils voient un de notre race qui va faire fortune en Argentine, vite ils donnent les ordres et ils te l'envoient au Spitzberg! Et justement il n'y avait que des Juifs dans ce bateau qui allait au Spitzberg.

— Nous sommes une multitude, dit gravement Mattathias.

— Plus nombreux que les sauterelles et que les petits grains du désert! ajouta Salomon, rayonnant de timide fierté.

Saltiel reprit ses folies, enivré par l'air léger et par l'admiration de ses compères.

— Ces Juifs, tous trahis comme moi! D'ailleurs, je vous l'ai dit, je ne crois pas que ce Spitzberg soit un vrai pays du monde. Ou alors, il doit plutôt être placé vers le milieu. Au Maroc peut-être. Va peser, va juger! D'ailleurs, il faisait chaud au Spitzberg. Preuve que ce n'est pas un pays d'en haut. Vérifie si tu peux.

— Un de nos anciens a dit, commença Mattathias.

— Un de nos sages plutôt, suggéra Salomon qui tenait à placer une parole sensée.

— A dit : « Avant que le fil ne soit dans l'aiguille, tu ne peux dire que la tunique sera cousue. »

Cette intervention n'avait nul rapport avec le

récit de Saltiel ; mais celui-ci ayant parlé de jugement, il avait paru bon à Mattathias de proférer, comme il se doit entre gens d'éducation, une citation sentencieuse. Saltiel n'aimait pas être interrompu.

— Écoutez ma parole si vous voulez que je parle et si vous ne voulez pas que je parle dites-le mais si vous voulez que je parle taisez-vous !

Il y eut un long silence.

— Dans cette triste affaire du Spitzberg, la malignité des nations, reprit Saltiel avec une tragique grimace, m'est apparue dans sa noirceur. Et le commandant, quand je l'interrogeais, riait comme un qui se moque. Vous comprenez, il recevait double pourboire !

— Sûrement, dit Salomon qui ne comprenait rien à ces complications mais dont l'âme était bénigne et complaisante. Triple pourboire même peut-être.

Les trois rêveurs dégustaient cette discussion et causaient sans s'apercevoir des heures qui passaient. Il importait peu à ces fils d'Orient que leur conversation fût fantasque et vagabonde. L'essentiel était de deviser en fraternelle compagnie et de parler de lointains horizons. L'économe Mattathias eut un beau geste de générosité. Il sortit un mouchoir qui contenait des graines de courge, en donna douze à Saltiel et quatre à Salomon qui remercia avec ferveur. Ils mastiquèrent en se souriant d'aise. Un moustique précautionneux tâtonnait, se trompait, hésitait avec une fine clarine sur la culotte noisette de Saltiel puis s'arrêta sur le bas. Mattathias leva la main pour écraser l'insecte.

— Non, ne tue pas la bestiole, Mattathias! s'écria avec feu le petit Salomon.

— Oui, laisse-le vivre, dit Saltiel qui pensait que cette créature était le neveu d'un autre moustique. Les moustiques aussi ont une âme mais elle est très petite et non immortelle. Va, moustique, va vers ton destin et amuse-toi pendant que tu es en vie!

Il soupira, fatigué de ses mensonges.

— Je ne sais plus. Je ne sais plus où était ce Spitzberg et en fin de compte cela m'est indifférent car Dieu est partout. Est-ce qu'il y a des rues dans la mer? Eau ici, eau là. Ils ont mis sur le Maroc quelque ours ou quelque Esquimau, fils de Cham tous deux. Et qui souffrait de ne pas être en Argentine? Cent cinquante victimes juives de l'oppression et de l'intolérance religieuse! Mais le jour du Seigneur luira et nos ennemis seront balayés!

Salomon admira son ami.

— Venez déjeuner chez moi, compère, pria-t-il. On jouera au tric-trac.

— Non, mon fils. Sens!

Saltiel tendit à Salomon son mouchoir parfumé.

— Délicieuse myrrhe! fit Salomon en respirant le mouchoir avec un plaisir très infini.

— Une autre fois, je viendrai. Et tu n'oublieras

pas que j'aime la rate de bœuf au vinaigre. Oh malheur! Il est onze heures et j'ai manqué la cérémonie de la synagogue. Il faut que j'aille au Dôme. Il y a réception de notables et j'en suis. Au revoir, enfants, que le Ciel soit avec vous!

— Je crois que je suis invité aussi, fit timidement Salomon.

— Ce n'est pas vrai. Mais viens tout de même, fils, dit Saltiel en souriant avec affabilité.

Mattathias s'en alla vendre des souvenirs de Céphalonie aux Anglais qui sortaient de l'hôtel. Il cheminait et son œil guettait dans l'œil des touristes le désir de ses marchandises. Il allait, la tête basse mais le regard levé oblique fouilleur rapide juste computateur vorace. De temps à autre, il s'arrêtait pour ramasser « un fort propre morceau de pain » abandonné par quelque prodigue, quelque inconsidéré, quelque homme de péché. Il se préparait ainsi d'excellentes bouillies.

Cependant, Saltiel et Salomon traversaient le port, la douane et la ville grecque.

Dans les boutiques vibrantes de mouches et de musc où les barbiers sollicitaient à coups monotones leurs mandolines ou les épidermes, les nouvellistes et les politiciens bourdonnaient. Des morues se balançaient au-dessus des épiceries et des tonneaux éventrés s'échappaient les coulées plâtreuses du fromage. Sous les arcades, les colonels de gendarmerie buvaient du café et mangeaient des pâtes roses qui ciraient leurs joues d'une gourmandise distinguée et imposante, puis ils essuyaient leurs mains au mouchoir de soie, respiraient largement, souriaient. Des agneaux écorchés pendaient contre des murs crépis. Des sucreries bleues et des billets de loterie circulaient. Des marchands de nougat rouge, de chapelets et d'œufs durs s'égosillaient. Deux prêtres discutaient ; le plus jeune d'une voix aiguë, tandis que le vieillard, retroussant ses manches de deux doigts délicats, approuvait par politesse tout en attendant son heure de victoire dialectique. Un mendiant immobile répétait dans une rue solitaire sa complainte et implorait la pitié des miséricordieux qui ne lui lançaient pas un regard.

Salomon demanda à son ami l'autorisation d'entrer un moment chez lui pour passer du cosmétique sur ses cheveux et prendre sa guitare. L'attendant sans impatience, Saltiel regardait les mouches qui cheminaient sur les paupières d'un mendiant endormi et pensait qu'elles étaient contentes aussi, puisqu'elles se frottaient les pattes de devant.

Enfin, le petit bonhomme le rejoignit et ils reprirent leur marche. S'accompagnant sur sa guitare d'où s'envolaient lourdement des mouches métalliques zigzaguant d'ivresse et de chaleur, Salomon fredonnait une mélodie de son invention.

Comme ils étaient en retard, ils prirent une voiture. Avant de faire aller son cheval qui lâcha une urine herbeuse et violente, le cocher ferma les yeux de volupté, se pencha en arrière, prit les rênes et exhala l'ordre : « Va, fils de la cavale ! »

Un bambin caressait avec des gestes effrontés une courtisane qui l'injuriait et riait aux soldats grecs que son médius incitait. Un ivrogne chantait une chanson paysanne puis lançait des blasphèmes puis repartait d'une voix folle d'amour. Un entremetteur suivait un Anglais en faisant des offres à voix basse et faussement indifférente. Agenouillée, une vieille aux joues de sable souriait, méprisante et charmée, au mouton qui cuisait sur la braise.

Saltiel et Salomon poussèrent la grille brodée d'entrelacs rouillés. Ils entrèrent dans la cour, rousse de soleil et dallée de pierres rondes, où les parasites avaient étendu à l'ombre leurs petits tapis et attendaient les plats de nourriture, controversant, fumant leurs pipes à eau, computant les grains de leurs chapelets et supputant des complexités. Au fond de la cour, le Dôme des Solal gonflait sous le bleu sa coupole blanche. Assis sur le banc de garde, Michaël balayait avec sa latte les essaims de faux invités. Apercevant l'oncle Saltiel, il se leva, salua en grand seigneur respectueux. La main partit du cœur, s'éleva jusqu'au front et effleura l'écusson à main double des Solal, sculpté dans le mur.

Tout en priant pour que cette bonne action fût inscrite au crédit du compte céleste de son neveu, Saltiel lança trois centimes à un vieillard qui invoquait et qui, n'ayant plus rien à attendre, reprit une face haineuse. Salomon s'arrêta au milieu de la cour, devant le puits, et but au seau de cuivre. Puis il stationna devant les voûtes du bâtiment séparé où étaient les cuisines et les logements des domestiques. Du four s'échappaient des senteurs d'agneau et les vapeurs salées du fromage. La bouche ouverte et un index libéral dans la narine, Salomon regardait les frises de poivrons et admirait les servantes qui éventaient les réchauds.

— Désolation! gémit Saltiel. J'ai oublié. Bien-Nommée, fraîche colombe, fais briller mes brodequins.

La servante s'accroupit et frotta avec violence. Sous le soleil qui tombait férocement sur sa nuque, le petit oncle suivait avec une attention charmée et sévère le travail de Bien-Nommée qui s'effrénait et raffinait. Il éprouva de la joie à voir l'éclat glorieux de ses souliers et promit à la laide servante que Michaël l'épouserait. Elle se gratta le ventre et rit honteusement.

— Ah mes amis, poursuivait Salomon, si j'avais une cuisine pareille à cette demeure de beauté c'est dans la cuisine que je recevrais mes invités. Et si le roi venait me rendre visite c'est dans la cuisine que je le recevrais! Des grils de vingt dimensions, des écuelles, des racloirs!

Les yeux fermés, pris d'un délire, il psalmodia son énumération sous le ciel dont l'embrasement l'abattait. Enfin, il soupira que la richesse était une sainte chose.

— Que veux-tu, mon enfant, le Seigneur a donné, fit Saltiel.

— Oui, mais pas à moi, dit le vendeur d'eau.

Un bruit violent leur fit dresser l'oreille. Le pétulant Salomon se plut à imaginer des événements impossibles et que les cuirassés britanniques tonnaient.

— Les Anglais viennent nous sauver la vie et nous défendre contre les massacres !

— Ne t'émotionne pas, dit l'oncle, c'est Mangeclous qui tousse.

Le cinquième des Valeureux de France s'approcha, toussant et gesticulant. Indigné, il tirait les deux ailes de sa barbe fourchue. Sa voix rauque avait les ronflements carrés d'un torrent.

— Me refuser l'entrée de la cérémonie à moi qui suis Presque Avocat, à moi messieurs qui plaide devant le tribunal rabbinique et par contrebande devant le tribunal des Grecs !

— C'est peut-être parce que tu compliques trop les procès que ma sœur ne t'a pas voulu, dit Saltiel.

— Regarde, claironna fièrement Salomon. Regarde, moi. Moi, j'ai une bonne conduite exemplaire, moi.

— Tais-toi. Je suis au-dessus de ces mesquineries. J'en parlais pour me faire la langue. Écoute, cher Saltiel, je vais te dire un mot en confidence. Donne-moi quelque chose, ô toi oncle de l'honoré, donne-moi n'importe quoi. Même un sou. Pour boire une tasse de café. Sinon je suis capable de maudire ton neveu. (Rictus terrible de Mange-clous.)

Saltiel lui donna un écu, baisa le Mot de Sauvegarde cloué au chambranle et poussa la porte de la maison.

Trente hommes et vingt-trois femmes s'inter-pellaient dans l'antichambre dont les fenêtres entrechoquées laissaient libre entrée au vent qui courbait le jet d'eau autour duquel de pieux négociants discutaient agio avec des sourires agréables, portant en ce jour d'importance le ventre en avant. Tête couverte, ils déambulaient sur l'échiquier de marbre. Les femmes dandinan-tes et bijoutées arboraient d'agressives couleurs florales. Les habits des hommes avaient les tons éteints des sorbets aux fruits qu'ils ingurgitaient distraitement. Les courants d'air secouaient les chevelures d'astrakan des transpirantes qui cli-gnaient des yeux aux rayons obliques du soleil.

Du haut de la galerie où s'ouvraient les cham-bres du premier étage, Solal regardait ses trois cousins, les fils de Jacob Solal mort à Jérusalem. Reuben qui croquait avec une avidité unificatrice six dragées et la dent qu'il venait de se rompre, Saül illuminé et Nadab riche en mépris. Les assistants évitaient ces trois adolescents qu'on disait voués à la folie comme leur père.

Ensuite, Solal détailla sa mère. Dans la large

face de sable, les yeux de Rachel lançaient l'éclat du charbon taillé. Pourquoi avait-il de la répulsion pour cette femme qui le considérait avec une odieuse clairvoyance ? Adrienne de Valdonne. Pourquoi voulait-elle voir le rabbin ? Qu'y avait-il de commun entre cette déesse et ce méchant homme qu'ils appelaient le « Rabbin de la Méditerranée » ou la « Lumière de l'Exil » ?

Saltiel scrutait le visage de son neveu et croyait y lire l'émotion que l'enfant éprouvait sans doute en ce jour d'initiation religieuse. « Il me ressemble. Et il est beau. Le rabbin aura beau faire et beau dire, l'enfant a mon nez, il a ma bouche, il a mes dents. Les dents de la branche aînée ne sont pas mal. Mais à côté de la denture de la branche cadette, elles ne sont que clous de girofle avariés. »

Rachel s'inquiétait de ne pas voir venir son mari. Elle pria son frère d'aller à l'Académie de Talmud où Gamaliel enseignait à vingt rabbins venus de diverses communautés d'Orient. Le petit oncle hésita car il craignait son beau-frère qui méprisait son agitation, ses rêveries et sa paresse.

— Toujours les courses ingrates ! Les Solal Aînés sont de magnifiques lions qui ne se pressent pas, qui regardent de ce côté puis de cet autre !

Mais il était de caractère serviable et se décida à sortir. Il ouvrit la porte. Les deux jeunes servantes qui se relayaient devant le trou de la serrure reculèrent. Saltiel eut envie de faire le chef.

— Aux cuisines, les écouteuses, les intrigantes et les traîtresses !

Un quart d'heure après, on entendit le grondement de la voiture qui amenait Gamaliel Solal. Perline, que l'arrivée du maître affolait, tourna sur elle-même et but un verre d'eau pour faire preuve d'activité.

Hors des fenêtres de la ruelle d'Or, des faces trop vivantes espionnaient à travers les linges étendus d'une maison à l'autre et s'entretenaient de la générosité du magnifique rabbin qui venait de verser dix mille écus au fonds des veuves et des orphelins. Et son frère le banquier avait donné le double. Que Dieu les bénisse ! Des mains vives indiquaient le carrosse à deux chevaux et le turban violet de Gamaliel qui descendait, suivi de son frère Joseph, le banquier venu d'Égypte pour apporter l'hommage et le tribut annuels à son frère aîné. Des marmots nus se courbaient gravement devant le passage du rabbin. Un trop petit et trop dodu dégringola. (Il me plaît beaucoup.) Les deux seigneurs étaient suivis du petit génie Saltiel qui adressait des saluts tutélaires à la population, tout en se haussant sur la pointe des pieds, pour ne pas être anéanti par la stature grande des Aînés.

Les invités se turent. La lourde robe rabbinique faisait un bruit de feuilles sèches. Quelques hommes, employant le pluriel de dignité, demandèrent à Nos Rabbins Gamaliel de les bénir. Il leva la main que le soleil dora. Solal aima fémininement cette démarche, ces sourcils épais qui se rejoignaient et formaient une barre hérissée au-dessus du nez de noble trempe d'où descendait un torrent gris d'intelligent Éternel. Il était engourdi par la séduction qui émanait de cette hautesse. Gamaliel sourit avec douceur au fils unique.

Malgré la gêne qu'il éprouvait à parler à sa femme, il lui adressa quelques paroles polies. Il prit place dans une sorte de trône, fit signe à Solal qui s'approcha. Les yeux baissés, il parla d'une voix lasse et comme ennuyée à son fils, dès ce jour responsable de ses actes.

— Sans espoir de récompense agis avec justice afin que le peuple soit glorifié. (Pause.) Méprise la femme et ce qu'ils appellent beauté. Ce sont deux crochets du serpent. Anathème à qui s'arrête pour regarder un bel arbre. (Pause.) La charité est le plaisir des peuples féminins ; le charitable savoure les fumées de sa bonté ; en son âme secrète, il se proclame supérieur ; la charité est une vanité et l'amour du prochain vient des parties impures. Le pauvre a droit légal de propriété sur une partie de ton bien. (Pause.) Plus tard, ne sois pas rebuté par notre difformité. Nous sommes le monstre d'humanité ; car nous avons déclaré combat à la nature.

Comme heureux d'en avoir terminé, il bénit

son fils, lui tendit les phylactères, se leva et sortit. Les assistants étaient gênés. Ils s'attendaient à un beau discours et ces quelques phrases hargneuses les avaient déçus. Les études et les veilles auraient-elles troublé l'esprit du rabbin ? Mais les notables se rassurèrent en songeant que l'Exilarque était riche et magnifique en prestance ; que les plus vénérables d'entre les docteurs le considéraient comme un maître et enfin que son « Commentaire des Commentaires » faisait autorité.

Ébrouements, reniflements, congratulations, embrassades. Michaël arrosait le sol de dragées que Reuben ramassait. Les femmes roses et vertes burent, se bourrèrent et se réjouirent, les mains molles tenant avec distinction les gâteaux de miel et d'huile. Elles allèrent, avec des exclamations et des rires, importuner Solal et lui remettre les cadeaux. Vingt-trois bouches gloussèrent ; les ouvertures humides s'étiraient en sourires esclaves et dominateurs ; les paroles étaient grossières, mais dans les yeux passaient de fins éclats d'ironie et de science.

— Chère rabbine, dit une grosse en s'éventant avec violence, il faut maintenant penser à la fiancée ! — Oui, puisse-t-il être conduit bientôt sous le dais nuptial ! — Qu'il vive cent cinq ans ! — Et dix de plus ! — Mille napoléons de dot il nous faudra ! dit Fortunée. — Dix mille ! susurra Salomon. — Cent mille ! rectifia Saltiel. — Et bien comptés ! exigea Mangeclous soudain apparu.

L'un après l'autre, les notables prirent congé. Mais le menu peuple grouillait encore devant la porte. Les marchands de beignets avaient apporté en hommage des gâteaux fumants, les vendeurs d'eau avaient déposé des palmes et des cédrats, et le chef des bouchers tenait dans ses bras un agneau ceint d'un collier de perles bleues. Les vendeurs de fromage, les marchands de maïs rôti, les veilleurs de nuit, les bedeaux de la synagogue remettaient à Michaël les cornes de corail, les sous dorés, les fleurs de jasmin et de citronnier. Le janissaire renvoya ces gens de peu avec des gestes larges et des rires. La foule protesta, affirma que la mère de Michaël avait conçu cet enfant de noirceur avec le Malin par une nuit d'hiver.

— Et c'est ta grand-mère qui écartait les jambes de ta mère !

Les imprécations dûment proférées, les visiteurs s'en allèrent en paix pendant que, neuf clous d'inégale longueur entre les lèvres, Saltiel menant grand tapage fixait au-dessus de la porte une paire de cornes pour conjurer le mauvais œil. Certains invités ayant vanté la bonne mine de Solal, il était bon de prendre des précautions. Satisfait, il contempla son utile travail avec des reculs ; puis il ordonna aux servantes de déposer sur le sol quelques poignées de farine et de raisins secs. Le rabbin, incommodé par le bruit, ouvrit la porte.

— C'est à cause des Innommables et pour leur apaisement, dit Perline. C'est votre beau-frère qui nous a ordonné, seigneur, expliqua Bien-Nommée en ouvrant un sourire sur ses sept dents.

Le rabbin ferma la porte. Saltiel, honteux de voir ses précautions découvertes, renvoya aux cuisines les mécréantes, les superstitieuses et les adoratrices de Baal. Mais il se garda bien de poser le pied près des tas magiques, en allant rejoindre dans la cour, couverte maintenant d'un ciel d'orage, Michaël, Mattathias, Mangeclous et Salomon qui dégustaient une pastèque et ses pépins tout en discutant des mérites respectifs du roi Saül et du roi David. Pour effrayer Salomon, Mangeclous, qui était en réalité extrêmement dévot, se déclara soudain « athée matérialiste scientifique », et ajouta que Moïse était un grand menteur qui n'avait jamais existé.

— Et j'injurie Dieu ! conclut-il avec volupté et quelque inquiétude.

Le petit Salomon se boucha les oreilles puis, indigné, donna un coup de pied au blasphémateur. Un coup de tonnerre retentit et Mangeclous marmotta pieusement que l'Éternel des Armées était Un.

L'orage passé, il sortit de sa poche une rosette rouge qu'il venait d'acheter et se décerna le grade d'officier de la Légion d'honneur. Ses amis le félicitèrent. Les Valeureux savaient ne pas s'embarrasser de complications inutiles : lorsqu'ils avaient envie d'une décoration, ils l'arboraient tout simplement pendant un jour ou deux. Ils évitaient ainsi des démarches humiliantes et ils éprouvaient infiniment plus de plaisir que les véritables décorés. Inspirons-nous de leur sagesse.

Assis auprès de ses amis, l'oncle Saltiel sifflait faux. L'heure de joie était passée et il avait de nombreux créanciers. Il découvrait qu'il avait échoué dans toutes ses entreprises et qu'il n'était bon à rien. Il soupira, puis sourit à un papillon qui voletait maladroitement. Le ciel se fit beau de nouveau. Les amis restaient silencieux.

— Que de mots ! dit tout à coup Salomon.

— Que veux-tu dire, petit ignorant ? questionna Mangeclous.

— Je veux dire que de mots dans le monde, que de phrases, de pensées ! Cela m'a frappé tout à coup.

— Mais que de silences aussi, dit Saltiel.

— En somme, qu'est-ce que la vérité ? demanda rêveusement Salomon.

— C'est ce qui est entre les mots, dit le petit oncle, et qu'on éprouve dans la joie.

Il se fit donner des boulettes de viande aux épinards, s'installa dans un coin d'ombre de la grande cour, mangea et s'endormit, un morceau de pain entre les dents.

A son réveil, il s'en fut à la recherche d'une gardeuse d'oies, une chrétienne dont la science magique était célèbre. Il trouva la vieille dont les gencives cisaillaient sans cesse des herbes. Chemin faisant, il essaya de la convertir.

— Mais pourquoi, respectable mère, ne crois-tu pas en notre Dieu qui est vraiment Dieu ? Un Dieu vrai, sacré enfin ! Pourquoi crois-tu en des statues, en des morceaux de bois, de fer, comme ça, expliqua-t-il en poussant du pied une casserole ébréchée qui gisait au milieu de la ruelle et dont le tintamarre réveilla un mendiant pustuleux, qui, ouvrant une bouche couverte de mouches, injuria les ancêtres et la postérité de Saltiel Solal. Explique-moi cela, ma mère ! C'est dommage, vois-tu. Ah si tu savais comme notre Dieu est grand ! Et de plus, il est Un, comprends-tu ? conclut-il en poussant la porte du Dôme.

A la fenêtre, Solal guettait la venue de Mme de Valdonne. Il roulait les deux perles contre sa joue et il avait peur.

La vieille promena son menton velu sur la main de l'enfant qui se laissait contempler. Elle eut un grand tremblement, baisa la main de Solal et s'éloigna sans répondre. Saltiel la rejoignit et l'interrogea, frissonnant d'impatience.

— Homme, je ne puis te dire que ceci : l'enfant porte le signe.

— Quel signe, ô ma tante d'infinie considération ? demanda Saltiel effrayé.

— Il porte aux mains les mêmes lignes, les mêmes ! dit la vieille avec exaltation.

— Mais les mêmes que qui, que quoi, ô septante-sept fois maudite à qui j'ai donné un écu pour rien ?

— Je ne puis te répondre, Juif, dit la vieille qui disparut.

III

Mme de Valdonne, saluée avec un respect attendri, fut conduite par Michaël auprès du rabbin. Saltiel, très important, ordonna aussitôt à Salomon de courir et de voler et de raconter que la consulesse — de raconter ce qu'il voudrait mais de raconter bien ! Ensuite il dépêcha Mangeclous alerter les notables. Puis il entra, faussement distrait, dans la bibliothèque du rabbin, feignit de s'absorber dans la lecture d'un gros livre et se rapprocha insidieusement du groupe.

La femme du consul, qui feignait de ne pas reconnaître Solal, l'interrogeait avec condescendance, tout en regardant l'immense salle couverte de tapis précieux, les murs blanchis à la chaux, les topazes incrustées aux poutres. Solal bégayait parce que son père l'écoutait, qu'il craignait de faire des fautes de syntaxe et qu'il ne savait pas encore le vrai motif de la venue de cette femme. Il parla mal à propos de Racine, avide de tout dire et de montrer qu'il avait beaucoup lu. Sans interrompre sa lecture de théâtre, Saltiel dit d'une voix blanche, à la cantonade :

— Treize ans. Très instruit. Corneille, le prince des auteurs tragiques, Molière et tout.

Mᵐᵉ de Valdonne eut une mine amusée. Solal projeta de tuer son oncle le soir même. Par la faute de ce sale vieux, il était déshonoré ! Sans se douter du sort qui l'attendait, l'innocent Saltiel croyait lire sur le visage de Mᵐᵉ de Valdonne des sentiments d'admiration, heureux effet de sa remarque opportune. Il se rapprocha, la main en cornet contre l'oreille, et fixa, avec une grimace compétente et aimable, Mᵐᵉ de Valdonne qui disait le but de sa visite pendant que Solal, qui s'était placé derrière son père, lançait les deux perles, les rattrapait et défiait la déesse.

La femme du consul, qui présidait le comité de l'Institut Pasteur, après avoir parlé incidemment des sommes qui manquaient pour achever l'annexe de l'hôpital, invita le rabbin à la réception qui devait avoir lieu le surlendemain au consulat de France, après l'inauguration du bâtiment principal. Elle rougit, pensant tout à coup que sa démarche pouvait paraître étrange. Au fur et à mesure qu'elle parlait, Saltiel, dont personne ne songeait à demander l'avis, croyait devoir le faire connaître par une mimique discrète. Il acceptait certains points, se réservait sur d'autres ; mais, sur un regard prolongé du rabbin, il sortit sans cambrer le mollet.

Mᵐᵉ de Valdonne acheva en disant qu'elle serait heureuse d'envoyer également une invitation au jeune fils du rabbin. Elle toucha son collier et ses narines eurent un léger frémissement.

Gamaliel répondit, avec un sourire fatigué, qu'il engagerait volontiers ses ouailles à apporter leur aide financière au comité mais il ajouta, les yeux baissés, que ni lui ni son fils ne pourraient assister à l'inauguration : les événements douloureux qui avaient lieu en France demandaient le recueillement et de constantes prières. Mme de Valdonne, qui était antisémite et qui croyait ardemment à la culpabilité du capitaine Blum, approuva courtoisement. Solal décida qu'il irait à la réception. Ce Blum n'avait qu'à ne pas être officier !

Rachel Solal apporta le café doré et la pâte d'amandes. Elle tendit ensuite la main à la visiteuse avec une gaucherie méfiante et sourit, sans comprendre les amabilités de Mme de Valdonne qui bientôt prit congé.

Au guet près de la porte, l'oncle Saltiel avait préparé une harangue. Mais Mme de Valdonne avait si grand air qu'il ne put que balbutier :

— Beau temps, madame.

Il pleuvait doucement. Les notables alertés par Mangeclous discutaient dans la cour. Saltiel alla les rejoindre, posa son index contre son nez. Vingt mains interrogatrices firent un quart de cercle ; des phalanges supplémentaires et arthritiques craquèrent. La troupe entra sans bruit, Saltiel conduisant à reculons et parlant avec importance.

— Je crois, messieurs, que c'est grave et je l'ai fait comprendre à la consulesse. Pouvons-nous consentir en vérité.

Mais Gamaliel apparut. Alors Saltiel dit qu'il avait fini. Il sortit et se promena dans la cour où Solal galopait et faisait des moulinets.

Le surlendemain, l'huissier du consulat apporta trois cartes d'invitation. Solal courut les remettre à son père, qui les regarda et les déchira. Le jour précédent, il avait reçu un télégramme annonçant la condamnation du capitaine Blum. Solal serra les poings, se promit d'aller à la réception et suivit son père à la synagogue où devait avoir lieu le service de contrition.

Comme au jour anniversaire de la destruction du temple de Jérusalem par l'empereur Titus, le lieu de prière, tendu de noir, était éclairé d'une seule veilleuse. Les hommes, couverts de cendre et déchaussés, se lamentaient. L'oncle Saltiel échafaudait des plans d'évasion à l'intention du capitaine innocent. Ses amis priaient de toute leur âme pour l'Alsacien et se balançaient. Pour se réchauffer, le gros petit Salomon gardait les mains dans ses poches remplies de beignets brûlants et risquait de tomber à chaque plongeon. Mattathias tournait les pages du rituel avec son harpon et mastiquait. Face aux fidèles, Solal avait pris place dans le fauteuil réservé aux descendants d'Aaron. Il songeait à sa vie de plus tard. Quand il serait grand, il lancerait l'argent à la tête des ignobles et il offrirait une voiture en or à son Adrienne.

Le service fini, Saltiel sortit le journal français

qui proclamait quotidiennement l'innocence du capitaine Blum et auquel les cinq amis venaient de s'abonner en participation. Les Valeureux de France s'assirent sur les marches qui conduisaient au tabernacle et écoutèrent, distraits par une mouche ou par un cri lointain, les paroles d'espoir que Saltiel lisait avec un accent de thym et de lavande. Salomon pleurait de confiance et serrait la main de Michaël. Mattathias découragé s'en alla, heurtant son harpon à plusieurs bancs.

Saltiel s'arrêta de lire, passa la main sur sa touffe de cheveux blancs, considéra Solal rêveur, toujours assis sur son trône. Il se leva et vint offrir à son neveu une flûte taillée dans un roseau. L'enfant remercia avec une amabilité inaccoutumée et soupesa le sceptre offert.

— Procurez-moi, je vous prie, une carte d'invitation à la fête du consulat. Vous êtes ingénieux.

— Mon chéri, ingénieux si tu veux et tant que tu voudras, mais quelle idée? Notre frère le pauvre capitaine est condamné, on va l'emmener à l'Ile du Diable où il doit faire des degrés audessous du mercure et tu veux t'amuser? Et d'abord, qui suis-je, moi, pour qu'on me donne des cartes, à moi?

Solal fronça ses magnifiques arcs. Ainsi donc, on lui défendait d'aller à la fête à cause de ce Blum du Diable, un traître évidemment, il n'y avait qu'à voir ses lorgnons. Il songea au professeur de français qui l'attendait à la maison. Ce

Lefèvre devait avoir une invitation. Il la lui prendrait coûte que coûte.

M. Aloys Lefèvre scandait les vers de Racine avec délicatesse et nervosité. Solal dévisageait ce maigre jeune homme au faux col trop haut, échoué sur cette île grecque, qui se croyait ironique et se félicitait d'avoir l'esprit clair. Tout ce qui le concernait était pour M. Lefèvre d'un extrême intérêt ; il voulait arriver et ses yeux aux aguets cherchaient sans cesse des relations, des tenants et des aboutissants.

Solal éprouva de la pitié, s'en repentit et referma les dents avec un claquement qui fit sursauter le fils d'une excellente famille ruinée. Il sortit pour emprunter à Michaël son pistolet damasquiné, que M. Lefèvre, affirma-t-il, désirait voir. Il revint, l'arme cachée dans sa blouse. Le professeur rectifia sa cravate et se demanda à quoi pouvait penser le petit coreligionnaire du traître pour avoir un sourire aussi bizarre.

— Je pense à la fête du consulat, dit Solal. Vous avez une invitation ?

S'il le fallait, il le tuerait. M. Lefèvre boutonna sa redingote, s'assura que la fleur de lys était en place et répondit qu'en effet il avait une invitation et qu'il se rendrait au consulat dans une demi-heure. La porte s'ouvrit. Le rabbin, qui ne laissait pas sans remords son fils s'initier aux sciences profanes, considéra. Solal enchaîna et récita la réponse d'Éliacin à la reine Athalie. Le père referma la porte.

— Donnez-moi votre carte.

Ce sourire était déplaisant. Humectant ses lèvres de sa langue raffinée, le professeur refusa net et menaça de partir si monsieur Solal continuait à faire l'histrion. L'enfant devenait fou d'impatience et de convoitise. Cette carte était les beautés du monde refusé. La vie dangereuse commençait. Son destin allait se décider. « Il faut être fort et n'être pas sage. Haine aux moutons. »

M. Lefèvre était en train de corriger une narration. Solal prit l'encrier de bronze posé sur une table derrière le professeur, hésita. Ces cheveux étaient si bien peignés. Mais s'il ne la voyait pas aujourd'hui même, il mourrait. En somme, l'encrier valait mieux que le pistolet.

Se regardant agir, attentif à ne pas porter un coup trop violent, il leva au-dessus de la tête penchée du professeur sa main chargée et laissa, avec une crispation de dégoût, retomber le bronze. M. Lefèvre porta langoureusement la main à sa cravate et dériva au ralenti. Solal, d'abord immobile et pris d'un grand remords, se décida. Il fouilla dans le portefeuille, prit la carte d'invitation et se dirigea vers la porte. Mais il revint et trempa dans un verre d'eau son mouchoir qu'il posa sur la nuque de l'assommé. Un peu rassuré, il sortit.

Dans le couloir, deux servantes portant une sorte de litière lui firent signe de s'arrêter. Le seigneur Maïmon Solal, le père de Rachel et de Saltiel, réclamait son petit-fils. L'enfant qui avait eu le courage d'assommer M. Lefèvre n'eut pas celui de désobéir au nonagénaire qui, pour la première fois depuis des mois, sortait de sa chambre.

Trois ans auparavant, les médecins avaient annoncé la fin imminente du seigneur Maïmon dont les longues veilles sur les livres de cabale avaient depuis longtemps affaibli l'esprit et usé le corps. Lorsqu'il avait appris que l'heure de sa mort était proche, le chef de la branche cadette des Solal avait exigé qu'on l'introduisît vivant dans le cercueil qui lui était destiné. Les sages, avait-il dit, devaient témoigner ainsi du respect avec lequel ils accueillaient l'émissaire du Seigneur. On avait exécuté ses ordres. Mais la mort n'était pas venue et le vieillard, avec un entêtement de fou, n'avait plus voulu sortir de cette boîte où il se trouvait bien et dans laquelle on le conduisait parfois à la synagogue.

A travers la courtine les fils d'une barbe passèrent. Une main diaphane écarta le voile et une tête d'oiseau montra des yeux dévorés de curiosité. Sous la peau translucide, la veine du front se gonflait de bleus tressauts.

— Je suis venu, fit la voix de chèvre, à seule fin de bénir ma petite-fille.

Les servantes le détrompèrent et lui apprirent que c'était un petit-fils. Pendant que le moribond réfléchissait activement, les femmes échangeaient des regards. Savait-on jamais avec cet homme qui parlait avec des chiffres vivants? Soudain le vieillard, qui n'avait cessé de jeter des regards rusés sur Solal hypnotisé, se mit à crier.

— Race perverse qui me trompe sur le sexe même de mes descendants! Viens çà, petit mâle, viens et je te bénirai. Que le cheval du Char de Feu te protège et que l'eau de l'Ulaï te baigne! Que tes ennemis soient chandelle et que ta flamme les consume!

Dans la cuisine, une coupe tomba. Maïmon, qui avait perdu la notion des lieux et des âges, se crut avec son arrière-grand-père à Toulouse et prétendit qu'un magistrat venait lui rendre visite.

— Dites-lui, au capitoul, que je me sens mieux. Peut-être même prendrai-je femme bientôt. Il fait bon et l'odeur du jasmin me rallègre. Oui, je veux beaucoup de bien à cet enfant qui est mâle et non femelle! Et quand mon numéro sortira à la loterie de Crémone, j'achèterai pour cet enfant, étant alors extrêmement riche, un petit monstre nommé Léviathan; ou une voiture avec un petit cheval fort, caché dans son intérieur.

Solal s'arracha enfin à l'attrait qu'exerçait sur lui le vieil égaré, sortit et courut joyeusement vers la montée des Jasmins.

Dans le jardin du consulat où des groupes bourdonnaient, Adrienne soudain lassée s'était mise à l'écart et pensait à sa triste vie.

Après la mort tragique de Vivian Pourtalès,

son fiancé, survenue un an auparavant, le comte de Valdonne, un ami de Vivian, avait partagé sa douleur si affectueusement qu'au bout de quelques mois elle avait accepté d'épouser cet excellent ami. Elle avait alors vingt-deux ans et M. de Valdonne avait vingt ans de plus qu'elle. Un an après le mariage, des spéculations les avaient ruinés. Le général de Nons — riche, avare et sujet à d'atroces colères — avait refusé de recevoir sa fille, dont il avait désapprouvé le mariage, et de venir en aide à son beau-fils. M. de Valdonne, qui avait quelques amis au Quai d'Orsay, s'était décidé à accepter ce poste de consul à Céphalonie où il occupait la plus grande partie de son temps à des fouilles archéologiques. Il était sans ambition et content de son sort. Bien qu'il appartînt à la branche protestante des Valdonne, il était royaliste. Il savait qu'il n'avait pas à compter sur un avancement.

Adrienne soupira, sourit en pensant au fils du rabbin. Amusant, cet enfant. Tout à l'heure, il était entré avec tant de feu et de fierté ; mais ensuite il s'était certainement senti perdu dans ce monde où il ne connaissait personne ; il avait erré quelques minutes et, après avoir mangé solitairement une glace, il était allé s'asseoir sous une tonnelle.

Elle se leva et alla vers l'enfant qui achevait de graver des chiffres sur la table. Il l'avait entendue qui venait mais il ne leva pas la tête. Il tremblait d'angoisse. Il avait tant espéré qu'elle ne le découvrirait pas.

— Comme vous êtes sage dans votre coin. Je suis heureuse que votre père vous ait permis de venir.

Sa frayeur le rendait furieux. Ah, il était timide ! Eh bien, il allait avouer son crime et elle le chasserait. Alors il la poignarderait et ses yeux lanceraient sur tous ses ennemis des flammes rebelles.

— Non, dit-il d'une voix enrouée, il ne m'a pas permis et j'ai assassiné mon professeur qui avait une carte.

Comme elle le regardait avec stupeur, il ajouta qu'il l'avait un peu assommé seulement. Elle crut à une fanfaronnade, se rassura et lui demanda pourquoi il tenait tant à venir.

— Je ne sais plus. D'ailleurs je m'ennuie ici.

Elle cligna ses yeux un peu myopes sur les chiffres gravés. Il dit que la première date ce n'était rien ; que c'était la date de sa naissance.

— Et la seconde ? C'est la date de votre mort ?

— Je ne pense pas, sourit-il.

Il se leva, les yeux brillants, sûr tout à coup qu'il serait toujours vainqueur. Perdant sa timidité, il parla sans peur, persuadé qu'il était admiré. En réalité, elle le trouvait joli et un peu ridicule. Il lui dit son désir d'aller en France. Il s'échapperait bientôt de Céphalonie et il irait là-bas, dans les bibliothèques, dans tous les théâtres, et dans tous les musées voir tous les tableaux.

— J'ai de belles reproductions que je vous montrerai si vous voulez, dit Mme de Valdonne.

Il feignit d'étouffer un bâillement. Elle lui demanda son âge. Il répondit que dans trois ans il aurait seize ans.

— Et que veut dire la seconde date?

— Je ne te. Je ne vous le dirai jamais.

— Je ne sais même pas votre prénom.

— Je n'en ai pas. Je m'appelle Solal. Je n'aime pas que vous m'interrogiez. Je vous rends vos perles que je vous ai volées.

Elle dit qu'elle ne comprenait pas, qu'elle n'avait pas perdu de perles. Il la regarda. A quel jeu se divertissait-elle? On verrait bien. Il remit les perles dans sa poche.

M. de Valdonne s'approcha, essuyant son front, puis ses joues molles, puis son monocle. L'enfant, en arrêt devant le bicorne consulaire, fut présenté. J'en aurai un aussi et avec plus de plumes, pensa-t-il en s'apercevant que Mme de Valdonne ne le regardait plus avec l'attention presque soumise de tout à l'heure.

Derrière les grilles, Saltiel en extase devant ce neveu de prodige qui causait avec des puissants de ce monde, entourait l'épaule de Salomon qui s'appuyait sur Mangeclous accoudé sur Matthias. Solal se sentait traqué. Fallait-il tendre la main à cet homme? Il était évidemment ridicule en monsieur Solal. Il s'inclina profondément comme les personnages d'un roman français, lu avec avidité et mépris.

— Mais je vous reconnais, dit le consul à l'enfant qui recula d'un air menaçant. Vous êtes tombé sur les gradins à la distribution du 14 juillet !

— Les livres de prix étaient trop lourds.

Il se repentit aussitôt. Imbécile, imbécile petit parleur ! Tout perdu ! Elle se moquait maintenant du vaniteux petit écolier. Il fallait sauver la situation. (Et Lefèvre assommé là-bas ! Désastre et décombres. Toute une vie tragique.) Oui, sauver la situation, être celui qui met fin à l'entretien. Devait-il commencer par l'homme ou par la femme ? Il ne savait rien de leurs sales histoires de protocole. Il tendit la main que le consul serra avec un léger retard, fit un salut sec (si la première courbette était une erreur, ce dédain compenserait), marcha avec lenteur et majesté jusqu'à la grille et, échappant aux Valeureux, courut comme un fou vers le Dôme, submergé de confusion, mordant son poing. Beau début de victoire !

Arrivé dans sa chambre, il s'enferma à double tour, se regarda dans la glace, griffa ses joues, se jeta sur le lit, enfouit sa tête sous l'oreiller, pleura de rage et de honte. Quelques minutes après, il distingua un bruit de discussion et se souvint qu'il avait tué Lefèvre. On venait sans doute l'arrêter. Il souleva le chien du pistolet et ouvrit la porte, décidé à vendre chèrement sa vie. Il se pencha sur la rampe de la galerie.

Dans l'antichambre, Michaël rieur racontait aux servantes, en leur recommandant le secret, qu'il avait découvert le professeur furieux et chancelant et qu'il avait calmé son indignation en promettant un mauvais coup par une nuit sans lune aux gens bavards. Tout ce que le petit maître faisait était bien fait. Il avait peut-être été offensé par cette face de chèvre pleine de boutons !

— Forte clôture à la bouche assassine ! dit Perline qui, pour calmer son émotion, but le reste d'un vieux médicament découvert à la cave, dont les propriétés lui étaient inconnues mais dont il eût été dommage de ne pas profiter.

— Mais tu as des tripes de fer, ô belle ! fit galamment Michaël qui avait des visées matrimoniales.

Solal rentra dans sa chambre où, une heure après, sa mère vint lui annoncer que le repas était prêt. Il descendit, prit place à table. Le père et le fils furent servis par la mère et les domestiques. Silence. Regards échangés. Au bout de quelques minutes, le rabbin, bourdonnant une prière, se leva et sortit.

Saltiel, poussant un soupir de soulagement, alla s'asseoir avec autorité sur le divan, caressa seigneurialement la plante de son pied droit, ordonna à sa sœur de prendre place et à Michaël de faire entrer les amis qui attendaient dans la cour.

Mangeclous dépeça les restes d'agneau et de mouton que rapportait une servante à la langue égarée. Au dessert, tout en se curant les dents, il raconta des aventures imaginaires de Salomon et comme quoi certain petit vendeur d'eau, faisant un jour partie de la fanfare militaire du président de la République, fut attiré par le gouffre de son trombone, y chut et se rompit le dixième os de la colonne. Ensuite, pour purifier son haleine, il acheva un plat de pâtes à l'ail. Puis il éructa gravement par devoir de bienséance et pour montrer qu'il était rassasié ; puis affirma avec impartialité et mélancolie qu'il avait fait un assez bon dîner. Enfin il contempla l'univers avec détachement.

Feignant de vouloir s'assurer si la vertèbre manquait, Michaël donna une bourrade à Salomon gorgé d'aulx et d'aubergines et qui bientôt s'endormit pendant une plaidoirie de Mangeclous qui supposait avoir à le défendre de trois parricides et à le sauver de la guillotine. Mattathias l'économe coupait des allumettes en deux.

Solal secoua les crêtes noires de ses cheveux, se leva et sortit. Il ne pouvait plus supporter le pied déchaussé de son oncle et les ronflements de Salomon gisant sur sa guitare. Et c'était pour cette race qu'il s'était battu plusieurs fois au lycée français contre ses condisciples chrétiens qui lui faisaient la vie dure et se moquaient de sa beauté qu'ils convoitaient. Pourquoi était-il juif ? Pourquoi ce malheur ? A dix ans il était encore si pur, si émerveillé, si bon ; mais l'amertume et l'inquiétude étaient venues le jour du massacre des Juifs.

Jupes soulevées des femmes assassinées ; cerveaux d'enfants dans les ruisseaux ; ventres troués. Il sourit avec fatigue et une science dans le regard. Et sa mère qui avait toujours peur depuis ce temps-là ; sa prudence odieuse ; cette habitude ignoble du malheur. Plus tard, serait-il un traqué lui aussi ? Sa mère mourrait folle certainement. Au lycée, quelquefois, il se laissait battre par lassitude. A quoi bon ? Les ennemis étaient toujours en nombre. Pourtant, lorsqu'il voulait secouer cette torpeur, comme il les effrayait. Les cheveux qu'il avait arrachés au grand Albanais, ensanglanté par lui, Solal. Et comme ils avaient peur de lui lorsqu'il faisait mine de prendre sa fronde ! A dix ans, déjà, il avait connu la méchanceté des hommes et il savait, cet enfant, qu'il en resterait blessé toute sa vie. Tandis que cette Aude et ce Jacques. « Ah si le monde savait la bonté et la vénération qu'il y a dans mon âme. Pourquoi veulent-ils me l'enlever ? Assez. »

Il se jeta sur son lit, laissa errer ses mains sur ses cuisses et rêva jusqu'à l'aurore. Elle venait et sa robe le caressait. Un tressaillement le réveilla, rempli de dégoût. Il s'était rendu ridicule et elle ne voudrait plus le revoir. Il sortit, entra dans une des cuisines et prit du nougat au sésame. Il mangea dans son lit pour se consoler. Désespéré, il se rendormit, quelques grains sirupeux collés à ses lèvres. Dans la rue, le veilleur appelait les hommes à la prière de l'aube.

A huit heures du matin, Saltiel entra. Il se

dirigea avec des enjambées de première classe
vers le lit de son neveu, tendit en silence deux
enveloppes dont l'une portait le timbre du consulat de France, observa d'un œil perçant et enthousiasmé l'enfant de prodige qui recevait déjà des
missives officielles. Solal n'ouvrit pas les lettres,
les jeta par terre, demanda à son oncle de le
laisser seul et se tourna vers le mur. C'était elle
qui lui écrivait certainement quelques mots de
mépris.

On frappa. Perline sans doute. Ne lui avait-on
pas dit à cette imbécile de ne plus entrer le matin
quand il était couché ? Elle était amoureuse de lui,
celle-là, et lorsqu'elle se savait seule dans la
maison elle saisissait le moindre prétexte pour
venir le voir. Il lui donnerait une leçon à cette
idiote, jolie d'ailleurs. Il ôta sa blouse de nuit et
alla ouvrir. Elle fut suffoquée par cette nudité
d'ambre, se ranima et balbutia.

— Cheveux de nuit, visage d'or, le seigneur
rabbin veut voir Votre Grâce, mon trésor.

— Je ne suis pas ton trésor. Lave-moi.

Dans la cour, Saltiel confiait au janissaire que
Sol était un vrai lion, qu'il avait reçu une lettre du
consulat et qu'il n'était pas pressé de l'ouvrir.
« Une lettre avec un sceau authentique non
contrefait ! » Fortunée vint le prier de faire le
marché. Il s'en fut en chantonnant : « Allons
acheter, achetons achetons de bons poissons ! »

Mais il oublia la commission dont il avait été

chargé et alla rêver devant le consulat. Il considéra le drapeau de la chère République et souleva sa toque de castor qui tomba dans la mer violette. De sa barcasse, Mattathias héla. Saltiel le pria de faire moins de bruit « devant le palais de la France ». Il baguenauda pendant une heure, revint au Dôme sans avoir acheté de poissons, gronda les servantes qui lui reprochaient sa négligence et mendia de son neveu le contenu de la missive consulaire.

Solal ne lui parla pas de la lettre par laquelle Lefèvre abandonnait le jeune bandit à ses mœurs asiatiques et lui annonçait qu'il quittait l'île le lendemain, appelé à des fonctions non moins distinguées que les sentiments avec lesquels il avait l'honneur d'être et cætera. Il ne lui dit pas non plus qu'il avait dépêché Michaël apporter au professeur, en signe d'hommage et de contrition, vingt mangues, un immense bouquet de roses et des confitures aux citrons et aux oranges. Mais il montra à son oncle, ébloui de mondanité et quelque peu jaloux, la belle carte de M. de Valdonne. Le consul de France l'invitait à venir prendre une tasse de thé l'après-midi même. Saltiel palpa les reliefs de la carte gravée et s'enfuit, comme au théâtre, pour aller clamer la nouvelle. Tout en courant, il réfléchissait à ce thé. Le breuvage chinois ne bridait-il pas à la longue les yeux des buveurs ?

Lorsqu'il revint au Dôme pour assister au repas des deux seigneurs, il entendit avec émerveillement le rabbin autoriser la visite que Rachel osait déconseiller. Secrètement flatté par l'invitation du consul, Gamaliel dit, les yeux baissés, que l'enfant devait apprendre à connaître le monde. Au dernier moment, il eut des remords et recommanda à son fils de refuser les nourritures impures qu'on lui offrirait sans doute. Solal promit, baisa la main de son père et sortit.

Il traversa, d'un pas volontairement nonchalant, mais le cœur battant fort, la cour où un peuple naïf admirait l'enfant qui allait chez le représentant de la France.

Michaël, de rouge vêtu, fouetta largement les deux magnifiques chevaux qui emportèrent la voiture de parade et le jeune prince en costume de velours noir. Le brillant attelage était suivi de loin par un misérable fiacre où guettait Saltiel. Mattathias, Mangeclous et Salomon suivaient l'oncle à des distances inégales. Le petit vendeur d'eau était bon dernier. Il avait loué un âne qui ne marchait pas.

IV

Les paupières de l'Éternel ont battu trois fois et trois ans ont passé.

Le cheval blanc gravit la montée des Jasmins. Le cavalier de seize ans affile son nez qui fait un promontoire solide dans la face mate et allongée.

Il sait maintenant pour quelle raison son père lui a demandé d'aller moins souvent la voir. Le consul est venu parler il y a quelques jours au vieux et a exprimé le désir de voir le jeune homme espacer ses visites. Imbécile! C'est trois ans auparavant que le Valdonne aurait dû agir. « Espacer! » Quel mal ont-ils fait? Évidemment, au début, il y a eu un amour d'enfant qui a vite disparu. Il la respecte. Elle est sa protectrice, son amie; elle dit qu'il est son grand fils, qu'elle se sent si âgée auprès de lui. Agée, non. Elle a vingt-six ans et elle est si belle. Mais, évidemment, il ne l'aime pas. Il se sent bien auprès d'elle et il ne désire rien d'autre. « Espacer! » Il s'expliquera avec lui. Heureusement que Michaël a parlé. Voilà pourquoi il n'a plus de nouvelles d'elle depuis huit jours. Pauvre, comme elle doit souffrir.

Si le Valdonne savait comme c'est beau entre eux. Sur un point, elle est même sévère avec lui. Elle lui défend de se lier avec d'autres femmes. Elle méprise les femmes. Elle était furieuse le jour où il lui a raconté qu'il avait lancé une fleur à l'Anglaise. Jalousie? Non, puisqu'elle lui destine une fiancée. Elle lui a même montré la photographie d'Aude de Maussane, la petite fille au ballon. Quelle tête ferait le rabbin! Elle ne lui plaît pas du tout, cette Aude. Va te faire espacer toi-même, imbécile Valdonne avec tes yeux qui cillent!

Tous ont senti l'affection filiale qu'il a pour elle.

Son père, si soupçonneux, l'a laissé aller, évidemment sans enthousiasme. Il est vrai que jusqu'à présent tous ont cru qu'il voyait surtout l'homme. Il a tout de même été hypocrite avec ce Valdonne. L'intérêt qu'il a feint dès le début pour les fouilles et les débris de statues. Non, pas si hypocrite ; lorsqu'il a envie de bâiller devant le consul, il bâille. Il n'avance pas, ce consul. Pourquoi n'est-il pas ambassadeur maintenant ?

Que de bienfaits lui sont venus d'Adrienne ! C'est grâce à ses leçons qu'il a pu passer la première partie du baccalauréat au collège français d'Athènes. La seule chose qu'ils aient tenue cachée, c'est le baiser sur la joue lorsqu'il arrive et que le mari n'est pas là. Eh quoi, est-ce défendu d'embrasser sa mère ?

Tant de bienfaits. Si discrètement elle lui a appris les bonnes manières, l'a guidé dans ses achats de livres. Elle choisit les étoffes, la coupe. Et c'est elle qui a envoyé les vingt feuilles à cette revue de Paris. Quand elle a lu cette description de femme nue, elle l'a scruté, les yeux à moitié fermés, comme un professeur. Bien sûr, il n'a pas vu de femme nue ; il a inventé. Et ces gens de Paris qui ont dit qu'il est plein de talent. Qu'ils aillent se faire espacer aussi ! Il a écrit ces choses pour s'en débarrasser. Gouttes involontaires de son sang fastueux. Ce qu'il aime le mieux c'est quand elle lui arrange ses cheveux. Elle dit qu'il a dix mille serpents noirs sur sa tête et tout petits.

Et elle l'appelle Prince Soleil ou Solal Ensoleillé ou le Cavalier du Matin.

Comme elle s'est moquée quand il est arrivé, l'année passée, à cheval, avec le beau costume qu'il a inventé ! Et la fureur du rabbin, le jour où sa mère a parlé du nouveau costume et du cheval ! Il a regardé attentivement la blouse de lin blanc, la cordelière d'or tressé qui la serre et les bottes molles et il n'a rien dit. Il a même payé le cheval acheté à crédit par l'entremise du petit oncle. Il faut tout de même que le rabbin l'aime terriblement pour qu'il le laisse monter sur une bête. Voilà le consulat. C'est bientôt le sourire de l'amie.

La femme de chambre répondit que, pour fêter le quatrième anniversaire de leur mariage, monsieur et madame étaient partis pour l'Italie et qu'ils faisaient un séjour à Florence. Solal mordit sa lèvre et ses beaux yeux louchèrent un peu, comme dans ses moments de colère ou de gêne.

Ils étaient partis tous les deux ! Il se rendit compte soudain qu'ils étaient mari et femme, qu'ils vivaient seuls la nuit et dans le même lit sans doute. Alors le Valdonne posait sa bouche molle sur la joue et sur les lèvres de cette femme ? C'était une nouvelle terrifiante. Et pendant trois ans il ne s'était douté de rien ! Il était évidemment un simple d'esprit. Trahison ! Elle était sa mère, disait-elle. Mais le Valdonne n'était pas son père à lui. Donc elle était adultère. Adultère !

Elle avait trahi ! Elle ne l'avait même pas averti

qu'elle partait. Maintenant, dans l'horrible beauté de Florence, ils s'embrassaient sans cesse et elle se laissait faire, tendait la bouche! Mais quelle sale femme! Alors, elle lui mentait lorsqu'elle lui disait qu'il était ce qu'elle chérissait le plus? Tout le monde le trompait! Il voyait l'odieuse créature qui se promenait, appuyée au bras de son stupide mari, dans d'admirables musées. Et le soir, nue (car elle était nue comme les autres femmes, avec mille mamelles!), elle imitait le langage et les gestes de Solal! Et l'autre se moquait et riait! Et pendant trois ans il n'avait rien compris! Elle l'avait escroqué. C'était bien simple, elle prenait de petits plaisirs sans danger avec lui, des plaisirs impurs. Quelle goule! Et à Florence l'hôtelier venait certainement se plaindre du vacarme de leurs baisers et tous les voyageurs dégoûtés partaient! Quelle sale femme!

Un paysan vint lui dire que son cheval, sans doute mal attaché à la grille, errait dans la forêt. Qu'avait-il besoin de cheval maintenant qu'elle n'était plus là? Il en fit don à l'homme.

Il mena, pendant deux semaines, une vie d'hébétude, dormant le jour et marchant la nuit. Le rabbin, dont les connaissances médicales étaient célèbres dans toutes les communautés juives de Grèce, le fit venir un jour dans la bibliothèque, l'examina en silence, l'ausculta longuement. Il ne lui adressa aucun reproche, lui proposa même un voyage avec l'oncle Saltiel, mais l'adolescent refusa et continua sa vie désolée.

Un matin, Michaël vint timidement lui annoncer que le consul et sa femme étaient de retour. Solal ferma violemment la porte de sa chambre. Que lui importaient ces deux, ils n'avaient qu'à s'embrasser et à le laisser en paix ! Cependant il sortit et au bout d'une heure il se trouva devant le jardin du consulat.

L'odieuse créature était dans le jardin et coupait des roses. Il s'élança vers elle et la tint embrassée un instant. Craignant d'être vue par les domestiques, elle le repoussa et gravit les marches de l'escalier. D'un geste qui lui était familier, elle tourmentait son collier. Tout en pleurs, il tendit ses mains et prononça pour la première fois le prénom de l'infidèle. Elle l'écarta, un peu ennuyée.

— Adrienne, je ne peux plus, plus sans vous. Je ne savais pas, je vois maintenant, c'est terrible. Je meurs tous les jours depuis que je ne te vois pas. J'ai eu un tel besoin de toi. Je t'appelais et tu n'étais pas là. J'ai voulu me tuer.

Elle l'emmena dans sa chambre, le consola, émue par ses larmes.

— Petit enfant, il faut être raisonnable. Il ne faut plus nous voir, je lui ai promis.

Éperdu, il demanda une dernière promenade près de la citadelle. Sinon, il se tuerait sur-le-champ. Elle accepta, pensant qu'il fallait le calmer et rompre peu à peu. Elle avait pitié mais surtout elle craignait un scandale.

Ils montèrent dans une voiture qui passait. Il lui prit la main, la regarda avec extase. Un mendiant courait et leur tendait un bouquet d'œillets. Solal acheta les fleurs qu'il oublia d'offrir. Peu après, ils renvoyèrent la voiture et ils marchèrent jusqu'à la forêt d'oliviers.

Elle buta contre une pierre et faillit tomber. Il la soutint, l'attira avec violence contre lui. (Seize ans oui, mais il était plus grand qu'elle!) Ils restèrent enlacés une minute qui dure encore maintenant. Une orange tomba. Solal la ramassa, la mordit, la jeta et regarda cette femme qui était appuyée contre un arbre, les yeux clos.

Il dit d'une voix brève qu'il viendrait ce soir même à minuit et il lui ordonna de laisser la porte ouverte. Elle le regarda avec effroi et s'échappa. Il voulut la suivre mais elle le supplia de la laisser aller seule. Il n'insista pas, se coucha à plat ventre, arracha des touffes d'herbe et rit de libération.

Une jeune paysanne couronnée de sequins passa, portant un grand vase de cuivre sur la hanche violente. Il lui sourit. Elle posa son fardeau, sourit et vint s'étendre auprès de lui. Dans la chaleur, les abeilles bourdonnaient.

Il n'alla pas au rendez-vous. Il souffrit toute la nuit mais l'image d'Adrienne qui attendait dans l'angoisse lui donnait la force de rester. Il faisait ses dents. Adrienne n'avait qu'à attendre et à mijoter dans sa souffrance. Il irait quand il lui plairait et il ne l'en trouverait que mieux cuite. La vie était extrêmement belle.

Trois jours après, il reçut une lettre. Mme de Valdonne lui disait que son silence l'inquiétait ; elle craignait qu'il ne fût malade et lui demandait de bien vouloir lui écrire quelques mots ou de venir un jour lui rendre visite avec ses cousins qu'elle aimerait tant connaître. Ses cousins ! Pourquoi pas l'oncle Saltiel et la guitare de Salomon ! Il irait seul. Il était Solal. Il existait et elle s'apercevait de son existence maintenant ! Admirable. Il était vivant et les morts étaient bêtes au cimetière. A bas les morts ! Honte aux morts !

Gamaliel avait remarqué les rêveries et les regards vifs de son fils. Cette maudite était belle et Sol était beau. L'autre, le mari, avait une face molle d'Amorrhéen. Il interrogea son fils qui reconnut tranquillement avoir revu Mme de Valdonne. Il lui serra le bras.

— Tu n'iras plus chez cette femme. Je défends.

Solal sortit de la chambre sans répondre. Il alla se confier à Michaël qui écrasa sa moustache avec compétence, se réjouit de l'aventure que lui proposait le lionceau et chanta des mélodies galantes toute la journée.

Le lendemain soir, vers onze heures, le janissaire vint remettre à Solal la clef de la maison et lui donna rendez-vous devant la grille, dans une heure. L'adolescent ferma la porte derrière Michaël et attendit dans sa chambre. A minuit, il descendit. La porte grinça. Mais soudain une main se posa sur son épaule. Il se retourna, reconnut son père, dit humblement qu'il allait expliquer la raison grave pour laquelle il avait voulu sortir. Gamaliel relâcha son étreinte. Aussitôt, d'une bourrade, Solal repoussa son père avec violence, tira la porte derrière lui et, de l'extérieur, ferma à double tour.

Il courut rejoindre Michaël qu'il venait d'apercevoir près de la grille. Il ne voulut pas l'inquiéter et ne lui raconta pas ce qui venait de se passer. Un cheval attendait, que Michaël venait de voler à l'écurie des gendarmes. La route était longue et il ne fallait pas, assura le janissaire, que le jeune maître arrivât consumé de fatigue chez la dame consulesse. (Moustaches écrasées et regard expérimenté.)

Michaël prit les rênes et Solal monta en croupe. Les étoiles de printemps grelottaient. Le cheval, généreusement fouetté, secouait les deux joyeux le long de fleurs admirablement écœurantes. Sous la montée des Jasmins, le vent caressait le sable que léchait la mer insistante. Les chats imploraient avec gravité.

Dans le parc du consulat, des vers luisaient d'amour bleu. Michaël attacha le cheval près de la grille, alluma une cigarette et suivit Solal. La porte de la villa était fermée mais au premier étage une fenêtre était entrebâillée. Le janissaire prit sur ses épaules l'adolescent qui atteignit la fenêtre, chevaucha le rebord et entra.

Elle dormait, les sourcils un peu relevés, un sourire ironique aux lèvres qu'il baisa. Elle poussa un cri, le reconnut, referma les yeux. Elle l'attira et les flots se cabrèrent. Ils échangèrent le grand baiser rouge. Chant des chairs en lutte.

Reins creusés, toutes veines dardées et dents cruelles, l'adolescent déferlait ses muscles et faisait l'offrande à l'éblouie qui approuvait en gémissant. Rythme premier et rythme père. Reins que lève l'Éternel, reins que baisse l'Éternel, coups profonds de l'Éternel. La vie piaffante jaillissait, haleta en pleur triomphal. La femme tombait de ciel en grand ciel noir, larges ailes battantes. Appels tragiques, avis de joie, avertissements de l'homme à la femme qu'il pénètre et qui sourit avec égarement à ce qui est plus loin. Solal se sentait seul, chassait l'image interposée de sa mère et la mort frissonnait en ses os et la vie s'échappait en tumulte joyeux. Il s'endormit un instant, se réveilla en sursaut, rit de la stupéfiée qui reconnut son maître.

Ses mains cachant les seins, elle se leva et ouvrit la fenêtre. Renversée, la corbeille d'étoiles déversait tous ses parfums. Le ciel courbait sa face sur la terre en chaleur qui ouvrait son giron. Souffle des jasmins et chant de la mer. Immortelle odeur de l'immobile immensité mouvante. Et cætera.

Adrienne alla tourner la clef de la porte. Elle revint, baisa au front l'adolescent qui l'avait initiée au rire désespéré, à l'accueil et à la vie enfin qui s'élance et fait éternelle la vie. Il la regardait marcher. Cet ondoiement suscita sa force. Ce matin, il ne savait rien encore et maintenant il était homme. Il souleva sa femme, abattit de nouveau cette grande fleur sanguine et la couvrit. Les ressacs s'élançaient et le secouaient. La douce agonisante gémissait.

— Aimé oh aimé comment partir aimé je suis vieille j'ai vingt-six ans et toi, toi tu es si jeune aimé mon aimé je n'en peux plus comme tu es beau aimé

Ivre d'être tant regardé, il décréta qu'ils partiraient dans trois jours ou dans deux jours; non, demain. Il avait tout préparé et il avait l'argent. Savourant la battante paix et gorgée d'abondance, elle acceptait tout. Celui-ci était son maître. Elle détestait l'autre et ses manies d'impuissant cérébral qui parlait classique le jour et avait besoin de petits mots vils la nuit.

Il prit une cigarette dans le coffret et supporta la première épreuve sans tousser. Il aperçut, éclairée par un rayon de lune, une gravure de Michel-Ange, détesta le gaillard nu aux cheveux poussés par le vent. D'un seul bond il saisit le cadre, l'ouvrit, déchira cette crapule et jeta les morceaux dans le jardin où Michaël fumait sa vingtième cigarette de contrebande. Il dit qu'elle n'avait pas à regarder d'autre homme nu que lui. Elle approuva, baisa la main et l'aine.

Mais un bruit de pas les immobilisa. On frappa à la porte. Elle demanda à Solal de partir. Mais il voulait rester; il ne pouvait pas abandonner sa femme. Les coups se firent plus forts.

— C'est lui. Habille-toi. Va, mon aimé. Demain nous partirons.

Le silence avait succédé aux coups. Solal noua la cordelière d'or de sa veste et se pencha à la fenêtre. En bas, deux formes luttaient. Brave Michaël. Avant de partir, il s'agenouilla comme un de ses ancêtres d'Espagne, baisa la main d'Adrienne, enjamba la fenêtre et sauta dans le jardin.

Il repoussa Michaël. M. de Valdonne se releva, la face tuméfiée. Le janissaire, qui connaissait les usages, laissa l'amant combattre à sa place. C'était juste : le lionceau devait essayer ses griffes. D'un beau coup sur le menton, l'adolescent anesthésia le consul. Michaël s'assura que le cœur du vaincu battait et jeta sa pèlerine rouge sur le corps étendu.

L'amant enfourcha le cheval et cette fois ce fut le janissaire qui se mit en croupe. La bête, fouettée aux naseaux, fila furieusement. Au vent chaud de la course, les crinières des cavaliers crépitaient d'étincelles. Parfois le vainqueur se retournait et les deux complices se regardaient avec des yeux brillants. Ils chevauchaient joyeusement, la tête en arrière, et la vie était si terriblement émouvante, belle et jeune !

Avant de rentrer au Dôme ils allèrent se baigner dans la mer. Ils riaient à gorge large, les deux brigands. Solal se dirigea vers le cap où gémissaient des cyprès. Sous la lune et dans les flots tranquilles, il jouait magnifiquement et chantait un chant de joie, un appel de jeunesse.

Rhabillés, ils s'embrassèrent avec enthousiasme. Mais il se souvint de son père et frissonna. Le rabbin l'attendait et le tuerait peut-être. Tant pis et vive le danger ! Ils s'arrêtèrent à une cinquantaine de mètres du Dôme. Michaël alla ramener le cheval à l'écurie et Solal ouvrit la porte.

Le rabbin Gamaliel était debout dans l'antichambre, à la place où son fils l'avait laissé. Il s'avança lentement, le prit par les cheveux, hésita, chercha, leva les yeux, regarda le plafond et arracha d'un seul coup la chaîne de cuivre qui soutenait une lampe étoilée. Il fouetta le jeune corps avec la chaîne. Solal s'évanouit et tomba sur le marbre où son père l'abandonna pour aller prier (ou peut-être songer à la beauté d'Adrienne).

A cinq heures du matin, Solal se glissa hors de la maison et courut vers la montée des Jasmins, bordée d'orangers, de cactus, de citronniers, de myrtes, de cédratiers, de lentisques, de grenadiers, de figuiers. D'un rocher écarlate, un filet de diamant coulait dans la mer qui respirait avec justice de toute éternité. Le soleil sortait sa tête brûlante hors de la mer qui fuma et trois nuages d'or blanc entourèrent le soleil qui étagea sur l'amphithéâtre de Céphalonie des cubes jaunes dont les vitres éclatèrent en cris roses et verts. Solal leva les mains et salua sa vie aventureuse qui commençait avec le lever du seigneur d'Orient.

V

Le deuxième matin de mai lançait sur l'île grecque sa respiration fleurie. L'oncle Saltiel rêvait que son neveu était au Spitzberg et que, en compagnie de Mme de Valdonne, il y tuait des phoques à monocle. Il se réveilla, le front moite.

Dieu merci, ce n'était qu'un rêve. D'ailleurs n'avait-il pas, la veille même, fait égorger un coq pour détourner tout malheur de la tête de Sol et n'avait-il pas dessiné sur le front de son neveu la croix rituelle avec le sang du coq? Solal s'était laissé faire à condition que son oncle lui remît quatre cents drachmes qui lui étaient nécessaires, avait-il prétendu, pour payer des livres arrivés de France. Saltiel avait donné l'argent, seul gain de l'année, et qui lui avait été versé à titre de courtage pour une vente d'huile d'olive, conclue à la suite d'un malentendu.

Il se pencha à la fenêtre de son pigeonnier et

battit des mains. C'était le signal convenu avec le cafetier turc. Il tira la ficelle, fit monter une immense corbeille à linge dans laquelle était une minuscule tasse. Il vérifia l'arôme du café, lança trois centimes à son fournisseur et pensa que ce serait assez joli d'amarrer un tout petit canon au bord du toit; ou de la corbeille. Le cafetier comprendrait plus vite en entendant la détonation.

Accoudé au rebord de la fenêtre, Saltiel donna à manger aux petits oiseaux qui disaient ses louanges, se gorgeaient de leur rhétorique et le connaissaient bien. Puis il feuilleta le livre de Lazare Bernard où était démontrée l'innocence du capitaine Blum. Il pria Dieu d'inonder de son huile bénie la belle tête de ce cher Bernard. Mais il était inquiet car les lettres qui composaient le nom d'un persécuteur du capitaine formaient un chiffre victorieux. Bah! Dieu jugerait le colonel Henry selon ses mérites. Puis l'oncle Saltiel tira d'une cachette un Nouveau Testament, regarda s'il n'était pas espionné, lut avec intérêt, soupira et versa quelques larmes d'attendrissement et d'admiration.

Tout à coup, il vit au bas de la rue les trois acolytes qui, le doigt posé sur le nez, lui recommandaient, à une grande distance, de se taire. Il enleva la pâte dentifrice — qu'il avait appliquée sur la joue pour guérir sa fluxion — tout en se demandant ce que lui voulaient ses amis pour venir à neuf heures du matin. Il ouvrit l'armoire, y cacha les Évangiles et considéra avec fierté son petit trésor : portraits de sa mère, de Napoléon et de Racine ; livres de Descartes et de Pascal ; une défense d'éléphant ; un plan de Paris ; un drapeau tricolore et un lampion pour fêter le 14 Juillet ; un képi de général ; des devoirs d'école de Solal.

Salomon, tout essoufflé, se précipita dans la chambre et avertit le compère Saltiel d'avoir à écouter une nouvelle très terrifiante. Tête basse, habitude contractée à force de chercher dans les rigoles des pièces de monnaie perdues par de possibles Anglais, Mattathias entra et écarta Salomon. Il s'assit et proclama cette sentence inadéquate, à savoir que le ver de terre est effrayé par un brin d'herbe mais que le crocodile se rit des roseaux. Mangeclous fonça le dernier ; ses yeux tanguaient, ses longs bras ballaient de fatigue et ses poumons sifflaient avec peine.

— Laisse-moi la place, Mattathias, afin que je parle. (Le maître de la barcasse se leva car il rendait hommage à l'éloquence.) Et d'abord, dit Mangeclous en s'asseyant, je te souhaiterai malgré tout, cher Saltiel, une bonne semaine, et te remercierai de ce café car j'ai soif, et faim aussi d'ailleurs.

Il but le café. Salomon soupesait la dent d'éléphant. Saltiel la lui ôta des mains, ferma la porte de l'armoire, serra la ceinture de soie qui retenait ses culottes et mit deux doigts dans sa tabatière.

— Je suis sur les épines de l'impatience, cher Mangeclous. Que se passe-t-il?

Salomon éternua.

— Que tu vives! fit l'hôte poli.

— Voici, dit Mangeclous en auscultant sa poitrine.

Salomon éternua.

— Que tu croisses! dit Saltiel avec lenteur. Je t'écoute, cher Mangeclous.

Salomon éternua.

— Que tu crèves! dit Saltiel.

Salomon essuya ses yeux à la serviette. Saltiel ouvrit l'armoire, plia la serviette, la plaça près du coffret qui contenait la terre de Palestine, referma l'armoire, mit la clef dans sa poche et regarda fixement Salomon.

— Voici, dit Mangeclous. Tu connais mon cœur et tu sais combien je t'aime, Saltiel Ézéchiel Moïse Jacob Israël des Solal! Parole d'honneur, je préférerais t'annoncer la mort de ton père, la mort de ta sœur, la mort de tes nièces, si toutefois tu en as.

— Nous ne sommes pas au tribunal, dit Saltiel qui ne s'effrayait pas pour si peu. Parle plus clairement.

Mais le petit Salomon mangea le morceau et cafarda sans plus.

— Le fils du rabbin s'est enfui, dit-il.

— O destructeur d'exorde! cria Mangeclous. Est-il possible que ta sainte mère ait perdu neuf mois pour engendrer ce vermisseau intempestif?

— Oui, dit Mattathias en roulant de sa main unique une cigarette. Il s'est enfui avec une démone.

— Et il m'est revenu qu'elle est amoureuse comme un bélier, crut devoir inventer Mange-clous.

Saltiel était pâle. Son genou tremblait où était la boucle de la culotte. Il leur demanda si la nouvelle était vraie. Ils ne répondirent pas, ne se récrièrent pas, ne prêtèrent pas serment. Ils avaient donc dit la vérité.

— Avec la consulesse?

— Que Dieu troue sa peau et qu'il lui lance une faillite! dit Mattathias.

— Seize ans, rêva Salomon. A trente ans, j'étais encore pur. A seize ans enlever une femme de consul et longue et belle! Quel léopard!

— Tais-toi, dit Saltiel. L'enfant est prunelle et diamant. Quand sont-ils partis?

— Ce matin, à sept heures, avec le bateau italien. On dit que le mari l'a chassée. Le complice Michaël s'est enfui dans les montagnes.

Saltiel très pâle se leva, s'efforça de tenir droit son petit corps, lissa sa toque et pria ses amis d'avertir sa sœur qu'il allait venir. Les trois descendirent, suivis par les portefaix des fabriques et par les marchands de drap qui avaient fermé leurs échoppes pour aller raconter aux femmes l'événement inouï.

Dans la chambre aux volets clos où crépitaient les veilleuses oubliées, Gamaliel agenouillé sur un

coussin de velours. Près de lui, l'œuf dur dont se
nourrissent les endeuillés.

En regardant les étoiles que de fois il avait
songé que son fils était l'Attendu. La première
prostituée sur son chemin et l'impudique l'avait
suivie! Ses doigts tâtonnaient, cherchaient l'œuf
qu'ils écrasèrent et dont il porta une moitié à sa
bouche. Sa main pendait sur son genou. Cet enfant à la nudité duquel il n'avait jamais osé songer,
dont il se sentait mourir de ne pas baiser les longs
cils, un chien! La porte s'ouvrit et Rachel supplia.

— Permettez qu'on aille à sa recherche. Pour
l'honneur du nom, permettez! Elle l'abandonnera
et que fera-t-il?

— Va-t'en. Dis à mes trois neveux de venir. Ils
seront ma consolation.

— Vous ne voyez pas les choses telles qu'elles
sont. C'est un égaré et Dieu l'a fait si beau pour
son malheur.

Il sentait un désir violent de baiser les joues et
le col pur de son fils et il revoyait en même temps
les cheveux et la démarche rapide de Mme de
Valdonne. Il releva la tête et aperçut dans le
miroir sa figure vieillie, impropre aux joies du
sang et de la terre. Il respira l'odeur des orangers
qui entrait par la fenêtre, écarta ses lèvres plus
rouges et cracha.

— Je n'ai plus de fils. Va-t'en!

Elle alla dans sa chambre, prit le calame et
dessina :

« Loué et cher frère Saltiel. Il a défendu que tu viennes et ne veut plus entendre parler de l'enfant. Prends le bateau de six heures et va à Brindisi. Ils doivent être là. N'épargne pas l'argent et pour l'amour du Seigneur, agis. Trouve l'enfant et confie-le à d'honorables éducateurs, sur ta vie, honorables ! Ta sœur et servante Rachel des Solal. Dis aux éducateurs que l'enfant est de bonne extraction et que l'argent sera versé régulièrement. Envoie tes lettres au nom de notre père. Pour l'amour du Seigneur, Saltiel ! »

Elle remit à Mattathias la lettre, des florins et son diadème de napoléons.

VI

Saltiel se promena toute la nuit avec impétuosité sur le pont du bateau. Sous la lune, il lisait alternativement un roman policier et un livre d'aventures au Far West. Il espérait trouver des suggestions dans ces lectures appropriées aux circonstances et se proposait de suivre son neveu à la piste ou de trouver à Brindisi quelques cheveux blonds de Mme de Valdonne. Il interrompait parfois sa lecture pour demander aux matelots si le charbon était de bonne qualité et si le bateau arriverait à temps ou pour s'assurer que son passeport et celui de son grand-père étaient dans sa poche. Pourquoi le passeport de son grand-père mort depuis quarante ans ? Prudence. On ne sait jamais. Un passeport est toujours utile à garder. Et d'ailleurs n'est-il pas dit que les morts ressusciteront ?

A huit heures du matin, le navire accosta le quai de Brindisi. Saltiel bouscula les passagers, voulut être le premier à sortir, se trompa d'escalier, s'engagea dans la rampe par laquelle on débarquait le bétail, se heurta aux vaches, chercha avec angoisse un chemin entre les cornes, les queues et les mufles chauds. Il se perdit dans les cales, songeant avec terreur que le bateau allait peut-être repartir pour Céphalonie. Il donna dix francs à un soutier et se fit reconduire par la main jusque sur le quai : aux grands maux, les remèdes tragiques !

Il demanda à un carabinier s'il n'avait pas vu un jeune homme très beau. Le soldat l'envoya à la questure. Arrivé devant les bureaux de la sûreté, le petit vieillard réfléchit et fit demi-tour : il était plus prudent de ne pas mettre des policiers dans la confidence. Un cocher proposa à « monsieur le comte » de le véhiculer. Saltiel ne prit pas le temps de savourer l'appellation et demanda la synagogue. Le voiturin comprit mal et l'envoya à l'asile d'aliénés. L'essoufflement du pauvre homme mit les internes en suspicion et l'on faillit le garder.

A trois heures de l'après-midi, il s'assit devant

la mairie, défit les nœuds complexes de sa valise.
Il était découragé et persuadé que ces vaches lui
avaient porté malheur. Comment pourrait-il trouver Sol dans une botte de mille kilomètres? Il
mangea lentement ses beignets à l'ail et se
rasséréna.

— Voyons la situation et voyons-la bien.

Mais il ne voyait rien. Deux infirmières passèrent et avec elles la jeunesse et la joie. Il se fit une
cigarette, l'alluma. Elles étaient jolies, mais la
maudite était encore plus jolie. Elle allait lui
abîmer son neveu. Il posa sa toque près de lui et
tira une bouffée.

— Où dois-je les chercher, où? Qu'on me le
dise et je me précipite. Mais si on ne me le dit pas
comment me précipiterais-je? A Naples ou à
Brindisi, à Trieste, à Côme ou dans les États du
pape? Suis-je un policier ou suis-je un colonel? Et
alors pourquoi m'envoie-t-on à la recherche et
quel mal ai-je fait pour être ainsi puni?

Il tâchait de se rappeler les stratagèmes du
roman policier. Peut-être ferait-il bien de mettre
une barbe rousse? Les employés de la mairie le
bousculèrent. Un monsieur ventru jeta un sou
dans la toque. Saltiel ricana avec amertume. Tout
cela était de très bon présage. Il donna le sou à un
gamin qui le regardait en se grattant la tête.

— Tu n'as pas vu une dame et un petit
garçon?

— Oui.

— Sois béni et approche. Où?

— A l'hôtel.

— Et comment s'appelle-t-il cet hôtel?

— Là-bas, en face des bateaux.

— Et comment était l'enfant?

— Un riche. Avec des souliers.

— Pour riche, il l'est. Quelle couleur avaient ses cheveux bruns? demanda le détective.

— Blonds.

— Va-t'en vers ta prostituée de mère et vers ta sœur de fâcheuse réputation!

Mais tout de même l'enfant avait raison. Il fallait perquisitionner dans les hôtels. Il se leva. Bon, encore des vaches! Mais quel pays était celui-ci?

A l'hôtel, il demanda le directeur. Le portier regarda la valise trouée et adressa Saltiel au sous-portier qui lui dit qu'une dame et un jeune homme avaient en effet passé la nuit à l'hôtel. La dame était blonde et le jeune homme était brun. Ils avaient pris des billets pour Florence. Mais ils avaient pu s'arrêter en route.

— En route, répéta Saltiel égaré. Ils ont pu s'arrêter en route naturellement.

Au guichet de la gare, il demanda un billet, s'endormit trois secondes et se réveilla pour suggérer une réduction.

— Mais qui êtes-vous? Êtes-vous un invalide de guerre?

— Mon ami, cela je ne puis te dire. Mais mon grand-oncle a fait la guerre dans les armées de

France sous les ordres de Napoléon — qui est français et non italien.

Le guichet se referma avec violence.

Dans le compartiment, une vieille écrasait une tomate entre ses gencives. Dans le fourgon voisin, les veaux gémissaient.

— Les mères ce matin, fit remarquer Saltiel, et les fils cet après-midi.

La vieille ne comprit pas et assura, en dodelinant au rythme du train, que les enfants étaient toujours ingrats. Après avoir écouté toute l'histoire, elle lui conseilla d'offrir un cierge à saint Antoine. Saltiel s'abstint de répondre et s'endormit. Chargé de chaînes, le train criait son ivresse.

A quatre heures du matin, un renseignement mal interprété le fit descendre à Foggia. A midi, il monta dans un train marchandises-voyageurs et choisit un compartiment où étaient montés des Juifs polonais qui avaient voulu se rendre à Jérusalem mais qui avaient été refoulés à Constantinople et se dirigeaient vers l'Amérique — où l'un d'eux a été nommé hier recteur de l'Université de Harvard.

Saltiel raconta son histoire en hébreu. Ses compagnons lui donnèrent des adresses de protecteurs et lui offrirent le passeport d'un des leurs, mort pendant la traversée. Un maigre conseilla de porter plainte au ministère des Affaires étrangères de France. Un autre, bouclant sa barbe, proposa une bague de véritables fausses émeraudes pour la dame française. Un gras offrit la moitié d'une carpe, salée à Kichinev. Saltiel partagea avec eux un gâteau d'amandes. Ces mains vivantes étaient feutrées de fumée. Le petit oncle avait mal à la tête. Le futur recteur se proposa à lui comme interprète. Saltiel s'indigna. Pour qui le prenait-on, pour un Serbe ou pour un Mongol ? Il donna soudain libre cours à son mépris.

— Et d'abord, êtes-vous de véritables fils d'Israël ? Vous avez des noms germaniques et un jargon dont Dieu garde !

— Silence ! dit un patriarche voilé d'ombre et de méfiance. Nous avons fui les persécutions.

— On dit cela, chantonna l'oncle Saltiel qui s'endormit.

Lorsque le train s'arrêta à Florence, il prit congé de ses coreligionnaires avec des bénédictions et leur promit de leur écrire le résultat de ses recherches. Il descendit du compartiment en titubant, alla avec plaisir à travers les rues vides, goûtant les perles de l'aube et des cloches, assez heureux d'avoir quitté ces Polonais qui pouvaient bien avoir le mauvais œil. Sur le seuil d'une épicerie, un baryton couvrait son étalage de pâtes fraîches et de fenouil. Saltiel lui demanda un verre d'eau et des renseignements.

— Notre antique cité...

— Laisse ton antique cité. Les hôtels où sont-ils et où est le meilleur ? Car elle est riche.

— Êtes-vous le valet d'une dame anglaise ?

Saltiel commença à expliquer mais il s'aperçut qu'il ne savait pas au juste ce qu'il était. Enfin l'épicier lui indiqua le Grand Hôtel. Il s'y rendit. Triomphe. Les deux voyageurs étaient arrivés depuis la veille. Le portier alla réveiller le jeune homme.

Dix minutes après, Solal descendit. Il était pâle et ensommeillé. (« Elle me l'a déjà abîmé ! ») Il sourit pour toute réponse lorsque son oncle lui demanda s'il avait des bagages.

— Alors, viens, dit Saltiel, nous pouvons partir.

— Mais je voudrais bien...

Le petit oncle pensa que l'enfant avait raison en somme. Il fallait bien qu'il la revît une dernière fois. Dans tous les romans il en était ainsi.

— Je voudrais bien donner un pourboire à la femme de chambre.

— Laisse, dit Saltiel déçu, laisse ! J'ai enrichi l'Italie avec mes pourboires depuis trois jours.

L'adolescent prit le bras de son oncle et ils sortirent. Il faisait beau. Solal demanda si l'on allait retourner immédiatement à Céphalonie. Saltiel pensait à la pauvre femme si belle, qui dormait en ce moment et ignorait l'abandon. Il répondit avec froideur.

— Votre père, monsieur, ne veut plus vous voir. Et moi je veux aller dormir car je vous cherche, monsieur, depuis quatre jours.

Solal monta sur le parapet et lança des pierres dans l'Arno. Saltiel frissonnait de réprobation. Cette pauvre femme qui avait quitté son mari et dont la vie était désormais gâchée. Mais comment avait-il fait, ce diable, pour se faire aimer à seize ans ? Lui Saltiel, riche en expérience et plein de sentiments poétiques, les femmes s'étaient toujours moquées de lui !

— Veuillez marcher à mes côtés. Nous allons chercher un hôtel. L'épicier m'a donné une liste.

Solal obéit, prit la main de son oncle et la caressa.

— Que penses-tu de cet hôtel des Trois Palais qui est marqué ici de quatrième ordre ? Ces trois palais me plaisent assez et le papier à en-tête fera fureur à Céphalonie. Qu'en pensez-vous ? fit Saltiel qui se rappela qu'il était fâché.

Ils prirent deux chambres. Après des calculs sur le dos d'une boîte de cigarettes, après des réflexions et des contre-ordres, Saltiel commanda un « bain complet oui madame avec les perfectionnements » dans lequel il resta une heure pour en bien profiter et ne pas avoir dépensé en vain trois lires. Il demanda ensuite quinze feuilles de papier et trois plumes neuves. Enveloppé dans le peignoir, il tailla sa plume d'oie, en examina soigneusement la fente, souffla sur son papier, humecta ses lèvres, se moucha, étala ses coudes, chercha l'inspiration, sortit sa langue et calligraphia.

« Chère sœur,

« Après une traversée heureuse quoique pénible je débarquai par bon vent à Brindisi en la cinq mille six cent soixante et quatorzième année de la création du monde et au jour du sabbat je me suis naturellement gardé de fumer en ce Jour Sacré! Je ne te conterai pas par le menu les embûches et les traverses que le Seigneur Loué Soit Son Nom! mit sur ma route mais qu'Il me permit cependant de surmonter. Dès l'arrivée chère sœur ma Vie fut en Danger! Une bande de taureaux féroces de ceux qu'on fait venir des montagnes d'Albanie et dont les cornes sont comme une Harpe se précipita à ma rencontre! Te dire mes blessures, ma fermeté, ma vaillance est chose impossible et la plume renonce!

« Pour abréger. Après des enquêtes minutieuses des arrêts dans diverses villes me nourrissant de fruits sauvages sur mon chemin. Après être tombé entre les mains d'escrocs qui me voulurent vendre une bague probablement volée que le mal s'en aille et ne revienne plus! j'arrivai heureusement à Florence où j'ai trouvé ton fils qui t'envoie une salutation. Je chercherai pour lui une école sans doute en la France aimable refuge de nos aïeux et notre bien-aimée Patrie! Gloire au Très-Haut! Sa puissance m'effraye!

« Saltiel des Solal!

« Et Sa bonté m'effraye aussi! Des détails suivront par la prochaine locomotive. La vie est très chère en Italie. A l'homme du charbon du bateau j'ai donné dix drachmes, ceci je puis le

100

jurer sur la tombe de notre grand-père qui est bien où il est et nous sommes encore mieux ici-bas. Il fait assez beau temps et je compte visiter la ville dans laquelle se trouvent des abominations de pierre assez gracieuses que le Ciel confonde celui qui les fit! Je compte aussi m'acheter un Chapeau de Paille car ma toque a été traversée d'un coup de corne voir description plus haut. Si Mangeclous vient dis-lui que je puis également prêter serment sur la question des taureaux. Il est inutile que Salomon raconte à toute l'île si toutefois il le fait qu'il sache que les Cornes avaient la Grandeur d'un Enfant de trois ans. C'est grâce aux informations fausses de l'autre enfant que j'ai pu obtenir les renseignements exacts du portier. Tu vois que le Ciel a semé des miracles sur ma route. Autre prodige, en la ville dite Foggia j'ai vu une femme imagine-toi qui mangeait des petits vers méprisables et cuits enfermés dans une coquille! Le monde est grand chère sœur et assez terrible. Il est inutile de faire des actions de grâce pour l'Épisode des Taureaux. Il semble que les Veaux aient porté Bonheur, du fourgon, mais ceci doit être examiné et je me propose de soumettre le cas à notre vénéré Père dont je baise la main avec un inexprimable respect. Je suis de nouveau

« Saltiel des Solal!

« Psst! Les catholiques je les admire beaucoup pour mille raisons et les protestants tout autant!

101

Mais j'aimerais bien discuter, controverser avec eux pour leur démontrer que l'Éternel est extrêmement Un! »

L'oncle Saltiel, qui voulait être payé de ses peines, était bien décidé à avoir un beau mois de flânerie. Ils voyagèrent. Pise, Lucques, Bologne, Modène, Mantoue, Parme.

Saltiel s'exclamait devant les monuments et Solal regardait. Le soir, ils regagnaient leur hôtel avec des provisions. L'oncle sortait de la valise un réchaud à alcool et, tout en chantant des psaumes, préparait de délicieux petits dîners. Le repas terminé, ils se promenaient dans les rues silencieuses, sous des voûtes, entre de hautes maisons écussonnées. Ils se tenaient par le petit doigt et Saltiel nasillait des mélopées. Des littérateurs se retournaient pour regarder le petit vieillard allègre aux culottes courtes et prenaient des notes sur le pittoresque italien.

La veille du jour fixé pour le départ et pour la recherche d'un pensionnat français où Solal préparerait la deuxième partie de son baccalauréat, Saltiel resta longtemps au pied du lit de son neveu et conta les exodes des générations précédentes. L'adolescent écoutait avec attention, sentant que cette vie allait bientôt lui devenir étrangère.

Au bout de deux heures, il feignit de s'endormir et enlaça l'oreiller. Il reverrait bientôt Adrienne. Il savait qu'elle avait une propriété à Cimieu, près d'Aix-en-Provence. C'est là qu'elle avait dû se réfugier. Il avait de nouveau un désir violent de la revoir. En somme, il l'aimait terriblement. Mais alors pourquoi avait-il suivi l'oncle? Parce que le petit vieux était sympathique. Il aurait dû tout de même aller la voir avant son départ de Florence. Tant pis, on la retrouverait bien.

Saltiel releva une frange fastueusement noire qui tombait sur la paupière du faux endormi, effleura le front et partit sur la pointe des pieds en maudissant ses souliers qui craquaient.

Le lendemain matin, il se présenta avec une emplette solennelle. Il défit le paquet et sortit un violent chapeau haut de forme barbu. Solal s'exclama que rien n'était plus beau. L'oncle se coiffa et lança un regard dictatorial sur la glace, puis sur son neveu, puis sur la glace. Puis mit le chapeau de côté, puis croisa les bras, puis les décroisa.

— Oui, il ne me va pas mal, dit-il avec distinction. Mais laissons ces colifichets. Donc nous partons aujourd'hui. Nous irons en France et nous chercherons l'école. Dans un an, ton père aura oublié et pardonnera et tu retourneras à Céphalonie et nous verrons et Dieu est grand. Voilà comme je suis. Donc nous partons. En effet le chapeau haute forme me va assez bien. Bon.

Il soupira et enfonça son couvre-chef solennel jusqu'aux yeux. Solal proposa Aix-en-Provence. L'oncle accepta cette ville parce que certains de ses aïeux y avaient vécu et qu'un roman de cape et d'épée, lu dans sa jeunesse, s'y déroulait.

Deux jours après, ils arrivèrent. Le chef de gare leur conseilla le pensionnat Bosq. Chemin faisant, Saltiel s'arrêtait devant les fontaines chaudes, de granit moussu, dégustait les cariatides. Pour mieux comprendre les gargouilles qui terminaient les chéneaux cannelés, il grimaçait comme elles, tout en trottant menu.

Il eut un long entretien avec le chef de l'institution à qui il proposa de payer une pension supérieure à celle qu'indiquait le tarif. Puis il montra M. Bosq à Solal.

— Voici ton troisième père, mon enfant. Je crois qu'il vaut mieux que je parte.

Le directeur s'éloigna. Saltiel bénit son neveu et lui donna des conseils pleins de bon sens. Soudain, ses mains tremblantes retombèrent. Il contempla le fils de son cœur avec des yeux de chien abandonné et partit, oubliant son parapluie.

Dans la rue parfumée d'acacias, il alla au hasard tenant son tube velu, sa valise et ses gants troués. Il clopina et disparut.

Dans la salle d'attente de la gare, il discutait avec lui-même. Les moulinets du bras droit lui expliquaient les avantages de l'institution Bosq, mais son poing gauche fermé n'était pas d'accord. Il s'endormit un moment sur la banquette, au chant des grillons. Un sifflet le réveilla.

Croyant se rendre à Paris, il prit, les larmes aux yeux, le train qui allait à Marseille. Il avait peur d'avoir perdu son neveu pour toujours.

Deuxième partie

VII

Accoudé à la rampe du pont, il regardait couler l'eau probe du lac de Genève. Les lampes à arc faisaient des stries dans l'émeraude où des perchettes vivaient leur vie. La nuit était froide. Il souleva le col de son veston. Devant lui était la statue officielle et romaine du vagabond pisseux traqué par les officiels.

— Jean-Jacques Rousseau, je suis perdu. J'ai vingt et un ans et je n'ai pas un sou. Si tu savais comme Adrienne m'a parlé. Il paraît qu'elle a tout oublié et que je ne dois plus la revoir. Il y a déjà cinq ans et moi je n'ai rien oublié. Il paraît que je suis un démon, que j'ai fait le malheur de sa vie et mille cætera affectueux. Elle vit confortablement chez le pasteur Sarles. Tu n'as jamais eu une maison comme ça, toi. C'est là-bas, à Cologny, juste en face de toi. Beau parc. Elle souffre moralement et elle a de beaux bijoux. Est-ce ma faute si le mari est mort d'urémie ? En dix minutes elle m'a prouvé que je suis vingt-trois serpents. Et tout ça sur la route. Naturellement je suis trop mal habillé pour qu'on me reçoive dans le salon.

Il y a trois jours que je n'ai pas mangé. N'empê-che, nous la reverrons bientôt et elle nous aimera et nous l'épouserons et nous serons riches, puis-sants et d'une bonté extrême et je ferai des rentes à mon oncle et à des mendiants sympathiques français. Laisse-moi méditer sur ma vie et pren-dre une résolution surprenante.

Il s'approcha de la statue, posa sa main sur le pied nu de Jean-Jacques, lui raconta les cinq années écoulées et lui demanda conseil.

Quelques jours après son arrivée à Aix, il s'était échappé du pensionnat Bosq et s'était rendu à Cimieu. Le jardinier avait répondu vaguement : Madame n'était restée que quelques jours ; elle était maintenant en voyage il ne savait où ; elle était peut-être chez son père, le général de Nons, à Anduze. Solal avait laissé une lettre et était retourné au pensionnat où il s'était mis au travail avec acharnement.

Les élèves n'aimaient pas cet étranger, sa politesse, son impassibilité, son élégance et son ironie distraite. (Blanche Bosq sortait parfois de la chambre du honni à cinq heures du matin.)

Au bout de deux mois, une lettre était arrivée de Paris. Mme de Valdonne lui disait qu'elle était heureuse de savoir qu'il était venu compléter ses études en France ; qu'elle allait faire un long séjour en Italie ; que Paris était si triste en cet hiver de guerre ; qu'il était inutile qu'il vînt à Cimieu car il ne l'y trouverait pas ; qu'elle lui souhaitait sincèrement les plus brillants succès scolaires.

Il passa la deuxième partie de son baccalauréat et reçut une lettre de son père qui, sans faire aucune allusion à la fugue, lui demandait de revenir aussitôt à Céphalonie. Retourner là-bas, pourquoi? Le monde était large et il ne fallait pas perdre de temps. Il avait de l'argent et dix-sept ans. Armé de magnifiques valises et de cigarettes dorées, il s'était fait conduire à Cimieu où il avait appris qu'elle était en Espagne. Bien. On irait en Espagne la trouver.

A Marseille, il avait passé plusieurs semaines à l'Hôtel du Louvre. Étendu sur son lit, il avait écrit trois cents poèmes magnifiques qu'il avait oubliés dans une armoire — et qui ont fait, depuis, la gloire d'un autre. La princesse russe qui habitait l'hôtel avait un magnifique coup de reins mais il était las de toutes ces lèvres et langues de femmes. Toujours la même sale humidité. Il n'avait pas osé relire la lettre de son père. Il ne le reverrait qu'illustre. Qui était-il, lui Solal, seul au monde? Ridicule, avec ces feuilles sur le lit. D'ailleurs, il n'avait plus d'argent. Misérables, avec leur argent!

Il avait quitté l'hôtel et cette sale belle blonde russe qui voulait l'entretenir. Il vaincrait noblement ou il mourrait. Mais vaincre qui et comment? Il avait déchargé des oranges au Vieux-Port. Il déjeunait de fèves bouillies avec deux Italiens, vendeurs de plâtres, auxquels il lisait d'éternelles révoltes écrites sur du papier d'emballage.

Sur le bateau qui le menait en Espagne, il était avec la racaille du pont. Près de lui, un Arménien enlevait la crasse verte qui feutrait les intervalles des orteils, en fabriquait une boulette qu'il faisait rouler et il la contemplait comme si elle était sa destinée. Là-haut, pour activer leur digestion, des Hollandais arpentaient le pont des premières. Tout était prêt pour ces garçons solides. Il se sentait désemparé, fils de malheureux. Ses mains déjà fatiguées. Il avait donné à l'Arménien les dix francs qui lui restaient. Des Anglais, gorgés de soda et de certitude, marchaient en sens inverse et rencontraient des Américains convaincus, joyeux et inutiles. Des Russes hésitaient. Il n'y avait plus de Français. Et lui, de quelle nationalité était-il, à propos ? Il regarda son passeport. Ah oui, citoyen hellénique. Drôle.

Espagne. Misère. Métiers divers. Pas d'Adrienne. Un matin, à Valladolid, après avoir relu Racine et Rimbaud il était allé au consulat de France, avait signé un engagement pour la durée de la guerre. Légion étrangère. Camp d'instruction. Fleurs disparues des fusées. Blessures. Citations. Une palme, deux étoiles. Trois mois de prison pour actes d'indiscipline grave.

Armistice en quelle année ? Paris. Préceptorat. Les parents du petit Brésilien payaient bien. Dans un café, il s'était lié avec des gens de Bourse, avait écouté et retenu. Au bout d'un mois les huit mille francs s'étaient multipliés par cinq. Dix semaines après, il jouait avec cent mille francs étalés sur son lit. Il en avait eu vite assez. En huit jours, il avait dépensé les cent mille francs en fastes et en dons à des inconnus sympathiques et il était parti de Paris, les mains vides et la poitrine légère. Il fallait aller n'importe où, capter le hasard, se perdre dans le mouvement.

Marseille de nouveau. A la Joliette, il avait interrogé en hébreu un vieillard affalé contre un sac d'arachides. Devait-il retourner vers son père ? « — Oui, chez toi, fils. Ou à Jérusalem. Il n'est meilleure place. Quand j'aurai de l'argent, à Jérusalem j'irai, certes à Jérusalem. — Moi c'est à Cimieu que j'irai. Je m'arrangerai pour savoir où elle est. — Eh, Dieu est partout. C'est à l'endroit Cimieu que nous trouverons peut-être le Messie. Si tu veux, je viens avec toi car tu me parais jeune et fort étourdi. Prends ta part de ma nourriture. »

Il avait partagé le repas du vieux Roboam qui se trouvait être un Solal et il était allé s'étendre à l'ombre, pour rêver au sourire grave d'accueil, aux gestes lents d'Adrienne. Et quels seins ! Quels seins ! Par le Dieu vivant, quels seins !

Ils étaient partis. Le soir, ils dormaient au bord de la route. Le mystique frissonnait d'admiration en écoutant son jeune parent rêver en hébreu. Serait-ce Lui ? A Cimieu, Solal avait cherché une auberge pour son mentor crevé de fièvre. Il lui avait lavé les pieds et l'avait étendu sur le lit. Tout en lui caressant la main, il lui conseillait de dormir et l'assurait que demain il trouverait Celui que son cœur cherchait. — Bon enfant, murmurait le vieux.

La nuit venue, il avait escaladé la grille, ouvert sans peine les volets mal joints et forcé le tiroir du secrétaire. Une lettre, adressée à Adrienne et signée par Aude de Maussane. En haut et à gauche, était gravée une adresse. « Les Primevères Cologny Genève ». Aude se réjouissait de la venue de son amie. Allons à Genève. Avant de partir, il avait dessiné des moustaches sur un beau portrait d'Adrienne.

Et voici, il était à Genève. Adrienne, qui gardait évidemment une vive honte de la fugue, l'avait chassé. Elle n'avait pas tort de ne pas vouloir s'embarrasser d'un vagabond souillé de boue. Libre et riche depuis la mort de son père, elle menait une belle vie. Elle avait expédié avec élégance le pauvre hère qui crevait de faim. Que faire pour vivre et réussir et capturer Adrienne ?

Minuit. Puisque la société était carnassière, il se servirait de ses dents. Il choisit le plus cossu parmi ceux qui venaient de sortir du théâtre et le suivit longtemps. Le bourgeois à barbiche et à manteau court se retournait, allait vite, avait visiblement peur du voyou. Solal, obéissant à la tradition, s'approcha, demanda du feu et engagea conversation avec le bonhomme terrifié. Il lui raconta sa vie, tout en lui serrant affectueusement le bras.

112

— Je n'ai pas envie de prolonger cette période absurde. Ne te sauve pas. Ce n'est pas dans huit jours que je veux jouir de toute la vie, mais ce soir. Je veux Adrienne demain ou après-demain. D'ailleurs je ne lui accorde pas plus d'importance qu'elle n'en a. Pour la conquérir (bêtise!) j'ai besoin d'argent. Donne-moi de l'argent. Je te promets de te le rendre. Mais si tu ne me le donnes pas, j'ai hélas le droit de te le prendre. J'ai dix droits, regarde.

Il montra ses mains. L'homme à barbiche, la paupière gauche tremblante, sortit son porte-feuille. Quelle chance. Vingt billets de mille francs. Solal en prit quatorze, rendit les autres, remercia. Ce prêt lui serait utile. Il regrettait que la gravure de ces billets suisses fût un peu fruste. Il fit encore un peu de conversation polie, offrit une cigarette et s'en alla. Mais il revint vers le volé qui essaya de s'enfuir; il le rattrapa, lui demanda son nom et son adresse, car il avait l'intention de lui rendre l'argent un jour. Foi de nouveau-né!

— Marquet? Avenue des Crêts? Bon. Il ne faut pas porter plainte. Si on m'arrête par ta faute, je te ferai périr. Hou! Je regrette d'avoir été indiscret. Mais que faire? La vie sent bon ce soir, frère. Donne-moi la main. Très bien. Nous sommes tous enfants de Dieu. Va sur ta voie, frère, et moi je vais sur la mienne. Compte sur moi et n'oublie pas le fils de Gamaliel.

Il donna à l'ahuri un baiser sur l'épaule et s'en fut, plein de joie, avec de grands desseins de vie.

Lorsque les paquets arrivèrent à l'hôtel Ritz, il les déficela et se les présenta.

— Six complets de miraculeuse étoffe et de grande coupe. Trois robes de chambre du plus extraordinaire léger velours. Vingt-quatre chemises d'une soie à soixante mooms ou momés. Six paires de chaussures. Douze douzaines de chaussettes de soie. Six manteaux de lord. Cent mouchoirs les plus fins. Une montre de platine. Douze litres de Cologne. Quinze chapeaux. Valises de porc ineffable. Smoking jacket. Habit.

Il resta une heure au bain turc de l'hôtel. Lorsqu'il en sortit, moulu et la peau vivante, toute la lie de son existence avait disparu. Le masseur, après avoir fait au prince des compliments respectueux sur son corps d'athlète, le conduisit au salon de coiffure. La porte étant trop basse, Solal se pencha pour entrer et s'installa sur le fauteuil compliqué.

— C'est pour ? demanda le garçon.

— Que tu me fasses beau. Va et fais ton travail puisque c'est ton destin. Les lotions les plus milliardaires, le rasoir le plus angélique et la main fioriturée !

Pendant que le coiffeur s'empressait, son client lui confiait que le judaïsme, le catholicisme et le protestantisme étaient respectivement la mystique du désert, de la féodalité et des communes bourgeoises ; que l'univers n'était ni fini ni infini, mais infiniment fini. Un pourboire stupéfiant récompensa le garçon de sa douloureuse attention.

Solal s'habilla de neuf et sortit de l'hôtel, fort satisfait de lui-même et des hommes. Des quatorze mille francs empruntés trois jours auparavant à M. Marquet, il ne lui restait plus que deux billets de cinq cents francs. Admirable !

Il alla à pied pour voir le monde et en être vu. Il caressa un enfant, entra dans une confiserie et fit envoyer à M. Marquet un monumental gâteau. Il se regarda dans la glace et se séduisit. Derrière lui était un jeune homme mal vêtu. Il lui mit un billet dans la main.

Il était dix heures du matin. Sur le quai, près de l'eau où des cygnes fondaient, un cocher câlinait son petit chien. Solal s'éprit du loulou satisfait de sa bonne éducation. Qui osait dire que le bonheur n'existait pas sur terre ?

— Les Primevères. A Cologny.

— Chez monsieur Sarles ? Bon.

Le vieux fit mine de fouetter. Il aimait bien conduire des clients chez monsieur Sarles. Un grand citoyen, un bon cœur et vive Genève !

VIII

M. Théodore Sarles, ancien pasteur et professeur à l'Université, se leva et se présenta devant
Dieu. Il pria longuement pour sa chère femme,
pour sa filleule Adrienne — et tout spécialement
pour Aude, sa petite-fille, dont on venait de
célébrer les fiançailles avec le comte Jacques de
Nons, frère consanguin de Mme de Valdonne.
Ayant achevé, il caressa sa barbe blanche, noua la
cordelière de sa robe de chambre et sortit à pas
prudents pour ne réveiller personne.

Dans son cabinet de travail, après avoir lu sous
la lampe à modérateur un passage du Nouveau
Testament dans la version grecque, il ajouta une
page au journal intime commencé à sa trentième
année et qu'il rédigeait depuis quarante-cinq ans.
Il regarda avec quelque tristesse sa casquette
d'étudiant pendue au mur, alla s'asseoir devant
l'harmonium et répéta en sourdine le cantique du
jour. A sept heures et demie, il endossa sa
redingote, décrocha le cor de chasse et l'emboucha pour appeler sa famille au culte, comme il en
avait l'habitude depuis très longtemps. (Un jour
de bonne humeur, peu après son mariage, il avait
ainsi convié sa femme au pieux déjeuner. Les
parents et les ouailles avaient apprécié cette
excentricité de bon ton.)

Dans la salle à manger, sur la nappe à carreaux
jaunes et blancs, le porridge attendait dans une

soupière valaisanne. Le thé, le chocolat et le café fumaient dans des étains d'Argovie. M. Sarles cessa de mâchonner la tige d'une fleur cueillie dans le jardin, posa ses lunettes sur l'os de son nez, vérifia l'assistance d'un regard bleu et demanda à sa femme — dont il redoutait quelque peu l'inexorable douceur et à laquelle il ne savait parler avec énergie que lorsqu'il était tout seul dans sa chambre — si elle avait eu une bonne nuit. (J'aime ce vieux pasteur.)

Mme Sarles se secoua, répandit une odeur d'eucalyptus et de menthe, soupira et sourit, indiquant ainsi qu'elle n'avait pas fermé l'œil, mais qu'elle savait supporter le malheur en véritable enfant de Dieu. Elle s'assit. Hors du corsage de satin noir surgissait brusquement, avec la courte transition d'un cou barré d'un ruban de velours violet, la ronde figure couperosée de la vieille dame qui semblait fureter sans cesse de toute la curiosité de son petit nez retroussé.

M. Sarles salua ensuite Ruth Granier, sa nièce, qui venait de tendre avec brusquerie sa peau briquée à Mme Sarles. De cette voix dont la gutturale aristocratie enivrait d'admiration les adhérentes de la Société Pour La Communication Réciproque Des Expériences Spirituelles — qu'elle présidait — Ruth demanda à son oncle comment il se portait et lui montra, en témoignage d'affection, sa solide denture. Elle faisait partie de la famille depuis la mort presque simultanée de son père et de sa mère, missionnaires au Zambèze. Depuis dix ans, elle adressait tous les matins le même message dentaire au pasteur qui n'avait pu encore s'y habituer et qui réprimait chaque fois un imperceptible haut-le-corps devant ce sourire dont Mlle Granier gratifiait également les malades qu'elle visitait trois fois par semaine.

Pour embrasser son grand-père, Aude se haussa sur la pointe de ses sandales de cuir qu'une ronde courroie retenait aux chevilles nues. M. Sarles éprouva une douce joie à regarder la fière jeune fille aux formes hautes et bien construites, si belle dans cette robe russe largement échancrée dans le dos.

Le culte commença après l'entrée de la vieille cuisinière, du valet de chambre, du jardinier, du chauffeur et des femmes de chambre. Le pasteur lut et savoura le psaume XVIII, déblayant les passages où il était question d'extermination et de haine, appuyant sur les versets de miséricorde et tordant avec respect ses fortes lèvres sur le mot « oint » que la cuisinière approuvait particulièrement.

Chacun lut un verset tiré de Luc XII. Mme Sarles avec une sentimentalité chevrotante. Ruth avec l'énergie qui lui valait l'amitié passionnée de ses jeunes protégées. Aude avec des fautes grossières d'inattention; tout en tournant la bague en bois de teck armorié qu'elle portait à l'auriculaire, elle comparait intérieurement sa grand-mère à la mante religieuse qui croque son mari.

Enfin vint la méditation. Les yeux clos et les mains posées sur la Parole, M. Sarles parla avec le bonhomme défaut de prononciation des érudits scrupuleux. Lorsqu'il eut fini, les domestiques s'ébrouèrent hors des eaux solennelles. Il se mit à l'harmonium et l'on chanta.

— Quelqu'un propose-t-il un autre cantique? demanda M. Sarles.

Le jardinier, chassant un chat de sa gorge, remua les épaules, avança le genou, écarta les coudes et suggéra « Dès le matin, Seigneur ». Le pasteur regarda le jardinier avec reconnaissance. Tout en chantant, Mme Sarles songeait qu'on avait oublié la confiture de myrtilles dont elle raffolait. Elle entonna néanmoins le refrain avec joie car elle aimait cette heure où il était question de la bonté de Dieu devant le café au lait et les longuets diététiques dont elle raffolait.

Suivi de la troupe servile faussement recueillie, le vieux pasteur, qui se contentait du café noir qu'il préparait lui-même à six heures et demie, sortit et alla conférer avec son valet de chambre, dispensateur des aumônes secrètes. Mme Sarles, l'œil triste car elle ne voyait pas sur la table sa bouteille d'huile de paraffine, parla de maîtrise morale, de sacrifice et d'optimisme. Aude rêvait d'un pays merveilleux où elle ne parvenait pas à introduire son fiancé et où elle vivait avec trois amies et un jeune ermite ; elle recommençait pour la troisième fois le décor d'Orient, trop incomplet à son gré, disposait le ciel, les urnes et les voûtes bleues.

— Eh bien, le déjeuner est fini, étourdie! dit Mme Sarles.

Aude se réveilla, lança un regard terne et presque traqué, courba les épaules et s'en fut à la recherche de la tranquillité. Mais une fois debout, le sentiment qu'elle eut de la circulation heureuse de son sang la fit s'élancer d'un bond et courir vers l'atelier de menuiserie où le professeur de théologie rabotait un petit cimeterre.

— Tu vois, je te fais un coupe-papier, dit-il avec gaucherie car il était timide hors les moments de religion.

Elle baisa les vieilles mains plusieurs fois.

— Grand-père, laisse tes bouts de bois. Grand-père, mon grand-père, allons voir le jardin. Tu vois, on a semé des cheveux-de-Vénus et Jacques va venir.

— Et sa sœur, que fait-elle?

— Adrienne baigne dans quelque lait d'ânesse.

Elle fit marcher trop vite le pasteur faussement fâché d'être bousculé. Mais il avait oublié sa calotte. Aude se retourna dans un brusque envol stendhalien de robe. En quelques bonds, elle atteignit la menuiserie où le couvre-chef pendait au-dessus d'une lithographie de Calvin, oublia de le rapporter à son grand-père et se promena en imaginant qu'elle donnait la main à sept petits garçons rangés en flûte de Pan et dont elle était la mère respectée.

Apercevant Adrienne qui descendait les marches conduisant au jardin, M. Sarles ôta cérémonieusement la légère calotte de secours qu'on avait l'habitude de mettre dans la poche du distrait, pensa au père de sa filleule, le général comte de Nons, qu'il avait connu à Anduze, petite ville du Gard où il avait commencé son ministère, et qui était devenu le plus cher de ses nombreux amis. Il se réjouit de le retrouver bientôt au ciel, pensa au beau legs fait par le général à la Faculté de théologie de Genève et se promit de suivre son exemple. Puis il rêva devant ses chères roses et médita des greffes.

Aude était allée rejoindre son amie dans le petit salon tendu de perse. Adrienne de Valdonne lisait un roman de Dostoïevski avec le sourire imbécile, distant et confortable de la femme cultivée qui comprend. Elle approuvait tel passage, critiquait tel autre. Elle abandonna bientôt sa lecture et songea à la folle équipée de cinq ans auparavant.

Florence. Le réveil après le départ de Solal. La honte. Une fugue avec un enfant de seize ans. Ridicule. Quel démon s'était emparé d'elle? Les drogues pour dormir le soir. A Rome, la vague idée de se convertir et de prendre le voile. Puis la mort, en somme courtoise, de son mari. Puis la mort de son père. Retour à Anduze. L'héritage. La grande fortune qu'elle gérait bien et dont hériteraient les enfants d'Aude. Le bonheur en somme, cette existence aux Primevères avec le séjour de printemps à Cimieu ou à Anduze et les deux mois d'hiver à Paris. De beaux livres, Proust, Meredith. D'ailleurs sa vie n'était pas inutile. Elle avait bien fait d'accepter cette collaboration bénévole au Comité de la Croix-Rouge. Le jeune Solal devait être maintenant à Constantinople ou à Hambourg. Tout était bien fini, Dieu merci. Une belle carrière s'ouvrait devant son frère. Elle partagerait sa vie entre Genève, Cimieu, Anduze, Paris, et Rome où les deux jeunes époux iraient habiter. Elle était terriblement belle, cette petite.

Aude, son violoncelle contre elle, déchiffrait avec une bouderie d'attention. Elle s'indigna de mal jouer, appuya avec respect l'instrument contre un fauteuil, vint s'asseoir sur les genoux d'Adrienne, éprouvant un plaisir sans doute pur à poser sa joue contre les beaux seins fermes. Elle s'amusa à décoiffer sa grande amie, puis à renouer les solides flammes.

— Adi, quelquefois j'ai envie de te mépriser. Si tu ne me dis jamais rien, c'est que tu n'as rien à dire peut-être. Ton silence me force à te respecter. Je n'aime pas. Tu crois que monsieur Tagore est un grand poète et tu ne comprends rien à Dostoïevski.

Elle ferma les yeux et soupira de nostalgie en pensant à des vies de souffrance. Adrienne plaça

le signet, referma le livre et sourit de son grave
regard violet un peu ironique.

— Tu as besoin de te marier, petite.

Aude rougit. Le moindre émoi animait ses
joues dorées. Elle haïssait cette sincérité physique
qui la mettait en état d'infériorité devant sa calme
amie.

— Tu ne m'impressionnes pas. Tu sais, j'ai
trois ans de salle d'escrime! Pourquoi Jacques
est-il en retard? Vous êtes beaux et blonds tous
les deux. Quand il sera attaché militaire à Rome,
je brillerai au Quirinal. C'est un beau parti, et
moi aussi. D'ailleurs je l'aime. Allons nous promener.

Le comte de Nons poussa le portail, noua les
rênes du cheval autour d'un arbre avec des gestes
précis malgré leur nonchalance. Un manteau
moelleux était posé en pèlerine sur les épaules. Il
flatta un instant sa monture, une fine jument de la
Manche; puis ses yeux verts feignirent de reconnaître Mme Sarles, coquettement intimidée. Il
s'inclina avec un respect violent devant la vieille
qu'il méprisait, sembla perdre ses membres et les
rattraper par un miracle d'aisance et d'agilité.
Puis, ses narines écartées réprimant un bâillement, il écouta vaguement, sans répondre aux
questions enamourées de la damette pleine de feu.
Au bout de quelques minutes, il la quitta avec de
nouvelles manifestations gracieuses.

Aude aperçut son fiancé, s'élança, ne sut que

lui dire et l'entraîna au salon. Lorsqu'ils furent entrés, elle prétendit avoir un renseignement à lui demander, effleura de sa cheville les éperons, posa un index effrayé sur le ruban rouge.

— C'est un renseignement, Jacques, que je voudrais vous demander. Prends. (Elle tendit peureusement ses lèvres.)

Mme Sarles, qui n'aimait pas laisser les fiancés seuls (« la chair est faible »), se dirigea vers la fenêtre du salon avec la minuscule corbeille qui contenait ses lunettes, son journal, sa revue missionnaire, les lettres reçues depuis une heure et non encore ouvertes (elle aimait faire durer le plaisir et d'ailleurs ne recevait jamais que d'agréables nouvelles) ainsi que les bas qu'elle tricotait pour la fille à demi convertie d'un alcoolique catholique totalement repenti.

Ses yeux pétillaient de curiosité. « Lui a-t-il dérobé un baiser ? » se demandait-elle. Elle décida d'être indulgente. Jacques de Nons possédait une fortune mobilière aussi importante que celle de sa fiancée et, de plus, le domaine aux environs d'Anduze, qu'il possédait en indivis avec sa sœur, était magnifique. Sans avoir conscience de certains rapports mystérieux de causalité, Mme Sarles fut tout à coup pénétrée du sentiment que le fiancé d'Aude était extrêmement idéaliste : « Il est un peu bien trop mondain mais c'est une nature d'élite. Il y a une telle spiritualité dans son regard. Pourvu que ce Quirinal ne tourne pas la tête de ma petite et tout ira bien. Charmante, cette propriété d'Anduze, tellement distinguée, on sent que ce sont des personnes d'élite qui l'ont toujours habitée. »

Sitôt arrivée devant la fenêtre, elle crut charmant d'émettre des modulations montagnardes destinées à montrer que malgré ses grands soucis elle était toujours une joyeuse enfant de lumière.

— Houhou la jeunesse! Voulez-vous que je vous lise le journal?

Aude, qui savait que Mme Sarles aimait à accomplir ce rite en famille, ne voulut pas priver sa grand-mère de ce plaisir. Les deux fiancés allèrent donc à la corvée.

Mme Sarles, étendue sur sa chaise longue, commença par un lamento sur les idées modernes. Certes, elle n'était pas contre les innovations convenables mais tout de même. Ainsi on lui avait dit, hier ou avant-hier, qu'un pasteur de l'Église nationale s'était mis à porter des bottines jaunes. Ou peut-être étaient-ce des bottines vernies? Non, des bottines noires! Non décidément, c'étaient bien des bottines blanches mais il s'agissait de la petite-fille d'une de ses amies en deuil. Bref, il n'y avait plus d'espoir qu'en un réveil religieux!

La vieille dame ouvrit enfin le journal, lut les avis de décès et fut étonnée de n'y trouver le nom d'aucune connaissance. Il lui était assez doux de dire: « Cher ami, j'espère qu'il a eu un bon départ! » Elle poursuivit et s'attacha, dans un but obscur de propagande morale, aux événements d'apparence catastrophique. Elle détailla, avec des hochements de tête, les entreprises diverses de l'esprit malin : cambriolages, incendies d'usines californiennes, cyclones et typhons, combats de boxe, chutes de grêle sur les vignobles, divorces, réunions socialistes.

Lorsqu'elle eut cessé sa lecture, au vif soulagement des fiancés, elle s'en fut dans sa chambre où elle consulta le thermomètre pour savoir si elle devait avoir froid. Comme il marquait douze degrés, elle frissonna et remit sa jaquette. Ensuite, elle détacha des coupons Ville de Berne 1905. Elle soupirait et trouvait ce travail bien pénible. Les ciseaux maniés trop longtemps faisaient un cal au pouce de la pauvre dame qui soupirait. Et les ouvriers qui prétendaient que tout est rose pour les personnes aisées. Ah, pensait Mme Sarles, je voudrais bien les y voir !

A travers la haie d'aubépines, Solal regardait. Sur le visage de la jeune fille les feuilles du pommier faisaient des taches balancées. Le secret malicieux d'une race jouait dans ces yeux où se mouvaient les ombres des souples sylves ruisselantes. Une coccinelle voyageait sur la main d'Aude.

— Comme tu es mignonne, tu as deux petites pattes bifurquées, tu vois comme ça, puis après comme ça. Tes antennes sont dessinées avec le pinceau le plus fin et au bout tu as deux petits ronds de cire noire. Tout ça pour toi. Tu veux encore rester ? Je suis triste parce que Jacques est parti. Tu sais, tu n'es pas une comtesse de Nons, toi. Moi oui bientôt. Après tout s'il est issu d'Adhémar de Nons qui a été l'ami d'Henri de Navarre nous sommes aussi bien que lui, nous, tu entends, coccinelle ? Sous le même Henri, mon ancêtre a été fait duc et pair et c'est le méchant Louis XIV qui nous a enlevé nos titres et nos biens parce que nous étions des protestants fermes en nos propos. Tu entends, petite catholique ? Il y a même eu un Foulques de Maussane qui a eu une mort héroïque en place de Grève. Et il existe des Aude de Maussane depuis des siècles. Aude. C'est un prénom qui est dans la famille. Il me plaît. Écoute, ne fais pas cette tête, tu as une mauvaise expression. Ainsi que je te le disois, la terre de Maussane adoncques a été un des premiers duchés-pairies enregistrés. Écoute-moi bien, avec ton col de petit écolier anglais, je connais mon affaire. Et après la révocation de l'Édit, voilà que le dernier duc de Maussane est venu se réfugier à Genève, mais oui ici, et ses fils sont devenus des banquiers. Que veux-tu, il faut bien vivre. Tu sais ce que c'est un chèque ? C'est un papier. Tu vas à la banque, tu sors de la poche de ta petite redingote ton chèque. Et nous sommes retournés en France après la révolution de 1830. Et depuis, de père en fils, nous avons été des hommes d'État considérables. Mon arrière-grand-père a été ministre des Finances de Louis-Philippe. Lorsqu'il a donné sa démission (ne

cours pas tout le temps) le roi lui a demandé de
choisir entre un grand domaine et la restitution
du titre. Le nigaud a choisi la terre. Tant pis. Et
mon papa, tu le connais ? Gustave de Maussane
voyons, l'éminent sénateur ? Tu ne sais rien. Tu
sais, je suis très fâchée avec mon ermite de mes
rêves, il était très nu, tout impassible et j'ai lavé
ses pieds. Moi ! Mais j'aime Jacques et Jacques
c'est pour de vrai. Je me commets à parler avec
toi et je suis licenciée en philosophie ! Je n'en suis
pas fière. Je trouve ridicule avec mon corps
acropole, mon sourire orante et mes yeux vinci.
Littéraire. Assez. S'ils savaient comme je suis
stupide les gens qui louent mon intelligence.
Maintenant vole, ouvre tes petites ailes et adieu !

Elle se retourna, aperçut Solal ensoleillé qui
souriait, se leva et s'enfuit dans sa chambre où,
peu après, un domestique vint lui dire qu'un
jeune homme dont il n'avait pas bien saisi le nom
désirait être reçu par madame de Valdonne.

— Vous savez bien qu'elle est à la Croix-
Rouge. Dites-lui qu'elle rentrera très tard. Inutile
qu'il attende.

Mais elle rejoignit le domestique dans l'escalier
et lui dit qu'elle irait parler elle-même au visiteur.
Elle poussa la porte du salon. Solal se leva, plus
impassible que l'ermite des rêves de la jeune fille.
Et il l'avait épiée pendant qu'elle racontait ses
folies à la coccinelle ! C'était mal. Et maintenant,
il faisait celui qui ne savait rien. Antipathique
bonhomme ! Hermès de Praxitèle, avec ces ser-

penteaux sur la tête. Se haïssant de rougir, elle dit d'une voix presque rude que madame de Valdonne était sortie.

— Je vais partir.

— Mais elle sera bientôt de retour, sans doute.

Il regardait cette fille, issue des possesseurs de terre. Il était le dépourvu. Tant mieux. Plus difficile le jeu, plus délicieuse la réussite. Pour faire durer le silence jusqu'à la dernière limite, il se pencha sur une photographie d'Aude petite fille et sourit avec bonté.

— Dois-je faire un message à madame de Valdonne ? demanda-t-elle.

Il fit signe que non et s'assit. Ses yeux rieurs dénudèrent Mlle de Maussane et la congédièrent poliment. Elle ne se sentit plus chez elle et sortit indignée, impuissante.

Pour découvrir le secret de cette maison, il ouvrit les albums de famille et la Bible offerte par les paroissiens, fit jaillir la lumière du lustre hollandais, examina les parois tendues de soie, les deux tableaux de Breughel et le paysage suisse où les aiguilles de pin étaient dénombrées avec probité.

Dans la chambre voisine, les blocs d'un prélude s'élevaient. Par une fente il vit la pianiste, la même fille que tout à l'heure, effleurée d'un sourire. Il marcha de long en large, posa le pied sur un rouet qu'il fit tourner avec agacement.

Lorsque Mme de Valdonne entra, il ne se retourna pas, continua de regarder par la fente.

Mais l'index et le médius remuèrent et appelèrent Adrienne, comme on encourage une paysanne timide. Elle le trouva d'une beauté archangélique infernale et décida de le renvoyer sur-le-champ.

— Cette fille, c'est celle à qui tu voulais me fiancer?

Elle ne répondit pas. Il virevolta brusquement.

— Cette fille qu'est-ce que c'est? demanda-t-il d'un air faussement hagard pour montrer que, distrait, il ne songeait pas à s'étonner du silence (il sauvegardait ainsi son prestige). Tu ne m'impressionnes pas, Adrienne. (Il s'approcha d'une allure indécise et gracieuse.) J'ai pris tes seins. Et tu en as deux. Tu vois, je connais tous tes secrets.

— Je vous en prie, cessez ce tutoiement et veuillez me dire ce que vous voulez de moi.

Solal fit des gestes de marquis. (Un temps.) Elle dit que l'époque à laquelle il faisait allusion était bien loin et qu'il était peu délicat de rappeler une erreur passée.

— Une erreur? Mais rien que pendant la nuit de Florence, il y a eu quatre erreurs. Et tu en voulais encore une!

Il la prit sans délicatesse par les épaules. D'une voix rude, il lui ordonna de ne pas faire la duègne et de s'asseoir. Elle obéit, craignant une fois de plus le scandale. Il sourit.

— Je vais te montrer comment on séduit une femme. Prestidigitation. Rien dans les mains, rien dans les poches. Rien dans les poches surtout. Je commence.

Elle se disposa à écouter, presque intéressée. Mais sur les lèvres de Solal le sourire extasié, menaçant, enfantin, cessa d'errer. Il se promena, puis s'abattit lourdement sur le fauteuil et songea. Sous une gaieté qui lui apparaissait soudain ridicule et pitoyable, il avait caché son trouble. En réalité, il avait eu si peur en venant. Elle était la seule femme qu'il eût aimée. Depuis si longtemps elle était sur tous les chemins de sa pensée.

Adrienne ne cessait de le regarder, sentait la sincérité de ce silence, n'osait parler, était en proie au remords. Comment avait-elle pu être si dure avec lui? Quels yeux! Et il était grand comme un demi-dieu.

Il parla avec la gravité d'une douleur véridique qui osait enfin surgir. Elle était son seul pays. Il avait tellement attendu, toujours espéré. Tous les matins, il avait attendu à Aix la lettre de miracle. Tous les soirs, il pressait son cœur et il en sortait du sang noir. Toutes les nuits, il se disait qu'elle vivait et qu'il ne voyait pas ses yeux. Il n'avait pas oublié un seul mot, un seul geste d'elle. Les trois merveilleuses années de Céphalonie. Elle était la seule, elle était ce qu'il avait connu de plus doux, de plus vivant et de plus noble. Et cætera, la vieille ferblanterie inusable.

— Ma vie est entre tes mains. Si tu me repousses, je meurs. Je t'aime, moi, je t'aime, j'ai tant souffert.

Ému par toutes ces images douloureuses, il

pleura sincèrement. Elle fondait de pitié devant cette jeune souffrance.

— Adrienne, une seule fois vous revoir. Nous revoir seuls. Entre les murs de la chambre, je marchais et j'attendais. Dans la solitude, les larmes sur mes doigts étaient mes seules compagnes.

Ses yeux étaient embués de vraie douleur mais la joie d'avoir réussi la dernière phrase le fit respirer largement. Il baissa les franges recourbées où perlaient encore des larmes et médita. « Un : déclaration d'amour. Bon. Fait. Assez bien. Ceci donc pour éveiller intérêt ; pour que j'existe de nouveau à ses yeux. Maintenant voyons le deux et le trois qui restent à faire. Deux : suggérer que je suis aimé ; inventer histoire. On le fera en parlant ; j'ai plus d'idées à haute voix. Donc l'intérêt qu'elle éprouve pour moi est justifié. Bon. Trois : suggérer que la femme qui m'adore est digne d'être aimée par moi. Tout en me défendant très sincèrement d'aimer cette belle mystérieuse, en parler de telle sorte qu'Adrienne soit persuadée que je ne peux pas ne pas commencer bientôt à aimer — quel mot !— l'extraordinaire concurrente si elle n'y prend garde. Sans le un, impossible d'obtenir jalousie avec deux et trois. Sans deux et trois, un perd valeur. Je fais tout marcher : tendresse maternelle, fierté satisfaite, orgueil en éveil, inquiétude. Ça va. Allons-y. Quels trois serpents je suis. »

Lorsqu'il eut fini de parler, elle se leva, se regarda dans la glace. Non, elle n'avait pas vieilli, mais les années passaient tout de même. Et lui était en plein rayonnement de jeunesse. Ah, il aimerait bientôt cette inconnue, plus jeune qu'elle certainement. C'était sans doute grâce à cette inconnue qu'il avait pu changer de vie. Hôtel Ritz et beaux vêtements. Il devait se laisser adorer, mener une vie de paresse. Elle avait le devoir en somme de réparer le mal qu'elle avait fait. C'est à cause d'elle en somme qu'il allait mener bientôt une vie de corruption. Il se trompait lorsqu'il disait qu'il l'aimait. Mais peu importait. Son devoir à elle était de veiller sur lui.

Lui pensait. « Pauvre, je lui ai fait de la peine et elle a mordu. N'empêche, c'est une misérable. Pas de pitié pour moi, sincère et galeux. Mais depuis que je suis bien habillé et que je mens, changement à vue. Ah, misère. Ah, j'aurais voulu autrement. Dommage. » Il la supplia du regard. Elle caressa les courtes boucles noires.

— Tout ce que vous voudrez, mon enfant, dit-elle avec la mélancolie sentencieuse des femmes qui s'approchent des solennités du cœur.

Il eut honte pour cette femme intelligente soudain idiote et se leva trop brusquement. Mais il sentit aussitôt la méfiance d'Adrienne. Pour réparer la gaffe, il fit trembler imperceptiblement ses doigts et ses paupières, heurta un guéridon. Elle fut touchée par cette sincérité maladroite. Il eut un regard soumis, baissa les yeux qui, en ce moment, louchaient un peu.

— Quand, Adrienne?

— Demain soir, si vous voulez, vers huit heures et demie. Au Ritz, avez-vous dit?

— Soyez bénie, dit le jeune pontife avec beaucoup de gravité.

Il sortit. Elle le suivit du regard, se rappela soudain qu'il avait parlé de prestidigitation, se demanda si elle n'avait pas été jouée et si elle irait vraiment le voir à l'hôtel.

Mâchant une rose et mourant de faim, il s'arrêta devant l'auberge du village. Après des plaisanteries à l'hôtesse, il se fit servir un copieux repas dans le jardin où deux Suisses lançaient des boules au ralenti.

A Genève, après avoir fait un bateau de papier pour un enfant qui jouait au bord du lac, après avoir donné quatre cents francs à un mendiant (mais où avaient passé les quatorze mille francs? il se persuada avec gaieté qu'on le volait), il se fit reconduire au Ritz. Il était si bien dans la voiture, son bras reposait si miraculeusement qu'il eut de la peine à descendre. Là-bas, l'Arve grondait et coulait avec joie dans ses veines. Ces Anglaises du tennis étaient ravissantes, le portier était un homme probe et deux pervenches souriaient dans les yeux du lift auquel il prédit un bel avenir et donna son dernier billet.

Il s'endormit, rêva qu'il voguait sur une femme

nue dont les cheveux tressés en voile gonflaient sous le vent.

Le lendemain, après avoir longtemps rêvé et fumé des cigarettes, il se souvint, à la fin de l'après-midi, qu'elle devait bientôt venir. Il affila son nez et des combinaisons, puis se mit en devoir de préparer la bataille.

Il emprunta cent francs au garçon de l'ascenseur, courut en ville, acheta les soies bleues qui devaient tamiser les lumières, fit envoyer à l'hôtel de merveilleuses roses (les femmes étaient sensibles à ces légumes).

De retour, il affola la femme de chambre. Il fallait démonter le lit, n'en garder que le sommier et le matelas qu'on recouvrirait de quelque magnifique châle. De plus, il fallait préparer un feu de cheminée, une douce chaleur étant indispensable au succès de ses plans. Tout nu, délirant froidement de joie, il se rasa devant la domestique ahurie et s'arrêta pour esquisser une assez belle danse.

Il se persuada soudain que dans la musique elles mijotent mieux, téléphona à la direction et demanda qu'on fît monter un piano. Absolument nécessaire. Il ne pouvait pas dormir sans piano. On lui dit qu'il devrait payer un supplément de trente francs par jour.

— J'en donne sept fois plus à condition que le tambourin soit chez moi à huit heures vingt. Il est huit heures dix.

Il se tourna vers la femme de chambre, lui

demanda son prénom. Elle lui dit qu'elle s'appelait Rose.

— Eros et Oser. Ma vie est entre tes mains, Rose. Si tu me repousses, je meurs.

A huit heures vingt-cinq, la chambre était métamorphosée. Les lumières bleues effaçaient les dessins des tapisseries et ménageaient près du divan des coins de douceur. Huit heures et demie. Neuf heures. Sale femme, pourquoi ne venait-elle pas ? Quelle courtisane ! Neuf heures et quart. Adrienne entra. Qu'elle était belle et comme il l'aimait !

En la scrutant d'un seul stylet des paupières, il perçut le regret qu'elle éprouvait d'être venue et se félicita d'avoir maquillé sa chambre. Une lumière crue et un lit de cuivre eussent accentué le bon sens de cette femme qui, évidemment, s'était plus ou moins reprise. Il rompit le silence et lui demanda (avec un respect sourd, concentré et convaincu qui le faisait rire intérieurement) de jouer une des sonates qu'elle aimait. « Si le piano n'est pas accordé, pensa-t-il, tout est perdu. » Elle accepta, estimant que mieux valait jouer que s'enliser dans des silences ou s'engager dans des rappels d'autrefois. Elle s'assit devant le piano et bientôt, oubliant presque la présence de Solal, se détendit.

Pendant qu'elle laissait entrer en elle la perfidie des sons, il se disait : « Allons-y. C'est le meilleur moment. Sa digestion est assez avancée, mais tout de même pas encore terminée, juste ce qu'il faut.

C'est le moment de langueur. D'autre part, il fait tiède et pas de bruit chez les voisins. Sus à l'ennemie ! »

— Aimée, dit-il de sa voix des grands jours.

Elle leva les yeux à l'appel merveilleux, avança les bras, ne sachant pas si elle voulait le repousser ou l'appeler. La nuque renversée, elle but la vie. « Faut-il s'arrêter maintenant ? se demandait Solal. Non, elle a encore les yeux fermés donc c'est qu'elle y trouve un plaisir très extrême. Moi je m'ennuie. Je n'ai jamais trouvé de goût à ces ventouseries buccales. Il faut veiller au grain. Dans cinq secondes, disjoindre. Le plaisir (quel plaisir peut-elle y trouver, cette fille de la chair ? Quelles démones d'Astarté, ces femmes, tout de même !), le plaisir sera fort et cependant elle n'associera pas un sentiment de satiété et cætera. Quel travail, bon Dieu ! Et de plus elle me plaît et j'ai des remords. »

Il éloigna ses lèvres. Elle ouvrit les yeux, surgie d'ailleurs. Elle gémit et le supplia, en se blottissant contre lui, de la laisser partir. Le désir s'insinuait en elle, posait son doigt de phosphore sous les pieds ; la traînée montait, s'arrêtait, affermissait son empire, allait plus haut. Des soleils tournoyaient.

Maintenant, Adrienne étendue, dénudée, sentait le poids du bien-aimé et planait dans les empyrées. Lui, il la bourrait sans fioritures.

Les sanglots éteints, elle se couvrit pudiquement, alla chercher du réconfort auprès du séducteur dont l'index en ce moment interrogeait le nez sur la façon de payer l'hôtel. « Et de plus, se disait-il, je dois cent francs à l'employé de l'orgue, au type de la nacelle, au bonhomme du phare. » Il se refusait à dire « le garçon de l'ascenseur ». Par des moyens enfantins, il se plaisait à introduire dans son esprit une fausse brume qui le divertissait un instant et lui cachait l'incohérence de sa vie.

Deux semaines s'écoulèrent. Adrienne venait tous les soirs. Naturellement, dans son âme, un tas de complications psychologiques dont il est inutile de parler. Craignant de rompre un charme, elle n'osait pas l'interroger, mais elle devinait qu'il avait des soucis. Lui était las de cette passion monotone, sans fenêtres sur la vie.

Un soir, après l'avoir longuement interrogée sur Aude de Maussane, il éteignit la lumière. Une heure après, brisée, elle demanda grâce.

— Aimé, pourquoi encore ?

— Parce que je suis triste.

Elle se souleva, tourna le commutateur.

— Sol, parle.

— Moi pas parler.

— Cesse de jouer, mon aimé.

— Moi pas cesser. Moi bon nègre triste.

— Ne fais pas l'enfant, dit-elle humiliée pour lui.

— Moi négrillon sans le rond, moi pas canne à

138

sucre, pas caleçon, beaucoup de dettes, mourir ce soir.

Elle lui baisa les mains.

— Écoute, c'est fini maintenant, ce jeu. Parle raisonnablement.

— Moi y en a pas raison, déclara-t-il avec une réelle majesté.

— Mon beau nigaud.

— Voici, dit-il d'une voix sérieuse. (Il était offensé. « Mon beau nigaud ! » Elle devenait familière, cette femme qu'il ne connaissait pas en somme.) Je puis rester encore une semaine dans cet hôtel. Mais enfin il faudra payer. Or je ne suis pas riche. Donc il faut que j'aille à Paris.

— Tu crois ? demanda-t-elle avec angoisse.

— Je ne connais personne ici. Tandis qu'à Paris. A Paris je ne connais personne non plus d'ailleurs. Tu sais ce qu'il a dit votre Pascal : « Que la noblesse est un grand avantage qui, dès dix-huit ans, met un homme en passe d'être connu et respecté, comme un autre pourrait avoir mérité à cinquante ans. C'est trente ans gagnés sans peine. » Ils ont tous de l'avance. Ils ont des pères implantés ou des amis. En tout cas une patrie.

Elle se couvrit, réfléchit avec sérieux.

— Je te présenterai au père de mon amie. Monsieur de Maussane, tu sais, le sénateur. Il est à Cologny en ce moment. J'annoncerai ta venue. Viens demain, vers quatre heures.

Il bâilla pour cacher son humiliation.

IX

Entendant un bruit de voix, Solal s'arrêta devant les volets mi-clos.

— Ruth, veux-tu prier avec moi? demandait Mme Sarles.

— Volontiers, tante.

Après un silence, la bonne dame déclara au Seigneur que c'était un grand privilège pour elle de s'entretenir avec Lui. Elle Lui demanda de veiller spécialement sur Adrienne et souhaita que la visite du jeune homme dont chère Adi avait, comme le Seigneur le savait certainement, fait la connaissance en Grèce ne fût pas une pierre d'achoppement. Ces Orientaux. Enfin, nous verrons. Mme Sarles affirma qu'elle attendait avec confiance les résultats de la bonté inépuisable de son interlocuteur silencieux. (Un temps.) Elle songea que Dieu Lui-même venait de combler le déficit de plusieurs œuvres de bienfaisance et qu'Il avait toujours témoigné une bienveillance particulière, et justifiée, envers l'honorable famille Sarles. Elle Le pria ensuite de mettre sous Sa houlette Moquaï Sepopo, la grande cheffesse des Maboundas, qui était retombée dans ses erreurs.

— Voilà deux ans, précisa-t-elle, qu'elle persévérait et en quelques jours l'esprit du paganisme a tout ravagé! A quatre-vingt-trois ans, elle a pris un second mari et elle se remet à boire du jus fermenté de palme! Je veux croire que mon envoi de jupons à vignettes édifiantes lui sera en bénédiction.

D'autre part, Mme Sarles implora ce Dieu patient de bénir la semaine de renoncement et de consécration pendant laquelle elle se privait de dessert pour les Hindous affamés. Certes le sacrifice n'était pas bien grand et il ne dépassait pas ses petites forces! Mais avec Son aide elle ferait mieux oh toujours mieux! Ensuite la vieille dame parla de routes escarpées, de nuages à l'horizon, de phares, de mers en furie et de bouées et recommanda à la bonté du Tout-Puissant l'Association Pour le Délassement Spiritualiste des Jeunes Domestiques.

— Il y a dans notre cœur bien des demandes encore, poursuivit-elle. Pour l'instant nous plaçons nos difficultés intérieures devant Toi avec une vraie confiance et nous espérons bien que Tu ôteras les écailles des yeux des communistes qui sont de bien tristes sires. Enfin j'ai pleine confiance.

Après avoir demandé que la cuisinière se consacrât à Dieu même dans les petites choses, Mme Sarles termina en émettant le vœu que tous ses grands soucis lui fussent en bénédiction.

Après un silence destiné à ménager une transition entre l'au-delà et la vallée terrestre, Mlle Granier s'en fut. Restée seule, Mme Sarles consulta un résumé aide-mémoire de prière méthodique édité par les Frères Moraves, hocha la tête devant les colonnes des demandes et sourit d'une bouche poupine en constatant assez bien remplie la colonne voisine où était inscrite la date des exaucements. Elle ramassa ses lèvres, ferma les yeux et, sa petite tête rouge faisant un plongeon, elle dit « amen ». (En somme, elle est sympathique.)

Elle se leva peu après, plaça dans une boîte les boutons de manchettes qu'elle se proposait d'offrir à son cher mari à l'occasion du quarante-neuvième anniversaire de leur premier entretien sentimental. Ah, elle n'avait pas oublié, elle! Tandis que lui. Enfin.

Puis elle se rendit à l'office où, après avoir demandé à la fille de cuisine comment se portait son âme, elle prépara un paquet de vêtements chauds et un grand panier de victuailles pour l'unique famille pauvre du village. L'excellente dame rayonnait de plaisir. Elle remit ensuite à la cuisinière, comme elle faisait tous les jours, les cinq écus destinés aux mendiants attitrés qui, pour faire leur cour, affirmaient s'abstenir de toute boisson alcoolique. Mme Sarles, qui avait toujours dit la vérité depuis sa tendre enfance (et pourquoi eût-elle menti?), ne mettait pas en doute ces pieuses déclarations et chérissait ces bons abstinents qui, leurs cinq francs reçus, s'en allaient vers la bonne cuite quotidienne.

Mais la cloche du thé sonna, au grand émoi de Mme Sarles. Comme le temps passait vite ! Où avait-elle donc la tête ? Déjà le thé ! De son temps, vraiment, les heures s'écoulaient moins vite. Il y avait quelque chose de changé depuis la guerre. On ne savait plus où on en était ! Elle trottina vers l'important breuvage et les petits fours.

Solal respecta sa maîtresse de se promener tête nue dans ce grand parc. Elle s'enquit courtoisement de sa santé et lui proposa de lui montrer le livre dont elle lui avait parlé. Une fois dans sa chambre, elle posa ses mains sur les épaules de Solal.

— Tu ne me dis rien ?

— Je n'ai pas envie de t'embrasser. Donne-moi une cigarette et un verre de rhum. Non, pas de rhum. Je n'aime pas. (Il alluma la cigarette.) Quand je l'aurai finie, tu me présenteras au dentiste.

Lorsqu'ils redescendirent au jardin, ils s'approchèrent de Ruth Granier qui, étendue sur sa chaise longue, prenait des réserves de forces tout en s'entretenant avec Mlle de Gantet, son amie, une blonde fripée. Adrienne nomma monsieur Solal dont les dents grincèrent. (Patience !) Mlle de Gantet, attentivement surveillée par Ruth, parla avec animation d'un de ses assistés et du privilège d'être pauvre. Il se mordit les lèvres mais se tut.

Il s'inclina assez gauchement devant

Mᵐᵉ Sarles et son mari qui venaient d'arriver, considéra avec soulagement la calotte et les mains tremblantes du pasteur et aima le cher vieil homme qui, sans les arrière-pensées qu'on devinait chez les femmes, entreprit aussitôt le jeune Israélite sur la langue araméenne. M. de Maussane arriva en dernier, salua avec une affabilité forcée le protégé de Mᵐᵉ de Valdonne et but sans dire mot.

Le sénateur se sentait mal à l'aise dans ce milieu. Tous les ans, aux vacances de Pâques, il allait passer un mois auprès d'Aude, élevée par ses grands-parents depuis sa naissance (Mᵐᵉ de Maussane était morte peu après l'accouchement). Il venait d'assez bon cœur à Genève car il aimait sa fille. Mais il repartait sans déplaisir, heureux de fuir les reproches indirects et aimables de Mᵐᵉ Sarles. Celle-ci, qui ne se serait pas séparée d'Aude sans une vive douleur, ne pouvait s'empêcher de faire entendre à son gendre qu'il avait tort de ne pas emmener sa fille avec lui. Depuis quinze ans, M. de Maussane disait à sa belle-mère qu'elle avait absolument raison et qu'il examinerait de près la question, mais il renvoyait sa décision d'année en année et parvenait à mener une vie agréable de célibataire entre son valet de chambre et Mˡˡᵉ Berthe Denerny, sociétaire de la Comédie-Française.

Intelligent, riche, d'une extrême obligeance, doué d'un véritable génie d'intrigue, principal actionnaire d'un grand journal d'information, il avait été assez habile pour demeurer parfaitement honnête. Président du groupe de l'Union républicaine, deux fois ministre, il était actuellement président de la commission des Affaires étrangères du Sénat et entretenait des rapports cordiaux avec la plupart de ses collègues du centre, de la gauche et de l'extrême gauche.

Ses nombreux amis, qui lui prédisaient les plus hautes destinées, eussent été étonnés d'apprendre que Maussane craignait quelque peu les sourires implacables de sa belle-mère lorsque, tout en suçant des bonbons pectoraux, elle louait devant lui les vertus paternelles d'évangélistes nègres et qu'elle insinuait, par de tenaces pointes scandées de « hum » souriants et par d'innocents propos bien assenés, qu'il était un père égoïste pour lequel elle, la juste des justes, éprouvait une affection d'autant plus méritoire qu'il en était indigne. Ce qui agaçait aussi M. de Maussane c'était l'intérêt que l'excellente tortionnaire croyait devoir porter aux vicissitudes de la politique française. Elle accablait son gendre de questions charmantes et étourdies sur son activité au Sénat. Bien que fière des succès de M. de Maussane, elle ne laissait pas de lui faire comprendre qu'elle regrettait de le voir diriger un groupement de gauche et saisissait toutes les occasions pour jeter le bon grain dans une âme hélas bien tiède au point de vue, hum, religieux. Et même, lorsqu'elle le pouvait, elle donnait des conseils à M. de Maussane et souhaitait que les sénateurs français prissent la bonne habitude de commencer leurs séances par une petite prière. Les interventions de Mme Sarles provoquaient le plus souvent une timide semonce du pasteur qui attirait sa femme à l'écart. (— Voyons, ma bonne, voyons.) Les deux persécutés, M. de Maussane et M. Sarles, avaient contracté une tacite alliance et se prêtaient main-forte chaque fois qu'ils le pouvaient.

Mme Sarles, inquiète de ne pas voir Aude et Jacques, reporta sa mauvaise humeur sur un autre sujet et chercha le carnet où elle inscrivait les livres prêtés. Ah, les gens étaient drôles avec leur manque de ponctualité! Il y avait six mois qu'elle avait prêté un livre et on ne le lui avait pas encore rendu. Un livre si beau! Elle prit monsieur Solal à témoin. Pour se réhabiliter du silence auquel le forçait ce milieu nouveau, Solal serra, sous la table, le genou d'Adrienne qui interrogea Mme Sarles sur ce livre remarquable. La vieille dame chercha le titre mais ne put le trouver. En tout cas l'auteur était un homme très distingué ou une femme plutôt. (Mme Sarles avait souvent des jaillissements d'enthousiasme confus : les eaux tourbillonnaient autour d'elle ; elle s'agitait, faisait remonter le sable à la surface, puis elle s'arrêtait interdite et anesthésiée ; elle ne savait plus où elle en était et avait oublié de quoi elle parlait ; le calme définitivement revenu, ses interlocuteurs ne savaient rien de plus.)

Haussant le sourcil droit, M. de Maussane

libéra le monocle que les moustaches cendrées semblèrent suivre dans sa chute et demanda le nom de l'auteur distingué. Mme Sarles déclara qu'il commençait par un B. Non, c'était plutôt un X. Un X ou un F, conclut-elle avec énergie. En tout cas le style était châtié et d'une finesse ! M. Sarles s'adressa au zénith et chantonna « O monts indépendants ». M. de Maussane, qui ne laissait pas échapper les occasions de vengeance, s'enquit du sujet traité par l'auteur distingué. La pauvre Mme Sarles aux abois ajouta deux morceaux de sucre pour ranimer sa mémoire.

— C'est un sujet ravissant et traité de main de maître. J'y suis ! C'est Ruth qui m'avait conseillé de l'acheter.

M. de Maussane plissa son front et alluma un cigare. L'imperceptible sourire que Solal avait esquissé en le regardant ne lui avait pas été désagréable. Ruth vint au secours de sa tante et scanda qu'il s'agissait d'une substantielle étude comparée sur les rites des fiançailles tant dans la série animale que dans les sociétés primitives. M. Sarles recula et fronça les sourcils. Puis il regarda M. de Maussane qui regarda Solal. Adrienne eut un soupir de soulagement et offrit une nouvelle tasse de thé à son amant. Celui-ci était en train de parler à Mlle Granier d'un livre féministe qu'il feignit d'avoir lu. Ruth Granier, rectifiant sa blouse, parla avec animation de l'auteur, Lady Bloom.

— C'est une de tes meilleures amies, précisa

Mme Sarles qui adorait sa nièce et saisissait toutes les occasions pour la mettre en valeur. Une femme d'une rare distinction, dit-elle à Solal qui s'inclina.

Le pasteur s'apitoyait assez allégrement sur le jeune homme, nouvelle victime, et susurra avec des variantes : « Salut, glaciers sublimes ! » Pianotant sur la table, il écouta avec sympathie le jeune homme de corvée qui demandait des détails sur la vie et l'œuvre de Lady Bloom.

Aude et son fiancé arrivèrent enfin. Solal se leva, salua Mlle de Maussane sans la regarder et serra la main du comte de Nons avec un bon sourire. Puis il continua à parler. S'improvisant modeste et courtois, il sut plaire aux trois hommes et ne pas déplaire aux femmes. D'ailleurs, tous devinaient qu'Adrienne éprouvait une certaine sympathie pour ce jeune homme évidemment doué et tenaient à se montrer aimables. Seule Aude ne partageait pas la bienveillance générale et considérait l'hypocrite en fermant à demi ses paupières.

Il parla de Céphalonie, des excursions faites avec M. de Valdonne et de ses études à Aix.

Jacques de Nons annonça à M. de Maussane qu'il avait découvert à Angoulême un petit Corot qui serait une des plus belles pièces de sa collection. Solal échafauda (il était honteux de ces faciles habiletés ; ah pourquoi ne pouvait-on être tout blanc et pur et frère ?) une théorie nouvelle sur Corot. Jacques de Nons, qui appréciait avec un effroi délicieux les paradoxes et que le visage de Solal impressionnait, dit qu'il serait heureux de lui montrer ses quelques petites toiles et lui donna l'adresse de son appartement à Paris. Aude frappait nerveusement le gravier de ses sandales blanches.

Jacques, rosi soudain, demanda à Solal si des poèmes, parus plusieurs ans auparavant dans une jeune revue, étaient de lui. Adrienne répondit pour Solal. Jacques rougit de plaisir et dit qu'un de ses amis d'Oxford, qui dirigeait une revue paneuropéenne à Berlin, parlait souvent avec admiration de ce Solal inconnu. Aude interrompit son fiancé pour louer l'ouvrage d'un jeune écrivain auquel elle trouvait un talent fantastique. Solal la regarda pour la première fois. (Elle avait dit « fantastique ». Elle était donc tout à fait vierge.) Mais il en avait assez et n'écoutait plus le capitaine de Nons qui parlait avec enthousiasme des Allemands et de ses deux meilleurs amis, des princes médiatisés.

Mme Sarles se leva. Peu après, Solal partit, assez penaud. Il avait beaucoup parlé. Le Maussane l'avait regardé avec assez de méfiance. La vieille Sarles lui avait dit très aimablement « au revoir au revoir » pour compenser sans doute l'absence d'invitation précise à revenir. En somme, tout raté et pour en être ce n'était pas si facile.

Après le départ de Solal, le sénateur eut un long entretien avec Adrienne. Il était désireux de lui rendre service et de trouver une situation à son protégé. Mais il voulait tout d'abord s'assurer qu'il n'y avait aucune intrigue entre elle et le jeune homme. Si tel était le cas, non seulement il ne caserait pas le bonhomme mais encore il demanderait à Berne son expulsion. Mme de Valdonne sut dissiper les soupçons de M. de Maussane. Il promit donc. Cependant il était indécis. Quelle situation offrir à ce garçon ? Évidemment, il avait lui-même besoin d'un secrétaire pour surveiller ses affaires financières, pour se charger de la correspondance avec les électeurs et de la préparation des discours. Il était suffisamment antisémite pour ne pas douter de la capacité du jeune homme. Mais tout de même, le fils d'un rabbin. Attention à la gaffe. Mais il avait promis. Il convoqua donc le jeune homme.

Le surlendemain, le sénateur soumit Solal à un examen serré et l'estima de résister à la tentation de montrer qu'il apercevait les pièges tendus, de ne pas mordre à l'entretien familier qu'il avait appâté et de ne pas se joindre aux demi-ironies sur Mme Sarles. Il lui demanda ce qu'il avait fait pendant la guerre. Solal se souvint de son engagement volontaire et en parla avec gêne. M. de Maussane demanda le numéro du régiment, le nom du colonel et les dates des citations.

Solal n'avait pas envie de continuer les ruses de la visite précédente. Dans un abandon sincère, il parla de sa vie de misère et de vagabondage. Il dit qu'il était fatigué de faire des plans habiles ; qu'il ne lui plaisait plus de faire le jeune homme modèle et de boire du thé; que d'ailleurs il n'entendait rien aux affaires financières ni à la politique. Si monsieur de Maussane voulait l'engager, tant mieux. Sinon, tant mieux. Il reprendrait sa vie de misère. Le sénateur lui fit remarquer qu'il n'avait pas l'air d'être démuni d'argent. Solal faillit raconter la piraterie nocturne mais un éclair artificiel de bon sens l'arrêta. M. de Maussane lissa à plusieurs reprises sa chaussette de soie.

— Naturellement, si je vous prends comme secrétaire, il faudra faire attention avec madame de Valdonne. Pour moi, je n'y vois aucun mal. Veuve, libre, jeune. Elle a le droit d'avoir un amant. Mais de la discrétion, n'est-ce pas?

Solal flaira le danger. « J'ai été presque tout à fait sincère, pensa-t-il, et toi tu fais des habiletés. » Il eut l'indignation très contenue qui convenait. Le sénateur gratta sa paupière et huma.

— Entendu, mon ami, je vous engage. Je vous souhaite de m'avoir dit la vérité. J'enverrai à votre hôtel les papiers et la documentation nécessaire pour vous mettre au courant. Revenez me voir dans une semaine. En attendant, voici. (Il agita le chèque pour sécher l'écriture. Solal fourra le papier dans une poche incertaine.) Ce sont les trois premiers mois. Adieu monsieur, jeta le sénateur en s'éloignant à grands pas guêtrés.

Solal courut vers Adrienne qui se promenait au fond du jardin et il sauta le banc à pieds joints.

— C'est un imbécile. Tout raté.

— Je le pressentais.

— L'intuition féminine! s'exclama-t-il avec grandiloquence.

Il avait envie de prendre cette douce amie par les deux mains et de danser avec elle. Mais il pensa qu'il ne seyait pas de se révéler candide et que les femmes préfèrent l'attitude du jars. Il dit gravement qu'il s'était entendu avec monsieur de Maussane.

— Mon chéri mon chéri mon chéri !

— Sage, petite.

— Oui, je sais, je suis une petite, une nigaude. Mais que veux-tu, j'ai envie de crier, de sauter.

Elle s'arrêta, honteuse. Comme elle avait changé !

— Dis-moi, la coccinelle est-ce qu'elle aime ton frère ? Qu'est-ce qu'il fait ici ? Pourquoi est-ce qu'il ne travaille pas, pourquoi est-ce qu'il n'a pas un métier comme moi ?

— Il est officier.

— Parle plus long.

— Il a eu une belle conduite au front. Il n'a que vingt-cinq ans et il est capitaine. Monsieur de Maussane a donné son consentement au mariage — qui n'aura lieu que lorsque mon frère sera nommé à Rome. Son congé finit dans six mois environ et je pense qu'à ce moment-là il sera promu commandant et attaché à l'ambassade.

Solal était humilié. Évidemment, le bonhomme avait un meilleur métier que lui.

— Ces histoires me font germer d'ennui. Et elle est plus riche que lui ?

— Je ne sais pas. Je crois. Mais, mon chéri, de quoi t'occupes-tu ?

— Et il l'aime ?

— Oui.

— Moi aussi.

X

Solal s'arrêta de dicter le discours du patron. Sans penser à mal, il tapota la nuque de la sténographe qui avala l'hostie.

Il se promena, oublia son travail et considéra l'époque où, seul dans la chambre de l'hôtel genevois, il compulsait avec fièvre les documents que lui avait envoyés Maussane. Il se revit, grattant sa barbe de dix jours et dévorant les ouvrages de finances (quel naïf !), feuilletant les collections des grands journaux d'opinion, dépouillant les procès-verbaux des conseils d'administration dont faisait partie le sénateur, calligraphiant des résumés, épinglant contre les murs des fiches et des diagrammes, étudiant sous la direction d'un vieux comptable, chambré pendant dix jours et magnifiquement rétribué. Puis le dur travail à Paris. Six mois s'étaient écoulés déjà.

Certes, il tenait maintenant dans ses mains la fortune et les succès de Maussane. A quoi bon ?

(Dieu merci, Adrienne n'était pas venue depuis un mois. Stratégie bénie des jalouses.) Maintenant, il avait de l'argent. Ses fonctions étaient propices aux beaux coups de bourse et il avait trois cent mille francs en banque. Si inutile tout cela. Ah que demain vienne et sa belle aventure ! Il n'avait tout de même que vingt et un ans ou vingt-deux peut-être. Cette fille devant sa machine à écrire. Et elle se mouchait et elle se poudrait à tire-larigot, la petite sexuelle. Il était chaste, lui. Dans les classes de morale à l'école, il faudrait suspendre des pantalons de femme sur le tableau noir.

Il s'assit. Ses yeux se fermèrent soudain. La sténographe adora le visage sévère du dormeur dont aucun muscle ne bougeait. Il se réveilla, sourit distraitement et congédia la jeune fille avec courtoisie.

Oui, il avait su travailler et en six mois Maussane avait grandi en influence et en argent. Vanité des vanités. Évidemment le sénateur était gentil, français, sympathique, généreux, égoïste, naïf en somme, aimant sincèrement ceux qui lui étaient utiles. La vie n'était pas désagréable. Les journalistes, les banques et tout le tremblement inutile des gens qui mourront demain. Tous ces Français l'aimaient bien. On les invitait, ils venaient manger et causer. Gentils, discrets. On les revoyait quand on voulait. Les dîners ; le club où Maussane se réjouissait de le voir perdre avec impassibilité ; à la Comédie-Française la loge de la maîtresse de Maussane; le dancing où il buvait de l'eau en chantonnant une mélopée de l'oncle Saltiel. Pourquoi n'avait-il pas écrit aux gens de Céphalonie? Son père. Eh bien oui, son père c'était un vieux avec une barbe, ce n'était pas l'Éternel.

M. de Maussane entra et avec lui une odeur de cuir, de cigare et d'eau de Lubin. Il regarda affectueusement ce garçon délié, silencieux, actif, respectueux devant les étrangers et dont il suivait les conseils judicieux.

— Eh bien, fini ce grand discours? Cette fois, je vous ai donné une belle documentation.

— Non.

— Ah! Enfin il me le faut pour deux heures. Nous frapperons un grand coup.

— Il ne faut pas. Ce n'est pas le moment. Si vous voulez, je vous expliquerai pourquoi. Le discours que j'ai préparé n'est pas celui auquel vous vous attendez.

— Il suffit, dit M. de Maussane en dissimulant sa sujétion sous un grand raclement de gorge.

— Alors nous sommes d'accord.

— Dites donc, mon enfant, est-ce que vous vous rendez compte que tout de même vous en prenez un peu trop à votre aise?

— Je ne sais pas, je m'ennuie aujourd'hui. J'avais quelque chose à vous dire. Ah oui, je t'aime beaucoup.

Il s'avança, ouvrit les bras. Maussane qui ne s'attendait pas à l'accolade du fou recula, déclara qu'il y avait des bornes à tout et sortit. A une heure, il envoya le domestique chercher le discours dactylographié.

A six heures, il vint voir Solal. Après avoir annoncé avec froideur que son intervention avait été favorablement commentée, il annonça sa décision de passer quelques semaines à Genève afin d'assister aux séances de l'Assemblée de la Société des Nations et de surveiller l'activité de la délégation française.

— Vous aurez votre part des sermons de madame Sarles. Je ne tiens pas à vous laisser seul à Paris et à apprendre par les journaux qu'un énergumène est allé embrasser à la turque le Président de la République.

En réalité, Maussane ne pouvait plus se passer de ce garçon qu'il aimait. Ils partirent le soir même.

Genève. Lac stylographique. Sur le quai, le commissionnaire Einstein discutait avec son ami Samuel Spinoza, le petit changeur et vendeur de pistaches.

Accueil cordial des vieux Sarles. Regard d'Adrienne sur le cerne des yeux infidèles. Sourire et poignée énergique de Mlle de Maussane.

Aude, qui avait autrefois prié son père de ne pas engager l'inconnu, avait changé d'avis sur ce dernier. Adrienne lui avait répété que le personnage ténébreux était en réalité un très jeune homme plein de naïveté et Jacques de Nons, qui

156

avait vu plusieurs fois Solal à Paris, en recevait des lettres dont le ton confiant, la vivace poésie, les folies cohérentes, la lourde et odorante nostalgie étaient sympathiques. Elle était touchée lorsque Jacques s'arrêtait à certains passages de choix et la regardait avec quelque fierté. En somme, ce Solal mystérieux avait une âme et des yeux tout frais.

Mais il découragea vite la bonne volonté d'Aude. Il était distant, la regardait à peine et lui répondait avec une courtoisie excessive et déplaisante. Mlle de Maussane, qui n'était pas patiente et supportait mal d'être traitée avec négligence, se persuada dès le troisième jour que sa première impression avait été juste. Le bonhomme était assez louche. Adrienne, cette sotte, qui ne le quittait pas du regard, amoureuse certainement. Il avait eu, disait-on, une belle conduite à la guerre, et à Paris il avait sauvé des gens dans un incendie. Père avait sans doute exagéré. Histoires de roman-feuilleton. Et même si c'était vrai, quoi d'extraordinaire ?

Ce qui l'agaçait le plus, c'était de voir Jacques sous le charme. Cette amitié subite et exagérée avait quelque chose de pénible. Depuis que Solal était là, Jacques faisait moins attention à elle. Et impossible de le convaincre et de l'arracher à cette influence. Il refusait de l'écouter, disait qu'elle poussait la jalousie trop loin. Influence vraiment pernicieuse puisque ce brillant officier en venait maintenant à développer des théories antimilitaristes.

Elle s'efforça de rendre intenable le séjour de Solal aux Primevères, chercha des occasions pour l'offenser. Elle s'adressait à lui de cette voix un peu rauque et brève qu'elle faisait entendre aux inférieurs. Eh quoi, n'était-il pas le domestique de son père, ce secrétaire qui croisait ses longues jambes devant le feu ? Mais l'autre regardait en silence les pieds, les mains, le front de Mlle de Maussane, emmêlait ses cheveux et bâillait avec bonté.

Un jour, c'était le dixième depuis l'arrivée de Solal, elle entra au salon où les deux causaient. Pour sourire à Jacques, ses lèvres, comme retenues et écartées avec peine, découvrirent les dents avec naïveté. Elle s'assit, prit un livre. De temps à autre, elle tournait plusieurs pages à la fois. Naturellement, l'exotique faisait ses griffes et comblait son ami d'une tendresse exagérée, dominatrice, insultante. Et Jacques qui n'y voyait goutte. L'aventurier lui conseillait, avec une ardeur dont la sincérité était convaincante, de renoncer au métier militaire. (Pourquoi ? Il n'en savait rien lui-même, sans doute. Goût gratuit de joueur. Désir de changer les pions de place.) Puis il parla de « Lamiel » et se dit amoureux des héroïnes de Stendhal. (Aude tourna dix pages.) Puis il décrivit les « Courtisanes » de Carpaccio, leur dos veule, leur oisiveté de sales déesses et, autour d'elles, les bêtes équivoques, compagnes et pensées.

Elle se leva et sortit. Il était assez intelligent, mais il y avait de l'insolence à parler de femmes de mauvaise vie devant elle. Parfaitement mal élevé. D'où sortait-il donc ? Elle téléphona à son libraire, commanda le livre de Stendhal et toutes les reproductions de Carpaccio. Pour combattre l'intrus, il fallait le connaître.

Il pleuvait. Elle mit la pèlerine de son grand-père et se promena dans le jardin. Sous le grand noyer, elle s'arrêta, éprouvant du plaisir à écraser les coques molles et à sentir la noix dure. Au bout de dix minutes, elle revint, oublia d'ôter ses bottes (elle avait fait du cheval de sept heures à neuf heures) et vint se réchauffer devant la cheminée. Solal surprit le regard attentif que Jacques posait sur les bottes dont la brusquerie martiale contrastait avec la douceur de la soie révélée.

Dans un mouvement pudique et jaloux il baissa les yeux, soupesa le livre que l'officier, qui était aussi homme de lettres, venait de lui offrir et le parcourut en sept minutes. C'était un roman de cent quatre-vingts pages aérées, intitulé « Amitiés » et dédié au prince de Tour et Taxis. Des images distinguées. Des prénoms masculins et féminins se mouvaient, se rejoignaient, s'éloignaient, poissons crevés. Un livre composé, équilibré, harmonieux, décanté, dépouillé. (Tous les adjectifs aimés des impuissants cristallins que n'a pas bénis le sombre Seigneur étincelant de vie, adorateurs du fil à plomb, habiles à corseter leur faiblesse et à farder leur anémie.) Jacques expliqua qu'il avait voulu faire une œuvre arbitraire et gratuite, qu'il était las des personnages trop sanguins. « Un défi en somme à la psychologie. » Le mari s'appelait Marie et la femme s'appelait Claude. Solal pensa à Sancho, au général Ivolguine et aux Valeureux. Il ferma ses mâchoires et le livre.

— J'ai lu. Votre livre est extra — une pause insolente — ordinaire. Il faut en faire un autre ce soir. Jacques, je vous aime infiniment et méfiez-vous de moi, dit-il involontairement d'un ton très grave et très doux. J'ai des nostalgies, des soifs. J'aime aspirer les âmes comme un œuf frais. J'ai faim de tout. J'ai trois mille trains contradictoires filant sur six mille rails et de mon cœur ils vont à mon esprit. Je vous fatigue, Jacques. Dites-moi de me taire. Agissez donc en maître. Je pourrais parler pendant trente-trois heures. (Son exagération le ravissait naïvement.) Pendant trois vies. Frère, je t'aime infiniment.

Mais aussitôt il se mit à rire, plaisanta sur ses moments de folie, parvint à alléger l'atmosphère et à dérider son ami qui, peu après, ouvrit son étui de platine et le tendit. De ses doigts tâtonnants, Solal prit une cigarette sans la regarder, avec un imperceptible frémissement voluptueux de la main, l'œil clos, la tête penchée, les lèvres nerveuses et comme à demi pâmées. Cette cigarette,

160

prise au hasard, lui était une femme nouvelle, tellement plus commode que les vraies.

Il était trois heures. Jacques devait aller à l'Assemblée de la Société des Nations pour y voir des amis allemands, autrichiens et anglais et échanger des points de vue oxfordiens. Il demanda à Aude et à Solal s'ils voulaient sortir avec lui. Le secrétaire haussa ses sourcils recourbés, secoua la tête et sourit. Aude, qui donnait un cours gratuit de gymnastique rythmique aux enfants du village, dit qu'elle devait préparer sa leçon. Solal lui demanda avec politesse si elle savait faire le grand écart.

Jacques partit, après une imperceptible hésitation. Depuis quelques jours, il remarquait avec chagrin qu'en présence d'Aude, Solal (bizarre : Aude Solal) n'avait pas la même douceur amicale. Dommage. Ces manières commençaient à devenir déplaisantes.

Les deux ennemis en face. Après tout, elle était chez elle. C'était à lui de partir. Elle le défiait de la forcer à s'en aller. Il regardait ces yeux mordorés, ces joues mates et fermes, ce nez à l'antique et cette large dureté du front proéminent, sûr de son destin, surplombant et uni comme un casque arrêté net par les sourcils stellaires.

Elle se leva, alla déplacer une cassette. Son corps adolescent avait la maladresse touchante de la vie. La politesse de ces mains. Ces épaules aiguës. Et ces hanches sultanesques. (O seigneur

du sang et de la chair vivante lourde vivante!)
Ces assises d'une splendide matérialité. La cassette tomba. Elle la ramassa avec un flegme étudié. Solal se leva. Elle se retourna.

— Vous êtes très belle, dit-il d'un ton assez dédaigneux.

Et il sortit. Elle resta songeuse jusqu'au moment où la cloche du dîner la fit courir vers la salle à manger. Elle avait horriblement faim et, Dieu merci, cet homme n'était pas venu à table.

Après le repas, la pluie ayant cessé, elle sortit avec Adrienne. Les cheveux caressés par le vent frais, elles se promenèrent sur la route d'automne où des promeneurs chantaient un cantique en l'honneur du Jura bleu, du Salève rose un dernier moment et du lac cendré, aux rives piquées de clignotements. Aude prit le bras d'Adrienne. Des corbeaux au regard antisémite crièrent que la patrie était en danger et s'enfuirent.

— Tu l'aimes, n'est-ce pas, Adrienne?

— Mais non. J'ai trente et un ans, ma petite. (L'autre pensa: Non, trente-deux.) Mais toi tu fais un peu trop attention à lui, dit Adrienne en enlaçant Aude qui se mit à rire.

— Moi? Il m'amuse. J'aime lui voir faire son nez orgueilleux. C'est même assez curieux cette qualité de fierté qu'il a. Elle cache un continuel qui-vive, une peur d'être humilié. Et puis il est agaçant avec son air de je ne sais quoi. Tu sais quoi? J'aimerais lui tirer les cheveux et qu'il crie, cet homme, qu'il crie une fois, comme un mortel!

162

Elle en eut soudain assez d'être avec cette femme triste, la quitta brusquement, marcha à grands pas. Lorsqu'elle se retrouva devant les Primevères, elle gravit en hâte l'escalier, s'élança vers la salle de bains. Elle ouvrit les robinets et se doucha, les lèvres serrées. Elle était pressée de retrouver son lit, l'ami des belles histoires, et de lui raconter ses malheurs. Tout en séchant son corps avec frénésie, elle répétait sur divers tons, dans le tumulte de la douche qui coulait toujours :

— Vous êtes très belle.

Elle ferma les robinets et parla à voix basse.

— Il est méchant. (Elle éteignit la lumière et se coucha.) En somme c'est ce qu'on appelle un Juif, dit-elle avec mépris. (Elle passa une main lente sur les seins qui saillaient.)

XI

Le lendemain, Solal se leva aux premiers rayons du soleil buvant à longs traits la brume. Dans sa robe de velours rouge, il traversa le jardin, descendit le sentier qui passait par le pré. Personne. Il lança la robe dans une barque, plongea dans le lac et s'éloigna.

Aude arriva au moment où il disparaissait derrière le cap. Elle inspecta son cotre, puis s'assit sur le sable. L'aurore glaçait de rose le ciel et de violet l'étendue sur laquelle, au loin, une voile sombre rouge se penchait et rêvait. Sur la petite plage passaient les couteaux du soleil. Un bouleau penchait sa tête en feu où vingt-sept oiseaux faisaient leur petit vacarme imbécile, sans se soucier des complications psychologiques, et se bornaient à rendre hommage à la grâce et à la vivacité de ce monde. Le soleil jouait obliquement dans l'eau et dorait les stries de sable.

Elle laissa tomber son peignoir, jaillit neuve et s'élança. Après avoir joué dans l'eau, elle revint avec sa respiration saine, posa sa beauté sur le sable et se ramassa. Le vent passa sur le corps dense qui se dénoua.

Elle ne voyait pas Solal qui revenait. L'air mobile et le soleil fixé la possédaient et elle se laissait faire. Des couleurs aperçues et disparues faisaient monter à ses yeux des larmes de regret. Les arbres étendaient leur patronage. Elle admira son bras granité qui avait, dans la saignée, la transparence d'un fruit.

Effroi. Des boucles noires ruissellent et un dieu s'élève hors de l'eau. Elle voit les perles d'eau sur l'or bruni de Solal gonflé de force précise. Elle voit le jeu des muscles de Solal, serpents enlaçant leurs rondeurs inégales. Il voit les longues jambes d'Aude et les ombres et les coupes. Il cherche le regard d'Aude, sourit, se retourne et plonge. L'eau reçoit le fils agile qui reparaît plus loin. Le bras levé, il rit et chante un long chant de vie, un appel de jeunesse.

164

Au déjeuner : Aude, Adrienne, Solal et Jacques. La veille, les Sarles et Mlle Granier étaient partis pour Nîmes. Quant à M. de Maussane, un télégramme mystérieux l'avait forcé de prendre le rapide de Paris.

Éloquent dans le vide, fleuri d'amitié et plein d'appétit, Solal s'adressa à Jacques. Adrienne mangeait au ralenti, sentait l'inutilité de sa vie et jugeait son amant tout de même antipathique et grossier. Aude pensait que tous les livres décrivaient mal la méchanceté de cet homme qu'elle avait surpris tout à l'heure parlant avec dureté à Adrienne qui évidemment l'aimait en secret. Elle ne pouvait pas supporter de voir souffrir ainsi sa pauvre amie par la faute de ce secrétaire.

Solal, après avoir, comme malgré lui, comparé un poème de Blake aux premières lignes du livre de Jacques, demanda à ce dernier de jouer des airs de Schumann. Jacques flatté (Blake !) se mit au piano. Solal écoutait avec un sourire éperdu. A la limite de la délectation, il prenait le monde à témoin et suppliait son cher ami de jouer avec feu, avec sentiment, avec des langueurs inouïes, de jouer amoureusement, de jouer avec une passion extrême, de jouer en pensant à la plus ionienne des femmes.

— De toute ton âme, frère ! Jusqu'à l'écœurement de bonheur !

Aude, excédée par ce spectacle, s'approcha, appuya sa joue contre les cheveux de son fiancé et lui parla à voix basse. Il s'arrêta de jouer et la suivit au jardin.

Debout à la fenêtre de la bibliothèque, Solal la regardait qui se blottissait contre Jacques, touché de cette tendresse, mais trop respectueux de la vie intérieure de sa fiancée pour lui demander les raisons de sa tristesse.

Solal jeta au feu les documents ronéotés que le secrétariat de la Société des Nations envoyait tous les jours. Horrible fille qui collait son corps contre le corps de cet homme. Alors pourquoi ne se faisait-elle pas prendre sur-le-champ et sur l'herbe ? Fille de Baal ! Et lui Solal, si simple et si pur !

Aude suppliait son plus cher ami, son Jacques d'enfance, elle demandait à son aimé de rester, de ne pas la laisser seule, elle avait tellement besoin de lui. Jacques, déjà dans l'automobile, la consola, s'excusa : dans une heure, il devait être présenté à un jeune ministre influent et si intéressant.

— Eh bien va-t'en, dit-elle avec colère.

Aude se dit, en passant devant la bibliothèque, qu'une porte en somme la séparait de l'homme et qu'il fallait à tout prix avoir une explication. En finir, mon Dieu ! Elle en avait assez. Certainement, il l'avait suivie ce matin. Assez d'être persécutée par ce sourire. Elle lui ferait comprendre qu'il devait partir, qu'il était ignoble de jouer ainsi avec Jacques et avec Adrienne. Angoissée et sentant qu'elle avait tort, elle poussa la porte, éprouvant sur le seuil la délectation du vertige et peut-être l'affreuse joie de suivre la mauvaise voie destinée de toute éternité

— Je vous dérange.

— Quoi ? demanda-t-il avec hargne, ahurissement, distraction et génialité.

— Je vous dérange

— Oui oui merci

Ils ignoraient tous deux ce qu'ils disaient et ils pensaient à la surprise de leurs nudités. Elle s'approcha des rayons, fit une pile de livres qui tombèrent.

— Vous avez terminé vos recherches bibliographiques ? demanda-t-il gravement, en faisant avec la cordelière de sa robe moirée un mouvement menaçant de fronde.

Elle chercha en vain une phrase insolente et s'avança, sans savoir ce qu'elle allait dire.

— Qu'avez-vous contre Adrienne ? Qu'y a-t-il, pourquoi la faire souffrir ainsi ?

— Je vous prie de me laisser seul.

— Lorsqu'il me plaira.

— Votre fiancé vous attend. Vous vous mariez bientôt ? Bon voyage.

— Vous pensez bien que je ne reste pas ici pour mon plaisir. Ne vous rendez-vous pas compte que vous êtes odieux avec elle ? Vous ne la regardez pas, vous ne lui répondez pas quand elle vous parle. Je l'ai surprise qui pleurait. Est-il possible que vous ne vous rendiez pas compte ?

— Quel compte? demanda-t-il faussement ahuri.

— Mais (ses lèvres tremblèrent légèrement) qu'elle vous aime.

Le fou éclata du même rire que le matin et s'étira.

— Elle m'aime, je l'aime, vous l'aimez, tout le monde s'aime. Que de sucre! Et quand vous serez mariée, Jacques vous sourira même en se rasant. Et moi je ne veux pas qu'on m'aime. Mon cœur ton cœur son cœur. Ma gondole ton luth son écharpe nos sentiments vos vapeurs leurs passions. Je te chéris tu m'affadis il me fait souffrir vous êtes odieux. Allez-vous-en à vos rêveries. Pas difficile, oui à vos rêveries, de comprendre votre genre de tempérament. Allez, allez, coccinelle! J'en ai assez de vous voir. Vous rêvez d'une existence héroïque et révoltée et russe, et en réalité elle est ravie d'être la fille du Maussane, et elle trouve que je suis impoli et d'où sors-je et cætera. Allez rêver. Vous si fière, offensez-vous donc au lieu de me regarder avec ces yeux d'hypnotisée. J'imagine que dans votre journal intime il doit y avoir des histoires de ce genre : « Les pensées se pressent autour de moi comme le troupeau vers le berger versant le sel savoureux sur la pierre. » Je vous connais. Et je sais le reste. Ce qui ne peut pas se dire. Ce que vous faites la nuit. Rougissez donc!

Il s'éloigna puis revint, plus mince et si ravisseur violent noir menaçant.

— En réalité, c'est une déclaration d'amour. Va-t'en. Je t'aime. Et tu m'aimes aussi, par le Dieu vivant !

Bruit de porte. Adrienne entra et s'étonna du silence. Aude emporta les livres et sortit.

— Je vous dérange, dit Adrienne en souriant.

— Tu dis comme elle. Oui, tu me déranges.

— Que disais-tu à cette enfant ?

— J'ai dit à cette enfant qu'elle fiche le camp.

— Et elle a été flattée en somme ?

— Pourquoi ?

— Elle a pensé que tu as peur d'elle.

— Moi ?

— Ne mens pas.

— Oui, j'ai peur.

— Tu ne m'aimes plus, n'est-ce pas ?

— Non, je ne m'aime plus, je ne m'aime personne. Tout le monde conspire contre ma paix. Que vous ai-je fait à vous toutes ? Maintenant va-t'en. Es-tu flattée toi aussi ?

Resté seul il se promena. De temps à autre, un bon rire. Plus de ces maudites chez lui !

— Aude Solal. Ah non. D'autre part, elle se mouche certainement. Donc je ne monte pas dans votre gondole, jeune Aude de Frangipane, est-ce que je sais son nom moi, à cette petite moucheuse, à cette mouchière dans les mouchoirs ? Je ne suis pas asservi aux créatures d'humidité. Bien sûr, Moïse aussi se mouchait. Mais il ne se plaçait pas sur le plan de la beauté, c'est-à-dire de la sale chair, et il n'était donc pas humilié par les misères

169

de la chair. Baiser, cette soudure de deux tubes digestifs. Les seins, ces deux petites bourses toujours molles et tombantes, quoi qu'en disent vos romanciers. Je voudrais bien savoir qui je suis, qui je serai. Elle a des hanches admirables. Pourquoi le Seigneur lui a-t-il concédé ces hanches de la perdition qui fouettent mon cœur et l'air d'un appel déchirant? Ne pouvait-il pas leur mettre à la place quelque bon vieux parchemin sacré? Oui, Moïse. Il ne jouait pas du piano, Moïse, et il ne cueillait pas des zinnias et des cataclas en disant : Voyez comme je suis immatériel et comme mon corps sans défaut, chère, est l'image de mon âme! Il avait des cals sur la nuque et ses reins étaient vertueusement déformés! Et il se mouchait sans honte, car il vivait en esprit. (Solal fit une grimace solennelle pour lui tout seul. Sous cette fureur bégayante, il y avait tant de joie et de jeunesse.) Tandis qu'Apollon se mouchait à petits coups derrière une colonne, Moïse, homme de Dieu, tirait son vieux mouchoir à carreaux, immense comme une tente, le secouait, l'éployait au vent de l'esprit et, regardant l'Éternel face à face, il se mouchait. Alors, tonnant du haut du Sinaï, ses fortes expectorations remplissaient de crainte les douze tribus agenouillées au pied du mont. J'ai peur aussi. Ou peut-être il n'avait pas de mouchoir? L'index droit, puis le gauche et la crainte de Dieu! Tandis que ces filles vous sortent un petit mouchoir parfumé et armorié et elles font des petites expirations modestes, pff pff comme un petit chat, des petites mines discrètes, comme si elles disaient : « C'est un petit jeu, notre joli petit nez fait des confidencettes à notre carré de linon. » En réalité, elles y mettent du beau mucus bien vert, bien solide et bien carré ! Production de l'amour : hasard (elle aurait tout aussi bien pu faire ses singeries musicales, distinguées, passionnées, poétiques, avec un autre) ; social (admiration consciente — ou inconsciente chez les purettes — de l'homme qui réussit) ; biologique (une large poitrine est indispensable à ces vierges ou verges du diable pour qu'elles aiment) ; et si l'aimé n'est pas absolument idiot il peut les tourner sur le gril par l'inquiétude. Alors c'est le grand amour bleu céleste et rouge cœur et violet infini.

Il se leva, rompit un Bouddha de jade.

— Rien à faire. Ah sottise ah cœur ah misère ! Aude ma bien-aimée, la plus douce et la plus rétive, la plus noble et la plus élancée, la vive la tournoyante et l'ensoleillée, Aude je voudrais avoir toutes les voix du vent pour dire à toutes les forêts : j'aime et j'aime celle que j'aime !

Cependant elle errait, chaussée de souliers ferrés, dans le petit bois embrumé. De quel droit, de quel droit avait-il parlé ? Et elle qui avait écouté la voix de ce terrible lucide avec un plaisir lâche. Heureuse d'être transpercée. Comment avait-il pu deviner sa vie secrète, les phrases de son journal ? Quel mage ! Et comment avait-il osé dire ces mots à la fin ? Je t'aime. Il mentait évidemment. Je t'aime. Mais Adrienne alors ? Adrienne l'aimait. Et lui n'aimait-il pas aussi Adrienne ? Peut-être. Mais alors ? Je t'aime.

Elle s'assit contre un arbre, jouissant du froid humide qui la pénétrait, aspirant l'odeur du terreau, des champignons et des feuilles pourries. De la vieille pèlerine grand-paternelle elle sortit la Bible. Évitant loyalement les feuillets du Cantique des Cantiques, elle ouvrit au hasard pour connaître son destin. La réponse fut effrayante.

Elle jeta le livre, considéra les petites vies herbeuses qui grouillaient, se cramponna à la toison verte et gémit sans savoir. Le vieux saule se berçait avec indulgence et l'oiseau qui annonce la pluie répétait sa lamentation. Une heure passa.

Elle vit son fiancé qui sortait de l'automobile et elle ferma les yeux. Jacques l'interrogea.

— Je crois que je suis allée chercher des champignons.

— Mon Aude est un peu folle. Pourquoi croyez-vous ?

— Je ne sais pas. Je t'aime.

Il caressa le front et les cheveux. Ses doigts s'attardèrent sur la petite dépression.

— Elle est encore un tout petit enfant. Elle a encore la fontanelle.

— Laissez-moi tranquille. (Un temps.) Jacques, je suis mélancolique. Serre-moi contre toi. Ou plutôt non, allons dîner. On a sonné.

(Consommé à la Royale.) Adrienne, qui avait été tout à l'heure violemment rassurée sur le divan, était douce comme une terre arrosée. (Coquilles de turbot Morny.) Aude et son fiancé agitèrent des souvenirs d'enfance. Regard tendre d'Aude. Faute de mieux, Solal se racontait l'enfance de Maïmon. (Côtelettes d'agneau à la Villeroy.) Jacques parla de leur dernier séjour à la montagne et du concours de ski où elle et lui étaient arrivés premiers ex æquo. A cinq cents mètres du but, elle était tombée et Jacques avait relevé la chère adversaire aux sourcils enneigés. Étincellement sombre de Solal. Ces deux chamois se connaissaient depuis longtemps, ces fils du pingouin et de la baleine, avec leur neige ! (Poires à l'Impératrice.)

Solal se leva, alla s'asseoir dans la véranda.

— Éteignez les lumières, dit-il à Jacques qui se demanda s'il devait obéir ou refuser.

— Oui, Jacques, éteignez, pria Aude.

— Non, reste, fit Adrienne qui contint sa colère, j'irai.

On parla de Mlle de Gantet.

— Solal, il ne faut pas en dire du mal, fit Jacques. C'est tout de même une femme dont toute la vie...

— Est consacrée à la charité, compléta Solal avec emphase.

Il alluma une lampe basse et Adrienne pensa : « Il veut qu'elle le voie. Il sait que la méchanceté le met en verve. Va, va, fais le beau, je ne suis pas dupe. » Solal se disait : « Si je tousse, je suis perdu aux yeux de cette Maussane. Tousser égale déficience physique. »

— Je vais vous citer, fit-il, quelques phrases prononcées il y a un an par mademoiselle Granier. « Quand Dora de Gantet avait sept ans, ayant vidé sa bourse un jour, elle courut vers un petit mendiant et l'embrassa. » Hum. (Il sourit de plaisir en pensant au carnage qu'il allait faire.) Elle débutait bien, la jeune criminelle ! — Il ne faut pas rire, Jacques. — Elle a donc embrassé le petit mendiant. Et puis, elle est rentrée chez elle et s'est empiffrée sans doute de sucre d'orge tout en pleurant de pitié dans son lit bien chaud sur le sort du pauvre, du pauvre (sa voix s'amenuisait) du pauvre petit mendiant.

— Voyons, voyons, fit Jacques avec quelque agacement.

— Non, nous ne voyons pas. Moi je vois. Pas vous. J'ai entendu un jour mademoiselle de Gantet, continua-t-il après avoir respiré largement, proférer cette petite infamie : « Le pauvre, Ruth, est un ami. Je veux l'aimer plus que moi-même. » Eh, par le Dieu vivant, puisque tu l'aimes plus que toi-même donne-lui tes bijoux, ta maison, ton cheval !

— Et que fera-t-il du cheval ? demanda Adrienne pour rendre anodine la conversation.

— Il le mangera, madame ! dit-il avec sérieux. Quand on a faim — j'ai connu la faim — un bifteck de cheval est une eucharistie.

— Vous savez très bien, dit Jacques qui avait décidé de mettre avec brusquerie les mains dans les poches, ce qu'il estimait devoir lui donner un air martial et contrebalancer l'assurance de Solal, que Dora de Gantet est très généreuse. Je respecte votre idéalisme, mais tout de même.

— Je ne suis pas idéaliste. Je suis méchant. Mais je ne supporte pas le masque d'amour. Il faut se lancer avec folie dans l'amour. Ou bien oser dire : « Moi d'abord ! » L'amour du prochain réclame des poètes qui savent donner leur unique manteau. Généreuse, mademoiselle de Gantet est généreuse ! Mais sa générosité prive-t-elle d'un de ses coussins la richissime jeune fille ? (Il eut un instant la pensée de l'épouser et poursuivit.) Parmi ses autres luxes, mademoiselle de Gantet s'offre celui de réserver le cinq ou le quinze pour cent de ses revenus aux pauvres. (Il ne dit pas « dix pour cent » par respect obscur de la dîme instituée par l'Ancien Testament.) Le vingt pour cent ! C'est ce que j'appelle de la canaillerie. L'homme de charité doit vendre tout ce qu'il a et le donner aux pauvres. Si elle donne le cent pour cent, je baise sa robe. Et encore, c'est à voir, car elle peut se dépouiller par orgueil ou par recherche égoïste de la perfection ou par espoir conscient ou inconscient de récompenses célestes ou non. (Il saisit un verre, le remplit et s'enivra d'eau fraîche.) Autre citation : « Prions pour nos adversaires. » Ainsi parle mademoiselle de Gantet. Je vois des cercles horribles. Cercle un.

En réalité c'est une façon de se venger de ses adversaires, de leur dire : « Tu me hais ; moi je t'adore ; je te suis donc supérieur. » C'est un petit truc. Cercle deux. Mais à quoi bon ? J'en arrive au cercle dix ou douze. Cette femme admirable, son frère est officier, elle l'admire. Et il passe son temps à apprendre à mieux tuer, à faire mieux tuer ! Ne prie donc pas pour tes ennemis et contente-toi de détester qui les tue, contente-toi de ne pas accepter qu'ils soient tués, contente-toi de ne pas admirer ton frère. Cercle quinze. En réalité, elle ne pense qu'à elle, elle est la seule personne au monde qu'elle aime, en réalité. Et lorsqu'elle a prié pour ses ennemis, et lorsqu'elle a pensé, pensé, pensé que le pauvre est l'envoyé de Dieu, et lorsqu'elle s'est apitoyée sur un isolé dont la barbe est souillée par l'orange pourrie qu'ils Me lanceront, elle se serre la main et elle se dit (et si elle ne se dit pas, elle se le pense, je parle mal, je ne suis pas français) elle se dit : « Dora de Gantet vous êtes admirable ! » En vérité, en vérité, je vous le dis, il y aura plus de joie au ciel pour un brin de la queue du chien qui a été mon ami à Barcelone que pour les cent mille Gantet de la terre.

— Si Dora de Gantet donnait toute sa fortune, dit Jacques, qu'aurait-elle fait de plus ?

— Un pauvre, répondit Solal. Puisqu'ils sont si admirables les pauvres, fais-toi pareille à eux.

— Nous aspirons à un idéal difficile. Mais il y a la réalité.

— Fortement pensé et extrêmement rassurant en ce qui concerne la prospérité future des banques et des casernes.

— Si l'ennemi venait, demanda Aude, il faudrait ne pas se défendre?

— Ce serait peut-être alors le moment de prier pour l'ennemi.

Il se leva, s'excusa, mais il était obligé de partir. Adrienne parla de quelque belle dame pantelante qui devait attendre monsieur Solal. Sous la table, Aude serra la main de son fiancé qui se joignit aux taquineries. Solal avoua qu'il allait simplement au cirque.

— Et vous n'avez pas eu l'idée de nous faire participer à vos divertissements et de nous inviter? demanda Mme de Valdonne en le chérissant du regard.

— Mais j'invite. (Maudite cette autre avec ses skis!)

Il se détestait d'être timide tout à coup devant ces gens qui avaient l'habitude de parler à table, devant des fleurs. (Il y avait longtemps qu'il était mort, le Valdonne. L'avait-on enterré avec son bicorne?) Adrienne demanda à son frère s'il venait aussi. Aude refusa.

Mais lorsque les deux furent partis, elle se sentit mortellement triste. Après une vive promenade dans le salon, elle déclara qu'elle avait envie de sortir. En dix minutes, l'automobile les conduisit au cirque. Ils prirent place dans la loge où étaient Adrienne et son amant.

De toute son âme, Solal admirait les hommes fins qui s'élançaient du trapèze, défiaient l'attraction de la terre, immobiles un instant dans l'air vide, et se retournaient. Le numéro des acrobates terminé, le « tigre sauvage non dressé » fit son entrée dans la cage.

Une minute après, le dompteur gisait, la poitrine en sang. Les aides, qui n'osaient pas entrer, tirèrent des coups de revolver. Tumulte. Aude ferma les yeux et serra la main de Jacques. Mais un coup de fouet dans le silence étonnant lui fit lever la tête.

Solal était entré dans la cage et châtiait le tigre qui reculait avec des ronflements. (Aude délaissa la main de son fiancé.) On emporta le dompteur blessé. Mais Solal, qui entendait ne pas être privé de son plaisir, frappa deux coups sur le billot et la bête obéit et bondit. Les spectateurs acclamaient l'inconnu aux gestes discrets de belluaire. L'homme et le tigre avaient la même jeune élégance.

Soudain le fauve s'élança, recula, avança la patte et la longue main de Solal devint rouge de sang. Dionysos merveilleux en habit de soir fouetta, à tour de bras, les yeux étincelants de colère, la bête qui protesta, obéit enfin, s'assit et bâilla avec un mépris ancien. Il tourna le dos et s'en alla avec une tranquillité peut-être théâtrale. Délire de la foule femelle. Vive la victoire ! Adrienne, très pâle, déchira son écharpe et banda la main de son fou, de son fils chéri qui regardait Aude de Maussane avec un sourire naïf.

— Jacques, je ne vous reconduis pas à l'hôtel, dit Aude rapidement. Nous devons soigner monsieur Solal. A demain, Jacques.

Elle se mit au volant et l'auto blanche bondit, effleura des gendarmes, renversa une bicyclette et fit du cent dix sur la rampe de Cologny.

Aude, forte de ses études d'infirmière-visiteuse, apporta des antiseptiques, écarta Adrienne, fit des pansements compliqués. Solal était ennuyé et regrettait la compagnie du tigre, si discret en somme. Enfin, Adrienne dit à son amie qu'il était tard.

Dans sa chambre, la jeune fille fit devant la glace des gestes héroïques et fouetta des fauves. Puis elle se coucha. Souriant au rayon de lune, elle promena l'index sur une fleur de la tapisserie et dessina le nom du belluaire. Simplement pour voir, pour se rendre mieux compte, par curiosité. Elle s'aperçut qu'elle avait perdu sa bague de fiançailles. Ennuyeux. Tant pis. Elle laissa errer sa main sur le sein durci, appuya, ferma les yeux, aspira. Un dieu, surgissant de la mer, luttait avec les bêtes des jungles et avec une vierge.

Le lendemain matin, sans prendre le temps de déposer ses bagages, M. de Maussane alla frapper à la porte du pavillon, s'étonnant en lui-même de voir combien il était pressé de raconter à Solal l'heureux événement. Dix heures et le secrétaire dormait encore ; depuis quelque temps, ce garçon faisait preuve d'une luxuriante paresse ; et cette rage de dents, assez peu croyable, pour ne pas accompagner son patron à Paris.

Enchifrené de sommeil, Solal ouvrit la porte, croisa son peignoir rouge, sourit aux anges et à M. de Maussane qu'il pria de s'asseoir. Ramenant une mèche sur son nez et cachant sa main droite derrière son dos pour n'avoir pas à parler des jeux du cirque, il interrogea sentimentalement le père de la bien-aimée.

Après un regard sévère sur le peignoir entrouvert et sur les pieds nus, le sénateur entreprit un récit bien construit dont il dégusta les consonnes et dont il ressortait que, à la suite d'un scandale inattendu et qui avait nécessité la convocation immédiate du Parlement, Maussane serait chargé sous peu de constituer un ministère d'union nationale. Solal félicita le patron d'une voix mélodieuse et indifférente.

— A propos, dit M. de Maussane, votre naturalisation. (Solal souleva les sourcils avec un intérêt feint, destiné à déguiser l'attention réelle.) C'est fait. Voici.

Solal prit de sa main valide le document, chercha une poche qu'il ne trouva pas, introduisit à l'intérieur du peignoir le papier qui s'envola et atterrit sous un fauteuil. Il se regarda attentivement dans la glace pour voir comment était fait un Gaulois.

— Mais il faudra que je parle français mainte-

nant et que je dise leurs complications diaboli-
ques : « D'autant plus que j'eusse cru qu'elle
n'était rien moins qu'amoureuse de moi. » Ses
cheveux, on dirait des cheveux blonds, bronzés
par le soleil.

— Que racontez-vous ?

— Je raconte les cheveux de ma fiancée.

M. de Maussane haussa les épaules et sortit.
Solal arracha les bandes qui entouraient sa main.
Les bords de la blessure s'étaient miraculeusement fermés. Il s'habilla soigneusement et alla
dans le jardin.

Elle passa, considéra la main balafrée et sourit.
Il sourit aussi. Une grâce descendait des arbres,
la douceur rayonnait sur les buissons et l'air était
vivace. Il s'étendit sur l'herbe, une gerbe de
soleils dans sa poitrine. Il se souvint de l'homme à
qui il avait emprunté de l'argent et se leva d'un
bond.

— Marquet !

Il sortit son portefeuille, l'ouvrit. Dieu soit loué,
il y avait vingt-trois billets de banque. Il commanda un taxi, se fit conduire en ville, entra chez
un maroquinier, choisit un beau portefeuille et
introduisit quinze billets. Il confia au commissionnaire Einstein le paquet et les fleurs.

— Apporte à Marquet. Tu chercheras
l'adresse dans le talmud des téléphones. Et voilà
mille francs pour toi. Va avec Dieu. Dépêche-toi
car je veux que Marquet soit content aujourd'hui.

Elle se plut dans cette robe d'argent et fit une révérence à son image. Envahie de joie soudaine, elle reprit sa respiration, cria presque avec peur : « Adi ! » et s'élança vers la chambre de son amie. Il était là. Qu'avait-il à faire toujours chez cette femme ?

— Tu vois, Aude, ce monsieur est incapable de faire sa cravate, ce monsieur est persécuté par les chemisiers, ce monsieur menace de ne pas assister à la soirée de ton père. Il maudit les gens de la Essdéenne qui vont venir et il jure haine éternelle à la société.

Solal défit le nœud blanc.

— Voulez-vous que j'essaie ? demanda gaiement l'ennemie des semaines passées.

— Mais oui essaie, nous verrons si tu réussiras mieux que moi, fit Adrienne avec un entrain volubile.

Il écarta son menton pour n'être pas frôlé par les doigts magnifiques d'Aude travaillant pour lui. Lorsqu'elle eut fini, il examina la cravate refaite.

— Elle est bien. Je vous remercie.

Aude rougit de plaisir. Pour se rendre utile, elle ajusta la robe d'Adrienne, la lissa et fit à l'étoffe les inutiles arrangements et les graves manèges qui sont censés sauver d'un désastre la robe de l'amie — qui se persuade ainsi du dévouement de la loyale tapoteuse.

Sa cravate refaite, Solal n'avait plus besoin des mères. Il retourna chez lui et attendit à la fenêtre.

La voici qui s'appuyait au bras de son fiancé. Agitant de tristes pensées, il chargea deux pistolets épirotes mais l'adultère avait disparu. Ses armes dans une main et son acte de naturalisation dans l'autre, Solal se sentit seul. Il toussa et détourna sa colère contre un rhume qu'il inventa ; en somme, Vercingétorix lui portait malheur. Il but avec horreur plusieurs verres de cognac qui l'enrouèrent.

A neuf heures et demie, il se souvint qu'il fallait aller à cette réception, organisée à la hâte par Maussane qui tenait à le présenter à divers délégués à l'Assemblée.

— Malade comme un chien. D'ailleurs tous les Français parlent du nez, confia-t-il au domestique qui ouvrit la porte.

Aude considéra le plastron blanc incrusté à plat et le torse triangulaire du jeune seigneur qui venait d'entrer et que M. de Maussane présenta à Lord Rawdon. Solal écouta vaguement le jeune homme sensible à la beauté masculine et dont les joues rosissaient ; puis il s'éloigna, se demandant si un rhume de cerveau pouvait dégénérer en méningite.

Soudain, il entendit dans une salle voisine le rire de l'infidèle. Oh, elle dansait avec Rawdon et elle lui souriait amoureusement ! Quelle débauchée et quelle fille de Tyr ! Il voulut découvrir une lueur ignoble de jouissance dans le regard de Rawdon. Il s'approcha du satyre et lui dit qu'il avait une question confidentielle à lui poser. Le jeune Anglais acquiesça et dit que dans quelques minutes il serait à lui.

Solal, satisfait de la mauvaise tournure qu'allaient prendre les événements, sourit fraternellement au maharadjah cendré enturbanné d'or et de mépris, bouscula le chargé d'affaires d'une puissance négligeable qui rôdait avec des gentillesses au-dessous du pair mais se consolait en pensant qu'après tout dans son pays il était personnage d'importance et s'inclinait devant un conseiller anglais qui faisait sur cette vile matière l'essai d'un salut imité du comte de Foix qui disait des amabilités à une Japonaise dont le visage avait reçu un coup de poing fardé sous les yeux et qui adressait un sourire humide en premier lieu à l'ambassadrice chinoise à tête d'œdème diadémée d'un toupet de chanteur sentimental, en second lieu à la délégation japonaise, collège de petits garçons chauves officiers de la Légion d'honneur qui souriaient pudiquement en regardant leurs petits souliers vernis, et en troisième lieu au ministre d'Espagne qui ne la reconnut pas et s'inclina avec un sourire sincère, que l'habitude professionnelle rendait forcé, devant Adrienne graduant ses sourires avec une science que jalousait Aude, autre créature de représentation qui sera sa femme dans trois mois, il le jure ! Et elle ne dansera plus et elle ne rira plus !

Solal prit Rawdon par le bras. Jardin. Toujours ce jardin. Ah qu'on m'apporte un désert ! Tout rhume avait disparu. Dommage. Tuer Rawdon, c'était facile, mais comment amorcer l'affaire?

— Voici. Moïse n'est-il pas le plus grand des hommes? Ah, vous ne trouvez pas? Et quand il va chercher une sépulture dans le désert pour que les sales bonshommes qui étaient avec lui ne le divinisent pas? Et le meurtre du petit Rawdon égyptien? Vous m'avez gravement offensé!

Lord Rawdon lui conseilla le repos. Solal le poussa vers le pavillon, ouvrit la porte, tendit un pistolet. Rawdon appuya par mégarde. Détonation.

Solal, blessé, avoue qu'il aime cette fille et qu'elle le torture. Hier avec Jacques, ce soir avec un Égyptien. Et que fait-il en cette maison de servitude, lui? Rawdon, que cet aveu imprévu et ce duel absurde et poétique ravissent, rassure Solal : mademoiselle de Maussane n'a cessé de lui parler de Solal charmeur de tigres. Elle semble être amoureuse de lui et n'a cessé de le regarder. Solal, fou de reconnaissance et de joie, baise le jeune homme sur la bouche. Ah oui, le bras saigne. Aucune importance. Demain on arrangera. Ces pistolets sont à Rawdon. Qu'il les garde en souvenir, ce bien-aimé Rawdon. Elle n'a fait que le regarder, la plus extraordinaire Aude du monde! Oh, bien-aimée, comme je t'aime et comme tu m'aimes!

La soirée touchait à sa fin. Solal saigné évolua avec douceur parmi les diplomates encaustiqués.

Maussane se réjouissait de le voir si intime déjà avec le neveu de Sir George et songeait que ces Juifs évidemment savaient se pousser.

L'habile Israélite parlait de Béatrice et de Laure au ministre bulgare qui, achevant de manger un sandwich avec importance, l'entretint d'un bon petit emprunt de vingt-cinq millions bien gagé que la France pourrait bien lui consentir. Il n'ignorait pas combien Maussane, le maître de demain, estimait monsieur Solal. Solal renchérit. Vingt-cinq millions c'était trop peu! Cinquante. Pourquoi pas cinquante? Puisque la bien-aimée n'avait cessé de le regarder, pourquoi ferait-il de la peine à la Bulgarie?

L'orchestre était las et une passion primitive pathétisait les visages des derniers danseurs qui bientôt partirent. Solal aida Jacques à mettre son grand manteau doux, sortit avec lui sur la route noire, l'accabla de protestations sincères : il l'aimait beaucoup; il avait soif de sacrifice; il voulait avant tout le bonheur de Jacques qu'il affirma doux et bon et noble comme un chameau aux grandes ailes blanches. Il était ému à en pleurer. Jacques avait sommeil et ne se souciait pas de ces propos d'après champagne.

Lorsque Solal revint, il rencontra Aude près du saule et s'approcha d'elle. Ils allèrent assez longtemps ainsi, côte à côte, sans parler, un merveilleux effroi au cœur. Un pic noctambule auscultait.

Les yeux baissés, elle prit la main de Solal.

Noble chaleur. Quel velours dans le sang. Marche silencieuse. O la complicité des débuts. O douceur de l'amour. O blanches baies de soie dans tous les buissons. O toi que j'aime. O toi la première et dernière. O miraculeusement surgie. Sur le fond sombre du ciel, des dieux d'artifice poursuivaient de lumineuses déesses.

Mourir immédiatement s'il était incapable de se confier à sa bien-aimée. Il raconta les cinq ans de voyages, les secrètes aventures, les ombres et les humiliations jamais avouées. Voici il était Solal, il arrivait et il les aimait eux tous. Réponse : Sale Juif! Ses mains étaient chargées de roses et il les leur tendait. Réponse : Sale Juif! Les salles d'attente et les gendarmes dans la nuit et le passeport scruté avec méfiance. Cette race moi ça me donne le frisson, disait l'épicière. Et lui ce n'était rien car il avait le rire et les dents. Mais il y avait toutes les douleurs. En ce moment, un vieux se chauffait dans la salle d'attente de la gare et il se disait que demain ça va se dessiner, et un peu de patience. Et ce pauvre vieux voyait Adrienne et tous les Maussane qui posaient leurs nécessaires de toilette devant la couchette du sleeping. Et le vieux levait un pied puis l'autre pour se réchauffer et pensait qu'il avait été un petit garçon et que tout est chance dans la vie, mon ami. Et les autres vieux. Ceux qui meurent tout seuls. Ceux qui voudraient travailler et qui disent : « Oh je suis encore bien robuste. » Ceux qui ne savent pas où aller. Et tous les offensés et ceux qui cherchent un travail et sourient et disent : « Merci bien, oui je repasserai. » Et tous ceux qui offrent leur cœur enchanté et rencontrent la froide bêtise jugeuse.

Ils s'arrêtèrent devant la porte de la villa. La chambre d'Adrienne était éclairée. Il eut honte et se mit à rire. Demain peut-être Adrienne, mais aujourd'hui toujours Aude et Solal. Ce rossignol leur disait un sonnet de joie. Et après tout, les malheureux n'avaient qu'à ne pas être malheureux.

Elle le regarda avec une gravité de jeune fille et s'inclina soudain à la russe, porta à ses lèvres la main de son très cher seigneur et disparut.

Solal fit une grimace de gêne. En somme et comme conclusion à ces discours magnifiques, il était un maudit. Il aidait le fiancé à mettre son manteau et la fiancée baisait sa main. Il valait mieux aller se coucher. Durant le sommeil, les complications s'arrangeraient entre elles.

Il s'étendit sur son lit, tout habillé. Aude la plus belle avait noué cette cravate. Il n'aurait jamais le courage de défaire cette cravate. Il prit les ciseaux et coupa la bande de manière à laisser intact le nœud sacré. Tant pis, il avait fait tout son possible pour n'être pas aimé. C'était leur destin à lui et à elle. Il se regarda dans la glace pour voir comment était fait un homme aimé. Il avait des cils admirablement noirs.

— Elle a bon goût. Je parle pour cacher que je

suis très grave. O mon Aude de Maussane. Aude. Je suis Solal. Et voici, je suis Solal.

Il baisa la main baisée par Aude. Il se dévêtit. Un phalène heurta la lampe puis le corps nu de Solal.

— Sale mou, je ne te tue pas ce soir. Remercie ma fiancée. C'est en son honneur que je te fais grâce. Va vers Aude, voyageur imbécile, et dis-lui que je. Mais tu ne sauras pas. Dis-le-lui tout de même, mon petit aimé.

Ses larmes étincelaient. Voici, il aimait. Dans le jardin, il marcha sans arrêt et ce fut l'aurore. Il se sentait très beau et très noble et elle l'aimait et le monde était à genoux devant lui qui riait comme le plus fou des fils de l'homme. Il arracha une rose, la mordit et dansa tandis que les sociétés dormaient.

Dans le bois de chênes, les petits morceaux de création se réveillaient pour vivre et s'affairaient avec irresponsabilité. Un geai plaidait non coupable ; un charançon à la trompe préhistorique avait des inquiétudes ; une mouche dorée faisait des figures géométriques ; des fourmis se tâtaient, échangeaient des mots de passe et retournaient à leur active solitude, sous l'œil fixe d'une araignée surgie d'une touffe de bruyère rose ; une libellule était un petit regard de Dieu.

Nu, Solal ensoleillé garda longtemps la main levée pour capturer un lézard qui vivait sa vie sous l'ombrelle feuilletée d'un champignon. Et Dieu se réjouissait de sa créature.

Une heure après, M. de Maussane conférait avec son secrétaire. La sympathie subite du jeune lord pour Solal l'avait encouragé à charger ce dernier d'une mission officieuse auprès de l'oncle de Rawdon. Il s'agissait de voir si l'Angleterre consentirait à la suppression du Condominium franco-britannique des Nouvelles-Hébrides et, moyennant certaines compensations, à reconnaître la pleine souveraineté de la République sur ce territoire.

— Évidemment, il serait plus indiqué de charger de cette affaire notre représentant à Londres. Mais je veux vous mettre à même de faire vos premières armes et pouvoir vous proposer pour le ruban. — Sans embrassades, je vous aime beaucoup mon garçon. — Ne commencez à agir là-bas que lorsque vous aurez appris la constitution du cabinet. De mon cabinet. Dans deux jours, je suppose. Si vous réussissez, nous exploiterons ce petit succès. Vous voyagerez avec Rawdon. Vous avez une heure.

Solal fit ses bagages en se promettant de ne pas se conformer aux instructions de Maussane. Il ferait et obtiendrait plus. Il ne savait pas très bien quoi. En tout cas, il ferait un don de joyeuse entrée à son nouveau pays. Noble France amaigrie, si jolie, intelligente et naïve et si Aude. Au retour, chargé d'honneurs, il épouserait Aude. Disraeli. Pauvre France pleine de dettes. Et ces Américains qui réclamaient leur dû. Pendant qu'Elle reprisait ses bas de soie, ils mangeaient des jambons et des biscuits aux raisins secs et des primeurs.

Le chauffeur attendait. L'auto franchit la grille.

— A la gare, chauffeur, ô mon loyal ami ! Il est temps de faire trembler les vitres ! Aude, je te reviendrai victorieux et je serai ton fiancé ! Et laisse-les rire de moi car moi je souris d'eux !

XII

Dans la haute salle à manger dont une des poutres soutenait le lustre qui faisait plus blanches ses épaules, Lady Rosamund Normand distribuait avec justice ses réflexions accompagnées d'un regard vert. Tout en montrant ses dents revisées trimestriellement, elle s'adressait, avec une régularité de phare, tour à tour à son illustre époux, à Lord Rawdon et au convive français.

Le neveu de Saltiel trouvait beau d'être entre deux puissants États. Sa droite touchait les crocs de la Grande-Bretagne et sa gauche reposait sur la France aux cent mille yeux narquois d'actifs villages. Lady Normand était le cerveau du repas. Ses cheveux roux ne réchauffaient pas son visage d'émail dont les lèvres minces émettaient des remarques polies et étonnées sur le parlementarisme français.

Le Très Honorable Sir George Esme Louis St. John Normand, Bt., G. C. M. G., K. C. B., K. C. V. O., approuvait et mastiquait, convaincu de son existence, ses moustaches blanches montant et descendant contre ses joues roses. Entre deux bouchées, Lady Normand émettait des réflexions libres et dégagées sur la métempsycose. En considérant Sir George et ces boules de muscles, près des oreilles, qui se gonflaient et se détendaient au rythme des mâchoires, Solal frissonna et comprit qu'il échouerait.

Rawdon l'avait conduit au Foreign Office et l'avait présenté à son oncle par mésalliance. Sir George avait lu, en fronçant ses deux forêts sourcilières, la lettre personnelle de Maussane. Solal avait ensuite exposé l'objet de sa visite. Sir George, après avoir accordé une extrême attention au dirigeable à demi consumé qui fumait encore, avait dit qu'il ne pouvait donner de réponse avant de consulter le secrétaire d'État qui faisait une cure de repos en Italie. S'il lui était permis de faire connaître son sentiment personnel à titre purement privé, il serait obligé de dire : « Non. » A la fin de l'entretien, le sous-secrétaire parlementaire avait invité Solal à dîner.

Et maintenant il était là, pauvre bohémien devant ces trois Vikings, ces œillets noirs et ces flacons d'une pétillante impeccabilité.

Front dégarni, oreilles pointues, buste énorme, mains couvertes de taches brunes, Sir George jouissait, dans sa forteresse, de n'avoir plus à

penser jusqu'au lendemain. Lorsque le négociateur lui parlait des Nouvelles-Hébrides, il répondait Alexandre Dumas et Victor Hugo, tout en
déplaçant des flacons de sauce turquoise et de
moutarde amarante.

On apporta un télégramme. Le cœur de Solal
battit. C'était certainement la réponse du ministre. Sir George serra dans son portefeuille la
dépêche dont il prendrait connaissance le lendemain matin à onze heures, après le golf.

Lady Normand se gardait d'interroger son
époux et son neveu puisque, après huit heures, les
hommes bien nés se reposent. Animatrice de la
politique impériale, amie intime de la reine, elle
se bornait à donner en pâture ses réflexions que
les circonvolutions des deux hommes allaient
lentement élaborer. Solal heurta la jambe de
Lady Normand qui ne la retira pas sur-le-champ.

Ces Babyloromains étaient plus forts que lui et
leurs bustes prolongeaient la verticale du dossier.
Avec un égal pragmatisme, ils contentaient pro-
prement un appétit semblable à celui qui régnait
dans trois millions de salles à manger, rougeoyan-
tes dans la brume. Ils ne pensaient pas à leur
mort ni à la chute inévitable des royaumes de ce
monde. Ils étaient sûrs de demain et ne regardaient pas avec remords, comme ce fils de prophètes, le maître d'hôtel qui planait dans le
silence et qui avait été construit pour Sir George
comme Sir George avait été créé pour lui. Tout
était clair pour ces gens. Le monde était tracé à la

règle et Sir George était perpendiculaire au monde.

Solal se sentit plus déshérité encore lorsqu'il contempla Lord Rawdon admirablement sanglé de noir, athlétique et les cils presque blancs. Depuis sa naissance, les journaux illustrés avaient enregistré les événements importants de sa vie. A vingt-deux ans, à l'époque où Solal errait en compagnie de Roboam, il avait été nommé à un poste qui lui permettait d'être vu tous les jours par Sa Majesté. Il n'avait qu'à s'acquitter avec soin de sa tâche quotidienne, facilitée par les sympathies que sa nombreuse parenté faisait surgir autour de lui, pour être à cinquante ans vice-roi des Indes. Il devait simplement se garder des passions du cœur et de l'esprit et, pour affirmer sa personnalité, choisir une excentricité intellectuelle telle que l'étude des hiéroglyphes ou la numismatique. Sa naissance, son mariage, son écurie de courses et les revues illustrées feraient le reste. Solal, lui, n'avait que Solal.

Il se prenait en pitié. Pauvre fils de la Loi et des oignons crus, que faisait-il au milieu de cette race rouge de viandes rouges et de douches glacées ? S'il rougissait, ils allaient le manger peut-être. Il voyait un peuple fort et méprisait les tumultes inutiles de son cœur. Israël était un pauvre rossignol, un vieil oiseau déplumé qui s'égosillait dans la nuit des siècles tandis que les nations jeunes construisaient leurs empires. Les forts sont pudiques. Front uni, l'Angleterre n'offrait à l'étranger que le drapeau de l'Empire et le langage mystérieux et uniforme de ses râteliers. Israël, vieux chanteur des routes, titubait à travers les contrées, parlait vingt langues, pleurait de fatigue et de peur, et sachant toutes choses, errait sans agir.

Il prit congé d'un air assez hagard et se trouva dans les rues de Londres. Au fronton d'un palais salutiste, des lumières blanches et disparues puis bleues lui disaient vous voulez être sauvé JE vous sauverai.

— Tais-toi, frère. Laisse-moi tranquille car je suis très ennuyé ce soir.

A l'ombre d'un policeman endeuillé et devant une pharmacie à dragées excitantes, une courtisane titubante à chapeau empenné l'accosta. Il la bénit, la recommanda de toute son âme au Dieu de miséricorde et passa. Les journaux du soir annonçaient la formation du ministère Maussane.

Au Cecil, il se trompa de porte et se coucha dans le lit d'une jeune femme à pyjama blasonné, qui avait des lèvres fruitées. Il est un temps pour vivre et un temps pour mourir, Dieu merci.

Le lendemain, il sortit du ministère, la mine déconfite : la réponse du secrétaire d'État était négative. Il se fit conduire chez Lady Normand. D'elle viendrait peut-être le salut. Bercé par l'auto, il combinait des plans.

La femme du sous-secrétaire reçut avec surprise cette visite Elle fut moins étonnée mais plus choquée lorsqu'elle apprit que le négociateur avait gardé un souvenir si vif d'un portrait d'elle contemplé chez monsieur de Maussane que, s'il s'était fait charger de cette mission, c'était surtout pour revoir celle dont l'image l'avait troublé. Elle congédia sèchement Solal.

Tout perdu. Aude ne voudrait pas d'un vaincu. Dans l'antichambre, il décrocha le kriss malais de la panoplie. Lady Normand saisit le poignet mais la lame était entrée quelque peu. Soins. Reproches affectueux.

Précédé d'immenses bouquets, l'amoureux revint tous les jours. La quadragénaire, qui n'avait pas parlé du romantique incident à son mari, prenait plaisir à interroger Solal sur l'état de sa blessure. Bientôt Sir George partagea la sympathie de sa femme pour le jeune homme. Mais il ne fut plus question des Nouvelles-Hébrides.

Un matin, Solal arriva, pâle et sans souffle. Sans parler, il prit la main de sa bien-aimée et la posa contre son cœur que trois injections de caféine venaient d'affoler. Lady Normand pressa Roméo contre sa poitrine. Quel grand enfant ! Il ne devait plus penser à ces choses d'amour ! Il devait faire son devoir et mener à bien les pourparlers interrompus. Elle téléphona au secrétaire d'État, lui reprocha de déserter sa demeure et le pria de venir déjeuner le jour même.

Lord Maldane, momie ironique à monocle enrubanné, arriva à une heure. Il parla peu durant le repas car il était mécontent. Quelle idée avait eue Maussane d'envoyer ce bizarre négociateur officieux ? La tasse de thé tremblant entre ses doigts, Solal aborda les Nouvelles-Hébrides. Lord Maldane ne le regardait pas et planait dans des couches diplomatiques d'une hauteur considérable.

Mais Solal déclara soudain que, à vrai dire, la question dont il avait parlé en premier lieu ne présentait qu'une importance secondaire. Le moment était venu d'aborder, « selon les instructions qu'il venait de recevoir », (il était gêné de mentir) un sujet plus grave. Lord Maldane, gardant un profil inchangé, scruta de l'œil gauche obliqué le négociateur éloquent qui, après avoir parlé durant une heure, conclut :

— Ainsi donc, après avoir fait appel aux compétences les plus indiscutées, le gouvernement français estime nécessaire la création d'un « trustee » international ayant les attributions dont j'ai parlé à Votre Excellence et il serait heureux, avant d'engager toute action à ce sujet, de connaître l'avis du gouvernement de Sa Majesté Britannique.

Sir George posa sa pipe et Lord Maldane prit les rênes de l'Empire. Après une quinte de toux artificielle, destinée à lui procurer quelques secondes supplémentaires de réflexion, il dit que, certes, il avait écouté avec le plus vif intérêt cet exposé dense, si documenté, si riche d'aperçus nouveaux et si clair mais que, à la vérité, il ne pouvait prendre sur lui de porter immédiatement un jugement définitif sur des suggestions verbales —verbales — aussi intéressantes qu'inattendues. Solal se leva, dit qu'il n'outrepasserait pas le mandat qui lui avait été confié en adressant à Lord Maldane une note complète sur la question dont il avait eu l'honneur et cætera.

Pendant que les deux ministres relisaient la lettre personnelle de M. de Maussane, le diplomate improvisé entrait en coup de vent dans un bureau de dactylographie, en proie à une intense peur d'oublier ce qu'il avait dit. Il dicta cinquante pages sur la Banque Internationale qu'il venait d'inventer.

Une heure après, Lord Maldane lisait le « mémoire Solal » au Chancelier de l'Échiquier qui trouva assez curieux et même, à vrai dire, remarquable ce projet. Évidemment, la France avait un intérêt tout spécial à la création d'un institut de ce genre. Il fallait réfléchir.

Le lendemain, le secrétaire d'État déclara à Solal qu'il avait quelques réserves à faire au sujet des paragraphes sept et vingt-trois qui avantageaient la République amie — ce dont il ne pouvait que se réjouir — mais au détriment de l'Empire. Ce qui. Mais, somme toute et in globo, le projet était viable. Il croyait même pouvoir ajouter, oui réellement il le croyait, que le projet si généreux du gouvernement de la République était susceptible de donner naissance à un organisme de coopération internationale propre à servir la cause de la paix. Il ne craignait pas de le dire. De la paix, certainement. Le gouvernement de Sa Majesté était donc prêt à poursuivre les conversations avec un négociateur officiellement accrédité. L'ère des négociations privées paraissait pouvoir être close. Lord Maldane se leva, rotules claquantes.

Une fois dehors, Solal courut, mieux qu'aucun jeune lévite durant ces vingt petits siècles derniers, à la recherche d'un bureau de poste. Le télégramme fut chiffré selon les indications de Maussane et expédié. Dans la brume, le cœur battant sans caféine, Solal relut le brouillon où il s'excusait d'avoir oublié les Hébrides et inventé une banque internationale. Il faisait ressortir les avantages que l'organisme près de naître apporterait à la France. Le télégramme se terminait ainsi :

« ministre me fait envisager acceptation si suis négociateur officiel télégraphiez ma nomination à quelque chose stop londres cliché sous-exposé triste ville autobus rouge rosbif vitrines à puddings givrés échoppes humides où des bougons dégustent huîtres stop bars où boivent des garçons impitoyables énergiques sortis d'une annonce de rasoir mécanique stop dans les crémeries des centaines de dactylographes mangent dans un courant d'air humide une portion de haddock quatre pommes de terre et boivent une tasse de thé puis un verre d'eau gazeuse stop vive la france »

Il se promena pendant trois heures, puis se dirigea vers l'hôtel Cecil. Le télégramme était peut-être arrivé. Dans la rue affairée, un chien perdu — qui avait les yeux du petit Salomon — prenait du bon temps, se livrait à la joie des actes gratuits et demandait aux Anglais : « Qu'est-ce, qu'y a-t-il, que se passe-t-il en ce monde, ô vous tous, hommes ? Racontez, afin que je sache et me réjouisse ! » Mais les passants continuaient leurs enjambées, les yeux fixés sur l'autobus et non vers leur tombe prochaine.

Il trouva la réponse à l'hôtel. Maussane informait sèchement l'absurde garçon qu'il chargeait l'ambassade de poursuivre les pourparlers. Solal courut chez Lady Normand qui décrocha le téléphone, demanda Paris, pria monsieur de Maussane, lui sourit et menaça suffisamment.

Le lendemain matin arriva l'avis télégraphique. Solal était nommé secrétaire d'ambassade. Un deuxième télégramme lui enjoignait de ne plus s'occuper de l'affaire et de remettre toute la documentation à l'ambassade. Et pourquoi pas ? Il en avait assez. Aux gens sérieux de continuer.

Il alla chez un tailleur et commanda, livrable dans quarante-huit heures, l'uniforme auquel il avait droit. Il essaya plusieurs épées de cérémonie en attaquant les mannequins du salon d'essayage. En garde, messieurs les Anglais ! Il entendait les musiques délicieuses de la vie. Il était attaché diplomatique avant Jacques de Nons. Quelle misère d'ailleurs, cette diplomatie !

Il flâna durant deux jours puis se décida à partir. Il alla rendre visite à Sir George qui lui annonça que les conversations officielles allaient bon train et émit le vœu que le futur organisme de coopération internationale et économique. Solal l'interrompit, souleva l'encrier et porta un toast en l'honneur de Lady Normand.

A l'hôtel, il défit au dernier moment ses bagages pour en sortir et revêtir l'uniforme chamarré. Puis il se fit conduire à l'aérodrome de Croydon. Les passagers de l'avion regardèrent avec curiosité le bicorne posé de travers sur les boucles trop rieuses et révoltées. Il se croyait admiré et souriait à chacun. Un seul ennui : son épée s'était tordue.

Le Bourget. Quai d'Orsay. Maussane le reçut froidement. Cette scandaleuse nomination allait lui attirer des difficultés et le personnel était en ébullition. Le mieux était de confier sur-le-champ une fausse mission à cet acrobate et de s'en débarrasser pour le moment.

— Vous allez rentrer chez vous et changer de costume. Vous partirez demain pour Athènes. Voici l'ordre de mission. Vous attendrez mes instructions. Vous ne donnerez pas la Turquie à la Grèce. Vous vous tiendrez coi. Au premier téléphone d'une femme de ministre grec, je vous révoque.

— Et comment va mademoiselle de Maussane ?

— Bien, merci. Au revoir.

XIII

Dans le bois de chênes, roulée dans des couvertures, elle pensait à lui, le revoyait trait par trait.
Elle sortit la photographie qu'elle avait dérobée
dans la chambre d'Adrienne. Il était beau, naïf,
pénétrant, chaud, hardi, insolent, si courtois, bon,
immense, diabolique et vivant. Bon, surtout. (Elle
avait raison, d'ailleurs.) Elle laissa tomber le
portrait et resta immobile à se souvenir, les yeux
brûlants. Elle leva la tête et vit Adrienne.

L'absence et le silence de Solal les avaient
rapprochées. Pendant la journée, elles ne
parlaient pas de lui. Mais, le soir, Aude couchée
éteignait la lampe et disait à Adrienne, assise
auprès d'elle : « Raconte. » L'autre comprenait,
songeait à son frère avec remords mais ne savait
résister à la douceur de ces entretiens équivoques.
Elle parlait de Solal adolescent. Aude était inlas-
sable, voulait des descriptions précises et retenait
sa colère lorsque Adrienne ne se rappelait pas les
costumes de Solal ou le prénom de sa mère. Elle
ne se pardonnait pas d'avoir tout oublié du petit
sauvage qui, dans l'île d'or, lui avait jeté une

202

pierre. Elle en voulait à Adrienne de se souvenir, et de se souvenir mal.

Elle comprit de qui venait la lettre que lui tendait son amie. Elle se leva, s'éloigna, lut le message de Solal et revint, ailée de triomphe.

— Est-ce qu'il va bien ? demanda humblement Adrienne.

— Bien, merci.

Elle sourit avec assez d'insolence, comme son père, et partit. Elle dit à sa grand-mère qu'elle ne dînerait pas et elle alla se réfugier dans sa chambre. Personne n'avait jamais écrit une lettre pareille. Mais qu'était-elle donc pour être l'aimée de Solal ensoleillé ? Elle admira l'écriture, le timbre, l'enveloppe. Puis elle cacha le message du roi sous l'oreiller pour avoir la joie de le découvrir et de le relire tout neuf et inconnu. Amour, ô jeunesse.

Dans la chambre voisine, Adrienne cherchait la dernière lettre si tendre de Solal, reçue plusieurs mois auparavant. Dans l'espace blanc, elle inscrivit, en imitant l'écriture de son amant, la date de la veille. Aude ne soupçonnerait pas le faux. Quelle action vile ! Eh quoi, elle défendait sa vie.

Aude s'était endormie. Elle le revoyait dans son sommeil. Elle lui disait qu'il fallait se dépêcher car le carrosse d'or attendait. Jacques frappait trois coups de hallebarde et faisait le suisse dans la cathédrale où un éléphant qui était aussi le pasteur Sarles tenait l'orgue. Elle était fière de sa robe que Solal déchirait d'un seul geste qui la transportait nue sur la terrasse blanche d'une ronde maison bleue où, à genoux, elle lavait les pieds poudreux de l'ermite ravisseur.

Un tressaillement la réveilla. Elle était à lui. Les ancêtres de Solal et les ancêtres d'Aude de Maussane avaient vécu, agi et engendré pour préparer ce destin de Solal et d'Aude. Que pouvait-elle en cette heure sinon attendre ? Attendre qu'il vînt à son heure et selon son plaisir. S'il le voulait, elle le suivrait jusqu'au bout du monde. Elle songeait avec volupté qu'elle lui avait baisé la main. Elle remettait sa volonté entre des mains plus puissantes et elle souriait dans l'obscurité.

Oublieuse des maladies, de la décrépitude, de la mort et de la terre déjà existante qui couvrirait son insensibilité, Aude songeait au bonheur qui l'attendait. Elle ne savait pas que ces dents, illuminées par la lune et reflétées dans la psyché, étaient la première annonce de son squelette et que, par un après-midi de printemps refleurissant les champs et le cimetière, des vers s'insinueraient dans ces narines aspirant la vie et son parfum de toutes fleurs. Les bras parfaits s'étirèrent et la jeune fille imagina pour la première fois la lourdeur d'un corps d'homme Solal sur son corps.

A huit heures du matin, Adrienne entra. Elle tendit tranquillement la lettre falsifiée. Aude eut peur, hésita avant de lire.

XIV

Il était minuit, mais Mangeclous, Salomon et Michaël ne purent se résoudre à rentrer chez eux. Ils allèrent s'asseoir dans le jardin du Grand Hôtel de Céphalonie où, depuis six jours, Solal leur donnait à souper si magnifiquement que le Bey des Menteurs, atteint depuis trente ans d'une phtisie dont il était fier, craignit d'engraisser, de guérir et de perdre en conséquence les revenus appréciables qu'il tirait du fonds communal des malades.

Les Valeureux de France décidèrent de passer la nuit dans le jardin. Le personnage était important et des hommes de bonne volonté devaient veiller sur son sommeil. Mangeclous prétendit même que le consul d'Allemagne pouvait fort bien faire tuer Solal par des sbires. Salomon, après avoir confirmé que les Germains étaient d'une extrême méchanceté, alluma la pipe à eau du janissaire et donna douze beignets au phtisique qui les avala en douze temps puis grignota une caroube. Les trois amis, éclairés par le foyer odorant, s'entretinrent alors du sujet éternel.

— Comprenez-vous, mes bien-aimés, dit Mangeclous après avoir émis un rot, que la caravelle grecque, que Dieu la naufrage extrêmement car les Grecs ont augmenté mes impôts que je ne paye jamais, ait fait tirer trois coups de canon pour notre diplomate français, que Dieu le conserve ainsi que la France et moi aussi amen !

— Une frégate de guerre qui tire trois tonnerres pour un fils d'Israël ! s'écria Salomon. Qui a jamais vu un prodige pareil ? Moi je crois que l'Éternel prépare quelque chose de bon pour son petit peuple.

— Ce n'était pas une frégate, dit Michaël, mais une galéasse de ligne ; ou une galiote peut-être. Et quels cadeaux il a apportés au rabbin ! Trois caisses ! Lourdes !

— Étoffes de soie et de velours, trois cents ouvrages hébraïques et mille biens de la terre ! Cette felouque grecque avait nom galion de haute mer, crois-moi.

— Loué soit le donateur !

— Qui ne nous a pas oubliés non plus. Loué soit-il !

— En vérité qu'il le soit, conclut Salomon. Mais quel dommage que notre petit oncle ne soit pas ici. Son neveu personnage grandiose et une caisse pleine d'abondances pour lui ! Ma femme me réveille le soir pour savoir ce qu'il y a dans la caisse destinée à l'oncle Saltiel. Et que sais-je, moi, Rébecca, et que te dirai-je ?

La dernière lettre reçue du chef des Valeureux était datée de Bagdad. On avait télégraphié depuis cinq jours à la communauté israélite de cette ville et Mangeclous avait posté en divers points de l'île des estafettes qui devaient signaler les arrivées de bateaux. Un de ses affidés, jour et nuit de garde au télégraphe anglais, avait reçu une fusée qu'il devait allumer si une dépêche de Saltiel arrivait.

Mais les jours n'apportaient que soupirs et déceptions. Salomon se lamentait et son âme était trop languissante pour qu'il pût, par son double négoce (en hiver, il vendait à la fois de l'eau et des beignets), pourvoir à la subsistance de sa famille. Les clients dédaignaient son eau parce qu'elle était tiède et ses beignets parce qu'ils étaient froids.

— Écoute Mangeclous, ô Capitaine des Vents, toi qui es inventif, trouve un moyen pour faire venir l'oncle, supplia-t-il. C'est péché de le priver de cette joie.

Mangeclous se leva, réclama le silence nécessaire à la méditation, lâcha un vent, se retourna pour le humer sombrement, fronça les sourcils et annonça qu'il avait trouvé : on avait eu tort de ne télégraphier qu'à Bagdad.

— Et alors? demandèrent les deux autres.

— Alors il faut télégraphier partout! répondit le dictateur.

Ils s'en furent. Enthousiasmé, Salomon notait sur son cahier bleu les noms des villes où pouvait se trouver l'oncle Saltiel, noms que proféraient triomphalement ses deux acolytes et que les rues désertes se renvoyaient.

Ces énumérations réveillèrent quelques hommes qui s'enquirent et descendirent, ornés de madras multicolores, pour donner des conseils, suggérer d'autres localités et allumer des torches. Mangeclous, certain qu'il ne serait pas obéi, feignait de chasser la foule qui s'augmentait à chaque instant de nouvelles recrues munies de chandelles.

L'armée lumineuse s'arrêta devant le bureau du télégraphe anglais. Mangeclous frappa à plusieurs reprises. La porte restait fermée. Salomon, à l'extrême limite de l'excitation, voulut entrer de force, se fit bélier et projeta six fois, en hurlant de douleur, son petit corps valeureux contre la porte cloutée. Enfin, l'Anglais endormi ouvrit et recula en apercevant cette population.

— Je viens télégraphier dans les Pays du Monde, lui annonça simplement le chef des troupes.

— Il faudra payer, dit le télégraphiste.

Mangeclous, qui avait oublié cette formalité, décida de réduire le nombre des télégrammes et s'adressa à Mattathias — avec lequel il était en froid depuis que le manchot faisait de grandes affaires.

— O Mattathias, Capitaine des Riches, prête-moi cinq cents drachmes pour l'amour de l'oncle !

Mattathias refusa en fermant les yeux. Mais la foule joignit ses supplications à celles de Mangeclous :

— Prête, Mattathias ! — O toi qui as fait fortune, prête ! — Toi qui as la grande entreprise de pêche, prête ! — Dans toute la Grèce l'entreprise, prête ! — Toi qui as dix mille enfants

208

comme employés pêcheurs ! — A un sou par jour comme employés ! — O Mattathias accorde le prêt !

Mattathias fit aller sa tête de droite à gauche et de gauche à droite sans cesser de mâcher sa résine. Michaël s'approcha, pinça de ses énormes doigts l'oreille de l'avare.

— Je t'aime beaucoup, dit-il avec une douceur effrayante. Aussi, pour me faire plaisir, tu prêteras.

— Je prête, dit Mattathias. (Il sortit à contre-cœur son vieux portefeuille bourré qu'entourait une ficelle.) Voici les cinq cents drachmes. Mais soyez témoins, vous autres !

Le chœur témoigna d'une seule voix. Mange-clous envoya aux synagogues de Tunis, d'Alexandrie, de Jérusalem, de Constantinople, de Rome, de Venise et de Malte le télégramme suivant :

« par la violence ou par la bonté expédiez saltiel solal à céphalonie cadeaux magnifiques pour lui stoppez bénédictions au nom de la communauté émue stoppez signé mangeclous avocat litigieux arrange tous procès à prix raisonnables se recommande non sans dignité »

Mattathias fit remarquer aigrement que, dans dix jours, cent et un faux Saltiel arriveraient pour entrer en possession des cadeaux magnifiques. Mais peu à peu les commentaires s'éteignirent et la foule se dissipa. Ayant accompli leur devoir, les

Valeureux se promenèrent en se tenant par l'auriculaire et en balançant les bras.

Vers cinq heures du matin, ils remarquèrent au bout de la ruelle d'Or, entre le marché aux poissons et la douane, un Turc qui venait à leur rencontre. On vit d'abord l'éclat d'un cimeterre, puis une gandoura blanche, puis des bottes rouges et enfin un front balafré. Lorsque l'étranger fut à cinquante mètres, Mangeclous s'arrêta, barra de ses bras la rue et rugit.

— Par la grâce de l'Œil !

— Par le Nom brodé sur le Rideau ! fit Michaël.

— Par l'Omnipotent d'Israël ! dit l'Ottoman.

— Est-ce vous, oncle Saltiel ? demanda Salomon.

— Non mon ami ce n'est pas moi, répondit Saltiel Solal. c'est un proscrit et ma tête est mise à prix ! Mais je dirai ces affaires plus tard. Pour l'instant embrassons-nous.

A voix basse, Michaël recommanda au sanglotant Salomon de ménager l'oncle et de ne pas lui annoncer encore la grande nouvelle. Salomon fit signe qu'il avait compris et posa un index secret contre un nez discret pendant que Saltiel interrogeait Mangeclous sur sa santé.

— Tu sais que je suis pulmonique, dit Mangeclous avec une fière pudeur... Tuberculose, comme toujours. Mes jours sont comptés depuis quarante ans. (Il toussa et les vitres tremblèrent.)

— Enfin tu vas bien. Bon. Et quel est ton métier actuel ?

— Intermédiaire après coup. Je me mets en campagne dès l'aurore et je m'interpose, bon gré, mal gré, dans toute transaction généralement quelconque, priant le vendeur d'atténuer ses exigences et suppliant l'acheteur de faire un petit effort. Et je touche un courtage des deux parties. Tel est mon métier actuel, puisque tu as désiré le savoir. Pas d'argent et je râle quotidiennement sous les coups d'une extrême adversité, conclut dignement Mangeclous.

— Ton métier ne me semble pas très honnête. Mais laissons à Dieu le jugement sur sa créature. Et toi Salomon, tu as grandi, ce me semble ? Salut et fraternité, Michaël. Dis-moi, pas de nouvelles de mon neveu ?

— Non.

— Oui ! cria dans une explosion de joie Salomon qui n'eut pas honte de manquer à la foi jurée et regarda Michaël avec hardiesse et défi.

Mattathias arriva, cracha sa résine pour embrasser l'ami Saltiel qui, tout en serrant le harpon du nouveau venu, demanda des précisions aux trois autres.

— Je ne pourrai pas expliquer, dit Mangeclous. L'affaire est trop belle et d'une complication trop suprême. Parole d'honneur !

— Il faudrait commencer par le commencement, suggéra le téméraire Salomon que Mangeclous considéra avec mépris et que Michaël châtia d'un pinçon.

— On ne pourra pas, répéta Mangeclous. Quand je veux commencer à t'expliquer, le sol me manque et ma langue défaille ! Car pour que tu saches tout, il faut que je te dise tout. Et je ne peux pas dire tout tout d'un coup. C'est comme le lait, si tu tiens la bouteille verticale et renversée, il ne tombe pas.

— Ton neveu a une assez bonne situation, énonça Mattathias.

Saltiel ajusta sa gandoura et désenroua sa gorge.

— Poste politique, dit Michaël.

Saltiel avança une de ses bottes, posa sa main droite sur sa hanche et releva le menton.

— Il est secrétaire des embrassades de la France et les frégates ont tiré des coups de canon pour lui ! claironna Salomon à l'extrême limite de l'émotion et de la fierté.

— Les bombardes de haut bord, rectifia Mangeclous en croquant une boutargue.

— Des tartanes énormes, dit Michaël.

— Un brûlot plutôt, suggéra Salomon.

Saltiel mit la main à la garde du cimeterre et, les talons joints, redressa sa taille. Il crut devoir ensuite foudroyer Mattathias qui n'appréciait pas suffisamment la situation de son neveu. Il en savait assez maintenant pour prendre la direction des débats et redevenir le plus compétent des Valeureux.

— O crâne de la stupidité, dit-il avec douceur à Mattathias, sais-tu ce que veut dire secrétaire d'ambassade?

— Je sais, répondit Mattathias. Cela veut dire consul de grande ville. Pour qui me prends-tu?

Saltiel stria l'air d'un éclat de rire dédaigneux, sardonique, offensé, noble et souffrant. Une tête endormie surgit hors d'une fenêtre.

— Consul! Mais quel fils de la savate es-tu pour ne rien savoir du monde? Consul! Mais, mon ami, un secrétaire d'ambassade vomit quand il voit un consul, il meurt et il se bouche les narines! Un secrétaire d'ambassade regarde les souliers vernis d'un consul et dit : « Maudites soient tes pantoufles éculées! » Le domestique lui-même d'un secrétaire d'ambassade regarde, les poings sur les hanches, un consul et il ricane de dégoût! Mais tu ne peux pas comprendre et ton ignorance ne peut concevoir ces grandeurs qui te dépassent, conclut l'oncle Saltiel avec un vrai désespoir.

— J'ai très bien compris. Et je sais que tu exagères.

Le champion de la diplomatie maudit le Dieu d'Israël d'avoir élu une race aussi ignorante.

— Suppose, ô négociant, suppose, ô grenouille, que tu veuilles un passeport ou un de leurs visas, un de leurs maudits ronds imprimés qui m'ont fait tant de tort dans l'existence et qui ruinent tout Israël, un de leurs cachets, une de ces diableries qu'ils appuient avec force, orgueil et

213

santé après l'avoir imprégnée d'encre grasse. Tu vas alors chez un consul, quel nom de misère ! et il refuse et il t'appelle lézard. Suppose que tu ailles chez mon neveu et qu'il daigne te recevoir par amour pour moi et te placer sous l'aile de la protection. Alors, il arrive chez le consul en sifflant, en se dandinant avec une badine et il lui dit en faisant siffler aussi sa badine : « Psst ! Viens ici, chacal de bitume, ô neveu d'une tante privée de réputation, signe le passeport et accorde-le à un tel fils d'un tel qui est l'ami de mon oncle. » Le consul balbutie, perd la face, pâlit et tremble comme un passereau blessé et répond : « A vos ordres, Excellence. Entendre c'est obéir. » Je ne sais même pas s'il ne lui dit pas : « Haute Excellence. » Voilà, ô marchand de poissons, voilà ce qu'est un secrétaire d'ambassade !

— Voilà ! défia Salomon.

— Mattathias, sais-tu combien coûte un coup de canon ? ajouta le psychologue Mangeclous. Cent napoléons. Et la galère capitane de Céphalonie en a tiré trois pour le fils du rabbin. C'est fini. Je n'ajoute plus rien.

Et il plaça sa main droite à plat contre sa main gauche.

— Je crois bien que c'était une balancelle ou plutôt une jonque, fit Salomon.

— Galère de Céphalonie ? Et où est-il ? cria Saltiel.

— Grand Hôtel. Grand appartement et richesses fabuleuses de Saba! glapit Salomon, l'œil allumé d'un orgueil extraordinaire. C'était pour vous éviter la frayeur de joie subite que nous ne vous avons pas dit tout de suite qu'il était ici!

Saltiel maudit ses amis de lui avoir fait perdre un temps précieux et courut à l'assaut. Le cimeterre du petit vieillard battait les pierres rondes et lançait des étincelles.

Le portier lui dit que le seigneur Solal avait ordonné qu'on ne le réveillât pas avant huit heures. L'oncle n'insista pas et s'en fut vers la fabrique en ruine, dont le pigeonnier oblique constituait dans le monde son château fort et sa réserve. Il procéda à des ablutions de première classe, revêtit sa redingote noisette, mit ses culottes courtes et des bas gorge-de-pigeon, puis fleurit sa boutonnière d'une touffe de jasmin.

A six heures et demie, il était de nouveau devant l'hôtel endormi. Après avoir erré quelque temps dans le jardin, il sourit, se dirigea vers un bosquet et arracha une tige de sureau dans laquelle il creusa cinq trous. Le pipeau terminé, il se plaça sous le plus grand balcon et joua, comme autrefois, lors des promenades avec Sol autour de la citadelle.

La robe de velours rouge apparut au balcon. L'oncle et le neveu se sourirent. Ce silence de tendresse était rompu par les chants de la mer jouant aux émeraudes. Solal fit un geste de bienvenue. Sage comme une image et droit comme un if, le vieillard arrangeait sa houppe de cheveux blancs puis caressait ses joues rasées et ravinées. Solal mit fin au charme en invitant son oncle à venir le rejoindre.

Saltiel se hâta, rencontra au premier étage un domestique qui apportait au seigneur Solal une lettre transmise par le consulat de France. Il la lui arracha des mains et le soupçonna d'avoir déca- cheté l'enveloppe, qu'il avait très bien refermée, l'infâme ! Elle portait le timbre du Trianon- Palace de Versailles. « Aux bons soins du consu- lat de France. » Toujours ce consulat. Une femme peut-être. Le petit oncle flaira l'odeur de l'enve- loppe.

Pendant ce temps, Solal songeait que le cher instant naïf de tout à l'heure coulait vers l'embou- chure de la mort où, réuni aux autres instants, il attendrait la venue de son maître. Et la mer les engloutirait tous et personne ne saurait plus rien de lui. Il pensa à l'homme aux fortes lèvres, rencontré un jour à Genève, et qui l'avait regardé avec une attention si particulière.

Saltiel entra, la tête baissée et les jambes tremblantes. Pour éviter les effusions probables, Solal accabla son oncle de questions et com- manda un déjeuner très complet. Répondant à une interrogation discrète sur sa situation maté- rielle, le petit vieillard, qui n'avait pour toute fortune que neuf piastres, remua gaillardement la menue monnaie de ses poches.

Il fit honneur au déjeuner, s'arrêtant de boire

son café ou de savourer les confitures pour
s'étonner des flacons biseautés, des brosses
d'écaille ou des cheveux noirs de son bien-aimé. Il
était cependant assez triste parce qu'il se reprochait de n'avoir pas su saisir le moment propice
pour embrasser son neveu. Tout en pelant une
pêche, le petit doigt levé comme on devait faire
dans les milieux diplomatiques, il raconta ses
déboires dans le Nedjed et oublia de remettre la
lettre de Versailles.

— Que je te dise et que je te raconte, mon cher
enfant. A cinquante-quatre ans, après t'avoir
accompagné à Aix, je suis allé faire un tour en
Arabie. Et voici, j'ai été nommé grand vizir du
pharaon de ce pays, qui s'appelle l'émir Ibn
Rashid. Je signais les décrets et j'ordonnais à tous
mes soldats bédouins d'apprendre des poésies
françaises. Mignonne, allons voir si la rose, tu sais
bien. J'avais équilibré le budget de mon État.
Chacun de mes administrés était obligé d'envoyer
une lettre par semaine et moi naturellement je
vendais les timbres. A Marseille j'avais acheté un
vieux stock de timbres de Panama. Et j'étais tenu
en estime. Émir, me disait-on. As-tu lu l'histoire
nommée Quichotte? Mais ceci est une autre
affaire et nous aurons des nuits et des nuits pour
causer et béni soit le Réunisseur des familles et
des affections. J'avais fait condamner à mort par
contumace tous mes créanciers et je t'avais fait
nommer cheikh. Mais où te trouver pour te le
dire? Or voici que l'émir m'a fait espionner et il a

appris mes accointances — tu souris mon fils, mais c'est pure vérité — avec le consul français de Djeddah. Je voulais faire un petit cadeau à la France et lui donner le protectorat du Nedjed pour qu'elle fasse briller les lumières de la civilisation. (D'une chiquenaude tremblante, il voulut débarrasser son gilet à fleurs d'une poussière inexistante et fit tomber sa tasse.) Et puis il y a eu le madrigal, un petit poème que j'avais envoyé à la femme de l'émir. Bref, mon enfant, il a voulu me couper la tête, et comme moi je ne voulais pas, j'ai couru trois jours dans le désert pour échapper à mes lâches agresseurs. Et voilà. Tels sont ces Arabes de la fesse noire du Prophète !

Il eut honte d'avoir parlé grossièrement. Pour racheter sa faute, il saisit avec une pince un morceau de sucre qu'il croqua entre deux incisives. Puis il se frappa le front et tendit la lettre oubliée. Sourire tremblant de Solal qui parcourut rapidement et enfonça la feuille dans la poche de sa robe de chambre. Narines écartées. Pâleur.

— Excuse mon chéri, ce n'est pas curiosité, pas de mauvaises nouvelles ? Tu as toujours ta place ? (Solal le rassura d'un geste.) Alors je suis content. J'ai eu peur. Je n'aime pas cette écriture. Et dis-moi, mon Sol (il n'avait pas envie de dire autre chose ; cette petite phrase était la musique de son cœur et une caresse qu'il osait poser sur le front de son grand neveu ; en la disant il se sentait en conversation intime avec le fils de son âme, mais il fallait continuer) est-ce une place stable ? Les

218

Français sont gentils, Dieu sait si je les aime, et d'ailleurs ne suis-je pas citoyen français moi-même et non par naturalisation mais depuis cinq siècles, mon enfant, mais ils changent vite d'avis. As-tu un contrat signé par le Président de la République ? Ah bon, tant mieux. Pourvu maintenant que les royalistes ne me renversent pas la République ! Et dis-moi, mon Sol (nouvelle pause attendrie) n'y a-t-il pas des serpents dans ce ministère qui te jalousent et te désireraient porter un coup de poignard par-derrière ? As-tu un bon protecteur ? Ah oui, tu m'as dit, le président du Conseil. Et que voulais-je te dire encore, mon Sol ? Ma tête bouillonne. Oui, tu as bien fait de te mettre bien avec le président. Les vieux qui sont au faîte des honneurs (Saltiel soupira) ont perdu leur fiel. Le ministre te dit gentiment : Tu veux un passeport, prends et va au diable ! Tandis que le jeune commissaire te brûle et te rôtit par l'espoir et la crainte. J'ai l'expérience. Et justement je voudrais te dire une chose. Crois-moi, les conseils d'un vieillard sont bons. Sois respectueux avec monsieur de Maoussane. Ne te fâche pas avec lui, supporte s'il te dit un petit mot de trop. Que veux-tu, nous devons supporter, nous autres ! Avant tout vivre. Enfin, je suis content. Tu as une belle situation. Tu es immunisé en ta qualité de diplomate et même le yatagan du gendarme se brise devant toi. Il n'y aurait pas une place de coursier diplomatique pour moi ? De coursier. Je garderai bien la valise, je t'assure.

Enfin, nous verrons. Et dis-moi, mon Sol, cet hôtel où tu habites maintenant — j'espère que tu n'y dépenses pas trop — cet hôtel, par le seul fait que tu y habites — tu comprends, je me documente à l'intention de Mattathias — il est exterrifié ? ou extorréfié ? Comment dis-tu ce mot, toi ? Moi, je le dis ainsi parce que je l'ai lu dans les journaux, dit l'oncle avec une fausse assurance si pitoyable.

— Exterritorialisé.

— Loué sois-tu. Ce mot ne me sortait pas de la gorge. Quels mots vont-ils trouver ! Enfin tout va bien et l'instruction est une grande chose. J'ai l'intention d'écrire à monsieur de Maoussane pour le remercier de t'avoir nommé. Comment as-tu réussi, ceci dépasse l'entendement ! Sois tranquille, pour la lettre anonyme je signerai uniquement « Un vieillard d'Israël ému et reconnaissant jusqu'à l'heure de l'agonie à Votre Grande Excellence ». N'est-ce pas bien ? Bon, je n'écrirai pas. Ta pauvre maman qui est morte sans te voir. Enfin que veux-tu ? Écoute, je ne veux pas te déranger. Si tu as quelque chose à faire, moi je resterai tranquille dans un coin. Si tu veux, prête-moi un livre de politique diplomatique, mais si tu n'en as pas, mon chéri, peu importe. Excuse-moi d'avoir tant parlé mais il y avait si longtemps, mon aimé.

Cédant aux instances de son oncle, Solal lui montra enfin le bicorne diplomatique qui ne l'amusait plus et qu'il regrettait d'avoir emporté.

Il prétexta un ordre à donner, pour sortir. Il savait ce que ferait Saltiel, s'il le laissait seul.

Après avoir contemplé sous toutes ses faces et subodoré l'objet de magnificence, l'oncle eut une minute de recueillement et versa de douces larmes d'orgueil. Puis, s'assurant qu'il était bien seul, il s'empara du couvre-chef et s'en coiffa. Il se promena en discutant avec de hauts personnages et tout en se regardant subrepticement dans la glace. Il posa, se considéra assis, debout et sur une chaise. Ah, comme il était fait pour porter bicorne! Il s'en sépara à regret.

Lorsque Solal fut de retour, un oncle transformé lisait sur le balcon, jambes croisées et torse renversé, un journal à l'envers et se grisait de sa puissance récente. Saltiel ne s'aperçut pas que son neveu était revenu. Solal relut la missive de Versailles.

« Votre petite lettre, envoyée de Paris, était ridicule. Certaines révélations me la font trouver odieuse. Si je me suis décidée à vous écrire, c'est parce que je désire vous dire qu'il me serait assez désagréable de vous revoir. Veuillez ne pas l'oublier. Aude de Maussane. »

Solal sourit. Un coup d'Adrienne évidemment. Chère petite Aude. Il écrivit ensuite, à l'intention de l'oncle, la lettre qui devait, quelques heures après, ameuter la population israélite de Céphalonie.

— Maintenant, oncle, il faut me laisser.

— Ah tu es là, mon enfant? dit Saltiel en se

retournant. Laisse-moi rester, vois-tu. Je tournerai le dos. Je ne te dérangerai pas, tu feras ta toilette et nous causerons. On m'a dit que tu ne restes que dix jours et que tu vas ensuite à Athènes.

Solal nu arrêta la douche.

— Je pars aujourd'hui à six heures et je ne vais pas à Athènes.

Saltiel n'osa pas se retourner, malgré son désespoir. Il dit d'une voix faible :

— Emmène-moi.

— Impossible. Mais je vous donnerai une lettre avant mon départ. Elle vous fera plaisir. C'est une lettre mystérieuse et nous nous reverrons bientôt.

— Tu ne peux pas me la donner tout de suite ?

— Oncle, dit Solal en s'inondant d'eau de Cologne, que pensez-vous du mariage mixte ?

— Que te dirai-je, mon fils ? répondit Saltiel, le dos toujours tourné. Pour une bonne chose, ce n'est pas une bonne chose, même si la fille se convertit. Mais c'est une affaire de destinée. Hum. Et c'est à Versailles que tu vas ?

A l'heure du départ, Gamaliel Solal ne voulut pas dépasser la ruelle d'Or. Trop de gens regardaient. Et ce petit Saltiel qui suivait. Le rabbin fit un signe à Michaël qui arrêta les deux chevaux. Il serra l'épaule du fils qui partait, y agrippa les tenailles de sa main.

— Ton oncle m'a parlé de cette question sur le

mariage mixte. (Solal admira comme Saltiel s'était dépêché de cafarder.) Épouse une des nôtres. Je ne vivrai pas longtemps. Reviens-moi.

Solal descendit, baisa la main de son père. Le janissaire fouetta les chevaux et la voiture reprit le chemin du Dôme. Les Valeureux chassèrent la foule accourue pour assister au départ du fils illustre de Céphalonie et Saltiel chassa les Valeureux.

Il gravit lestement l'échelle du bateau à la suite de son neveu, le pria de le laisser seul un moment dans la cabine. Il ferma la porte, sortit de sa redingote un vieux plat d'argent qu'il posa sur la couchette puis écrivit sur une feuille : « Appelle-moi bientôt près de toi à Paris. Comme domestique, mais près de toi. Je ne t'embrasserai pas tout à l'heure parce que j'ai bien vu que tu n'aimes pas. Salutations distinguées de ton oncle pendant la vie et la mort se dit et signe Saltiel des Solal ! » Le cher vieillard baisa l'oreiller de la couchette et posa sur le plat d'argent la feuille de papier, un châle de prière et des violettes.

La cloche sonna le premier appel. L'oncle donna toute sa fortune à un domestique contre promesse de soins particuliers au voyageur de marque. Il retourna dans la cabine pour ajouter sur la lettre que la bouée de sauvetage était sous le lit « et pour l'amour de Dieu, mon enfant ! ».

Il serra virilement la main de son neveu, dit qu'il ferait beau et descendit le long de l'échelle en s'efforçant de siffloter. Arrivé au débarcadère, il monta dans la voiture commandée à l'avance et se fit conduire au grand galop vers la citadelle. Là, il agita son mouchoir avec violence jusqu'à ce que le dernier mât eût disparu. Puis il s'assit, l'âme en deuil, et pleura éperdument.

Une heure après, sortant de sa léthargie, il se décida à ouvrir la lettre mystérieuse. Il la lut, sentit une vigueur nouvelle et détala jusqu'au quartier juif à la recherche de Mangeclous. Il voulait le charger d'ameuter le peuple de l'île qui, durant plusieurs jours, allait s'entretenir de la fastueuse nouvelle.

XV

Versailles. Trianon-Palace. Bal de bienfaisance des Dames de la Croix Sanglante. Aux poitrines des généraux d'artillerie lourde les croix de saint Jean et de saint Pierre.

Jacques dansait avec sa fiancée et il était heureux. Il venait d'être promu commandant au choix et mis hors cadre, au titre des Affaires étrangères. Bientôt ils partiraient tous deux pour Rome, après la célébration du mariage. Il savait maintenant combien Aude était impatiente de porter son nom. Quelle bonne idée elle avait eue de venir à Paris le rejoindre.

— Tout de même on est bien mieux au Trianon qu'aux Réservoirs. A propos, Aude, j'ai oublié de vous dire : j'ai vu Solal tout à l'heure au ministère. Il est revenu ce matin. Votre père est assez fâché contre lui. Il l'avait chargé d'une petite mission à Athènes et il n'y est pas allé.

Elle sembla ne pas entendre et continua de tournoyer doucement, les yeux perdus, ignorant sa danse et l'univers.

Adrienne les suivait du regard. Assez de tous ces remords inutiles. Tout de même, quel acte vil elle avait commis. Elle avait truqué une vieille lettre de Solal pour faire croire à cette petite que, le même jour, il avait écrit une lettre amoureuse à l'une et à l'autre. Elle avait fait souffrir Aude, mais elle avait défendu la cause de son frère.

Pauvres raisons. En réalité, elle aurait dû avoir le courage de partir. Qu'avait-elle fait en ces trente-deux ans de vie, à quoi avait-elle servi et pourquoi était-elle née ? Tout de même, elle avait été jeune et pleine de feu, elle aussi. Et maintenant, elle se laissait vivre et ne croyait à rien. Tout aurait pu être différent. Et encore, cet amour lui donnait-il de la joie ? Non, une affection sauvage et triste de bête désemparée. Oh, avoir un petit enfant à elle, sans toutes ces vilenies de lettres truquées. « Gâde, gâde, maman, le ouaou ouaou ! » Pourquoi Maussane avait-il si vite accepté que sa fille rejoignît Jacques à Versailles ? Évidemment, elle était là, elle, le chaperon. Ces scrupules de moralité lui seyaient à elle ! La maîtresse de Maussane vivait sans doute avec lui et il préférait éloigner sa fille. Comme tout était misérable. Ce vieux, qui mourrait dans cinq ou six ans, avait besoin d'une femme. Mais qu'avons-nous tous, pauvres humains, à vouloir nous serrer contre un autre corps ? Depuis la lettre, comme Aude la méprisait! Elle se laissait traiter par cette petite comme une domestique commode. Autrefois, elle était fière et maintenant, elle suivait lâchement, sans bien savoir pourquoi. Pour surveiller sans doute, pour espionner. Tout de même comme cette petite avait su se reprendre.

Solal entra, d'une pâleur admirable, marchant avec la lenteur d'un despote et tout lui appartenait. Aude et Jacques dansaient de nouveau. Signe amical à l'un et salut cérémonieux à l'autre. Il invita Adrienne qui obéit et se laissa entraîner dans la danse. Une cymbale réveilla l'orchestre et l'enfer ouvrit ses portes. Soudain, Aude se détacha de Jacques.

Un ordre sauvage l'entraînait où elle ne voulait pas aller; une faim de joie immédiate et de victoire. Elle se retourna et Solal passait, souriant à Adrienne. Elle posa sa main sur l'épaule de l'archange qui l'enlaça comme en rêve et ils tournoyèrent, éperdus. Les yeux ironiques fixés sur elle la réveillèrent. A l'une et à l'autre il avait écrit le même jour une lettre d'amour! Oh, mordre les lèvres de ce méchant!

— Vil, vous êtes vil, lui répétait-elle à voix basse et en se serrant contre lui.

Elle ne se détacha que lorsque l'orchestre se fut

arrêté de jouer. Elle retourna vers Jacques et se moqua affectueusement. Eh bien oui, elle avait voulu se venger de lui, il avait trop regardé cette femme là-bas et elle avait choisi un autre cavalier. Jacques essaya de sourire. Tout de même, il en avait assez de ce Solal. S'il souriait, elle comprendrait qu'il était jaloux et s'il ne souriait pas, elle comprendrait aussi. Elle l'entraîna vers le parc. Adrienne était partie.

Solal s'amusait. « J'arrive et les trois font des petits tours et puis s'en vont. » Il marcha exprès sur le pied d'une vieille excitée qui bavait patriotiquement et il sortit.

Dans le hall, il s'arrêta devant la liste des voyageurs : Mlle de Maussane, appartement soixante-seize. Bon chiffre. On réussira. Allons. Des domestiques parlaient à voix basse, et, d'un air correct, échangeaient d'abominables injures.

Il gravit l'escalier, poussa la porte du soixante-seize. Dans la chambre, il marcha de long en large au rythme de la génératrice électrique qui était au fond du parc. Il entendit les voix d'Aude et de Jacques, se réfugia dans la petite chambre qui servait de penderie.

Baiser. Jacques parti, elle soupira, s'assit, défaisant une trame qui se reformait sans cesse. Elle se déshabilla machinalement et parla à voix haute.

— J'ai envie de quelque chose. Un bonbon peut-être ? Non. Une cigarette peut-être ? Non. Solal peut-être ? Oui. Ah, Solal, Solal, jamais tu ne sauras la tendre folie qu'il y a en moi pour toi. Qu'as-tu fait, qui es-tu pour m'avoir prise ainsi ? Je suis toute tendue vers toi et tu n'es pas là. Et plus jamais et plus jamais. Et pourquoi, pourquoi as-tu écrit à cette femme Adrienne le même jour et presque avec les mêmes mots ? Et pourquoi ne m'as-tu pas enlevée tout à l'heure ? Tu ne m'aimes pas, tu ne m'aimes pas et moi je t'aime.

Elle lança à la volée ses derniers vêtements et fit des mouvements de gymnastique. Elle s'arrêta, pensant que tout était inutile maintenant. A quoi bon gymnastique ? Elle ouvrit un livre anglais et lut à haute voix, en exagérant la prononciation. Elle s'arrêta et sanglota. Elle vit sur la tapisserie une rose imbécile où se concentraient toutes les joies, et elle espéra.

— Mon Dieu j'ai froid et soif de Solal. Mon Dieu, vous m'avez réduite et brisée, ayez pitié, donnez-le-moi et faites-le venir. Seigneur Jésus, je croirai en toi si tu me le donnes tout de suite.

Le cœur de Solal battait des coups violents.

XVI

Après le départ de Solal, notre sieur Mange-clous s'en était allé seul, tout en dégustant des figues de Barbarie, à la recherche de quelque divertissement lucratif.

Sa bonne fortune lui fit trouver sur son chemin

les Frères Tousseurs. On appelait ainsi trois vieillards ruinés, bronchiteux et retombés en enfance. Assis sur les gradins de leur demeure effritée, ils mangeaient des pistaches tout en prenant leur bain de pieds mensuel et se racontaient, en regardant le soleil à demi trempé dans la mer, des histoires de rabbins miraculeux.

— Savez-vous quoi ? demanda le Bey des Menteurs qui ne savait pas encore lui-même l'histoire qu'il allait leur raconter. Grande nouvelle du dehors !

Les paroles tant de fois entendues au cours de leur longue existence atteignirent les cerveaux empâtés des trois vieillards.

— Conte, auréolé, dit le plus jeune qui était âgé de quatre-vingts ans.

— Le roi d'Angleterre s'est converti à la foi israélite ! annonça Mangeclous en bouclant les poils de son oreille. Il va à la synagogue tous les matins, il porte une longue lévite et il a fait vœu de manger du pain azyme toute l'année !

Les trois décombres s'arrêtèrent de manger, se congratulèrent, s'écrièrent d'une voix grêle qu'il valait bien la peine de vivre longtemps pour entendre de si gracieuses nouvelles, bénirent le roi d'Angleterre, s'accordèrent à reconnaître que ce monde était une suite de miracles et toussèrent.

Mangeclous annonça ensuite une plus grande nouvelle, à savoir qu'il venait d'être nommé gendarme. Les Frères Tousseurs le félicitèrent et souhaitèrent au guerrier de marcher longtemps dans la justice. Mais les pistaches tombèrent de leurs mains lorsqu'ils apprirent que le gendarme avait été chargé par les autorités d'Athènes et par le Sultan de percevoir tous les jours, entre sept heures et huit heures du soir, une nouvelle contribution dite « taxe sur la toux, éternuement et quintes analogues ».

— A-t-on jamais vu ! dit le cadet en croisant les bras.

— Mais quelle invention, ce Sultan ? Un droit de douane sur la toux ? dit le second qui continua de gémir sur les infortunes d'Israël.

— Loué soit le Dieu vivant ! dit l'aîné en consultant, après l'avoir lentement sorti de sa poche, une sorte de beffroi qui était une montre de fer. Il est sept heures moins cinq. Profitons des cinq minutes qui nous restent et toussons, mes frères !

Les trois toussèrent à l'envi, implorant Dieu de calmer leur gorge. Mais dès que le canon de la citadelle eut annoncé sept heures, l'agent de la puissance publique leva la main droite. Et intima aux trois vieillards de n'avoir plus à tousser.

— Stop !

Les frères tinrent leurs lèvres closes pendant vingt minutes sous le regard sévère de Mange-clous. Mais lorsque leurs figures parcheminées s'avivèrent jusqu'au suprême écarlate, vaincus, ils éclatèrent et firent entendre les faux-bourdons, les ronflements et les carillons de la plus vivace tuberculose. Mangeclous tendit la main, exigea le paiement des taxes arriérées. Les malheureux vidèrent leurs bourses tricotées.

— Fais un Juif gendarme, dit le plus jeune.

— Et il deviendra pire que le Babylonien! dit le plus âgé.

Mangeclous vit Saltiel au loin et craignit la colère du juste. Pour effacer le souvenir de la spoliation dont ils venaient d'être victimes, il raconta aux vieillards qu'un fils d'Israël régnait depuis sept jours en Palestine. Les frères s'embrassèrent, entonnèrent d'une voix maigrelette un psaume insolent et Saltiel arriva au moment où le méchant annonçait aux Trois Tousseurs qu'ils venaient d'être nommés hauts dignitaires à la cour israélite.

Pendant que les deux cadets allaient revêtir leurs habits de fête et préparer leur départ pour Jérusalem, Saltiel entraînait Mangeclous à l'écart et, d'un geste grave, lui montrait la lettre de Solal et les cinq billets de mille francs que le Magnifique avait donnés à son oncle. L'aîné des Tousseurs, toujours assis, répétait obstinément qu'il ne voulait pas être grand chambellan et maudissait le roi israélite d'être venu si tard.

Saltiel était trop ému par le départ de son neveu pour lire lui-même la merveilleuse lettre à la population. Il donna ses instructions à Mangeclous qui répondit par l'ouïe et par l'obéissance et s'en fut, avec la rapidité de la biche, réveiller le ministre officiant et lui emprunter la corne de bélier qui assemble le peuple aux grandes fêtes.

Il emboucha l'instrument et toussa à l'intérieur pour donner l'alarme. Les volets des maisons claquèrent, des têtes effrayées surgirent et des verres se brisèrent. Les hommes suivirent le héraut jusqu'à la Place du Marché. Les femmes guettaient tragiquement par les fenêtres et n'osaient pas rejoindre leurs époux et leurs fils.

Mangeclous ordonna à la foule de s'asseoir, fit venir des outres de vin miellé qu'il paya avec les économies des Trois Tousseurs, réchauffa ses immenses pieds nus et crasseux au grand feu où rôtissaient déjà des chevreaux apportés en l'honneur de la grande nouvelle, boutonna sa redingote noire, déposa auprès de lui son chapeau haut de forme et commença la lecture.

A vrai dire, la lettre ne justifiait pas une telle surexcitation, mais les hommes de l'île avaient l'esprit ardent. Solal invitait simplement son oncle à venir lui rendre visite à Paris et lui disait qu'il pouvait, s'il le désirait, emmener quelques amis. Il ajoutait qu'il payerait volontiers les frais de voyage et que, pour encourager les compagnons de Saltiel à se vêtir décemment, il remettrait vingt-cinq mille francs au mieux vêtu, à moins que son oncle ne préférât remettre cet argent à une œuvre sioniste.

Un silence de maison mortuaire suivit la lecture. Mangeclous se désaltéra longuement à l'outre que soutenaient deux officieux, puis se restaura d'un gigot et d'une tête de chevreau. La foule le contemplait avec respect. Enfin, après s'être essuyé la bouche du plat de sa main gigantesque, osseuse, veineuse et velue, le faux avocat commença en ces termes :

— Hommes assemblés, compagnons de mes labeurs, témoins assermentés de mes vicissitudes, l'heure est grave pour notre peuple ! Nous sommes à un tournant de notre histoire ! Que faire et que ne pas faire ?

Le sage petit Salomon interrompit pour dire que c'était bien simple, que Saltiel n'avait qu'à choisir le plus vite possible ses compagnons et que ceux-ci se vêtiraient du mieux qu'ils pourraient. Mais une interprétation aussi rapide ne convenait pas au Compliqueur de Procès.

— O chien issu de la chienne ! fit-il en lançant la tête de chevreau sur Salomon qui l'attrapa au vol et s'en reput tout à son aise, sais-tu ou ne sais-tu pas que l'honoré Saltiel m'a donné les pleins pouvoirs et que je représente ici Solal des Solal lui-même, loué soit-il jusques après la fin des temps !

— Bien bien, dit philosophiquement Salomon en gobant l'œil du chevreau, fais comme tu veux.

— Car, messieurs du jury, le texte est formel, continua Mangeclous en frappant sur la lettre. « Le mieux vêtu aura les vingt-cinq mille francs. »

— Montre la lettre, fils de la richesse, demanda un vieillard illettré qui chaussa ses lunettes et feignit de lire. Exact. Le mieux vêtu. Comme tu dis.

— Et que se passera-t-il, mes seigneurs, si l'homme de munificence trouve que nous ne sommes pas assez bien vêtus ? Le bien sortira de notre sainte tribu et ira engraisser des Sionistes, des Juifs du pays de Gog et de Pologne, des hommes des contrées neigeuses, qui prononcent d'une manière incorrecte les mots de notre Sainte Loi !

Un cri unanime d'horreur s'éleva du sein de la foule méditerranéenne. Il ne fallait pas laisser échapper aux véritables fils d'Israël la somme énorme. « Plutôt saigner nos enfants et nos femmes ! » s'écrièrent plusieurs. Ensuite on discuta agio et les crayons coururent sur les murs des maisons.

Mangeclous décida enfin que, le lendemain vendredi, un concours de vêtements élégants aurait lieu sous sa présidence. Des voix engourdies crièrent déjà à l'injustice et murmurèrent que le léopard saurait bien ne choisir que ses amis.

Peu à peu, la foule s'endormit. Quelques vaillants discutaient encore. D'une voix pâteuse, Salomon, la tête posée sur les jambes de Michaël, disait que le fils du rabbin aurait bien pu donner cet argent au plus pauvre, sans toutes ces extravagances de vêtements corrects. Mais on fit taire le rebelle et on lui apprit que « qui est riche commande ». Bientôt, trois cent cinquante ronflements bourrés d'espoir ornèrent la Place du Marché.

Au lever du soleil, Mangeclous alla signer un

contrat d'association, valable vingt-quatre heures, avec l'unique fripier de l'île qui, par bonheur, ne connaissait pas les événements de la veille. Il engagea ensuite la population à acheter chez le fripier des habits de suprême élégance. On ne vit déambuler ce jour-là que notaires, marquis, astrologues, apothicaires, dompteurs, commodores, abbés de cour.

Tous furent éliminés le soir, avant l'office religieux, par Mangeclous qui, après avoir promené sur la foule un regard fauve, s'apprêta à lire la liste des bienheureux.

Mais à ce moment arriva à toutes jambes le retardataire Salomon. Il avait l'habitude de prendre un bain chaud tous les vendredis et, comme toujours après le rite hebdomadaire, il était tout rouge et avait une peur extrême de prendre froid, car il n'avait pas envie de mourir jeune. Il retroussa donc le revers de son vêtement européen de cérémonie, un petit complet moderne et bleu, grelotta et toussota pour attendrir la foule qui le maudissait. (Le caractère paisible, l'humeur hilare et la serviabilité du brave petit bonhomme lui attiraient le mépris général.) Enfin, Mangeclous commença :

— Élus pour participer au concours des vingt-cinq mille francs de l'élégance : Saltiel Solal par droit de parenté et de commandement, il s'habillera comme il lui plaira. Moi, parce que mon vêtement est de bon goût : redingote bleue à boutons de nacre, légèrement fourrée d'hermine, et chapeau cylindrique entouré d'idem, comme les juges à caractère de fer. Maïmon Solal, par droit de vieillesse et de sagesse. Mon cousin Querido Solal, parce qu'il a une badine, et mes petits-cousins Bambo Solal et Besso Solal, parce qu'ils sont mes petits-cousins et vêtus comme gens honnêtes et non comme des présomptueux. Mattathias Solal et sa fille Léa Solal, hors concours et pour raisons Privées Confidentielles Urgentes. Michaël parce que c'est mon ami et Salomon idem. D'ailleurs, tous les concurrents sélectionnés par moi ont des costumes magnifiques dont il ne sied pas que vous connaissiez les détails et qu'ils tiendront secrets jusqu'à leur arrivée à Paris. Moi-même, le costume que vous me voyez n'est pas complet. Les agréments les plus ennoblissants et originaux, qui me font espérer sortir vainqueur du tournoi, n'y sont pas encore, crainte des envieux et des plagiaires! J'ai dit. Pas d'opposition? Adopté. La séance est levée.

La foule hurla de colère et conspua l'homme de mauvaise foi qui cria : « Adopté à l'unanimité de ma voix! » et ricana dans sa barbe fourchue. Salomon, qui pirouettait de bonheur, fut rossé par les candidats évincés. Le complet bleu qu'il avait inauguré à l'âge de treize ans, lors de son initiation religieuse, et qui avait été conçu assez largement pour servir longtemps, craqua sous les horions.

Les élus décidèrent de partir sur-le-champ et de

faire un petit tour d'Europe avant d'aller à Paris. Ils télégraphièrent donc à Solal qu'ils se trouveraient au ministère des Affaires étrangères, si tel était le bon plaisir du Protecteur des Tribus, le trente novembre à cinq heures du soir.

Le lendemain, oublieuse des injustices, la population frustrée accompagna les touristes avec chants et gémissements.

Certains d'entre les Valeureux brandissaient des succédanés de passeport. Mangeclous s'était muni de la carte de visite d'une actrice française ; Salomon, du permis de chasse d'un Anglais décédé ; Mattathias, d'un billet de confession. « Et à la grâce de Dieu ! Nous n'avons pas envie d'engraisser les consulats ! »

La femme de Salomon hurlait et prétendait que son mari, attiré par les sirènes de France, ne reviendrait plus au foyer conjugal. Le gros petit bonhomme (couvert d'un châle de femme en grosse laine rouge, car il craignait la fraîcheur de la brise marine) passa du bras droit au bras gauche son alpenstock, qui le dépassait d'un demi-mètre, et caressa l'épaule de sa femme.

— O ma brebis, dit-il d'un ton fier, mâle et langoureux qui fit mourir de rire les assistants, sois assurée de ma constance, ne pleure point et cesse de te livrer à un désespoir amoureux qui pourrait t'être funeste, honneur de ma maison et délectation de ma couche. (Il rougit extrêmement, eut honte d'avoir prononcé ces dernières paroles, ferma les yeux, éternua et enfin reprit ses esprits.) Quoi, voudrais-tu que je reste et que je perde les cinq mille écus, ou désires-tu peut-être que notre pauvre fille n'ait pas de dot et qu'elle joue plus tard de l'orgue de Barbarie?

Tous pleins d'espoir, ils s'embarquèrent. A six heures le bateau partit.

Saltiel, à la poupe, contemplait romantiquement l'île éloignée. Salomon, dont les lacets s'étaient dénoués et qui ne savait pas encore faire des nœuds, vint le prier de bien vouloir le tirer d'embarras. Puis ils causèrent des pays du monde.

— Il m'est revenu, dit Salomon, que l'Allemand est sévère mais que le Français est comme une crème.

— L'Allemand est fort, enseigna Mattathias d'un air entendu. Et on peut compter sur lui.

— J'aime mieux l'Anglais, dit Mangeclous. Il a des colonies et il est un peu dans mon genre : intermédiaire après coup.

— Notre armée française est la première, affirma Salomon. Nous avons des petits canons, mais qui tuent leur homme à cent pas! C'est un ami qui me l'a dit. Des petits canons, ô mes chers amis, petits mais forts! Et que le Germain se tienne bien et les Italiques aussi!

— Tous les peuples sont enfants de Dieu, soupira Saltiel en rouvrant les yeux. Mais ils ne le savent pas et c'est nous qu'ils rossent.

— N'empêche, conclut illogiquement Salomon, que je crois bien que c'est moi que je gagnerai le gros lot. (Il essaya de frapper d'un air protecteur l'épaule de Michaël mais ne réussit pas son coup.) Vous verrez le costume que j'ai! Mais je ne vous le montre pas encore, de crainte que vous n'alliez me le copier. Chacun pour soi et Dieu pour moi. Et quand j'aurai le gros lot, je mènerai une existence, ô mes amis! J'aurai un laquais à cheval devant la porte de ma chambre et il fera étinceler son sabre, ô mes amis! A propos, oncle Saltiel, vous plairait-il d'être pape?

— Pourquoi pas? dit Mattathias. C'est une situation intéressante.

— Je le crois, dit Salomon. Et il m'est revenu que c'est le seigneur Rothschild qui est le banquier du seigneur Pape. Et dites-moi, oncle Saltiel, lorsque vous serez ministre de quelque gouvernement (Saltiel soupira) vous plaira-t-il de me donner quelque province ou village afin que j'y commande extrêmement, à pied ou à cheval? Mais si vous ne pouvez pas, peu importe. Et en somme, suis-je fait pour le commandement? Je crains l'intrigue et les traquenards des ministres qui pourraient bien me décapiter. Or je ne tiens pas à être décapité. Car il me déplaît de mourir jeune et en conséquence je refuse la province. C'est peut-être dommage car j'ai une démarche gracieuse, je crois. N'en parlons plus. L'important, c'est de jouir des petites splendeurs de Dieu, de faire son devoir et de converser avec des amis.

— Tu parles trop, vermisseau, dit Mange-clous. Qui t'a donné ce courage?

— Je crois que c'est le gros lot ou peut-être l'air marin, répondit Salomon. A propos, on m'affirme qu'il existe en un certain lieu un fils de notre race qui écrit notre histoire et qui s'intéresse tout particulièrement à moi. Il m'est revenu que je suis un principal personnage. (Il gonfla ses joues.) Pourvu que ma femme n'aille pas lire ce livre où peut-être on raconte que j'ai été amoureux de la consulesse d'autrefois.

— Amoureux, rectifia Michaël.

— Autre chercheur de noises ! s'exclama Salomon, toujours plus excité. Laisse-moi dire les paroles comme il me convient.

— Et que ce fils de notre race fasse bien attention, dit Mangeclous. Car s'il me calomnie, je lui intente une action vexatoire rédhibitoire et fort dommageuse quant aux intérêts !

Le soleil déclinait. Les cimes des monts d'Acarnanie se coloraient de rose. Les Valeureux devinrent mélancoliques.

— Qu'on m'explique la vie, dit Salomon qui avait souvent de petites angoisses métaphysiques, et que fais-je sur ce bateau et pourquoi mon heure de vie est-elle venue ?

— Oui et qu'avons-nous fait dans notre vie ? demanda Mangeclous.

— Rien, dit Saltiel.

— Alors nous sommes des inutiles.

— Eh, qui peut savoir ? dit Saltiel. Moi je crois que des inutiles comme notre petit Salomon sont le condiment de la terre.

240

Le petit condiment, qui s'était endormi, se réveilla à l'odeur du délicieux repas fumant que Michaël venait d'apporter. Dans la belle brise et sous les étoiles, ils mangèrent de bon cœur. Puis ils firent une promenade sur le pont en se tenant par l'auriculaire et sans envier les passagers des premières. Michaël se moqua des grosses fesses du petit Salomon qui, pour la mille et unième fois, se rebiffa.

— Comprends une fois pour toutes, cher ami, qu'il me déplaît de maigrir. Fesses si tu veux, mes fesses sont à moi. Et j'y tiens. Je dirai même plus, je les aime. Grâces Lui soient rendues, le Seigneur me les a concédées dodues. Dodues les garderai-je. Et je t'en prie, ne me pince plus.

— Il suffit, dit Saltiel. C'est à toi, Mangeclous, que je vais m'adresser. Nous allons à Paris, capitale de l'urbanité. Si tu me le permets, je te prierai de ne plus commettre avec la bouche certaines incongruités qui pourraient déplaire à mon neveu et qui ne conviennent pas au second d'entre les Valeureux.

— Roter m'est salutaire, dit brièvement Mangeclous froissé. Aussi continuerai-je. Je n'aime point toutes ces minutes, ces étiquettes d'Hérode, ces fausses élégances et ces embrouillaminis. Suis-je un courtisan ou peut-être une courtisane pour m'entortiller dans la grâce ? Ainsi, tais-toi. D'ailleurs, j'ai sommeil.

Les cinq amis commencèrent à bâiller. Ils se roulèrent dans leurs couvertures, s'étendirent autour d'un mât, saluèrent Dieu et s'endormirent comme je te le souhaite.

XVII

Solal ne s'était pas encore résolu à sortir de la penderie où il se tenait caché. Aude se souleva avec lassitude et surgit hors de la baignoire. Elle pressa doucement le linge sur son corps comme sur un blessé. Elle parlait et elle ne savait pas que Solal était si près d'elle et qu'il l'entendait.

— Fini, fini. Résolution deux points ne plus penser à cet homme. Il me reste moi. Moi seule et c'est assez. Cétacé. Tout de même vous avez beau dire, Aude avec ses pensées c'est quelque chose. Et puis j'ai la musique. Mozart cher Mozart navré doré heureux. Zut.

La cravache qu'elle venait de prendre fit un bruit, siffla et stria les longues jambes. Quelques gouttes de sang perlèrent. Elle se punissait ainsi de penser à Solal. Elle sanglota. (Tu ne peux pas savoir comme elle était adorable.)

Enfin, elle se coucha. Lorsqu'elle eut éteint, elle entendit un bruit de pas, reconnut un souffle et tendit les mains qui furent saisies dans l'obscurité. Le fleuve de jeunesse coulait et elle était terrifiée de joie et de certitude. Le vent ouvrit les volets, les rayons qui éclairaient le moribond de l'étage au-dessous entrèrent.

— Vous ! (Elle passa ses mains sur son front et sourit indiciblement.) Réponds vite sans réfléchir : dis dis dis tu m'aimes ? Oh, oh l'aimé, oh le venu. Ma joie, oh, le seigneur de toute l'âme, le merveilleux qui m'est venu. Oh, je t'aime.

Elle se sentait prête à toutes les hardiesses et sa témérité l'exaltait. Elle tendit maladroitement ses lèvres.

— Maître. Mon maître.

Il se pencha sur ces lèvres et les baisa. Elle reçut, paupières mourantes, sauvagement le premier grand baiser noir battant l'aile. Elle se sentit marquée à jamais, aspira la vie. O ces baisers tatoués sur leurs lèvres. O précipices de leur destinée.

Il s'éloigna, aperçut une pêche sur la table, mordit le fruit, puis regarda la bouche entrouverte qui demandait encore et ces yeux de sainte et les lèvres humides de suc amoureux. Joie. Lèvres et langues unies. O langage de jeunesse.

— Maître, balbutia-t-elle encore.

Il était gêné par cet enthousiasme misérable et cependant il était heureux. Elle sortit de son extase et lui demanda s'il était vrai qu'Adrienne et lui. Il haussa les épaules et dit qu'il n'avait pas écrit à cette femme depuis cinq mois. Elle dirigea sur lui un regard inquisiteur d'épouse déjà jalouse : elle souffrirait par cet archange noir impassible.

— Va maintenant, mon aimé, dit-elle d'un ton sentencieux. (Comme Adrienne. Toutes, décidément.) Je ne dormirai pas et toute la nuit, toute la nuit, je te garderai sur mon cœur. Ton nom de soleil et de solitude est gravé dans mon cœur depuis le premier jour. Tu sais, la coccinelle.

Comme il ouvrait la porte, elle se plaignit.

— Tu me quittes déjà ? Aimé, reviens. Écoute. Plus près. Aimé, je suis ta paysanne, tu sais avec de longues tresses et tu peux faire tout ce qu'il plaît à toi, mon seigneur de tout le pays. Tu as tous les droits sur moi. Je suis ta femme autrefois et toujours. O aimé, je voudrais avoir plus pour te donner plus. Tout ce que j'ai, mon aimé, prends-le. Prends-moi déjà si tu veux. Tu es mon seigneur, je le proclame.

Elle arracha les couvertures et se montra nue.

— Solal, ô Solal Solal, c'est ton nom et je dis ton nom. O Sol je voudrais te demander une autre chose. — Ne te moque pas, mon plus aimé. — Dis, dis, tu m'aimes ? (Elle pleurait presque de joie.) Moi je t'aime je t'aime je t'aime je t'aime je t'aime je t'aime je t'aime je t'aime je t'aime je t'aime je t'aime je t'aime. Je t'aime. Dis que tu m'aimes. Dis-le. J'ai soif de ta voix. Prends encore. La bouche, prends. Oh, aimé.

Jusqu'à l'aurore et à la sempiternelle alouette, ce fut au long des siècles l'éternel et le pauvre, l'inintelligent, le terrible duo par la grâce duquel la terre est fécondée.

Aux premiers rayons du soleil, elle lui demanda de l'attendre dehors. Il obéit et alla se promener. Elle le rejoignit bientôt

Les deux jeunes se tenaient par la main et allaient sur la route. Elle voulait parler à son père le jour même, lui dire qu'elle avait choisi celui que depuis le premier jour elle avait choisi. Ils s'attardèrent et jouèrent dans le bois. Elle courait, il la poursuivait, l'atteignait et la serrait contre lui. Jouez, amis, divertissez-vous, enivrez-vous d'amour !

XVIII

Et tout d'abord, en descendant du compartiment, l'oncle Saltiel crut devoir saluer la Ville Lumière d'un geste large de sa toque. Puis il prit la tête de la file chargée de ballots, de caisses et de châles. Une foule grandissante suivit la caravane impavide et pénétrée de sa gloire. Mangeclous s'arrêtait parfois, interpellait les badauds qui se moquaient et leur demandait, avec une ironie incomprise, s'ils avaient des amis dans la diplomatie ou si peut-être ils espéraient gagner bientôt vingt-cinq mille francs.

Après deux heures de marches et de contremarches, Saltiel amena son escouade dans un hôtel près de la gare d'où ils venaient.

Il installa son père dans sa chambre et Mattathias enferma sa fille à double tour. Mangeclous disposa dans le hall les trois humbles comparses terrifiés, ses petits-cousins, avec sommation expresse de n'en pas bouger « même en cas d'incendie, peste, ménagerie, naufrage, baraterie, inondation, piraterie barbaresque, grêle, invasion de sauterelles, quarantaine, créanciers et toutes autres calamités ou cas de force majeure généralement quelconques non prévus par le présent arrêté ». Ensuite, les Valeureux sortirent dans Paris à seule fin de saluer les statues des bienfaiteurs de l'humanité.

A sept heures du soir, ces naïfs stationnaient devant le ministère des Affaires étrangères, se découvraient devant le drapeau tricolore, inspectaient le factionnaire et se rengorgeaient à l'idée que le lendemain ils seraient des familiers de la maison. Une dame sortit du ministère. Saltiel crut devoir s'incliner gracieusement.

— Un vrai lion que notre oncle ! dit Salomon. Il connaît tout le monde !

— A vrai dire, je ne la connais que de vue et si je l'ai saluée, c'est pour la féliciter de venir dans cette Demeure de la Perspicacité.

En retournant vers l'hôtel, ils entrèrent dans un bazar où chacun fit l'emplette d'un réveille-matin. Des précautions étaient nécessaires : le garçon chargé de les réveiller pouvait mourir dans la nuit ou être antisémite et les laisser dormir toute la journée ; or le rendez-vous avait été fixé par eux à cinq heures du soir. Ensuite, ils pénétrèrent dans une écurie et commandèrent une voiture à deux chevaux, pour le lendemain. Enfin, ils rentrèrent à l'hôtel.

Dans le hall, à la place assignée, les trois comparses, mourant d'inanition, étaient les statues de l'obéissance. Les Valeureux se couchèrent après avoir recommandé la République française aux bons soins de l'Éternel.

Ils se réveillèrent avant les sonneries des pendulettes et se réunirent, à quatre heures du matin, chez le seigneur Maïmon. Pendant que les gencives du vieillard s'escrimaient contre des croquants au miel, les trois comparses, qui n'avaient pas dormi de toute la nuit, demandèrent à leur cousin de leur apprendre la langue des Francs, qu'ils avaient oubliée — car ils appartenaient à un rameau décrépit de la branche cadette des Solal.

— Ignorants, dit Mangeclous. Fermez à moitié la bouche et faites sortir de l'air par le nez, vous parlerez le meilleur parler de France. An. On. In. N'oubliez pas le nez. Vous pouvez apprendre aussi l'expression « trop cher » qui est utile.

Les trois essayèrent avec ardeur, braillèrent, nasillèrent et assurèrent aux quatre points cardinaux que c'était trop cher. Un domestique vint demander que l'on fît moins de bruit. Saltiel congédia les élèves de Mangeclous.

— Mattathias, reste puisque c'est de ta fille qu'il s'agit. Mangeclous, reste aussi, ton avis peut être utile. Mais ne parle pas tout le temps ! ajouta-t-il avec une brusque colère. Commence, cher et estimé Mattathias.

— Mais vous savez tous l'affaire.

— Dis tout de même, faisons les choses correctement, résume la question.

— Comme au Parlement anglais, expliqua Mangeclous.

— Eh bien, Solal des Solal a une bonne situation et j'ai amené ma fille Léa à qui je donnerai une petite dot.

— N'aime pas ce début, dit le vieux Maïmon en jetant le croquant invaincu.

— Qui ose parler ici de petite dot ? dit Saltiel. Avec tes pêcheries tu as soutiré un million aux bambins bouclés de la Grèce, ô véritablement avare !

— Un million quatre cent soixante-trois mille francs, précisa Mangeclous qui soudoyait les comptables de l'île pour connaître, par pure joie gratuite, les divers bilans.

— Bien, Mangeclous. C'est ainsi que je t'aime, approuva Saltiel. Peu de paroles mais bonnes

Mattathias soupira et proposa une somme ridicule.

— Retourne chez toi, banqueroutier ! glapit Maïmon en s'arc-boutant sur son cercueil.

Mattathias sortit mais revint bientôt, accompagné de sa grasse fille rousse aux hanches énormes, vêtue de soie prune et harnachée de coraux.

— Regardez ma fille, regardez le pigeon ! claironna-t-il. Regardez les dents. (Ouvre.) Toutes saines. Nourrie à l'huile d'olive. Et quelle panse propre à l'enfantement ! Qui a vu un trésor pareil ? J'affirme que c'est la propre épouse du roi Salomon ! Un vrai beurre d'amandes !

Le seigneur Maïmon demanda ses lunettes. Les connaisseurs examinèrent, firent tourner la génisse, hochèrent la tête et réservèrent leur jugement. Mattathias reconduisit sa fille, puis revint, les clefs à la main. Le vieux cabaliste rompit enfin le silence.

— Les flancs sont étroits. Ramasse mon craquelin, ô mon enfant Saltiel.

— Je voudrais vous proposer une bonne proposition, fit timidement Mattathias.

— La proposition ne nous intéresse pas, dit avec langueur Maïmon. La fille est maigre. — Trempe mon gâteau dans un verre d'eau, ô jeune Saltiel, afin qu'il s'amollisse et que je m'en puisse sustenter en la centième année de mon âge. — Et, de plus, elle me paraît cagneuse et mal conformée quant à l'avant-train.

Mattathias dit que s'il le fallait vraiment il donnerait davantage. Maïmon hocha la tête avec dégoût.

— Nous n'avons plus le temps.

— Mais vous ne savez pas ce que je vais donner !

— Ce n'est pas assez, dit Maïmon d'un geste fauchant.

Mattathias s'inclina et gémit sur le sort de la colombe trahie. Saltiel se demanda avec terreur si cette canaille allait vraiment ne plus faire d'offres.

— Quelles propositions de mariage recevra

mon petit-fils! soupira Maïmon, l'œil aux aguets.
(— Allons, parle, toi, Mangeclous, pousse la
barque! souffla Saltiel.)

L'intermédiaire fit un œil de ténèbres et
demanda à voix basse s'il aurait un courtage
raisonnable. Saltiel acquiesça. Alors, le faux avocat, harcelé d'ailleurs par d'horribles pinçons du
vieux Maïmon qui le tenaillait au derrière avec
des rictus, fit merveilleusement l'article du neveu
de Saltiel.

Les discussions se prolongèrent jusqu'à quatre
heures de l'après-midi. Enfin après des drames,
des haines mortelles et des sanglots indignés, les
négociateurs s'entendirent et arrivèrent avec des
sourires apaisés au chiffre qu'ils savaient depuis
longtemps devoir être accepté de part et d'autre.
Mattathias fit venir Léa qui battit des mains et
s'évanouit de joie en apprenant qu'elle était enfin
fiancée. On s'embrassa, on se bénit jusqu'à la
septième génération et l'on transpira.

Sur ces entrefaites, Salomon annonça l'arrivée
du landau. A pas prudents pour ne pas réveiller le
centenaire endormi dans son cercueil, chaque
négociateur s'en fut revêtir le costume de luxe qui
lui apporterait la fortune et une vie d'oisiveté
dorée.

Bientôt Mangeclous, Mattathias et deux comparses débouchèrent dans le hall, se lancèrent des
regards critiques et attendirent. Le chef apparut.

— Garde à vous, fils de la vêture! dit Mangeclous.

Le poing sur la hanche, Saltiel s'arrêta, regarda, vainquit, cambra le torse et les mollets à bas blancs, affirma sa redingote noisette et sa toque de castor, humecta deux doigts, enfila avec négligence, élégance et sveltesse les gants blancs qui crevèrent sur-le-champ. Puis, tête baissée, les mains derrière le dos, le front préoccupé et l'œil hâtif, il fonça et inspecta ses troupes. Les quatre concurrents étaient rangés par ordre de taille.

Mangeclous, en redingote verte à boutons de nacre et à revers fourrés d'hermine, était la droiture compétente et les affaires solennelles. A ses doigts, dix bagues en simili ; à son gilet, quatre cachets de cuivre ; à sa cravate, deux épingles ; à son bras, deux cannes. Sur le revers de sa redingote, une décoration de théâtre. En bandoulière, une écritoire de fer forgé. Au creux de l'oreille, une plume d'oie. Avec un pudique rictus sardonique, il baissa les yeux et souleva le chapeau haut de forme fourré d'hermine, puis il lança une œillade d'espoir sur la serviette de moleskine gonflée de cailloux, qui devait lui donner une prestance juridique et universellement intermédiaire. Il toussa et le monocle, fixé contre l'orbite à l'aide de colle forte, résista. Près de lui était Mattathias, en costume sérieux de croque-mort.

Querido, le plus pauvre des portefaix de l'île, pieds nus, orteils écartés, se tenait au port d'armes, souriait et ne parlait pas. Dans sa cervelle triste, l'espoir tournait sans cesse de recevoir l'argent qui lui permettrait de soigner sa femme malade et d'envoyer ses enfants dans « la meilleure école des Europes ». Le pauvre hère portait des pantalons kaki et un tricot à raies bleues. Il n'avait pu se procurer comme vêtement de luxe qu'une badine; mais il se proposait de la faire vibrer et siffler tout à l'heure avec une grande élégance et Dieu le compatissant déciderait.

Auprès de Querido était compère Agnel, oncle de Salomon. Il portait une veste enfantine de dompteur et des pantalons bouffants de dame cycliste. Ce minuscule vieillard, qui vivait dans une confusion mentale absolue, comprenait seulement qu'il y avait de l'argent à gagner en pays des Francs par ceux qui s'habilleraient à la franque. Les voies de Dieu étaient superbes et incompréhensibles ! Glissé parmi les touristes lors de l'embarquement, il s'était refusé à déguerpir et avait exigé qu'on lui laissât courir sa première chance.

Au haut de l'escalier apparut le cercueil, précédé par Michaël et porté par Bambo et Besso. Les rideaux s'écartèrent. Rabbi Maïmon avait fait quelque toilette. Sa tête translucide était couronnée d'une grande flamme tordue de magnifiques soies d'arc-en-ciel éteint et il exhalait des parfums arabes en sa centième année.

On appela et on maudit le vendeur d'eau toujours en retard. Notre petit Salomon arriva enfin et n'entendit pas qu'on lui souhaitait de mourir sans yeux et sans enfants. Il ne pensait qu'à son élégance insurpassable et il était très gêné pour ses pauvres amis qui seraient certainement battus par lui au concours. Il était en frac, petit melon et espadrilles. Une cravate blanche trop serrée l'étranglait et ses joues propres étaient incandescentes de pudeur et de triomphe. Il gardait les yeux modestement baissés. Une savonnette neuve, placée en guise de mouchoir parfumé, se montrait discrètement à la poche du gilet blanc. On applaudit. Il souleva son petit melon pour remercier, vint à petits pas de première communion s'aligner avec les autres, respira fort pour montrer qu'il était à son aise, passa sa petite main sur son crâne, sourit agréablement, s'éventa avec sa savonnette, puis glissa et se contusionna. Fin de l'histoire de Salomon.

Saltiel trouva ses hommes à son gré et s'enorgueillit en son âme. Il souleva sa toque.

— Messieurs, je suis content de vous. Et maintenant sortons. Notre victoria nous attend.

Il ouvrit la portière de la voiture et assigna sa place à chacun des Solal. Mattathias et Mangeclous au fond de la voiture et le petit Salomon sur les genoux de Mangeclous. La litière fut arrimée tant bien que mal. Pour veiller au grain, Saltiel resta debout et posa la main sur le cercueil dont un des brancards reposait sur le siège du cocher, où Léa avait pris place avec des sourires honteux. Les comparses se tenaient sur les marchepieds. Dans un éclair de bon sens, Saltiel se demanda si ces accoutrements n'allaient pas être jugés trop excentriques. Mais il était trop tard pour changer et, après tout, quel mal y avait-il ?

— En avant la felouque ! cria Mangeclous, impatient de toucher ses vingt-cinq mille francs.

Michaël enfourcha un des chevaux et poussa un cri de guerre. Les passants acclamèrent la troupe bizarre, et le cocher, s'esclaffant de l'aventure pas banale, fouetta les deux chevaux qui partirent, suivis d'une foule accrue. La voiture s'arrêta devant le ministère à quatre heures cinquante-cinq.

— Il faut attendre, dit Saltiel. Réprimez votre impatience. Le rendez-vous est pour cinq heures et l'exactitude est la politesse des rois, messieurs.

Debout dans la voiture il tenait son regard attaché sur son oignon à verre grossissant. La foule attendait le discours du charlatan. A quatre heures cinquante-sept, le petit oncle paya le cocher. A quatre heures cinquante-huit, il fit descendre ses hommes, les passa en revue, s'assura que sa toque était bien placée, vérifia les fleurs de sa boutonnière.

— A la grâce de Dieu ! s'écria-t-il en se mettant à la tête de la cohorte.

XIX

Sur le seuil, M. de Maussane serra cordialement la main de Solal qui, depuis cinq minutes, était son futur gendre. Aude embrassa son père. Resté seul, le Président déplaça le vase de Sèvres.

— Aude Solal. La comtesse de Nons. Évidemment, mais que faire ? D'ailleurs je n'ai jamais aimé le petit de Nons. En somme, ça peut aller. Roses. Je ne laisserai pas Solal moisir à la sous-direction d'Europe. Je l'attache dès aujourd'hui au cabinet. Mais sa famille à ce fils d'Israël ? Quelques endormis dans une bourgade lointaine qui ne seront pas encombrants. Il se fiche d'eux et du peuple élu et se convertira probablement. Feuilles de. Des rides, pauvre Maussane. Bientôt fini. Fakirs. Maumau est gentil, Maumau bon chien. Il y a bien un autre monde tout de même. Pilules des. La question sera examinée. Ils sont jeunes et je suis vieux. Surveiller cette tension. Psspss. Allons, voyons. — Peux pas, Maman.

Téléphone.

— Rien mon cher Jacques, rien de spécial. Elle était ici tout à l'heure. Un peu souffrante. Le mieux est qu'elle reste seule pendant quelques jours. Elle habitera chez moi. Je vous ferai signe. Soyez sans inquiétude. Dans trois jours, voulez-vous ? Entendu. Au revoir, mon cher.

Très bien. Celui-là le laisserait tranquille pendant quelque temps ; dans trois jours, il le ferait convoquer par le chef de cabinet qui lui expliquerait la situation ; lui s'arrangerait pour être occupé. Il téléphona à son valet de chambre et le pria de faire déguerpir avec beaucoup de gentillesse madame Denerny.

— Oui, mon vieux, ma fille viendra habiter chez moi pendant quelques jours. Vaporisez un peu de camphre dans la chambre de Madame. Oui, pour chasser le parfum n'est-ce pas ? Ah, je viens de recevoir un télégramme de monsieur Sarles. Il vient à Paris pour quelques jours et m'annonce sa visite. Il arrive aujourd'hui. Préparez une chambre pour lui aussi.

M. de Maussane éprouva le besoin de marcher. Que d'histoires ! Son appartement envahi ! Quel métier d'hôtelier !

Il ouvrit la porte et vit la cohorte grotesque qui pénétrait dans l'antichambre rouge et or. Deux rédacteurs cessèrent de parler promotions, congés, injustices du patron et franc-maçonnerie. La main passée dans le gilet, Saltiel ouvrait la marche, suivi de ses troupes. Les rédacteurs allèrent appeler l'huissier.

— Stop, dit le petit oncle.

La troupe s'immobilisa et le cercueil fut déposé. Le seigneur Maïmon écarta les rideaux, regarda avec curiosité d'autres fonctionnaires accourus, bénit, psalmodia, adressa des sourires protecteurs à M. de Maussane. Au courant d'air, son bouc flottait avec grâce et ses mains caressaient l'espace chauve entre le nez et la lèvre. Apercevant un prêtre catholique, il ôta son turban et gratta son crâne où une veine battait lentement.

Mangeclous soulevait régulièrement son chapeau fourré d'hermine et assistait à des exécutions capitales. Il toussa et les lustres tintèrent. Il sourit à M. de Maussane, le salua, lui cligna de l'œil ; et, d'un index percuteur sur ses poumons, lui fit entendre qu'il était atteint d'une maladie inguérissable.

Le croque-mort Mattathias auscultait les fauteuils de velours avec son crochet luisant ; dans une salle voisine, des pièces d'argent étant tombées, ses oreilles mobiles se dirigèrent vers le bruit inquiétant.

Salomon sentait l'odeur de la défaite. Ce monsieur qui les regardait si attentivement lui faisait peur. Il eut une idée, porta la main à son petit melon et proposa à Saltiel « de prendre la poudre d'escopette car je tiens à mes os et il y a peut-être des oubliettes dans ce château et je n'ai pas envie qu'on m'oublie ni d'être un fantôme plus tard ».

Loin du monde, Querido répétait la grande scène, faisait vibrer et siffler sa badine, mettait en elle tout son espoir.

L'huissier prit Saltiel par la manche et le poussa vers la porte. Michaël battit l'un contre l'autre les pistolets damasquinés qui ornaient son ventre et sa jupe à plis. Il posa lourdement son soulier à longue pointe recourbée sur le pied du domestique.

— Ne touche pas à l'oncle Saltiel !

— Ne le touche pas, voleur de coffres-forts ! intima Mangeclous. Va nous annoncer. Je ne te demande pas autre chose ni combien de fausses clefs ton père a fabriquées cette nuit dans le silence qui convient au crime. Va vers le seigneur

Solal qui est notre parent et ami. Cela te trouera-
t-il la peau du ventre de vérifier la véracité de nos
allégations? Tels que tu nous vois nous sommes
des notabilités de l'île et puissants en ce jour. Sois
homme de prudence, tremble et va!

Maussane, qui avait activement réfléchi,
ordonna à l'huissier de ne pas renvoyer ces
messieurs et de les annoncer à monsieur Solal.
L'oncle Saltiel rougit de plaisir, s'inclina et crut
devoir dire au personnage influent :

— Charmé.

Il espérait qu'une brillante conversation s'engagerait.

— O Saltiel, mon fils, interrogea Maïmon,
quel est ce puissant néfaste et pourquoi s'écarte-
t-il de toi et que fait-il en ce palais?

Maussane jeta un dernier regard sur les parents
de celui à qui, une heure auparavant, il avait
accordé la main de sa fille et s'éloigna. L'arrivée
de ces grotesques était providentielle. Il savait ce
qu'il lui restait à faire. Comment avait-il pu
songer à faire de son Aude la femme d'un Solal?
Mangeclous était content. Ce directeur l'avait
certainement admiré lorsqu'il avait si bien parlé
au voleur de coffres-forts. On ferait des affaires
ensemble!

Solal les accueillit avec un sourire. L'instant
était délicieux pour les hommes de l'île. Un
bureau presque aussi grand que la synagogue et

dans ce bureau (« que je perde mes yeux si je ne dis pas la vérité ») un fils d'Israël d'entre les fils !

— Charmé, Excellence, dit Mangeclous en soulevant son chapeau.

L'oncle Saltiel était le plus impressionné. Se détachant sur ce gobelin, son grand neveu le terrifiait. Il n'osa pas être familier et pria Dieu de l'inspirer.

— Hum. Beau temps pour la politique, pour la politique des puissances. Je me demande si on doit permettre à la Roumanie.

Les hommes de l'île trouvèrent que le petit oncle se défendait bien. Solal sentit que pour être agréable à ces simples il devait se montrer imposant.

— Nous ne permettrons pas à la Roumanie, dit-il d'une voix grave et affable.

Un frémissement d'orgueil parcourut les tribus. « Comprends-tu mon ami, il dit chut à la Roumanie et elle s'affaisse ! » Saltiel était avide de connaître des secrets et saisit l'occasion pour s'instruire définitivement.

— Et l'Allemagne ? demanda-t-il.

— L'Allemagne, Altesse, expliqua Mangeclous en soulevant son chapeau.

Tous ces fils du soleil admiraient leurs deux grands hommes et ils étaient fort satisfaits de leur voyage. Saltiel guignait les dossiers aux titres politiques impressionnants et se mordait les lèvres pour ne pas crier d'enthousiasme.

— Nous parlerons plus tard de l'Allemagne, dit Solal.

Mangeclous souffla à Mattathias que le fils du rabbin était un démon et un sacré diplomate. Mattathias ferma les yeux pour approuver. D'émotion, Salomon s'appuya au rideau d'une fenêtre. « Pourvu que les Roumains ne sachent pas que moi Salomon je suis complice de leur perte et ils ont les dents longues ces mangeurs du cœur israélite ! » Saltiel s'approcha de son neveu.

— Voici, dit-il assez embarrassé. Les amis sont venus pour ce que tu sais.

Les six, rigides soudain, tremblèrent en leur âme. Querido crut le moment venu de s'attirer la bienveillance du donateur qui avait exigé l'élégance et il fit siffler sa badine qui l'entoura de voiles vaporeux ; puis il la passa d'un doigt dans un autre, comme les gentilshommes. Solal ouvrit un tiroir et sortit une liasse de billets qui ne s'enflammèrent pas sous les six regards. Il regarda avec tendresse ces bons chiens qui ne savaient que faire de leurs pattes.

— J'ai choisi le gagnant.

Le rideau qui soutenait Salomon se déchira, la lèvre de Mangeclous trembla, les oreilles de Mattathias furent animées d'un mouvement giratoire. Querido resta au port d'armes, badine immobile et orteils écartés. Maïmon se réveilla.

— Arrête ! cria-t-il. Garde l'argent de tes sœurs et n'enrichis pas ces paresseux et surtout ne donne rien à mon enfant Saltiel. Il perdra tout car il est le plus inconsidéré. Et pourquoi m'as-tu oublié dans la répartition des richesses?

Il se rendormit aussitôt. Entendant parler d'argent, Léa, remisée dans une salle d'attente, poussa la porte et montra un visage dévoré de curiosité passionnée.

— Arrière, chienne! tonna Mattathias.

La porte se referma. Solal, qui avait eu la main heureuse dans des opérations de bourse, annonça qu'il augmentait la donation et qu'il allait remettre dix mille francs à chacun des concurrents. Il tendit la première liasse à Querido qui lâcha sa badine, baisa la main du magnifique et s'enfuit, la face terrifiée. Les cinq autres prirent leur part avec bénédictions, souhaits de longue vie et courbettes.

Chacun s'assit à terre, déboutonna sa veste, sortit un sac en peau de mouton, pendu au cou, et y enfouit les billets. Ayant terminé sa besogne, Salomon pencha la tête, balbutia le prénom de sa fille et s'évanouit. On le laissa cuver sa richesse. Les comparses partirent rejoindre Querido.

Mangeclous ôta ses fourrures désormais inutiles et qu'il fallait songer à revendre. Les os de ses doigts craquèrent dans le silence. Ce neurasthénique commençait à s'ennuyer. Que faisait-on à Céphalonie sans lui? Bien sûr, il avait gagné dix mille francs. Mais qu'est-ce que dix mille francs pour Rothschild? « Et pourquoi moi, Mangeclous, ne suis-je pas Rothschild? Et d'ailleurs que m'importe l'argent? Et pourquoi dois-je mourir un jour? »

Le téléphone sonna. Saltiel se précipita vers l'appareil mais Solal le retint.

— Excuse, dit l'oncle en rougissant, c'était pour t'éviter la peine, pour te donner un petit coup de main.

Solal prit le récepteur. Aude lui dit qu'elle serait dans quelques minutes chez son père et qu'elle l'y attendrait. Il remercia, raccrocha, regarda ces gens qui l'entouraient.

— A propos, dit Mattathias, je vais vous dire une chose, cher seigneur Solal que j'ai vu naître et que j'ai porté dans mes bras. Ma fille, la vertueuse, est venue avec nous. Elle est là, à côté. Vous avez pu admirer son gracieux visage tout à l'heure et je suis sûr que vous serez content de la voir

Il alla chercher Léa qui balançait ses courtes jambes en attendant l'heure de sa destinée. Elle avait posé sur ses genoux son chapeau où dormait un perroquet empaillé et elle dénombrait en pensée son trousseau. Son père la pinça et le cri qu'elle lança en se levant fit sursauter les huissiers. Elle entra, poussée par Mattathias, sourit au jeune seigneur, se moucha et joua avec les coraux de ses bracelets. Silence.

— Qu'en pensez-vous, cher et estimé Solal des Solal? demanda Mattathias d'un air riant.

— Vous ne voudriez pas vous marier avec elle,

Gouvernement? demanda Salomon après s'être prudemment éloigné de Michaël.

Solal regarda ces pauvres d'un air distrait, dur et froid. Ils sentirent combien cet homme était loin d'eux et ils essayèrent de combattre les maléfices inconnus. Ne sachant pas ou n'osant pas lui dire des paroles graves, ils s'entretinrent, à son intention, des dangers qui attendaient le Juif marié à une fille de Gentils. Le malheureux verrait le Dieu unique bafoué, serait obligé de manger du porc, du homard, du lapin et même, peut-être, des escargots (« que leur nom soit maudit ! »). Mattathias énuméra, par contre, les plats exquis que Léa savait préparer et vanta le soin avec lequel elle rinçait sa bouche à l'eau de menthe, après les repas.

— Oh, quel joli collier de sequins tu as! (Allons parle, fais-toi valoir, lui dit-il à voix basse en feignant de lui sourire tendrement mais en la pinçant à la dérobée.)

— J'en ai vingt autres à la maison de ces colliers, fit Léa en décochant une œillade pourpre à Solal. Et comme je suis soigneuse et femme d'intérieur je les nettoie avec du sable tous les matins.

— Bref, c'est ce que j'appelle une rose d'Arabie, dit Mattathias. Elle est née le quinzième de Tishri, jour des Tabernacles et de bon augure. Et ta guitare, ma chérie, tu l'as apportée avec toi? (A voix basse :) Allons, va l'embrasser, idiote.

Mangeclous organisa une confusion en criant :

« Houloulou, les fiancés ! Nous sommes de trop ! Comme ils s'aiment, les fiancés ! » Solal se disposait à renvoyer la horde lorsqu'un miracle se produisit.

Le vieux Maïmon se leva et marcha. A la stupéfaction de tous, il parla avec lucidité, ironie et vigueur. Après avoir posé comme fait acquis que son petit-fils était amoureux de quelque « indigène » — il avait tout deviné en l'entendant répondre au téléphone — il dénonça la faiblesse de celui qui prétendait sans doute chercher le bonheur dans le mariage.

Maïmon était transformé. Il ressemblait à Solal. Sa voix bégayait du même rythme impatient. Sa bouche avait le même rictus et ses yeux le même écarquillement comédien. Il marchait de long en large, s'arrêtait brusquement, toisait le coupable, haussait avec précision les épaules. Il proclama le devoir de garder pur le peuple. Solal devait s'unir à une femme sélectionnée par un élevage séculaire.

— Cette Léa est bête ? Le sang qui est en elle est intelligent. Et n'es-tu pas intelligent pour deux ? La chrétienne à qui tu penses est moins intelligente, en vérité, que Nehounia ben Haccana ou que Baruch Spinoza, que ce dernier soit maudit d'ailleurs bien qu'il soit Solal par l'ascendance maternelle. Donc elle est bête, énonça-t-il avec mépris. Tais-toi. Léa est laide ? Belle affaire ! Est-ce une statue ou un cheval que tu épouses ?

Mangeclous écoutait avec ravissement et, d'orgueil, se mordait les lèvres. Il se disait que le vieux rabbi était un sournois « et si d'habitude il te raconte des bêtises c'est pour mieux te sonder ». Mais le seigneur Maïmon s'affaissa. Le sang qui avait afflué à ses pommettes se retira. On le replaça dans la litière, on couvrit d'un châle la figure cireuse et Israël s'endormit dans l'attente d'un avenir.

Mattathias tenta un dernier effort mais Solal le poussa dehors. A ce moment, un huissier vint dire que monsieur le président désirait voir monsieur Solal. Le fils de Gamaliel sortit, prévoyant soudain le malheur.

Le bruit de la porte réveilla maître Maïmon qui exigea qu'on mît sa litière sur le bureau. Il avait besoin de voir le ministère de haut pour mieux se rendre compte. L'oncle Saltiel alla s'asseoir sur le fauteuil de Solal, prit une plume et signa plusieurs fois sur une feuille à en-tête. Il prit ensuite son front entre ses mains et regarda l'effet produit sur ses compagnons.

— Un vrai lion que notre oncle! dit Salomon. O compère Saltiel, ô collègue de l'île, comment feriez-vous si vous étiez directeur de la France? Commanderiez-vous à voix haute ou au contraire à voix basse?

— Tout est chance dans la vie et destin dans le monde, répondit mélancoliquement Saltiel en appuyant par mégarde son coude sur les boutons qui appelaient les collaborateurs de Solal.

Répondant à l'appel prolongé des sonneries,

cinq fonctionnaires apparurent. Ils s'effrayèrent du cadavre vivant posé sur le bureau et du visage de Saltiel plissé d'amabilité qui se penchait sous la litière, du haut de laquelle rabbi Maïmon invoquait la protection de l'ange Andalphon sur les hommes de bien qui venaient d'entrer. Mangeclous les invita gracieusement à entrer et à n'avoir pas peur. Il leur posa des questions insidieuses, procéda à des recoupements, scruta les gestes manqués et les erreurs involontaires, se persuada que les cinq prévenus pillaient le ministère et leur en fit honte. Les fonctionnaires sortirent avec un sourire désagréable.

— Je m'ennuie, glapissait l'antique Maïmon en son haut lieu. On ne fait pas suffisamment attention à moi par ici et dans ce pays. Respecte ton père, Saltiel. Et qui a ouvert mon coffre ? Sachez que je n'ai pas d'argent et que je vais être obligé de mendier par les rues en la troisième année de mon âge centenaire. Pourvu que je n'attrape pas le cancer ou une méningite à cause desquels il se pourrait que je visse mes jours fauchés par l'Ange au Sabre d'étincelles !

Solal revint. Il regarda avec bonté ces misérables de ghetto. A cause d'eux, en somme, il venait de perdre sa fiancée. Les Valeureux respectaient son silence, se sentaient intrus et se tenaient debout derrière les fauteuils Empire pour cacher leurs habillements qui leur paraissaient soudain lamentables. Le soir descendait. Peu à peu, ils s'en allèrent, les uns après les autres, les mains derrière le dos, oubliant, dans leur désarroi, le seigneur Maïmon, de nouveau endormi.

Dans la pièce obscure, Solal songeait à ce que venait de lui dire Maussane. « Vous allez déguerpir avec votre smalah. Naturellement, ces histoires de fiançailles, une plaisanterie. La jeune personne aux colliers de corail me paraît vous convenir mieux. » Pourquoi ce réveil de Maussane, pourquoi cette brusque méchanceté ? Un peuple rieur, poétique, famélique, excessif et désespéré ne méritait-il pas autant de respect que leurs cohortes mécaniques et policées ?

Maïmon, sorti de son sépulcre, errait légèrement, avec de petits rires. Il tira de sa lévite une bougie, l'alluma, la posa sur la table, fourbit ses mains qui lancèrent des étincelles et s'installa tout à son aise. Des ailes gigantesques et crochues s'éployaient sur les murs. Marmonnant une mélopée, rabbi Maïmon, très à son affaire, posa des petits sacs sur la table et aligna des pièces d'or. Ensuite, heureux de son palais provisoire, il étala des pierres précieuses. Tout en les assemblant avec des gestes fins, il entonna un chant de synagogue et balança son buste d'avant en arrière.

Solal suivait le rythme, se courbait et se redressait immémorialement. Le vieux le regarda avec un doux et intelligent sourire, tira le châle de prière caché sous sa robe et en couvrit les épaules de son petit-fils. Puis il retourna à ses possessions mobiles et reprit le cantique. Solal, dans les bras d'un peuple, ne put résister à l'attrait et chanta aussi.

La porte s'ouvrit. Aude et son père regardaient ces deux hommes qui chantaient en baragouin. Solal, envoûté par le balancement, ne pouvait s'arrêter. Il savait qu'il effrayait cette fille mais il continuait son chant et le rythme passionné. Maussane comprit que ce spectacle comique valait mieux que toute explication définitive. Aude appela.

— Mon ami.

Un charme sur lui, il ne répondit pas et serra le châle à raies bleues contre ses épaules. Maïmon souleva sa face finement modelée, regarda les étrangers à travers les colonnettes de sequins. Aude comprit que le vieux demandait qui était cette fille et vit Solal hausser les épaules en signe d'ignorance, baisser les yeux, sourire avec réticence et humilité. Odieux.

— Mon ami, répondez-moi.

Il tressaillit, lança sur elle un regard apeuré et courba inexplicablement le dos. Le vieux se leva, alla vers la jeune fille, dit qu'il avait un passeport en règle et qu'il était autorisé par le Podestat à résider pendant quarante-huit heures ; il donnerait un joli petit brillant à la demoiselle si elle priait son père de ne pas expulser ou pendre ces pauvres innocents ; il aimait toutes les nations, toutes si bonnes. Tout en parlant il ne lâchait pas du regard le collier de perles de la jeune fille.

Enfin, il revint à sa place, fit ruisseler l'or et glapit de plus belle la venue du Messie. La porte se referma.

Solal se leva, frissonnant de honte, mit son grand manteau et sortit. Maïmon, oubliant ses trésors, le suivit. Ils traversaient des couloirs ou des siècles et craignaient des ennemis. Devant la dernière porte, le vieux prit la main de son petit-fils et la caressa. Saltiel, craintif, les attendait dehors. Solal baisa la main de son grand-père et de son oncle et partit.

Il se retourna plusieurs fois pour voir les deux regardant, sans oser le rappeler, le fils qui se perdait dans la grande ville. Le vent soulevait les cheveux noirs et Solal allait, voyant la peur et l'horreur dans les yeux d'Aude perdue à jamais.

Une auto le frôla et il entendit des injures. Le vieux Sarles ne comptait pas les pièces d'or et n'était pas attiré par des colliers de perles. Dans toutes ces rues, tous ces hommes savaient où ils allaient. Les petits buts étaient visibles.

Il se reconnut dans la gare, accoudé contre un guichet fermé, et considéra dans la plaque de cuivre l'image d'un honni, condamné à avoir honte. Il décida de partir et demanda un billet.

Au milieu de la salle, appuyé contre une table à bagages, un misérable de soixante années de loques crevait de faim, se chauffait, regardait son sort et espérait que demain on lui donnerait une charrette d'annonces à pousser. « Et ça sera toujours une pièce de trois francs. » Un vieil

enfant perdu, sans famille, sans femme et sans
enfants ; seul, sans ruse et de beaux yeux bleus.
Solal le regarda longuement, attiré par le plus
grave spectacle de la terre. Cette misère était à
lui. Elle lui était chère, crève-cœur, terrible et
familière. Il y puisait des forces pour plus tard.
Mais il ne savait pas encore le sort qui l'attendait.
Il savait seulement qu'il était responsable de cet
abandon.

Le vieux saisit le portefeuille que le jeune
homme lui tendait. (Que tendre d'autre aujour-
d'hui ?) Et le miséreux murmura, comme autrefois sa mère dans le village poitevin : « Jésus
Marie Joseph ! »

Oh Dieu, Dieu Tu es et cependant Tu acceptes
que cette douleur existe. Quel mal T'a fait ce vieil
abandonné pour que Tu le châties si injustement ?
Que T'avons-nous fait pour que Tu sois aussi dur
avec nous ? De quel droit nous frapper ainsi
pendant nos pauvres années de vie ? A genoux
devant Ton étincellement, je crie contre Toi et je
demande justice pour mes frères de la terre. Nous
sommes si malheureux. Je porte leur malheur. S'il
se passe trop de temps sans que Tu écoutes, je me
lèverai et je contesterai avec Toi. Car si Tu es
Dieu, je suis homme.

De loin, le vagabond accompagna son bienfai-
teur. Lorsque le train se mit en marche. Solal
salua le vieux qui soulevait sa casquette et faisait
des signes d'adieu, puis il entra dans le comparti-

ment et s'assit lourdement sur la banquette et il ne comprenait plus rien.

Les voyageurs regardaient ce grand jeune homme sans bagages et sans chapeau, aux sombres cheveux désordonnés, aux sourcils de viol, qui grelottait dans l'ample manteau. Un comédien, peut-être. Il les inquiétait et gâtait leur plaisir de voir demain « les monts majestueux, bichette ». Il claquait des dents et murmurait. Malheureux, il était malheureux mais il vivait, il vivait, et c'était aujourd'hui qu'il vivait et il allait vers un miracle et il était un miracle. Une dame interrompit d'inscrire les dépenses de la journée et crut prudent de changer de compartiment. Ce garçon avait une drôle d'allure et on ne savait jamais avec qui on voyageait.

Il se mit à la portière. La cloche d'un village tintait. Des hommes issus d'une terre rentraient chez eux et n'avaient rien à cacher et demain était sûr et leur mission à eux était de faire des trous dans les champs ou dans les ventres d'autres hommes. Un chien montait bonassement une pente. Des bêtes pensives broutaient encore. Sur la route éclairée par le train, Roboam Solal marchait, poussant sa foi et son bazar roulant. Le vieux reconnut Solal illuminé et le bénit d'une main écartée en deux rayons.

XX

Le vieux Sarles vint rôder devant la chambre
où Aude s'était réfugiée ; mais il ne se décidait pas
à entrer, ôtait ses lunettes et les remettait. Enfin,
il poussa la porte. Les yeux secs et grands, elle
contemplait le feu éteint. Il s'approcha, s'assit
sagement auprès d'elle et lui prit la main.

— Ton grand-papa est là.

Elle fondit en larmes.

— Il faut te reposer maintenant. Tu penseras à
tout cela demain.

— Oui. Je suis fatiguée. Grand-père, couche-
moi, porte-moi.

Le pasteur, embarrassé, joignit les lèvres et ses
moustaches se confondirent avec la barbe. Il avait
peur d'une défaite et craignait de n'avoir pas la
force de soulever sa petite-fille. Il voulut gagner
du temps, se frotta les mains avec une fausse
désinvolture. En réalité, il pestait intérieurement
contre cette manie de se faire porter.

— Nous allons la porter, notre petite.

— Je suis trop lourde ? demanda-t-elle avec
indifférence.

— Pas du tout. Une mauviette, une petite
mauviette.

Il invoqua le Dieu au bras puissant et le pria de
lui rendre un instant, comme à Samson, son
ancienne vigueur. Il souleva Aude, la déposa sur

le lit en tremblant et, par orgueil, retint son souffle. Puis il se demanda de quelle manière il pourrait détourner les pensées de sa fillette sur quelque sujet distrayant.

— Imagine-toi que j'ai trouvé dans un manuscrit inédit de Bèze un trait piquant de l'enfance de Calvin. Il paraît que notre réformateur, lorsqu'il avait dix ans, jouait aux billes. Hum. Tu ne m'écoutes pas, fillette ?

Elle divaguait, les yeux perdus.

— Un étranger. Je l'ai appelé et il n'a pas répondu.

M. Sarles était embarrassé. Ces questions n'étaient pas de sa compétence. Pour consoler Aude, il ne pouvait tout de même pas lui raconter ses propres déboires sentimentaux et lui avouer, par exemple, qu'un soir de janvier, quarante ans auparavant, Mme Sarles avait coqueté avec un petit malotru de suffragant de l'Église évangélique libre qui, par surcroît, ne croyait pas à l'inspiration littérale des Écritures. Il se contenta donc de prier silencieusement pour sa petite-fille.

Le lendemain, Aude prit place à table et mangea de bon appétit. Grillades et château-Lafite. M. Sarles l'interrogea sur une exposition de peinture. Elle répondit avec calme, mêlant aux appréciations définitives des regards brefs de tendresse. Au salon, Maussane posa sa tasse de café et annonça qu'il venait de signer la révocation de monsieur Solal.

— J'ai été un peu souffrante hier soir, dit-elle en souriant à son grand-père. Je suis désolée de la peine que je vous ai donnée.

Le ton dont furent dites ces paroles fit comprendre aux deux hommes qu'il était désormais interdit de faire allusion à ce qui s'était passé. En son for intérieur, le pasteur décerna à sa petite-fille des prénoms bibliques de femmes fortes et Maussane s'enorgueillit de la voir liquider aussi aisément une situation délicate.

Elle se leva brusquement, décrocha le téléphone, demanda le Trianon-Palace à Versailles, puis le comte de Nons. Elle orna sa voix d'inflexions qui se déroulaient, se faisaient tendres à l'extrême.

— Bonjour, comment allez-vous? Il y a deux jours que je ne vous ai vu. Mmmmmm? Et comment allez-vous? Venez vite. Oui, tout de suite. Mais oui, je vais mieux. Au revoir.

Sans transition, elle dit à son père que Paris lui déplaisait, qu'elle avait hâte de retrouver les Primevères et que, d'ailleurs, elle préférait que le mariage eût lieu à Genève, dans le bon vieux temple de Cologny. M. Sarles sourit avec reconnaissance. Elle se dirigea vers la porte. Maussane affilait son nez avec quelque ironie.

— Et quand aura lieu ce mariage? demanda-t-il.

Elle se retourna et sa jupe eut un brusque envol de côté.

— Le plut tôt possible.

XXI

L'huissier dit à Saltiel que monsieur Solal ne faisait plus partie du personnel, qu'on ne connaissait pas son adresse, et il renvoya cet asticot.

L'asticot retourna cependant au ministère les jours suivants, matin et soir. Mollets décambrés, il rentrait à l'hôtel où les Valeureux attendaient philosophiquement le moment du départ. Ils essayaient de consoler Saltiel et lui expliquaient que son neveu était certainement allé faire un petit voyage d'agrément pour oublier ses petits ennuis et que le mieux était d'en faire autant. Un bon petit tour en Suisse « où toutes les villes sont sur des montagnes et où le lait a un goût d'amande qui te rajeunit ».

Le matin du quatrième jour, le petit oncle se leva, se mit le cœur définitivement en paix, se confia en l'Éternel et chanta à tue-tête, au grand émoi des garçons d'étage, qu'Il était sa force et sa tour et sa force et sa tour. Tout était bien en somme, et le malheur est père du bonheur de demain. Il ordonna un rassemblement général.

Une heure après, ils se dirigeaient vers la gare. Maïmon, rajeuni, allait gaillardement à pied. Le père du commissionnaire Einstein portait les bagages.

Chemin faisant, Saltiel songeait au livre que l'argent donné par Solal allait lui permettre d'écrire. Cet ouvrage philosophique qu'il ruminait depuis de longues années dans son pigeonnier, il décida de l'intituler simplement « Les Conjonctures du Monde ». Et il le dédierait à son neveu. Alors quoi de mieux ? Le livre se vendrait à trois cents ou même six cents exemplaires et peut-être qu'on en tirerait un film. « Et quand l'oncle Saltiel sera riche, aha messieurs de l'injustice, à nous deux ! Et les torts seront redressés ! Et laisse-moi faire, ce jour-là ! »

Il jubilait, se frottait les mains et regardait les passants d'un air comminatoire. Il s'arrêta devant un magasin de jouets, entra et acheta une imprimerie d'enfant. Ces caractères de caoutchouc lui serviraient à composer son grand ouvrage. « Pourquoi enrichir les imprimeurs qui te sucent l'extrême moelle ? » Il tirerait le livre à dix exemplaires et s'il avait du succès, eh bien on en ferait une nouvelle édition ! « Laisse faire l'oncle Saltiel qui est un maudit diplomate et un rusé qui connaît le monde ! »

Cependant Mangeclous s'assurait toutes les cinq minutes que le sac de peau était bien pendu à son cou et proposait à Salomon et à Michaël d'acheter des menottes. Que diable, à eux trois ils représentaient trente mille francs qui, au change, produisaient des sommes folles en des monnaies diverses ! Ne serait-il pas prudent de déjouer les ruses des voleurs et de s'attacher les uns aux autres, avec de fortes chaînes, comme dans les excursions dangereuses ?

Près de la gare, dans la boutique du père de Bergsohn, ils achetèrent des victuailles et discutèrent de l'unité divine avec de nouveaux amis. Mais le train allait partir dans six minutes. Ils coururent.

Escaliers. Guichets. Affolements. Appels et courses dans la salle des pas perdus. Et pourquoi enregistrer les bagages et engraisser la compagnie? Quai de départ. Soupirs. Regards émus, embrassades et souhaits des nouveaux amis. Inspection de la locomotive.

Mattathias poussa Léa la dédaignée dans un compartiment de troisième classe où elle grelotta et où il se mit à couper des allumettes en deux. Les parvenus, un ticket de première classe en main, réclamaient des suppléments de wagon-lit au conducteur méfiant.

— Mais puisque nous payons tu n'as qu'à obéir, ô caravanier de bitume et de la bouse du chameau! dit Mangeclous. Tiens, voilà cinq francs de plus et fais bien marcher la machine. Et sache que je suis Pinhas de la lignée cadette des Solal, surnommé Mangeclous, surnommé Mauvaise Mine, surnommé le Cadavre, surnommé Plein d'Astuce, surnommé Bon Appétit, surnommé le Compliqueur de Procès et surnommé encore le Capitaine des Vents ou l'Ouragan, à cause d'une certaine somptuosité de mon appareil digestif, et surnommé aussi l'Intermédiaire Après Coup et le Bey des Menteurs et Parole d'Honneur et le Père de la Crasse dont les aïeux vivaient en ce pays du temps de Philippe le Bel! Sache-le et tais-toi!

Avec une infinie satisfaction, les Valeureux se déposèrent sur le velours bleu, disposèrent leur tête contre le filet brodé et s'assirent à l'orientale.

Le train s'ébranla. Maïmon, enturbanné, poussait des petits cris de joie. Lorsqu'un voyageur passait dans le couloir, Mangeclous toussait pour se faire remarquer. De temps à autre, il se mettait à la portière pour se montrer, l'œil négligent, au prolétariat des voies ferrées et lui faire assavoir ce qu'est un aristocrate de première classe. Fatigué, il revint dans le compartiment où les paniers de provisions avaient été ouverts et où les fiasques se balançaient.

Les Valeureux mangèrent des œufs durs, des olives, du poisson fumé, des boulettes de fèves, des tripes à la tomate, des aubergines à l'ail, des feuilletés au fromage, un pâté de viande, des tourtes au fromage, des biscuits aux noisettes, des feuilletés au miel, des craquelins de sésame, des cédrats confits, des noisettes au miel et des brioches aux raisins. Ils burent quelques gouttes de vin et des verres d'eau et remercièrent Dieu de les avoir créés et repus.

Mangeclous sur du velours éructait libéralement et estimait que ceux qui disent que la joie n'est pas de ce monde sont des abandonnés, des blasphémateurs et des petits perfides.

Adrienne se promenait dans le couloir du même wagon. Les fils télégraphiques lançaient leurs signatures méchantes à travers le monde et portaient des serments, des morts et des amours. Le trouverait-elle à Annecy ? Elle allait là-bas sur de si faibles indices. Si elle le trouvait, elle rachèterait sa vie absurde et elle empêcherait Aude et Sol d'abîmer leur vie. Elle dirait à Solal le mariage si proche. Dans quatre jours. Son frère avait obtenu une dispense. Elle n'avait pas bien compris ce que Jacques lui avait dit. Quant à elle, elle verrait ce qu'elle ferait ensuite.

Saltiel reconnut Mme de Valdonne. Il se leva, s'inclina légèrement, s'excusa à la muette, l'œil expressif, du rapt florentin ; fit allusion, par des gestes esquissés, à ses devoirs d'oncle et montra par tout son être qu'il savait ce qu'un gentleman des premières classes doit faire lorsqu'il rencontre une dame qui a eu un passé délicat. Elle ne comprenait pas ce que lui voulait ce petit vieillard inconnu, ni pourquoi il lui faisait des signes d'intelligence. Les Valeureux interrogèrent leur ami et lui demandèrent qui était cette princesse.

— Affaire galante et adultère, dit l'oncle en ajustant sa cordelette cravate. Messieurs, n'en demandez pas plus. Discrétion d'honneur et aventures intimes privées.

Salomon rougit. Comment le petit oncle pouvait-il dire de pareils gros mots ? Affaire adultère et aventures intimes, a-t-on jamais entendu des impudicités pareilles ?

Mangeclous, se sentant personnellement visé par une inscription qui défendait aux voyageurs de cracher, expectorait avec abondance, poésie, dignité, application et mélancolie. Après avoir craché, il considérait l'inscription d'un air provocant. « Suis-je ou non un voyageur de première classe ? demanda-t-il au contrôleur qui passait. En ce cas, laisse-moi tranquille et respecte mes bronches qui sont délicates depuis quarante ans et requièrent fréquente libération. »

Melun. Des soldats. Salomon n'arrivait pas à comprendre pourquoi ces insensés d'Europe s'entre-tuaient et pourquoi toutes ces guerres.

— N'est-il pas mieux de s'aimer comme des frères ? dit-il. Et si quelqu'un t'offense, supporte, pardonne l'injure, hausse un peu les épaules.

— Et dis-toi qu'il souffrira plus tard, ajouta Saltiel.

— Mais dis-lui une bonne injure tout de même, fit Mangeclous.

— Une injure peut-être, concéda avec peine Salomon, mais alors tout à fait en dedans de mon intérieur, afin qu'il ne se fâche point et ne me donne des coups brutaux qui font mal. Il m'est revenu d'autre part, ô mes amis du compartiment de la première classe, que dans les combats héroïques les hommes d'Europe s'enfoncent des grands poignards comme ça dans le ventre. C'est un ami qui me l'a dit. Moi je crois que c'est une calomnie. Les Européens sont hommes cependant et ils croient aussi en notre Décalogue. Comment oseraient-ils donc tuer leur prochain?

— Ils osent, affirma véhémentement Mangeclous, car ils ne sont pas hommes, et singulièrement les Germains.

— Que me dis-tu, ami, et que me racontes-tu?

Mangeclous fit une grimace effrayante, s'approcha de Salomon et souffla un secret : à savoir que les hommes d'Europe étaient des crocodiles altérés de sang. Salomon recula, les yeux exorbités et la houppe en l'air.

— Des cocodrilles?

— Des cocodrilles!

— Mais il y en a bien qui refusent de tuer à la guerre?

— Ceux-là, on les fusille! dit Mangeclous d'une paume catégorique.

Salomon frissonna et se ramassa dans un coin. Puis il jeta aux soldats quelques fleurs qu'il avait achetées à Paris. Il se disait que, en voyant ces petites créatures pacifiques, les militaires tout à coup feraient peut-être serment de ne plus se servir de leurs armes ou que, tout au moins, ils ne feraient que de très petites blessures, « juste un peu sur le bras pour que l'officier ne gronde pas ». Il réfléchit activement, jambes ballantes, et regarda les troupiers imberbes. Tout à coup, il se déclencha, révolté.

— Mais que me dis-tu, Mangeclous, des cocodrilles! Regarde celui-ci, la bonne figure qu'il a.

Vois cette figure d'un enfant de la mère et non de cocodrille.

— Cocodrilles, cocodrilles ! dit avec un sombre entêtement le pessimiste Mangeclous en secouant la tête. Cocodrilles, affaire sûre ! Cocodrilles, c'est moi qui te le garantis ! Parie ce que tu voudras, cocodrilles !

Saltiel, qui rangeait les petits caractères avec des pinces et commençait le premier chapitre de son ouvrage, leva les yeux.

— Restez sages, vous m'empêchez de concevoir mon œuvre avec vos cocodrilles. Bien, cocodrilles. Mais maintenant assez.

— Cocodrilles ! glapit Maïmon brusquement réveillé. Cocodrilles ! répéta-t-il en secouant Michaël qui ronflait.

Saltiel changea de volière. Dans le compartiment voisin, sa presse sur ses genoux, il prouva que les francs-maçons du Moyen Age étaient des Phéniciens, qu'ils construisaient des châteaux forts pour les seigneurs et que ces derniers les en avaient récompensés en accordant des franchises aux corporations maçonniques.

Les travaux d'impression fatiguèrent bientôt Saltiel qui écrivit la suite au crayon : « Les Cathédrales furent aussi construites par les Phéniciens qui laissèrent des traces de leurs Croyances en Sculptant des Diables qui se moquaient des Saints et des Petites divinités Syriaques Nommées gargouilles. » Mais l'historien se lassa de développer un texte inutile puisqu'il était conçu et se contenta d'écrire les titres des chapitres du second volume. Enfin, il sauta au dernier volume et en imprima la dernière phrase.

Ayant ainsi terminé son ouvrage, il alla en faire lecture à son père et à ses amis qui l'écoutèrent, assis sur leurs couchettes. Durant toute la nuit, cinquante doigts intelligents discutèrent hardiment des conjonctures du monde.

XXII

Les poteaux se redressaient, s'abaissaient, s'obliquaient et s'espacèrent. Annecy. Le train s'arrêta. Il pleuvait.

Que fallait-il faire? Ah oui, téléphoner aux hôtels. A travers la vitre de la cabine téléphonique, elle vit une femme qui embrassait son enfant et elle se sentit une dérisoire pauvre amante affolée dans cette cage, avec son chapeau de travers. Les portiers ne comprenaient pas le nom.

Elle le trouva enfin à l'Impérial Palace. Pourquoi de nouveau ce costume russe et ces bottes? Elle oublia le but de son voyage, chérit la voix vivace de l'aimé, le si léger strabisme intermittent de son beau regard, l'impassibilité polie de son visage, ses arrêts brusques, ses étonnements feints, ses empressements distraits.

— Comment m'as-tu trouvé?

— C'est tout un roman, mon chéri. Un vieux

est venu à Versailles pour savoir où il pouvait t'écrire et te remercier. Dans le portefeuille que tu lui as donné il a trouvé l'adresse du Trianon. J'étais là justement et alors il m'a dit qu'il lui semblait t'avoir entendu dire au guichet : Annecy.

— Bon bon ça suffit, assez avec ce vieil imbécile. Et la fille ? Morte, vivante, suicidée ? La fille Aude de Maussane ?

— Je voudrais te parler à son sujet, Sol.

— Un autre jour, merci. Ce qui est plus important, c'est que tu fasses de l'ordre ici. Le valet de chambre est un bandit de la Calabre où il a violé sûrement des petites filles maigres, et un éléphant peut-être aussi. Les petites filles se portent bien, on espère sauver l'éléphant. Tu as faim ? Tu vois, j'ai acheté ce costume. Il me va très bien. Ah oui, c'est un Russe qui est venu me l'offrir. Je lui ai acheté aussi ces belles bagues. Saphirs, diamants, rubis. J'aime. J'aime parce qu'elles sont trop belles. J'aime ce qui est trop. J'aime. Je suis si amoureux de tout.

Le domestique entra. Solal avait oublié pourquoi il avait sonné.

— Va-t'en. Retire-toi après fortune faite, car tu fouilles dans mes valises. Regarde le désordre de cette chambre.

— Où, monsieur ?

— L'allumette par terre.

Le domestique regarda Mme de Valdonne et la prit à témoin de son martyre. Il s'en fut, noblement outragé, tenant l'allumette comme un cierge, sous le regard absent et justicier de Solal.

— Vous ne voulez pas dîner, chère amie?

— Non merci, mon Sol.

— Alors que voulez-vous faire? Quand repartez-vous? J'aime beaucoup la solitude.

— Je peux revenir dans une heure, dans deux heures. Quand voulez-vous que je revienne?

— Mais jamais, dit-il avec un sourire courtois.

— Je partirai bientôt, tu peux en être sûr. Tu ne veux pas me garder un peu, un jour ou deux?

Il ne répondit pas, prit un bonnet d'astrakan, l'enfonça sur ses yeux, puis sur l'oreille gauche, haussa les sourcils. Elle prit la valise et se prépara à sortir.

— Reste six ou sept ans peut-être, fit-il assez honteux. Mais désennuie-moi.

— Que faut-il faire?

— Et d'abord il ne faut pas être triste. Et d'abord il ne faut pas faire le cheval d'enterrement, avec ces hochements de tête.

— Je t'assure que je ne suis pas triste. Que vais-je faire pour l'amuser mon enfant?

— Et d'abord je ne suis pas un enfant. Je suis un vieillard plein de sagesse, un alligator à la crème. Et d'abord il faut que tu t'amuses aussi, que tu sois éperdue de bonheur comme moi. Défense de mourir. Défense d'être triste. Non non ne t'approche pas, laisse-moi. Va leur dire que tu prends une chambre près de la mienne. Habille-toi mieux. Fais-toi suprême, lave-toi et reviens dans une heure et je vous demanderai alors de bien vouloir vous laisser posséder par moi.

Resté seul, il prit des ciseaux, les appuya avec force contre sa poitrine, se fit une entaille pour se punir de penser à Aude, jeta les ciseaux dans un tiroir où il découvrit des bâtons de maquillage. Le sommelier entra, poussant la table du dîner.

— Cher et grand ami, lui dit Solal avec une grande nostalgie, aie la bonté d'apporter du vin fardé d'épices et des palmes songeuses. Va vite et pardonne-moi tout le mal de la terre.

Le domestique revint presque aussitôt et servit avec empressement car le client avait une tête à grand pourboire.

— Que Dieu, si par erreur il existe, te bénisse ! Va dire à la comtesse de Valdonne que le prince Solal l'attend. C'est une femme d'une grande noblesse de cœur, mon ami. Mais ces choses te sont cachées car tu es un scorpion. Il y a de l'argent dans mon pardessus, prends et prie pour moi.

Adrienne entra peu après. Elle avait décidé de finir en beauté. Un effort de volonté ravivait l'éclat violet des yeux. Sa robe de soirée était merveilleuse.

— Mange beaucoup, c'est très bon. Bois, ma vie. Tu es blonde et belle. Tu es nue sous ces magnifiques harnois ?

Il la dénuda avec précision. Plus tard, il lui montra les bâtons de fard et ferma un œil. Elle était décidée à l'obéissance pour acheter cette nuit. La mort était proche et le vin la grisait.

Les heures passèrent. Dehors, il pleuvait une complainte d'adieux. Elle se farda, utilisa des étoffes, se déguisa. Durant toute la nuit, une ingéniosité diabolique peupla la chambre de femmes venues de toutes contrées, insinuantes, expertes ou naïves, tourmentées, buveuses de saccades. Vers le matin, les femmes disparurent et deux hommes s'effrénaient devant le grand miroir au flamboiement des bûches.

L'épuisement passé, il se leva, toucha distraitement les seins d'Adrienne.

— Ils te plaisent ? lui demanda-t-elle avec une maternité étrange. Tu vois, ils commencent à tomber. Je suis devenue une vieille femme. (Songeant à la jeune rivale, elle écrasa, abaissa les seins.) Encore mieux ainsi. (Elle rit.) Je suis vieille. Il faut aller de plus en plus souvent chez le dentiste. Et tout le reste ! Les articulations qui craquent, les cheveux qui se dessèchent, la peau si glorieuse à quatre heures du matin, l'haleine. Je suis fâchée de te faire de la peine. Mon pauvre chéri qui boude.

Elle rit. Mais Solal n'écoutait pas et songeait à Aude. Pourquoi, lorsqu'elle était entrée avec son père, avait-il accentué le balancement maudit et avait-il feint de ne pas la reconnaître ? Il n'était même pas fou, il était lucide à ce moment-là. Quel démon plus fort que lui l'avait possédé à ce moment ? Et il ne la verrait plus. O son regard, le soir des grandes fiançailles, le geste gauche et le sourire timide avec lesquels elle s'était dévoilée. Quel démon l'avait poussé à hausser les épaules, à faire ce sourire peureux? Et maintenant, elle gardait l'image dégoûtante de ces deux balanceurs d'Orient qui crevaient de peur devant la fille d'Europe.

Il effaça toute pensée, ne voulut pas savoir ce qu'il allait faire et ouvrit le tiroir. Mais elle fut plus prompte que lui, s'élança, saisit sa main, et le revolver qu'il tenait. La balle effleura le front qui saigna. Il s'abattit.

La femme nue prit sur ses genoux l'homme nu. Elle baisa les deux plaies, le calma, le berça tout en songeant que la nuit, depuis si longtemps prévue par elle, était arrivée, nuit pareille aux nuits des hivers passés et des hivers qui viendraient lorsqu'elle ne serait plus.

Elle regardait le beau corps blessé et il lui semblait tenir sur ses genoux un grand fils évanoui, irresponsable, frappé par les hommes, condamné, trop vivant, irrémédiablement vaincu. Elle pensait à sa propre vie manquée. Elle n'avait pas su se faire aimer. Elle n'avait jamais rien su. Peut-être la faute de son père et l'effroi qu'elle avait de lui dans son enfance? Cette paralysie, cette passivité. Les autres, celles qui savaient se faire aimer, étaient superficielles. Elle aurait pu aussi, mais elle avait préféré la servitude. Servante, depuis le soir où l'adolescent était entré dans sa chambre jusqu'à cette dernière nuit. Et

288

maintenant impossible de recommencer. C'était l'autre, Aude, qui l'aurait. Si l'autre ne l'empêchait pas de vaincre, tout était bien. Il deviendrait Solal et un grand homme. Mais personne ne viendrait confier à sa tombe les victoires de l'aimé. Tout de même, elle aurait su avant les autres. Avant les autres, elle avait deviné l'attente et l'espoir de cet homme si simple, si bon en réalité, si pur et qui cachait sa naïveté sous des rires et des étrangetés. Et si elle se trompait, s'il devait n'être qu'un homme comme les autres hommes, du moins elle garderait son illusion jusqu'à la fin et personne non plus ne viendrait la détromper.

Elle souleva son fils aimé et le posa sur le lit, resta longtemps immobile pour ne pas le réveiller. Enfin elle ouvrit les yeux et regarda l'heure. Déjà cinq heures. Elle alla dans sa chambre, oublia le costume de voyage jeté dans un coin, passa la robe de soirée et revint. Elle voulait rester le plus longtemps possible auprès de lui. Surtout ne pas le réveiller. C'était dur de ne pas l'embrasser encore une fois. Méchant peut-être. Non, malheureux. Ce sourire étrange d'idiot ou d'épileptique. Jusqu'au dernier moment elle ne l'aurait pas connu. En somme, elle ne l'aimait peut-être pas, cet étranger qui dormait tranquillement. Elle était calme, un peu fatiguée. Oui, fatiguée surtout. Que racontait-elle ? Les agonisants ne savent pas ce qu'ils disent. Il fallait aller. Vite. Il lui semblait qu'une compagne invisible la prenait par la main et lui disait, après un regard de mépris sur ce monde perfide : Viens, mon amie, allons-nous-en.

A genoux devant le feu presque éteint, elle écrivit sur une feuille. Elle relut posément, ajouta quelques mots. Le vivant dormait. Elle se leva, marcha avec précaution, mit la feuille dans une enveloppe qu'elle ferma avec soin. Les morts n'aiment plus personne. Que lui importait cet homme qui dormait ? Elle s'aperçut qu'elle avait oublié ou perdu son portefeuille. Ce billet de cent francs suffirait pour le voyage. Elle ôta son collier et le posa sur la table, près du lit où il dormait. La corne à souliers gisait. Que de fois elle l'avait chaussé ! Elle éteignit la lampe. Les vitres étaient grises. Son visage dans la glace. Une pauvre folle en robe de bal, aux cheveux ramassés à la hâte. Elle haussa les épaules. Ah, elle avait oublié son manteau. Avoir froid, avoir chaud, quelle importance ? Elle était suffisamment habillée pour n'être pas arrêtée dans la rue. Sol, mon aimé, je m'en vais et je vais mourir et tu ne le sais pas.

Elle ouvrit doucement la porte et son dernier sourire était d'une douceur qui lui fait éternellement trouver grâce devant Dieu. Dans une glace du corridor, elle aperçut les traces de fard qui animaient les yeux et les lèvres de cette vieille folle. Elle s'essuya machinalement, regarda les traces bleues et rouges sur son mouchoir : sa vie. Elle se moucha. Même quand on va mourir dans quelques minutes, il faut se moucher.

Il se réveilla et son front chercha l'épaule de celle qu'il avait méconnue, qui jusqu'à ce jour n'avait presque pas eu d'existence réelle pour lui, et qu'il commençait à aimer.

— Où es-tu chérie? Madrienne.

Il se leva d'un bond, vit la lettre.

— La sale vieille, elle a filé!

Il s'habilla à la hâte. Son manteau recouvrit le désordre. Il releva le col et courut. Devant la gare, dans sa voiturette, un bébé dormait.

Solal aperçut Adrienne. Devant le guichet, le dos voûté, elle recueillait d'un geste mou la monnaie qu'on lui tendait. Il n'osa pas s'approcher. Les yeux absents, elle essuyait toujours le cuivre rayé. Derrière elle, un voyageur s'impatienta et dit qu'elle ne ferait pas pousser son argent en le frottant. « Brillant pour cuivres, voyez ménage! » dit un autre. Elle s'en fut lentement vers le train. Comme ce matin était frais et honnête.

Accoudée à la portière, elle vit soudain son amant et porta la main à ses cheveux pour réparer le désordre. Il la supplia de descendre. Le conducteur ferma la porte du wagon et bâilla. Elle eut un regard pénétrant et sourit.

Le train se mit en marche. Elle fit plusieurs fois un geste doux de dénégation, tendit sa main avec gravité. Il saisit la main, la baisa, suivit le train qui allait plus vite. Des voyageurs souriaient, assez gênés. Il s'arrêta. En somme, tant pis. Il la reverrait bientôt. Dans un mois, deux mois.

Elle recula, ne voulut plus le voir, entra dans un compartiment, chercha ses bagages. Ah oui, elle n'en avait pas. Lorsque le contrôleur passa, elle lui demanda dans combien de temps on arriverait à la prochaine gare. Dans une heure.

Elle erra dans le couloir, jetant des regards à la dérobée sur un jeune homme et une jeune fille qui s'embrassaient. Les rails voisins filaient en sens inverse, striés de raies qui parfois brillaient. Éternellement, les fils télégraphiques montaient, s'éloignaient, s'espaçaient d'un seul bloc, chantaient les joies et les victoires. Elle s'hypnotisait sur les pierres aiguës entre les rails.

Le train s'arrêta. Elle descendit. Le contrôleur l'avertit qu'il n'y aurait que cinq minutes d'arrêt. Elle remercia du ton hautain d'autrefois et alla lentement jusqu'au bout de la gare. Une noblesse environnait cette malheureuse.

Elle s'assura que personne ne la regardait et alla plus vite. Des rails, des rails. Des existences. Un petit enfant avec sa cerise. Elle tomba, se releva, courut. Assez. Elle se coucha sur les pierres aiguës, entre les rails. Elle attendit, heureuse d'avoir achevé sa course. Seigneur, aie pitié de nous.

XXIII

Il allait, tête nue, et son vêtement se déchirait aux ronces. Il jouait avec le collier de perles laissé par Adrienne. A quoi bon ouvrir cette lettre? Trois jours déjà qu'elle était partie. Où était-elle maintenant? A Cimieu peut-être? Il passa ses doigts dans la crinière annelée, les regarda et frémit en apercevant un cheveu blanc. Il avait perdu trois jours de vie! Il ouvrit aussitôt la lettre. « Je regrette de t'ennuyer mais il faut que je te parle. Elle croit que tu ne l'aimes pas. Elle se marie mercredi à Cologny. Je te prie, va vers elle avant qu'il ne soit trop tard. Ce sera vers dix heures. Je t'aime. N'oublie pas Adrienne. »

Genève, où était Genève? Maudits qui ont mis Genève à l'autre bout du monde! Une auto passait. Il fit un signe au chauffeur.

— Quel jour est-ce?

— Mercredi.

— Et quelle heure?

— Huit heures trente-quatre, trente-cinq.

— Trente-quatre trente-cinq. Et combien de temps faut-il pour y aller?

— Où?

— A Genève.

— Ça dépend. Faut compter trois quarts d'heure avec une bonne machine.

Mon Dieu, additionner huit heures trente-quatre trente-cinq et trois quarts d'heure. Jamais il n'y arriverait.

— Il faut me conduire.

— Peux pas, je suis retenu.

— Cinq cents francs. Je suis invité à une noce.

— Allons-y.

Il s'assit, se regarda dans la glace. Oui, il était jeune et ce costume russe lui allait bien. Il passa les bagues somptueuses à ses doigts effilés.

— Mon Dieu, protège le carburateur. Il faut trois quarts d'heure pour arriver avec une bonne voiture mais celle-ci est une grand-mère et maudit soit celui qui lui a donné le jour !

Les pourboires augmentaient à chaque kilomètre. La vieille machine s'époumonait, bondissait. Il suivait anxieusement le cadran de vitesse. Mais soudain le moteur poussa un cri, entra en agonie et s'arrêta.

— Rien à faire, dit le chauffeur. C'est de votre faute. Faudra me payer la réparation.

Tout perdu. Une pancarte indiquait que Genève était à vingt kilomètres. Et il était neuf heures quarante-cinq à la montre du chauffeur. Et la maudite se mariait à dix heures !

Un cavalier arrivait au petit trot. Solal courut à sa rencontre, fit de grands gestes. L'homme arrêta sa monture, se pencha. Solal l'arracha et le déposa avec précision sur le sol. Il lui prit sa cravache, lui mit une bague dans la main, sauta sur le cheval et dit au dépossédé qu'il était les trois mousquetaires et que la bague valait mille pistoles. Il salua de la main gauche et fouetta la bête. Il était sauvé! Bonne idée d'avoir mis ce costume russe et ces bottes. Beau soleil d'hiver. Son manteau le gênait. La cravache entre les dents, il l'ôta et le jeta.

Les promeneurs se retournaient pour voir le fou entouré de poussière qui passait en cyclone merveilleux et riait, toutes bagues scintillantes lançant des feux blancs et bleus dans la lumière froide Il éperonnait et criait de joie et disait des mots tendres à son pigeon qui volait.

Belle et bonne Genève. La Suisse. Cher pays, robuste de corps, sain d'esprit et propre d'âme. Grandeur simple de ces hommes lents des montagnes. Leur regard est droit et leur parole est sûre.

Il s'arrêta devant les Primevères. Mme Sarles, brisée par diverses émotions morales, n'avait pas accompagné Aude et les trois hommes qui venaient de partir pour la mairie. Un bandeau imbibé de vinaigre sur le front, elle gisait languissamment sur sa chaise longue. Ruth, qui lui lisait un psaume fortifiant, leva les yeux et reconnut l'apparition étincelante sur le cheval fumant.

Des enfants renseignèrent Solal : la voiture de monsieur le pasteur était partie depuis cinq minutes ou dix minutes peut-être. Les yeux brillants de colère, il cingla les naseaux du cheval qui hennit, se cabra, piaffa, rua, se déroba et fila, les oreilles rapprochées, pour fuir le châtiment.

Il aperçut enfin la voiture gravissant lentement la pente. Il lança le collier de perles qui décrivit une orbe de grâce et vint entourer le col merveilleux. Elle se retourna, vit le printemps arrivé, reconnut le visage allongé couronné de serpents bleus et noirs. Il tendit les bras pour l'enlacer et l'enlever. Obéissant à son destin, elle se dressa et tendit les bras.

Troisième partie

XXIV

Il était cinq heures de l'après-midi. Dans le hall du journal, trois grands électeurs socialistes du département du Nord, en smoking inopportun, attendaient leur député, le directeur du nouveau quotidien. Ils se promenaient de long en large et ressentaient la honte d'une attente trop longue. Leurs mâchoires frémissaient, s'ouvraient, se refermaient et le bruit des dents entrechoquées faisait se retourner les rédacteurs qui passaient.

Entendant le klaxon de l'auto directoriale, l'huissier manchot se précipita pour ouvrir la porte et prendre la serviette de monsieur le directeur qui sourit gravement au chien médaillé, lut les cartes de visite d'un air ennuyé et dit qu'il recevrait demain.

Entré dans son cabinet, le député jeta son fastueux manteau à col d'astrakan, considéra ses trop belles bagues puis le ruban rouge de la boutonnière, eut un léger sourire étrange, puis joua avec la grande enveloppe qui était arrivée depuis quatre jours. Il fit sauter les cachets et promena son regard sur la feuille de parchemin à majuscules dorées et calligraphiées.

« De Céphalonie baignée par la mer le 21 janvier jour de froidure Extrême. Mon cher Solal Paris. Mon cher Solal le but de cette lettre est de te faire savoir que je suis Riche et j'Espère qu'il en est de même pour toi et comme tu vois je n'écris plus que sur du parchemin et les majuscules et ponctuations en Encre d'Or !

« Mon cher Sol ton Père était malade mais tout est passé grâce à un Médicament qui Ravage le Sang ô mon cher enfant le Rabbin est Triste de ne rien connaître de ton existence depuis trois ans que tu es venu à Céphalonie et il est orgueilleux en conséquence il n'écrit pas mais il Tremble de Douleur car il est vieux. Je suis un peu vieux aussi donc écris sinon je crois qu'il viendra à Paris car il a sur ton compte des inquiétudes Mystérieuses qui me font Frémir.

« Moi mon cher Sol je te dirai que j'étais en Voyage dans des Pays pour des Affaires et voilà la raison de mon silence, car je ne savais pas ton adresse, mais j'ai lu le journal nommé la Justice qui est un beau titre et j'ai vu que tu es naturellement le chef du journal naturellement et même député de la France, agis pour le bien de ce pays miraculeux ! Mais méfie-toi des Envieux ! Colombe avec les colombes et boa avec les petits serpents !

« Je t'envoie un Tchèque barré de cinq mille

francs! et avec mes remerciements pour le don d'antan car l'ingratitude n'est pas mon fort! pour aider la propagande du journal dont j'ignore la ligne politique mais qui est très bonne certainement et j'espère que tu feras quelque chose de bon pour nos Frères persécutés. Je crois qu'ils paient trop d'Impôts! Je suis sûr que tu aideras nos Frères, car tu es extrêmement israélite c'est ce que je répète chaque jour à l'Exilarque mais il Tape avec la Canne sur le Plancher et il me Fulmine du Regard je suis terrifié et ma main tremble ceci est un pâté d'encre mais cela ne fait rien car je ne peux pas gratter le parchemin qui est cher. Je n'ai plus mon Style alerte d'autrefois car je vieillis ô mon fils et neveu!

« Donc j'avais perdu l'argent que tu m'avais donné il y a trois ans avec une affaire de Singes du Congo où je suis allé que je voulais vendre avec gain pour expériences médicales de l'Humanité Souffrante! Mais les singes sont d'ignobles créatures et ne méritent aucune considération et le gain s'est changé en tourmente qui a dévasté mon âme et emporté l'argent que tu m'avais donné!

« Le Tchèque que je t'envoie n'oublie pas de l'encaisser et ne le mets pas dans la poche du pantalon sans faire attention, car je suis Observateur! Le singe est donc pire que le Cosaque et maudit soit-il et puisse-t-il ne jamais voir le Seigneur dans Toute sa Gloire!

« Or donc revenu du Congo en notre île natale, je suis revenu sinistre triste ruiné assis fort et confiant en la Toute-Puissance me lamentant devant la fabrique et maudissant les Singes qui m'ont Trahi ! Mais reste calme ! J'ai été sauvé et le miracle ! est arrivé je suis devenu Riche et d'autres Tchèques suivront !

« Voici comme la chose advint, que je te conte et raconte. Assis donc j'étais en train de fabriquer pour le dernier-né de Salomon, de fabriquer sans joie, un homme tel que moi ! peut-il trouver du plaisir à des babioles ! un petit jouet assez ingénieux écoute la suite. Ce jouet je t'en vais donner une idée. Cher et aimé neveu un singe grimpe le long d'un fil et entre dans l'Arche où dorment les Rouleaux de la Loi tout cela bien exécuté on tire des ficelles il soulève les rideaux et sort par la porte de derrière. Là est le Joli de l'Histoire ainsi que Mon Secret. Lorsque le singe sort il est transformé en un Jeune Homme Resplendissant de Beauté ! Effet magnifique de la Loi Morale donnée par Dieu à Son Ami Intime Moïse et pendant ce temps les infâmes adoraient le veau d'or ! Il y a une combinaison, je t'expliquerai.

« Or étant venu rendre visite à ton père malade, S. E. le Baron Moïse de Lévi Pacha, homme renommé en Égypte ou Maison de Servitude, voit le jouet de la nouvelle petite progéniture de Salomon ! Cet homme pieux et avisé s'enquiert ! Le marmot c'est une petite boule de graisse qui tombe tous les trois pas lui dit mon nom ! Enthousiasmé ! par la valeur commerciale ! et religieuse ! de mon jouet le banquier à qui j'avais lu la veille mon ouvrage sur la philosophie de l'humanité et les conjonctures de l'univers et qui m'avait écouté les larmes aux yeux! D'admiration il m'achète, le banquier! le droit de l'exploiter! le jouet! Je ne sais plus où j'en suis d'émotion digne et fière! Cher et bien-aimé neveu il me verse une première tranche de dix mille francs! Et on disait que Saltiel n'est bon à rien!

« Des envieux prétendent que c'est par compassion que S. E. ayant appris la trahison simiesque du Congo a feint de trouver intéressante mon invention! Ils seront confondus!

« Je suis justement en train d'écrire deux poèmes en notre sainte langue dont tous les vers commencent et finissent par la première lettre de l'alphabet, ces vers sont extrêmement malicieux et dirigés contre mon ancien ami le serpent réchauffé Mangeclous! l'envieux faux avocat!

« Reçois une petite bénédiction de ton oncle jusqu'à la fin du monde et jusqu'à l'heure où les morts de tous les pays rouleront sous terre pour se réunir tous à Jérusalem!

        « Saltiel des Solal!

        « Candidat refusé à divers emplois!

« Psst! usage post-scriptum des personnes instruites! J'ai ouï parler d'un Israélite allemand qui est suisse! et nommé Einstein qui serait également un inventeur comme moi on me dit qu'il a composé une petite théorie sur le temps je ne peux pas juger mais je lirai son livre car je désire me tenir au courant des événements de la science je te quitte car mon cerveau bouillonne d'inventions.

« Le dit S S !

« Ppssst ! mon cher enfant maintenant voici le but véritable de ma lettre je partirai dans quelques jours pour venir te voir et je ne te dérangerai pas ton père m'inquiète il te voit en des rêves Tragiques et dit qu'ils sont véridiques, je préfère te le dire pour que tu écrives il a un caractère vif et il souffre et qui le doit supporter et consoler ?

« Le dit !

« On dirait qu'il sait des secrets Extraordinaires de ta vie présente, il reste en silence pendant des heures. »

Solal jeta la lettre et s'approcha d'une carte géographique fixée au mur. Il contempla la France, petite vigie d'Asie, aux fleuves raisonnablement disposés, digne d'être servie. C'était pour mieux servir sa nouvelle patrie que, trois ans auparavant, il avait créé avec tant de peine ce journal dont les rotatives grondantes lui rappelaient la prompte puissance. Depuis six mois, il était député ; et le plus jeune de France, puisqu'il avait vingt-cinq ans. Et l'on parlait de lui comme d'un des chefs du parti socialiste.

L'huissier vint annoncer qu'un fou furieux avait fait irruption dans les bureaux.

Un quart d'heure auparavant, le fou annoncé par l'huissier s'était arrêté devant l'immeuble du journal, avait posé à terre un panier de provisions et une valise sans serrure, que maintenaient fermée des ficelles et des fils de fer.

La main en visière, il admira l'escalier de marbre, s'enorgueillit du tapis, puis se décida à entrer. Il se regarda dans un miroir de poche, rectifia le cordonnet qui lui servait de cravate, ôta avec son mouchoir la poussière de ses escarpins, se moucha, ajusta sa toque de castor, rectifia les revers de sa redingote et pénétra avec une fausse nonchalance, le cœur battant.

— Psst !

L'huissier se retourna. Le petit vieillard posa son index sur ses lèvres, pour expliquer qu'une conversation confidentielle s'imposait.

— Je suis venu le voir, dit-il à voix basse, mais ne le dérange pas s'il converse avec des notabilités ou des puissances. J'espère que ton bras ne te fait pas mal à l'endroit où il a été coupé. Je t'avoue que je suis inquiet car son père, notre seigneur Gamaliel, est venu avec moi et je ne sais ce qu'il adviendra ! Va mon ami, va lui dire que Saltiel est là.

L'huissier regarda la valise de carton et les étiquettes qui la pathétisaient (WARSZAWA. MONTEVIDEO. HOTEL-PENSION DES NAVIGATEURS BRAZZAVILLE. CAIRO. OSLO. A DIRIGER SUR LE LAZARET. SAIGON.), empoigna le fou, l'introduisit dans la porte tournante qu'il poussa.

Courant pour trouver une issue hors de la cage vertigineuse, notre petit oncle ne fit qu'accélérer le mouvement de rotation. Au bout de cinq minutes, faisant appel à son courage, il calcula son élan, bondit juvénilement et tomba sur l'escalier de marbre. L'os du menton sonna. Le vieillard se releva avec peine, s'épousseta en chancelant, jeta un regard tremblant sur son persécuteur, frappa des mains. Des rédacteurs accoururent. Il eut la force de ne pas s'évanouir, prit un tampon-buvard, sécha son front ruisselant et soudain s'écroula.

Lorsqu'il reprit connaissance, il vit les yeux tendres de Solal. Les chaises ralentirent leur rotation puis se précisèrent, enfin immobiles. Saltiel sourit et balbutia.

— Ton janissaire a un bras que je ne vois pas. Or ce bras existe. Donc il est dans ton coffre-fort. Heureusement que je suis venu. Pardonne au vieillard Saltiel, il ne sait ce qu'il dit. Bonjour mon aimé. (Il toucha son menton fracassé.) L'escalier est beau mais un peu dur. Ce monde est vaste et très terrible.

Ragaillardi soudain, il se leva, serra la main de son neveu puis vérifia les ficelles de la valise.

— Ce sont nœuds de mon invention. Moi seul puis les faire et à mon gré les défaire. Le janissaire a bien refait le nœud. Et comment peux-tu lui laisser porter une chaîne d'argent au cou? La rend-il au moins le soir, en partant? Et comment s'appelle ce voleur?

— Jean.

— Quel nom ! Qui a jamais entendu un nom pareil ?

— Content de vos affaires ?

— Oui, mon fils, dit le petit vieillard, la tête basse. Certainement, ajouta-t-il après un silence.

— Il faut que je vous rende votre chèque, n'est-ce pas ?

— Merci, enfant. Je suis un vieux sot qui s'enflamme vite. C'est par pitié que Son Excellence a donné la rémunération. Le jouet était stupide.

Solal ouvrit la porte. Les machines grondaient. Saltiel soupira. Il n'avait pas eu le temps d'interroger, d'admirer et déjà son neveu le renvoyait. Il lui demanda s'il pourrait le revoir le soir même. Solal lui expliqua qu'il devait passer la soirée au ministère des Affaires étrangères. Des rides de convoitise strièrent le visage de Saltiel qui oublia la grave mission dont il avait été chargé par Gamaliel.

— N'y a-t-il pas moyen que je voie la réception ? demanda-t-il en posant l'index contre son nez. Vois-tu, il y a trente ans que je voudrais voir une fête de puissants. Accomplis le dernier désir du vieillard, accorde-moi cette joie avant qu'on m'enveloppe dans le linceul.

Après quelque hésitation, Solal remit à son oncle une invitation et lui recommanda de venir en habit.

— Un habit ? Un frac veux-tu dire ? Et pourquoi pas, Sol ? Un frac ? Bien Sol, un frac j'aurai

Laisse faire ton oncle. Un frac ? Certainement, Sol. Et je te ferai honneur, tu verras.

Solal dit qu'il avait quelques lettres à signer et qu'il reviendrait dans quelques instants. Saltiel s'assit, fit l'important avec l'huissier, prisa. Puis il sourit à deux jeunes gens qui lui semblèrent charmants, deux journalistes sans doute. S'éventant avec sa carte d'invitation, il s'approcha d'eux dans l'intention de lier conversation et de nouer quelques relations mondaines à Paris. Mais il les entendit avec horreur médire atrocement de Solal. L'oncle se disposait à lancer un cartel à ces deux infâmes lorsque son neveu revint. Les deux jeunes hommes saluèrent avec respect le directeur.

— Qu'y a-t-il, oncle ?

— Rien mon chéri, rien, dit Saltiel à haute voix et à l'intention des deux médisants. Deux vipères sifflaient mais lorsque le roi des animaux, le lion, passa dans toute sa gloire, les deux créatures de péché firent entendre des chants d'oiseaux. O mon fils, ceci est réellement un monde terrible ! Ceins tes reins et méfie-toi !

Solal regarda les deux compères avec mépris. L'oncle se réjouit, puis trembla. Ces fripouilles ne se vengeraient-elles pas et, revêtant un manteau couleur de muraille, n'assassineraient-elles pas son neveu ? Aussi, pour se les concilier, il s'efforça de sourire aux deux journalistes.

Un employé, agréé par Saltiel après force scrutements d'yeux, reçut l'ordre d'apporter à l'adresse indiquée par le vieillard le panier et la valise inutilement colportés jusqu'aux bureaux du journal. Puis Solal passa son bras sous celui de son oncle et ils marchèrent.

Au bout d'un quart d'heure, il s'arrêta.

— C'est ta maison? demanda Saltiel (qui murmura intérieurement : « Comprends-tu d'une manière générale ce que veut dire hôtel particulier, ô Mattathias? Et as-tu jamais habité cinquante et un rue Scheffer? Alors, tais-toi. »)

— A ce soir.

— Bon appétit, dit Saltiel.

Il s'en fut tristement. Pourquoi Sol ne l'avait-il pas invité à entrer?

Arrivé à l'hôtel, il trouva Gamaliel comme il l'avait laissé, assis, le menton appuyé contre la canne. Le rabbin aperçut son beau-frère, fronça les sourcils, ouvrit la bouche, attendit le récit. Saltiel se sentait coupable de n'avoir pas osé dire sur-le-champ à Solal que son père était à Paris. Mais comment dire maintenant la vérité à ce terrible? Craignant une scène violente qui l'aurait empêché de se rendre au festin politique, il mentit sans vergogne, expliqua que Sol avait été si heureux d'apprendre la venue de son père mais que, au moment où il se préparait à accourir, la visite d'un très haut personnage l'en avait empêché.

— Et moi, suis-je un homme de peu d'importance? gronda le rabbin en se levant.

Saltiel assura, en reculant, que Sol viendrait

sans faute le lendemain matin. Gamaliel se rassit, ferma les yeux et son menton pesa plus fort contre la canne d'ébène. L'oncle s'éclipsa.

Il alla chez un fripier, loua un chapeau haut de forme et un habit de soirée trop large qui le transformait en pingouin. Les poings sur les hanches, il approuva son image reflétée. Il entra ensuite chez un coiffeur.

— Rase-moi et coupe-moi les cheveux, mon ami !

Ivre de gloire et se moquant royalement de Gamaliel, il accepta un shampooing, exigea une lotion. Il toussa fortement en introduisant dix centimes dans le tronc des pourboires, vérifia l'effet que sa générosité produisait sur les garçons, plaça son mouchoir sur ses cheveux puis posa précautionneusement le couvre-chef. Le mouchoir ainsi parfumé qu'il ôterait tout à l'heure ferait un charmant effet à la réception. Il se dirigea vers le quai d'Orsay, tout en mangeant deux sous d'olives. Le haut-de-forme tanguait au rythme des maxillaires.

Au ministère, on lui dit que la réception ne devait commencer qu'à neuf heures. Et si après ils lui disaient qu'il n'y avait plus de place ? Il valait mieux entrer immédiatement. Le chef des huissiers crut comprendre que le visiteur était le nouveau ministre de Bolivie et ouvrit à deux battants la porte du grand salon désert.

Les miroirs se renvoyèrent pendant soixante minutes deux douzaines d'oncles solitaires, ravis,

310

candidats et désemparés qui lisaient, tout en s'épongeant avec un mouchoir à carreaux, un antique « Manuel à l'Usage des Gens de Cour » acheté tout à l'heure au quai Voltaire. Saltiel était en train d'essayer quelques révérences galantes lorsque les premiers invités entrèrent.

Il courut se mettre dans un coin et n'en bougea pas durant assez longtemps. S'apercevant cependant qu'on commençait à l'observer, il comprit qu'il fallait agir et se mêler aux puissants. Mais les tapis, les meubles dorés, le bourdonnement des conversations, les sourires, la musique, les fleurs et les danses remplissaient d'effroi l'âme de Saltiel qui se sentait moins qu'un atome.

Il imagina un stratagème pour cacher sa honte d'isolé. Durant une heure, il alla rapidement à travers les groupes d'un air affairé, comme s'il cherchait quelqu'un, pour montrer que s'il ne parlait à personne c'était parce qu'il n'avait pas le temps. Les domestiques ne laissaient pas de commenter les allées et venues martiales de l'inconnu. Pour avoir le courage de rester, il osa boire du vin de Champagne. La chaleur subite encouragea le sobre vieillard qui, d'un doigt mignard, indiqua un sandwich au jambon.

— Donne cette langue de bœuf.

Se proclamant trompé par le fils de Moab, il acheva de se griser en savourant la viande défendue. Une diva finit de cocoriser un air d'opéra. On applaudit. Il battit aussi des mains, étonné de n'être pas arrêté par la police. Décidément, tout lui réussissait dans la vie, et ce tapis roulant, ces murs soudain affaissés étaient d'ingénieuses trouvailles. Il chancela, heurta une Japonaise.

— Pardon, charmante mousmé!

Il demanda à un attaché turc des nouvelles du sultan, s'étonna de ne pas recevoir de réponse et raya les Ottomans du nombre de ses connaissances. Énergique et vague, il affirma à Sir George Normand qu'il passait l'éponge sur Sainte-Hélène. A la princesse Colonna il offrit son sourire et un siège brusquement volé au ministre de Suisse qui se disposait à s'asseoir et auquel il dit :

— Excusez Excellence mais la princesse est fatiguée. Princesse, sans façons! Mais je suis peut-être importun, délicieuse aristocrate?

Il s'inclina, se persuada qu'il était la coqueluche du monde élégant et officiel. Deux domestiques l'en dissuadèrent. Ils prirent sous les bras le vieillard dont le sourire continuait à flotter gracieusement et le poussèrent dans la cour où dormaient, yeux éteints, de nobles automobiles. Saltiel se sentit plus à son aise. Cette expulsion le rassurait et il comprenait l'unité de sa vie.

Il en était à ces réflexions lorsqu'il aperçut son neveu qui descendait de voiture. Il courut vers lui, l'assura qu'il était charmé de cette soirée et que les invités avaient été très aimables.

Ils allèrent le long des quais.

— Mon père est venu avec vous? demanda enfin Solal.

— Oui.

Saltiel regarda Solal qui eut un sourire affreux. Il fut secoué d'un tremblement et le saisit par le bras.

— Ne fais pas cela, il ne faut pas! Ne renie pas, Sol! (Il se laissa choir sur un banc et ses genoux tremblaient.) Laisse ta main dans la mienne, mon joli, mon pâle. C'est un malheur d'être juif. Il ne faut pas renoncer à ce malheur. O mon fils, tu as un sang pur depuis avant la naissance de l'Égyptien. Le Messie viendra demain peut-être. Quand il sera venu, tu feras ce que tu voudras. (Il se leva et se remit à marcher.) Nous avons tremblé d'amour devant notre Saint depuis Abraham et pourquoi le tremblement s'arrêterait-il à tes mains, ô mon neveu? Notre peuple est un peuple très vieux, très pur, très saint et très fidèle. Tu as épousé une fille des Gentils. Bon. Affaire de destinée, que veux-tu? Oui, j'ai deviné, bien sûr. Et je comprends pourquoi tu es resté trois ans sans écrire à ton père. Ne crains pas. Ton père l'aimera, je l'aimerai et elle nous aimera et tout sera bien. Crois-moi, je connais le monde et avec les années mon jugement est devenu considérable. Oui, mon fils, souris-moi. Vois-tu, la chose importante est celle-ci : tout est simple pour qui possède le bon cœur, la noblesse des manières et la gaieté de résignation. Honore ton père et viens le voir demain et présente-lui ta femme et Dieu te remerciera. Le devoir est un grand passeport. Sol, regarde le ciel, mon chéri. Qui pourrait être plus arrogant qu'une étoile? Et pourtant, regarde longtemps les étoiles et tu verras comme elles font honnêtement leur devoir. Aucune ne gêne l'autre, toutes s'aiment, chacune a sa place auprès de son père un soleil, et elles ne se jettent pas toutes au même endroit pour profiter, pour réussir. Mais non, tranquilles, dociles à la Loi, à la Loi Morale, à la Loi du Cœur, elles ont la gaieté de résignation. Et puis pense que tu es mortel et que tu seras poussière. C'est un bon moyen pour augmenter la gaieté de résignation. Si tu sais bien que tu mourras, tout ce qui est petitesse disparaîtra et il ne restera plus que les importances. Tu comprends, on ne souffre que par orgueil et l'homme orgueilleux seul croit qu'il vivra toujours. Moi je me dis que je dois passer cette vie en homme assez bon et pur afin que je puisse goûter le bon sourire d'heure de mort. Et ce bon sourire d'heure de mort a une telle puissance, ô mon fils, qu'il s'étend sur toute notre vie du commencement à la fin et qui le connaît, avant même qu'il ne meure, connaît le royaume du Saint. Et lorsque les hommes auront compris cette vérité, ils seront tous bons. Mais le Messie seul pourra la leur faire comprendre en écrivant le Livre de la Bonté. Et c'est pourquoi tu dois honorer ton père car qui fait souffrir son père alourdit les pieds du Messie.

Il regardait le ciel et ses yeux étaient transportés de vérité. Il oubliait sa maladie de cœur et les

314

sombres prédictions du médecin de Naples. Mais il revint sur terre.

— Ceci est la rue Scheffer. Fais-moi faire la connaissance de ta femme. Je lui parlerai de toi quand tu étais petit enfant et tu dansais quand je jouais de la flûte près de la forteresse. Et je la verrai et nous nous entendrons et laisse faire ton oncle. (Il se haussa sur la pointe des pieds et embrassa son neveu à l'épaule.) Ceci est ta maison ? C'est une belle maison, mon fils.

Solal regarda son oncle, l'aima et lui obéit. Escalier. Porte. Odeur de maison riche.

Salon vide. Grave et poétique, Saltiel entra, s'inclina légèrement, s'assit sur l'extrême bord du fauteuil. Demeuré seul, il ne pensa pas, tant son cœur était plein de sentiments sublimes, à supputer le prix détaillé et global du mobilier. Le buste droit, les jambes tordues, un menton penseur contre une main prophétique, il crut devoir s'enfoncer dans une songerie distinguée. Qui sait, peut-être réussirait-il à convertir la femme de Sol.

Mais lorsque, au bout d'une demi-heure, la porte s'ouvrit et que Solal lui dit de venir, Saltiel comprit la folie de son entreprise. La fille du Premier ministre allait se moquer de lui.

Après avoir un instant songé à s'enfuir, il se décida à accomplir son devoir, boutonna son habit, chercha les gants qu'il avait oubliés à Céphalonie, cambra ses mollets et releva la tête comme un condamné à mort. Patinant sur la pointe des pieds afin de rendre manifestes son élégance, sa présence d'esprit, son aisance à éviter les obstacles et une habitude du grand monde alliée à des vues profondes et variées sur l'univers, l'oncle Saltiel, un sourire aux lèvres cendrées, se dirigea vers le gibet.

XXV

Aude attendait le retour de Solal. Allongée sur le tapis, près de la cheminée où brûlaient sans flammes trois bûches impeccables, une petite vasque de fondants à côté d'elle, elle écrivait sur son cahier secret un douzième conte peuplé de roses animaux enrubannés qui servaient la Princesse Ignorante enlevée par le roi cavalier Ermite. Elle s'arrêta au moment où ce dernier, tenant un discours austère, osa, aux yeux scandalisés de la narratrice, une indécence détachée. Elle relut en rougissant, mangea un chocolat, se mit au centre du tapis qu'elle imagina volant, ferma les yeux, revit les trois années écoulées depuis le matin merveilleux où il l'avait arrachée de la voiture et emportée sur son cheval.

Après l'enlèvement, ils étaient allés en Sicile. Mais au bout de deux semaines, démunis d'argent, ils avaient dû retourner à Genève. Un soir, profitant du sommeil de Solal, elle s'était rendue aux Primevères. Sans récriminations inu-

316

tiles, M. de Maussane avait laissé tomber son monocle et donné son consentement, avec sans doute la consolation de penser que le ravisseur aurait pu tout aussi bien s'appeler Isaacsohn ou Guggenheim. « Du reste, avait-il dit à M. Sarles qui avait été long à comprendre, du reste ils ont passé quinze jours ensemble. » La pensée que le jeune homme appartenait au peuple de Dieu avait été d'un certain réconfort pour le bon pasteur à qui, d'autre part, il n'était pas tout à fait désagréable de songer à l'accablement de sa femme et à l'indignation de Mlle Granier. Cette dernière, sitôt qu'elle eut appris la fâcheuse nouvelle, partit, en compagnie de son amie, pour Zermatt où elle espérait pouvoir se remettre de sa crise morale.

L'impression avait été forte dans les milieux bien-pensants. Quelques dames qui ne croyaient pas à l'inspiration littérale admirèrent le courage d'Aude et l'esprit de tolérance dont faisaient preuve son père et son grand-père ; l'extrême droite prophétisa la décadence de Genève et plaça tous ses espoirs en un réveil religieux ; la majorité s'étonna et s'en remit à Dieu.

Durant les deux semaines qui précédèrent le mariage, les réunions missionnaires furent particulièrement fréquentées. On s'y grisait de thé en discutant des aspects psychologiques et moraux du mariage inouï. Ce fut au cours d'une de ces réunions que les huit amies intimes de Mme Sarles avaient décidé qu'au jour funèbre des épousailles elles serreraient très fort, en souriant, mais sans dire un seul mot, la main de la chère éprouvée. Ce geste avait été commenté.

A l'issue de la cérémonie, M. de Maussane avait embrassé sa fille et son beau-fils et s'était fait conduire à la gare. Dans le sleeping qui le reconduisait vers sa politique et ses amours, il avait probablement murmuré, en se frictionnant d'eau de Cologne, que tout s'arrangeait dans la vie et assez mal.

Les deux époux étaient ensuite allés en Égypte. Au retour, Solal avait eu de longues entrevues avec des banquiers socialisants qui l'aimaient. Un mois après, il fondait le journal qui avait fait de son directeur un des chefs du parti socialiste.

Aude entendit la porte qui se refermait, cacha son cahier et la bonbonnière, se souvint que la robe de chambre était transparente et se plaça devant la cheminée. Solal entra. Il sourit, l'œil dans les sables, et ses lèvres effleurèrent le front. Elle se plaignit. Pourquoi ne l'aimait-il plus et l'embrassait-il si froidement ?

Il s'assit, la fit taire d'un geste. Elle s'agenouilla près de lui, devant le miroir de Venise, tous bourgeons durcis par l'image de cette petite docile. Elle le regardait et pensait.

— Comme il sait bien s'asseoir il est grand et musclé pendant qu'il dormait je l'ai découvert et je l'ai vu J'aime ça avant j'avais horreur de ça sur les statues et je disais que les femmes sont plus

belles c'est vrai d'ailleurs Mais lui c'est l'aimé pas
un trait de son visage ne bouge Il est moins vivant
qu'autrefois plus impressionnant chaque mouvement qu'il fait il le pense Le jour quand il vit il a
des gestes effrayants précis machine mais il ne vit
pas vraiment Il sait que je le surveille Censément
que rien ne t'atteint tu mens tout te blesse Moi au
fond j'ai peur de lui oh beaucoup peuh aude Il est
plein de sollicitude pour moi ses amis l'admirent
et il ne vit pas Peut-être malheureux perdu
angoissé sans savoir où il va Au fond il est jaloux
il fait l'indifférent quand des hommes me parlent
mais en réalité inquiet masque Mon enfant
confie-toi à moi je saurai t'aimer toujours Si je
blasphème c'est pour me rassurer Tu es inconnu
Je n'ose pas te dire tu quand je te parle Pourquoi
ne me parles-tu jamais de tes parents Je voudrais
savoir ce qu'il faut que j'aime et ce qu'il faut que
je déteste comprends que j'attends Je m'appelle
Solal mon bien-aimé enseigne-moi Je t'ai dit
l'autre jour que je n'aimais pas le Christ quand
j'étais enfant j'avais peur de lui il m'a semblé que
tu allais me frapper Hier je t'ai dit que je
l'admirais et tu as eu des yeux jaloux Ce que tu
aimes aujourd'hui tu l'écrases demain alors je ne
sais plus Si je te parlais maintenant tu te lèverais
et je ne te verrais plus vamais vamais vusqu'à
demain. Je suis devenue bête traderidera Je voudrais tant savoir de ton vrai toi Sol parce que je
sais que tu as un grand respect déchiré sans espoir
mais je ne sais pas C'est littéraire ce que je dis Au

fond tu es naïf Vous êtes mon seigneur je le proclame Lui c'est le diable il sait tout il peut tout il méprise tout il ne m'aime pas il n'aimera personne et demain avec le même sourire il me quittera pour toujours Toi aimé à quoi penses-tu Ta petite est là qui attend que tu parles que tu te réveilles aimé grand ne compliquons pas Je sais que tu m'aimes Ne ferme pas tes beaux yeux va et ne t'étire pas va Je t'aimerai sans ces belles attitudes poseur va théâtral hypocrite bandigoujavoyou lèse-majesté tant pis un peu de liberté Toi quand tu partiras sur le cheval blanc de tes rêves emporteras-tu ta petite avec toi ou la laisseras-tu sur la grève avec du sable entre les doigts Littéraire mais c'est pour te plaire même si tu ne m'entends pas Toi enfant chéri tu es si drôle quand tu parles des destinées du parti tu es pire que socialiste mais tu es si enfant avec tes grands airs sombres tu crois peut-être ce que tu dis ça m'est égal regarde-moi Pas toi Jacques petit chien allons couché kss mais Lui l'aimé qui t'a écrasé pauvre petit menuet gazouillonsoso Toi le merveilleux Sol vois comme je suis très belle méprise-moi au moins un peu de me pencher pour que tu voies mes seins si beaux Ta bouche sur eux longlongtemps que ma peau se pique Ah que je lui arrache ses cheveux et qu'il crie cet homme pauvre Adrienne écrasée locomotive Moi aussi je suis jalouse de toi où vas-tu que fais-tu pourquoi pas toujours avec moi que m'importent tes succès je te veux rien qu'à moi Toi tant de femmes

sûrement tes yeux cernés tu es mauvais sale
bonhomme peut-être même cette sale actrice de
père sûrement n'as-tu pas honte Oh un enfant j'ai
droit à un enfant Moi j'ai épousé un dieu et je suis
peu rassurée tu es le fils de Dieu qu'est-ce que ça
fait que je le dise puisque personne n'entend et il
est si diaboliquement intellijuif qu'il sourit l'ar-
rière-sourire devine ce que je pense quoi après
tout en réalité il dirige un journal et c'est un
député socialiste père a été furieux de ça mais
maintenant il file doux car c'est une puissance
mon mari Mon mari des parfums pour te troubler
il a toujours peur qu'on l'offense oui mais il attend
la métamorphose joli mot fleur qui s'ouvre être
Jeanne d'Arc j'aimerais assez ou impératrice avec
un autre amant tous les soirs pardon pardon
Aimé ce n'est pas vrai je ne pense qu'à toi qu'à
nous deux Comme il a su faire cet homme S'il me
regarde long chaud lourd dans les yeux un
moment je m'ouvre au centre exfolié J'ai du talent
ta langue Et c'est déjà comme si possédée Ooh
bon c'est bon si bon au fond toi Sol tu es
terriblement chaste pas toujours dieumercynisme
et alors c'est terrible et j'attends plus ouverte que
la mer et j'étais Aude tennis fierté cétacé eh bien
quoi Sol tu ne bouges pas tu es de marbre ou
endormi Oui il y a des choses que je ne sais pas
Les maris expliquent à leurs femmes celui-là
n'explique jamais rien du tout pontife va Moi je
ne sais rien je ne sais pas même vraiment
comment c'est puisque c'est toujours dans l'obs-

curité Je voudrais savoir aussi les vices et les
voluptés effrayantes Sol j'achèterai des livres de
médecine gever Je te préviens je n'ai pas peur de
toi ancien secrétaire et je saurai tout et raconterai
à Ruth C'est par les yeux seulement que je ne sais
pas Je veux mourir toujours sous lui éternellement noir Les hommes me dégoûtaient avant
comme les chiens Oh il a su faire celui-là Pardonne aimé je te respecte La nuit pendant que
moi sous lui quatre cinq fois je je n'ose pas dire ce
mot j'ai lu dans un livre qu'on dit jouir mais
quand il expire je ne sais plus folle de joie fierté je
le regarde et c'est moi qui lui donne cette joie Il
me désire veut mes lèvres ma langue peut-être en
ce moment et je ne sais pas mais d'ailleurs c'est
bon aussi que je veuille et qu'il ne sache pas que je
veux O pureté d'antan ô bonds dans le jardin ô
regards clairs et gestes je penserais moins à ça si
j'étais sûre que tu m'aimes mais il se désennuie
avec moi en attendant la métamorphose brave
Jacques gentil plus attaché militaire qu'est-ce que
tu fiches au Maroc contente qu'il ait un peu de
succès avec sa peinture mais je n'aime pas ce qu'il
fait pauvre Jacques ça manque de tu vois je sais
des mots que j'ai appris dans le dico dictionnaire
mesper mais le plus important Sol c'est tes yeux
de bonté et je serai pure pure pour toi et toujours
loyale fidèle Toi mon seigneur de tout oh tout le
corpslâme Je pense terriblement à ça même s'il
me parle de sa Chambre Députés ou Spinoza c'est
à ça qu'il me fait penser Affreux fille perdue et

toutes les femmes sont comme moi Touche prends tout fort Lourd sur moi Méchant puissant autoritaire on ne peut résister il ordonne phallix phœnus Entre bien préparée pour toi depuis toujours ta nuptiale Sol est mon amant amé mari Terrible chaleur les yeux poitrine soif boire esclave battue et le sang jaillit tant mieux mais du sang blanc Pourquoi presque jamais Alors quand il consent grand événement mystique pour pauvre moi aride espérant desséchée tour dans le désert Je voudrais tous les soirs toutes les heures et encore et encore jusqu'à la mort et dans le ciel je veux bien s'il y a encore sinon non Oh coulées de lave partout Soupir impatient chaud et chaude Ahaa l'engloutir tout à moi à moi Mordre le cou Les jambes si relevées pressent la taille Quel abîme Eh bien ils le font tous quel mal y a-t-il Moi je le pense et je ne fais pas Pauvre Aude Ahaa si relevées qu'elles s'appuient largement Maintenant rêche langue et tout manger affreux puis tout garder Quel appel Oh bénis-moi Sa peau velours mais aussi grand poids Je voudrais moi aussi une fois comme lui pour voir s'ils sont privilégiés Eh nous avons bien derrière notre tête un petit sourire un peu méprisant pour l'ennemi même si adoré Comme un serpent au fond Quand le grandissement commence terrible Mais tout de même le plus beau c'est sa poitrine et plus encore ses yeux qui rient et pardonnent O le plus aimé je m'accroche au salut des yeux Votre seigneurie veut-elle jouir de sa petite esclave Aude Moi d'abord joie vivre il est temps et happer par mille bouches le jeune dieu cuisses de cèdre étendu parmi les hautes herbes mais une herbe plus haute qui regarde Moi du cœur un grand fleuve jusque-là et là tourbillonne agite les rives qui se tendent vers la terreur Je littéraire peut-être ah non trop désir Et il ne me regarde pas exprès Peignoir entrouvert Maudit mais regarde donc qui a ces cuisses plus belles que moi Toute ma peau est maladésir Honte Eh bien oui je suis cynique ce soir Après tout j'ai bien le droit Oui tu ne me prends pas assez souvent Mais enfin pourquoi pas tous les soirs Il est vrai que quand tu prends c'est terrible Quelle affreuse femme je suis devenue Pourtant je sais que je suis pure Mais tu me rends folle avec tes gestes tes silences tes immobilités distractions Mon Dieu si je pèche c'est d'amour pardonnez à votre servante Aude oh Sol viens viens Viens frappe plus rapide encore puis impersonnel et nécessaire éternellement Beau lait pleines Aha- haha Tes yeux Mort dans la forêt Aiméaiméaimé oh oh Et il n'a pas su Fatiguée oh trétiguée Si bon Les yeux restent de beauté Eh bien Sol c'est fini ce silence je commence à en avoir assez je n'aime pas ces grands airs mystérieux on le sait que tu es élégant grand seigneur Amoureuse de mon mari mon mari Je voudrais dans ma bouche Je t'avertis que c'est moi qui commande désormais.

Elle avança une main suppliante.

— Ami cher, modula-t-elle humblement.

— Je vous écoute, dit-il avec cette majesté qui

la mettait hors d'elle d'admiration et d'agacement.

— Rien, Sol. Un petit enfant tout nu qui jouerait devant le feu et vous égratignerait. Ne vous fâchez pas Sol, je n'ai rien dit. (Elle posa sa tête à la place établie de toute éternité, l'épaule de son mari.)

Après des regards furtifs sur le maître, elle releva la tête, écarquilla les yeux à plaisir effrayés et joua avec son pied nu.

— Dites, Sol, vous savez le beau costume russe (elle posa sa tête contre la poitrine de son mari) que vous aviez le jour où vous êtes arrivé d'Annecy (elle le regarda et rougit) le costume qui vous allait si bien. J'en ai fait faire trois très beaux, pareils à celui-là. Vous les mettrez à la maison, n'est-ce pas, peut-être ? Il ne faut pas vous fâcher, Sol. (Elle posa sa main sur la poitrine de son mari.) Est-ce que mon seigneur permet que je les lui offre ? Que je te les offre.

Il se leva.

— Je vous remercie, dit-il sans avoir très bien compris. Je vais vous présenter mon oncle. Il est ici.

— Comment, dit-elle d'une voix subitement changée et presque mondaine, vous avez fait attendre si longtemps ? Comme je regrette. Je serai très heureuse. Je vais donner des ordres.

Lorsque Saltiel pénétra dans le petit salon, il s'inclina, balbutia qu'il était enchanté et s'aperçut au léger rire de Solal que la maîtresse de maison n'était pas là. Il resta debout, craignant une catastrophe, fit bouffer sa touffe de cheveux blancs et attendit, sa main posée contre son cœur, sans oser parler à son neveu qui le regardait avec une joyeuse méchanceté. Il préparait une interminable phrase mondaine (« Il m'est cher, madame, de saluer en vous à la fois la compagne chérie... ») au moment où Aude entra. Il recula, s'avança, baisa, en gentleman des wagons-lits, la main de la jeune femme, chercha en vain la belle phrase si amoureusement préparée.

— Charmé, dit-il avec un pauvre sourire distingué.

Son cerveau en déroute ne parvenait pas à comprendre les mots que lui disait la merveilleuse créature. Tout en regardant de temps à autre, avec terreur, son neveu qui s'enivrait d'une cigarette, il remplaçait l'éloquence par des petits gestes insignifiants, vifs, aimables, timides ; par des inclinaisons japonaises ; par des glissements de semelle ; par des plissements du visage et surtout, béni soit l'oncle Saltiel, par un regard passionnément sincère et dévoué. Prise de pitié, Aude lui demanda assez gauchement si elle pouvait lui offrir des liqueurs ou un sirop peut-être.

— Oui, monsieur, répondit-il.

— Puis-je vous demander si vous aimez la bénédictine ?

— Avec reconnaissance, mademoiselle.

Elle se tourna vers Solal pour l'inviter à venir au secours de son oncle et lui demanda s'il ne pensait pas que ce dernier préférerait peut-être la liqueur orientale qu'ils venaient de recevoir. Oubliant ses préoccupations, Solal se donnait un spectacle, attendait avec désintéressement le résultat de cette bizarre conjonction. Il ne songea pas à répondre à Aude cramoisie.

— Du raki? demanda une voix faible. Oui, merci, madame.

Satisfait de ce commencement de conversation, Saltiel osa regarder son neveu. Mal lui en prit.

— Mais, oncle, que voulez-vous, raki ou béné-dictine? Vous avez accepté les deux. Du thé peut-être? Vous aimez le thé, il me semble.

— Bien volontiers, du thé, dit en s'épongeant le malheureux oncle qui détestait le thé.

Aude sortit, après avoir supplié Solal du regard. Saltiel demanda d'une voix blanche s'il ne valait pas mieux qu'il partît. Solal le rassura, vint lui serrer les mains, lui dit que tout allait fort bien et qu'il avait rarement vu une telle sympathie dans les yeux de sa femme.

— Alors tu crois, Sol, que je n'ai pas fait trop mauvaise impression? Elle est un ange, mon fils, et comme raisin muscat. Mais je n'aime pas le thé, mon enfant, ajouta Saltiel avec un ton de doux reproche.

On sonna. Qui pouvait venir à cette heure? M. de Maussane entra, s'excusa, annonça qu'il apportait une nouvelle très importante, fronça les sourcils lorsqu'il aperçut l'hurluberlu à l'expulsion duquel il avait assisté et qui se tenait hypocritement derrière un fauteuil, admirant un tableau. Solal présenta. Le président assura avec courroux qu'il était très heureux, entraîna son beau-fils dans un coin du salon et lui parla à voix basse.

Pendant que la jeune femme s'entretenait avec Saltiel qui approuvait et changeait sans cesse de posture pour en trouver une plus élégante, Maussane confiait à Solal les raisons pour lesquelles il était venu si tard.

— Mon cher, ces troubles grévistes m'ennuient passablement. Évidemment, votre groupe, entre parenthèses je n'arriverai jamais à comprendre pourquoi vous vous êtes mis dans la tête que vous êtes socialiste, bref passons, votre groupe dis-je me mettra en minorité un de ces jours. Je ne veux pas de ça et j'ai l'intention de débarquer les droitiers de mon équipe. Je viens de l'Élysée. Le Président m'approuve. Convertissez votre groupe, hum, à la participation et je vous offre un sous-secrétariat ou plutôt non, tenez, le portefeuille du Travail. Plaignez-vous! Ministre à vingt-cinq ans. Donc entendu et merci. Et puis je vous avoue qu'il y a une autre raison à ma venue. Mon cher, le respectable personnage qui parle à ma fille a fait une curieuse impression tout à l'heure au ministère. Il a été extrêmement remarqué. Mais enfin la France ne s'en porterait pas plus mal si l'on n'avait découvert que c'est grâce à vous qu'il a pu faire admirer au corps diplomatique son habit de location et confier à je ne sais qui ses opinions sur je ne sais quel point de doctrine israélite. Ce n'est rien encore, mais il a raconté, les huissiers se tordaient, mon cher, qu'il vous a, en bon oncle, frotté les lèvres avec de l'ail lors de votre naissance. Vous avez commis un enfantillage en lui donnant cette invitation. Tout se sait et tout s'arrange, mais il ne faut pas tirer sur la corde. Le petit incident de ce soir ne doit pas se reproduire. Naturellement je respecte vos convictions personnelles. Je dis « ne doit pas » si vous tenez à réussir comme vous m'en avez eu l'air jusqu'à présent. Si c'est là votre désir, il n'y a qu'une attitude possible. Pas d'ambiguïté. Français, uniquement français et tout ce que cela comporte. On vous jalouse, tenez-vous à carreau. Naturalisé, socialiste, demain ministre. C'est le conseil d'un homme qui veut votre bien, et celui de sa fille d'ailleurs. Comprenez-moi et ne me procurez pas le plaisir de lire des articles intitulés je ne sais pas moi « Les avatars familiaux du citoyen Solal », ou bien « L'oncle, les cacahouettes et le nouveau ministère Maussane ». Donnez-lui un billet de première jusqu'à Athènes ou pour toute autre capitale où il n'ait pas de neveu ministrable et n'en parlons plus.

L'innocent Saltiel, encouragé par la gentillesse d'Aude, faisait le muscadin, sucrait sans cesse de sa main droite son thé et brandissait mignonnement dans sa main gauche les pinces qui expli-

quaient comment on manque une affaire merveilleuse.

— Je le répète, conclut M. de Maussane,
aimez vos parents, mais de loin, au nom du ciel,
de loin ! Ne vous fâchez pas, mon ami, et laissez-
moi vous dire une chose en toute confiance : mon
arrière-grand-mère, oui parfaitement, d'Alsace.
Vous voyez donc que je n'y mets aucun préjugé.
Mes meilleurs amis, d'ailleurs. Mais pas si purs,
termina-t-il en lançant un regard vers Saltiel qui
s'arrêta enfin de sucrer et eut un soupçon.

M. de Maussane attendait une décision, regardait sa fille avec une indignation à demi sincère,
se promenait de long en large, lançait à l'intrus
des regards scandalisés, puis, les mains dans les
poches, humait le plafond.

La lumière se fit en Saltiel. Il but d'un seul trait
l'horrible breuvage brûlant et se leva. Aude, qui
voyait ses larmes prêtes à couler, s'efforça de le
retenir. Mais Saltiel, blessé par l'insolence de
M. de Maussane et que le silence de Solal avait
ulcéré, s'inclina presque majestueusement devant
la jeune femme, fit un salut sec aux deux hommes
et ouvrit bravement la porte. Il est vrai qu'il gâta
tout en disant au domestique :

— Garçon, mon vestiaire.

Peu après M. de Maussane partit. Solal
éprouva une violente envie de se laver. Après un
éphémère désir de se tuer, il se savonna en
sifflant, s'interrompit, craignant qu'Aude ne l'en-
tendît et ne comprît qu'elle n'avait pas épousé un

homme sérieux mais un enfant. Assis sur le rebord de la baignoire de cristal dont il était amoureux, il pensait que la seule vérité était dans la vie injuste qui va, crée, détruit et va. Il remit son peignoir rouge car on avait frappé. Elle entra, contenant son indignation.

— Sol, ce n'est pas bien. Avoir laissé partir ainsi votre pauvre oncle. Il faudra que nous allions le voir demain. Que comptez-vous faire?

— Vous prendre.

Elle essaya de résister. Mais le peignoir rouge tomba. Deux êtres voulurent se connaître et ce fut le gémissement montant menteur extasié de la femme qui aspire et de l'homme qui expire et renonce dans le sommeil.

Dans la rue, des voix appelèrent Solal. Elle ouvrit doucement la fenêtre, regarda et recula. Devant le réverbère, trois jeunes hommes qui étaient semblables à lui.

Il se réveilla, se leva, souriant de peur, alla ouvrir la porte. Elle entendit un bruit de pas. Quatre voix de Solal. Puis un tumulte. Un glapissement, deux rires et un sanglot dans l'escalier.

Il revint, vieilli, humilié, ridé par un sabbat. Elle lui demanda qui étaient ces trois hommes. Il dit, avec un rire absurde et en montrant trois doigts puis un doigt, que c'était le mystère de la trinité. Elle l'interrogea encore. Il ne répondit pas.

Elle s'aperçut avec terreur qu'il s'était endormi. La main encore levée, les yeux clos, il souriait.

XXVI

Dans le grand salon mouvementé, les lustres versaient un lait corrosif sur les épaules diamantées et les parfums nouaient des serpentins de désir entre les danseurs et les danseuses molles sur qui l'orchestre soufflait. Solal, le nouveau ministre du Travail, contemplait avec satisfaction son personnel. Députés velus, diplomates encaustiqués, généraux, banquiers et les immenses laquais flamboyants achetés à la hâte. Aude souleva le rideau d'une fenêtre et reconnut l'oncle Saltiel qui rôdait en compagnie d'un autre vieillard dans la rue livide.

Solal pensait : « Plus de lettres ni de téléphones de l'oncle. Les deux ont dû repartir pour Céphalonie. Tant pis. Moi d'abord. Moi vivre. Vivre moi. »

Il savourait grandiosement le spectacle nouveau. Ces puissants, tous ces noirs farfadets décorés, avaient l'air de trouver naturelle leur présence chez le vagabond qui marchait avec Roboam. Aude était exquise dans sa robe pailletée d'argent, distribuant sa grâce avec équité, sachant utiliser une gamme de sourires nuancés qu'elle accordait aux nouveaux arrivants. Et cette créature de représentation serait son esclave nue, merveilleusement maltraitée, dans une heure.

Un domestique vint lui dire qu'un individu, qui s'était sans doute faufilé par l'escalier de service, était dans le petit salon et voulait voir d'urgence monsieur le ministre.

— Tu as une livrée de bien mauvais goût. N'est-ce pas, Sir George? Une livrée de parvenu.

Il alluma une cigarette et entra dans le petit salon. Il y trouva Saltiel qui se leva et parla.

— Il y a quinze jours que je suis venu te voir avec toute la joie de mon cœur. Tu avais promis que tu viendrais et rien! La joie de ton père, le lendemain. Depuis huit heures du matin il t'a attendu, pauvre vieux père, avec son vêtement des jours de fête! Et tu n'es pas venu. Nous t'avons attendu, attendu. Le soir, il a eu une attaque. Pendant quinze jours je l'ai soigné. Je profitais des moments où il dormait pour t'écrire. Pas de réponse. Tes domestiques m'ont empêché d'entrer, moi, moi qui ai été ton autre père, qui t'ai pris dans mes bras, les promenades du lundi à la forteresse, mes espoirs en toi, tout, tout. Tes domestiques, des Gentils, ils m'ont renvoyé de ta maison! En ma vieillesse! Ton père a voulu sortir de sa chambre, et il veut te voir maintenant. Sol, c'est péché de faire souffrir deux vieillards, perdus dans cette grande ville. O Sol, aie ton cœur de fils et ne commets pas le péché. Reçois ton père. Les vieillards ont peu d'années à vivre. O Sol, que

Dieu m'inspire! Les deux vieillards que nous sommes, lui et moi, se sont pris les mains hier soir et ils ont pleuré dans la chambre obscure. O Sol, reviens à toi, à ta nation sainte, au peuple élu, ô mon fils!

— Assez d'histoires de peuple élu. J'en ai assez du peuple élu. Je n'ai pas le temps. Peuple élu, en vérité! Et en quoi élu, ce petit ramassis de rats peureux? Personne ne les veut, alors ces rats font les artabans et ils disent qu'ils ne daignent pas se mêler aux autres! Quelle pauvre farce. Un animal en comprendrait le comique. Racontez cette histoire de peuple élu à un chat et il aboiera de délectation et les chiens se tiendront debout sur leur tête et tournoieront! Fils des prophètes, ces courtiers qui jeûnent une fois par an pour obtenir le pardon? Ah le beau peuple de l'Esprit! Oui, comme les rats qu'on traque, vous vous êtes collés les uns aux autres. On ne vous a pas permis de vous mêler aux autres peuples et, comiquement, avec des airs bravaches, ces rats fanfarons ont tiré gloire de leur pureté, de leur persistance! Et vos prophètes qu'ont-ils fait d'extraordinaire? (Il bâilla.) Les Grecs ont donné au monde une heure de grandeur, de courage souriant. Et vous autres, avec une outrecuidance énorme, dix pauvres, dix élémentaires règles de conduite bourgeoise! (Chacune de ses phrases semblait être la seule essentielle qu'il eût prononcée de toute sa vie.) Vous n'en revenez pas encore de cette grandiose invention! La Loi de Moïse! (Il affila son nez.)

La belle affaire de ne pas convoiter le bœuf du prochain ! Et que voilà du grand héroïsme ! Et d'ailleurs, vous le lui prenez en gage, son bœuf ! Et si vous pouviez lui croquer tout son troupeau, vous en seriez ravis ! (Il éprouva de la joie à manier avec aisance son esprit et arpenta rapidement la chambre. Juvénilement, il se sentait intelligent et il ressentait un plaisir talmudique à prouver le contraire de la vérité.) Et à propos de ces dix malheureux préceptes, tout cet étalage, dans la Bible, de férocité orientale ! Les condamnations à mort pleuvent dans votre Deutéronome. Épictète a fait mieux, et avec plus de modestie. Et quels sont vos grands hommes ? (Il ausculta sa poitrine.) Un Spinoza, qui a mis l'univers à la glacière, ou ce socialiste allemand ? Ou quelque physicien qui a reculé la difficulté ? Race de grenouilles qui s'imaginent élues parce que, rouées de coups, elles croassent : « Justice ! justice ! » Ou quoi, un Heine, ce singe tuberculeux, faiseur de bons mots ? Assez. (Les sourcils obliqués, relevés :) Vous avez fait croire aux bons Chrétiens que vous êtes un peuple extraordinaire, et naïvement, en gens de bonne foi, ils vous ont crus sur parole ! Le nom même d'Israël me fatigue. (Saltiel colla ses mains contre ses oreilles pour ne pas entendre.) Et en admettant même que ce soit vrai, cette histoire d'élection, les dégénérés ont besoin de connaître leur raison de vivre, qu'y aura-t-il de changé ? Ne roulera-t-elle pas à travers les espaces, la citrouille refroidie et vide de

335

sa champignonnière humaine dans quelques millions d'années ? Alors à quoi bon ? Le règne du Messie serait-il provisoire ? Là aussi, que de sottises ! Quand le Messie viendra, tous seront de mignons petits enfants. On s'embêtera. Rien que des justes. Et c'est tout. Quoi, pour ce repos mesquin, tant d'enthousiasme ? Je suis un renégat, Dieu merci, dites-le au rabbin juif et laissez-moi tous en paix. Je ne vous demande rien. Ne me demandez rien. Je ne recevrai pas le rabbin. Vous pouvez aller.

Solal fouilla dans un bahut, en sortit l'écharpe hébraïque de prière, la montra à son oncle et la lança par la fenêtre. Le courant d'air ouvrit la porte du salon. Des applaudissements éclatèrent à l'intention de la cantatrice. Saltiel tressaillit et sortit.

Solal dit aux domestiques de ne pas laisser entrer ni cet homme, ni un autre « du même genre ». Quelques minutes après, et au moment où il s'inclinait devant un évêque qui remerciait l'aimable amphitryon, on entendit des exclamations, un bruit de lutte et de vitres brisées. Une porte s'ouvrit avec fracas et le vieux Gamaliel entra.

Ses mains tailladées par les vitres de la porte, que les domestiques avaient voulu maintenir fermée, marquaient de sang le lambeau israélite que Solal avait lancé dans la boue. Sur la robe rabbinique, quelques fragments de neige. Aspirant avec violence et le regard perdu, il s'appuya au chambranle. Les musiciens souriaient et les couples se dénouaient.

Aude s'approcha de Gamaliel qui repoussa cette femme. Ébloui par les lumières, il cherchait son fils et ne le trouvait pas. Il l'appela. Les assistants commencèrent à bouger, firent instinctivement le vide autour de Solal qui s'avança. La végétation luxueuse s'ébranla imperceptiblement et passa au règne animal. Lady Normand pensa au Roi Lear. Son beau-frère caressa ses cheveux humanitaires et sa moustache positive, saisit son monocle. Le ministre de Grèce fourra ses petites mains dans les poches d'un veston obèse et sortit, suivi de deux Polonais qui se mouchaient avec satisfaction.

Gamaliel aperçut son fils, eut un large sourire malade, le regarda avec tendresse. Il lui fit signe d'approcher, de ne rien craindre, car il était le fils aimé, indignement accusé. L'un après l'autre, les invités se défilaient. Il tendit les mains et le tissu qu'il tenait tomba.

Solal lança un regard venimeux sur cet homme qui, après être venu le ridiculiser, briser une vie péniblement construite, avait la stupide audace de sourire. Fou de honte, il s'approcha pour frapper. Mais une inspiration subite le fit s'arrêter. Les yeux ardents de malignité, il fit, lentement et avec délices, le signe de la croix. Sur un ordre discrètement proféré par M. de Maussane, un grand laquais posa sa main sur le bras du rabbin qui se dégagea et, sans accorder un regard, repoussa de côté le domestique dont la tête buta contre le mur. Alors Gamaliel regarda le fils mort, crocha la main au col de son vêtement noir, tira l'étoffe qui se déchira, leva les bras comme s'il louait le Dieu de châtiment et sortit.

XXVII

— Lève-toi, laisse-moi seul. Je ne vais pas au ministère ce matin.

Rose de sommeil, elle revêtit un peignoir et, après la demi-heure salubre de la salle de bains, alla au salon. Ses pensées étaient tristes, mais son corps était heureux. Elle s'assit devant le grand piano, beau don de son mari. Les cadeaux qu'il lui apportait presque tous les jours. Fourrures, livres, émeraudes, le vieux chêne minuscule du Japon. « La scène d'hier soir. Pas y penser. Jouer dans un mouvement plus vif cette allemande. Pourquoi dit-on jouer pour la chose la plus importante ? Mourir plutôt que de ne plus avoir la musique. »

A une heure, la porte s'ouvrit. Le long nez busqué interrogea le salon et les cils mauresques se baissèrent avec une pudeur irritée. Les pieds nus, Solal s'avança silencieusement. Il serra la cordelière de la robe moirée, écouta, essaya de siffloter mais fut vite honteux du son mièvre et inoffensif qu'il émettait. Elle se retourna, s'étonna, retint une envie de sourire. Quel drôle d'homme tout de même. Quelle idée ce turban de brocart! Où avait-il déniché cette étoffe? Impassible, il regarda sa femme, s'ennuya, marcha dans le salon.

Rencontrant dans son exode le buste de Calvin, don de M. Sarles, il souleva avec sérieux la volumineuse étoffe d'or qui couronnait sa tête et salua le réformateur qui lui était assez sympathique. Puis il continua de marcher en compagnie de Roboam, quelques siècles plus tard. Il s'arrêta à Amsterdam, invita Aude à continuer de jouer et regarda le salon avec intérêt, dénombrant les meubles, badaudant devant les tableaux et plissant la peau du front.

Curieux. Un appartement. Et cet appartement lui appartenait. Comique. Et celle-ci qui caracolait devant son accordéon. Qui était plus comique, celle-ci, ou lui avec sa modeste étoffe d'or pour le préserver des intempéries et qu'il pourrait emporter sous son bras au jour de la persécution? Fauteuils. Petit balai pour la cheminée. Il avait des objets. Le débardeur d'oranges à Marseille avait un piano à queue. Et où était la queue de cette bête? Et l'idiote femme de chambre qui jouissait, qui se pâmait en parlant du cabinet de travail de Monsieur. Tous ces meubles assis. La caracoleuse aussi croyait que c'était à lui. Les gens sont sérieux. Comique. Envie de rire l'autre soir à la séance du comité lorsque ces gens écoutaient gravement Solal, le « théoricien du parti ». Et les autres « certainement, monsieur le ministre ». Cette femme était sûre de son droit de propriété. Il était son mari. Alors il n'était plus Solal mais un mari ? « Où suis-je et qui me trompe ? » Il l'avait enlevée par joie et parce que le mariage avec Jacques devait avoir lieu dans un quart d'heure et parce que le cheval galopait bien. Et cette autre sérieuse l'avait assassiné de son extase à devenir sa femme au clair de lune. Pourquoi avaient-elles toutes cet eczéma de mariage ? Il l'avait épousée parce qu'elle était tellement sûre d'être épousée. En somme, il avait été victime d'un abus de confiance.

Mariage, bien mariage. Et maintenant il était enfermé dans un cube avec elle. Il venait à une heure puis à huit heures pour dévorer le repas. Au milieu de la tanière, sous un lustre, il y avait des os et ils mastiquaient tous les deux. Gai gai mastiquons et brossons-nous les dents conjugalement. Et naturellement, il était tenu de la nourrir, d'apporter des viandes et des herbages et de la saillir. Peut-être même que plus tard il devrait construire un nid avec sa bouche, s'asseoir dessus pour chauffer les petits serpents, gazouiller pour faire passer le temps à la femelle et nourrir les petits requins à la becquée. L'appariée trouvait tout cela naturel. Ils vivaient côte à côte, ils sortaient ensemble de leur tanière, avançant leurs pattes d'un même mouvement.

Il la regarda jouer. Pourquoi faisait-elle ces gargarismes devant les mâchoires de la bête ?

Quoi d'utile sortirait de tout ce travail et de ces bruits ? Était-ce une façon de pondre les œufs et pourquoi gémir ainsi en ce cas et qui avait inventé ce tambourin de la corruption ? Il gratta ses sourcils avec rage. La musique lui faisait peur et il était honteux de n'y rien comprendre. Il se réconforta en observant timidement que cette païenne faisait du bruit après tout et que les araignées aussi aimaient la musique. Eh quoi, avec de la dynamite il fabriquerait un choral ou chloral autrement utile et impressionnant !

Un domestique, salué respectueusement par Monsieur, vint dire à Madame qu'elle était servie. A table, Solal refusa des carottes à la crème avec un sourire meurtrier, écouta sa femme avec une évidente surdité ahurie et se fit une tartine de moutarde. Comme elle lui reprochait de se nourrir absurdement, il lui répondit en hébreu. Elle décontracta les muscles de sa bouche, comme une mère excédée. Il raconta avec esprit une entrevue avec son collègue des Travaux publics. Elle rit. Il la regarda, décela les raisons de ce rire d'approbation. Si elle riait c'était, entre autres, parce qu'elle admirait en lui le fort physique et social.

— Vous n'allez pas au ministère, cet après-midi ?

— Ministère ? Je ne comprends plus rien à rien. Non. Pas ministère.

Mais oui, il comprenait tout maintenant. Lorsqu'il s'était penché à la fenêtre hier soir, il avait vu les deux vieux renvoyés qui allaient sur la neige, trébuchaient, s'appuyaient l'un sur l'autre et allaient, les deux vieux désespérés.

« Autrefois, lorsque mon père croyait que je dormais, il entrait dans ma chambre et il m'embrassait sur le front. Et le petit oncle qui arrivait chaque vendredi soir avec un cadeau nouveau pour moi, si bien habillé ce soir-là le petit oncle et il frottait un rameau de myrte entre ses mains et il chantait « Bonne semaine ». C'est aujourd'hui vendredi et j'aurai une bonne semaine moi aussi. O mon Sol, ce peuple est un peuple très ancien, autre chose que les Croisés qui sont d'avant-hier, un peuple très pur, très noble et très fidèle. Pauvre Solal, tu avais vendu ton âme. Aux pieds de Gamaliel et demande-lui pardon ! »

Il sortit en bourdonnant le chant de la bonne semaine. O les lampes allumées et les bons sourires et les habits propres et tout le monde se souhaite prospérité et c'est un peu le Messie qui arrive en ce jour de sabbat.

Le soir, lorsqu'il rentra, elle s'étonna de cette expression nouvelle, décidée, rêveuse, souriante, bonne, sérieuse. Il remercia distraitement. Non, il n'avait pas faim. Il regardait ses mains et souriait. Enfin, il annonça qu'il venait d'acheter un château.

— Du seizième siècle après Jésus-Christ. Pourquoi disposez-vous de si peu de siècles ? Il s'appelle « La Commanderie ». A la campagne, près de Saint-Germain. J'ai signé l'acte. Trois millions. Vous me les prêterez, je vous prie. Je vous en serais reconnaissant. Vous pourriez engager vos titres hollandais et américains. Il y a des coolies qui s'échinent pour vous à Sumatra. Je vous rendrai l'argent dans un mois. Au notaire, j'ai versé un acompte. Vingt-quatre hectares mais je ne sais pas combien de mètres il y a dans un hectare. Il doit y en avoir, des feuilles et des arbres. Et même la terre qui est dessous nous appartiendra.

Sceptique, étonnée, mais contente de le voir heureux, elle essaya de chasser son inquiétude, se fit décrire la nouvelle habitation et se lança avec lui dans des projets tout en s'habillant. Il lui demandait toutes les minutes si elle était prête et lui caressait distraitement les merveilleuses jambes, cuisses et cætera. C'est doux une femme belle de corps et qui se laisse faire nuptialement, sans leurs simagrées, refus, nympheries et coquetteries pour la même pauvre vieille affaire.

Dans l'automobile, elle l'interrogea sur l'achat de ce domaine. Il dit qu'il était fatigué, qu'il avait besoin de campagne, de solitude, puis il s'endormit.

Saint-Germain. La voiture s'engagea dans un chemin, sursauta dans des fondrières et les phares éclairèrent une grille.

Trébuchant sur des branches mortes, ils marchèrent dans l'allée noire. Il ouvrit la porte du château, demanda au valet de pied d'allumer deux bougies et de les remettre à Madame. Ils entrèrent. Le vent humide éteignit une des bougies dans la salle des gardes où veillaient des armures. Aude essayait de chasser la tristesse qui l'envahissait à voir ces salles délabrées où des chauves-souris s'affolaient. Quinze immenses pièces incommodes et malsaines.

Dans l'automobile qui les ramenait, elle songeait à la pierre qui, tout à l'heure, s'était détachée d'un mur et l'avait frôlée. On était si bien rue Scheffer, dans la maison aménagée avec amour. Quelle folie de changer, après un an. Il lui faisait un cadeau dont elle n'avait nulle envie et, en fin de compte, c'était elle qui en ferait les frais. Trois millions. Toute sa fortune.

Rue Scheffer. La voiture s'arrêta. Aude gravit lentement l'escalier de marbre, recouvert d'un doux tapis et qu'un ange désuet éclairait. Elle fut reconnaissante à la domestique qui l'aida, avec des gestes reposants, à ôter sa fourrure.

Le lendemain, Solal dit à sa femme qu'elle ferait bien d'aller à Genève, qu'il ne voulait pas lui imposer les fatigues du déménagement. Elle obéit et partit

Trente jours plus tard, un télégramme lui annonçait que la demeure était prête et la priait de venir à la Commanderie.

Étendue sur son lit, elle essayait de se reposer et pensait avec amertume à l'absurdité de ce domaine et de leur nouvelle vie. Ces buissons qui envahissaient les allées. Ces chemins éboulés.

Toutes ces dépenses. Les domestiques irrités et ironiques. Et sur quinze pièces, elle n'en avait trouvé que quatre meublées.

A table, Solal parla avec animation du projet de loi sur les assurances sociales qu'il allait déposer, puis de ses difficultés avec son beau-père qui devenait irritable, parlait de dictature, se comparait à Richelieu, commandait de magnifiques autos pour sa maîtresse. Il s'arrêta brusquement de parler, regarda l'heure, se leva.

Une heure après, il la fit appeler, la pria de s'asseoir, lui annonça avec un doux sourire grave qu'il ne se sentait pas très bien, que les médecins lui avaient prescrit plus strictement encore le silence et la solitude. Comme, inquiète, elle lui demandait des précisions, il se borna à lui dire qu'il lui serait reconnaissant de bien vouloir se retirer chez elle et d'ordonner aux domestiques de ne plus circuler dans la maison toutes les fois que (il hésita puis eut un regard d'une froideur mortelle) sonnerait le gong pendu dans sa chambre. Ce serait le plus souvent le soir, après le dîner. Lorsqu'il souffrait de certains maux de tête, les allées et venues lui étaient intolérables. Il la remercia avant même qu'elle ne répondît et se leva pour indiquer que l'audience était terminée. Comme elle voulait parler, il eut un sourire, lui baisa la main avec une courtoisie infinie et ouvrit la porte.

Elle alla donner aux domestiques ce nouvel ordre et retourna dans sa chambre. Elle marcha, les mains aux épaules frileuses, exaspérée à froid. Depuis qu'ils étaient venus dans cette maison impossible, elle ne le voyait presque pas le jour, jamais la nuit. Que faisait-elle, perdue dans cette maison effritée, avec un homme qui, disait-on, était son mari ?

Bruit du gong. Elle voulut désobéir, sortir, aller chez lui, voir ce qu'il faisait, découvrir le mystère. Mais elle eut peur, se souvint du regard dur qu'il avait eu.

Elle tourna la clef de sa porte, s'arrêta de marcher, scruta dans la glace les yeux cernés, les pommettes saillantes et la lèvre qui attendrissait le visage. Elle admira son corps. Elle méritait d'être aimée et son mari l'abandonnait.

Elle s'assit à terre, gémit d'impuissance, chantonna, les dents serrées. Le bruit de sa montre la faisait moins seule. Elle l'écouta un long moment. Puis la colère fondit en grands soupirs navrés et un sourire d'ironie pour elle-même l'apaisa. Les gens croyaient qu'elle avait fait un beau mariage. Ce jeune ministre brillant, un fou en réalité. Que faire dans cette solitude ? S'amuser comme elle le pouvait. Elle appela à elle les rêveries. Zut. Rêver, c'était très bien quand on était jeune fille. Un peu mince comme plaisir maintenant. Tout le malheur venait de ce vieux rabbin. Depuis ce soir-là, Sol avait changé.

Elle laissa tomber ses vêtements et s'immobilisa dans le lit. Elle penserait demain. Maintenant, clôture et dormir. Elle rêva que des chants d'Orient se faisaient entendre dans la Commanderie.

Dans le parc, elle allait, murmurait, heurtait les cailloux qu'elle chassait avec désolation. Le soir tombait sur le pré détrempé d'où sortaient des brumes. Déjà quinze jours, non trois semaines, qu'ils étaient à Saint-Germain. Fini Solal des belles épousailles.

Comme il avait changé. Maintenant, il lui interdisait même la musique. Son insistance fatigante et inutile à répéter que la musique était un accouplement et une abomination. Cette joie qu'il avait de déceler le péché en elle, d'interpréter malignement le moindre regard admiratif sur un homme, un enfant, un arbre ou une jeune paysanne. Il se repaissait des trahisons inconscientes dont il l'accusait. Fatigant et monotone, avec sa « justice, justice » toujours aux lèvres et sa haine absurde de la charité. Que de peine il se donnait pour expliquer des choses qu'elle comprenait fort bien.

Et puis maintenant, pour couronner le tout, il se mettait à parler d'argent ! Et ce mépris, ce rictus continuel sur la création. A ses yeux parfois de vieillard méchant, tous étaient des fripouilles ou des imbéciles. Tout était vanité, sauf la Loi dont il parlait, l'hypocrite, avec des yeux égarés et en ouvrant trop la bouche. Elle s'était mariée pour être heureuse et non pour avoir cette vie compliquée et absurde. Quinze pièces et plus de domestiques.

Ah oui, encore une innovation. Rien qu'une femme de ménage maintenant. Tout était en désordre. Pourquoi plus de domestiques ? Il avait répondu qu'il n'aimait pas les espions. A table, il ne parlait presque pas et lorsqu'il parlait c'était plus décourageant encore. Toujours la mort ou les ignominies physiologiques de tout être humain. Tout de même, il y avait de belles choses claires dans la vie. Et encore, chez lui, cette continuelle désévaluation, cette ronde diabolique du relatif. Ou plutôt non, des décors, et derrière, des décors, et rien de vrai à quoi s'accrocher. Avant-hier, il avait porté Spinoza aux nues, mais pour écraser Michel-Ange. Et hier, Spinoza était devenu un « pauvre métasturbateur ».

Tout de même, quelle emprise il avait sur ces députés ! Ce silence, lorsqu'il était monté à la tribune et qu'il avait, avec un amour évidemment sincère et passionné, parlé de la vie des ouvriers. « France au doux visage allongé, laisse tomber ton clair regard sur tes fils au travail. » Elle revoyait les députés émus, fiers et assez gênés.

Puis elle pensa à son père, frappé d'une maladie étrange, sur laquelle les médecins ne l'avaient pas renseignée comme elle l'eût voulu, et qu'on avait dû, quelques jours auparavant, transporter dans une maison de santé.

« Assis, sage, poli. On ne peut pas lui ôter le monocle des mains. Quand il me voit, il veut se lever. Cette pauvre casquette de ramolli qu'il essaye de soulever et ses jambes qui flageolent. Le bol de lait entre ses deux mains contre sa poitrine. Ils doivent avoir peur de Sol pour le garder dans le nouveau ministère. Père, l'élégance qu'il a su garder dans sa déchéance, ce vieux gâteux qui veut que je passe la première. Et il ne me reconnaît pas. — Vous verrez papa, vous irez mieux bientôt. — J'en accepte l'augure, madame. Il est content de peu. Il sourit, il plie et déplie les journaux. Politesse, aisance, bonne grâce, fleur de manières, quelque chose d'essentiel à nous. »

Elle s'arrêta près de la porte de son déplorable château. Quoi ? Des cris ou des chants semblaient surgir des profondeurs de la terre. Des phrases butées puis des notes rapides qui s'élevaient avec acuité. Était-elle en proie à une hallucination ? Il était impossible de continuer cette vie. Malgré la défense de venir le déranger, elle entra dans la chambre où il travaillait.

Quel mauvais visage il avait. Ce regard implacable, universellement sans respect. Il ne s'aperçut pas de sa présence et continua de téléphoner.

— Oui, option jusqu'au cinq mars. Et pour les caoutchoucs il n'y aura qu'à monter un autre syndicat. Bon samedi, Reuben.

Il leva les yeux, lui demanda avec rudesse ce qu'elle faisait là et pourquoi elle l'avait dérangé. Elle regardait avec stupeur les rames de billets de banque par terre.

— Eh bien oui, ces bleuets et ces coquelicots

sont à moi. Quarante millions gagnés à la sueur de mes circonvolutions spéculatives. Je suis socialiste et je fais de la banque. J'aime l'humanité et j'aime beaucoup beaucoup d'argent. (Il répéta cette phrase en cinq langues d'Europe.) Et je contrôle déjà sept journaux de province. Et ce n'est pas tout et bientôt ils me haïront, Dieu merci !

Debout dans sa robe de velours rouge, les bras écartés, ce seigneur assembla de son pied nu les puissantes images, annonça qu'il faisait les foins, se promena avec un défi assez juvénile dans la prairie des billets craquants.

— Je marche sur un yacht assez bien deux cheminées moteur Diesel filets d'or il n'est pas mal un peu trop efféminé. Je marche sur trois duchesses étendues nues blonde brune et blonde. Aimes-tu l'argent, Solal des Solal ? Je l'aime, Reuben des Solal. Au revoir, Aude. Nous ne nous verrons pas ce soir. Allez à Paris entendre un tam-tam pleyel.

— Sol, écoute-moi. Il faut en finir. Dis-moi ce que tu me caches.

— Qui est cette femme qui me tutoie ? Et de quel droit m'appelle-t-elle Sol ? Qu'y a-t-il entre toi et moi, ô femme ? demanda-t-il avec une gaieté puissante et terrible.

— Vous faites ici des choses défendues, que vous ne voulez pas que je sache. Je suis tellement seule ici, je n'en peux plus.

— Moi je peux. Que voulez-vous de moi ? Je

suis un bon mari. Le plus curieux, c'est que je vous aime. Je vous donne toutes les satisfactions d'amour-propre. Pour le reste, accordez-moi la paix. Évidemment, je mène une vie spéciale. Tel est mon plaisir. Je ne vous empêche pas d'aller dans des églises et autres lieux. Voulez-vous de l'argent ? Ramassez. Voulez-vous des plaisirs d'orgueil ? Allez dans les salons à Paris et, quand le michaël vous annoncera, vous les verrez toutes qui se tairont et vous regarderont avec envie.

— Aimé, sois simple, sincère, ne parle pas toujours comme s'il y avait un troisième pour t'écouter. Je suis ta femme. Tu parles d'une vie à toi. Dis-moi quelle est cette vie, prends-moi par la main et fais-moi participer à ta vie.

Il l'admira de parler avec clarté, de savoir poser les éléments d'un problème. Elle était constamment intelligente, cette femme. Lui, il ne savait s'exprimer que génialement, sous la poussée de la passion. Sa femme, tout de même, évidemment. Elle était fine, sincère, prête à aimer, à croire. Il eut un bon regard. Elle sourit avec espoir. Mais il se reprit et brûla quelques millions dans la cheminée, par distraction.

— Alors cette vie va continuer toujours ainsi ? J'ai peur la nuit toute seule dans ma chambre. Pas même un chien pour me tenir compagnie.

— Un chien ! Pourquoi pas des crocodiles dans la baignoire ? Quand ma grand-mère voyait un chat dans la maison des païens d'en face, vite elle allait se laver les mains. Et celle-ci veut m'amener une meute de chiens et demain, qui sait, une girafe justifiée par la foi. Je hais (grimace violente et juvénile) les animaux.

Elle laissa tomber ses bras, de lassitude, d'impatience et de colère. Elle avait envie de lui jeter un objet à la figure. Elle défendait sa vie et il lui parlait de girafes !

— Quand il y a ce bruit, le gong, que faites-vous, où allez-vous, qui voyez-vous ? Vous restez à la maison ?

Pour se désennuyer, il se pencha sur l'abîme de l'aveu.

— Non, je ne reste pas.

— Et où allez-vous ?

— Dans l'antre. Au royaume des morts. Dans la contrée du sourire effrayant.

Il ouvrit la porte, congédia sa femme d'un geste royal et déférent. Elle sortit.

Elle ouvrit une valise, y jeta une robe, des mouchoirs, une brosse. Puis elle se laissa choir près de la cheminée, tisonna les bûches éteintes et se sentit seule, petite, désarmée. A qui demander conseil ? A ses grands-parents, non. Adrienne. Si elle vivait encore, oui. Malgré sa faiblesse et ses erreurs, elle avait été bonne. Les roues du train sur le beau corps d'Adrienne. Le regard d'Adrienne, si doux, lorsqu'elle avait refermé le livre. Et maintenant, elle était un crâne avec des cheveux et des os.

Le frémissement du gong la fit tressaillir. Naïf,

qui imaginait qu'elle allait rester sagement enfermée dans sa chambre, parce que cet instrument
lui en donnait l'ordre !

Elle ouvrit sans bruit la porte, se pencha au-
dessus de la rampe de l'escalier, vit Solal qui
entrait dans la salle des gardes. Elle descendit,
décidée à découvrir le mystère. Elle poussa la
porte de la salle et resta stupéfaite. Personne.

Seules les armures immobiles contre le mur.
Mais par où avait-il disparu ? La salle n'avait pas
d'autre issue que cette porte. S'il était sorti, elle
l'aurait vu dans le corridor. Par la fenêtre ?
Impossible ; elle était grillée et les barreaux,
qu'elle secoua, étaient solides. Elle souleva les
tapis, examina pierre après pierre, frappa le sol,
déplaça les armures. Rien. Par où cet homme
diabolique avait-il donc disparu ?

Elle retourna dans sa chambre, ferma à double
tour, alluma toutes les lampes pour se donner du
courage.

A l'aube, elle se réveilla, tout habillée. Elle
aperçut dans la glace le visage amaigri d'Aude de
Maussane, l'amie de toujours. Elle défripa sa robe
et, d'un brusque coup de brosse, ramena l'ordre
dans ses cheveux. Elle se considéra avec plaisir,
nette et noble. Certes, elle partirait ; mais auparavant elle découvrirait le mystère de cette dispari-
tion. Pour le reste, elle devinait. Eh, elle avait
deviné depuis longtemps ! Peut-être n'était-il pas
dans sa chambre. Il fallait aller voir, elle trouverait peut-être des indices.

Escalier. Premier étage. Elle ouvrit la porte.
Il dormait avec la même sévérité marmo-
réenne. Sa main tenait une chaîne à laquelle
pendait une clef dorée. Mais comment n'y avait-
elle pas pensé? Bien sûr! Tout le secret était là.
Comme c'était simple. Doucement elle défit la
boucle qui retenait la clef. Elle sortit.

Entrée dans la salle aux armures, elle alla vers
le grand bahut écussonné, l'ouvrit à l'aide de la
clef dorée. Mais elle ne vit pas l'issue qu'elle était
sûre de trouver. Elle sonda les parois, suivit du
doigt les fentes, fit jouer les battants, ouvrit
machinalement le tiroir au bas de l'armoire, le
referma. Rien.

Elle appuya son front contre la vitre, réfléchit,
retourna vers le bahut, en ouvrit les deux battants, puis le tiroir qu'elle sortit. Enfin elle avait
trouvé! Le fond du tiroir masquait l'ouverture
d'un escalier creusé dans le sol. Elle écouta.
Personne. Elle se courba pour pénétrer dans
l'armoire, posa le pied sur la première marche.

Elle descendit une cinquantaine de degrés,
suivit un couloir sombre au fond duquel un cierge
allumé suscitait des ombres changeantes. Elle
entrebâilla une porte cloutée et aperçut une salle
aux voûtes étoilées que soutenaient de larges
piliers. Au fond, les sept branches d'un chandelier
brillaient devant un rideau de velours, brodé de
lettres carrées et de triangles.

Voilà pourquoi il lui avait dit de partir pour
Genève, les premiers temps. Il avait voulu pou-

voir aménager ces caves à son aise et en secret. Entendant des voix, elle referma la porte. Quelques instants après, elle se décida à regarder par l'intervalle.

Des hommes debout elle ne voyait que les épaules hoquetantes et les turbans. A droite, séparées des hommes par une balustrade, des femmes assises de profil. Une impératrice byzantine grattait son eczéma. Une lymphatique montrait des bijoux à une corpulence agitée. Une vieille à perruque roussie lisait en approuvant et remuait le menton. Des vieillards étendaient leurs écharpes sur les jeunes hommes et bénissaient leur progéniture. Un peuple avait déployé ses tentes.

Elle entra doucement dans la chambre de Solal pour remettre la clef à sa place. Mais il se réveilla aussitôt.

— Tu les as vus ?

Elle fit un signe affirmatif et attendit. Écartant ses bras en réveil adolescent, il parla.

— Je suis allé me jeter aux genoux de mon seigneur père et cet homme miséricordieux m'a pardonné. Il m'a donné l'ordre de faire une demeure secrète dans ma demeure d'Europe. J'ai obéi. — Il est sage et il comprend que j'ai ma vie occidentale à continuer. — J'ai fait venir des Solal, ceux de Céphalonie et ceux d'ailleurs. Une ville biblique grouille sous la demeure de Son Excellence. Le jour au ministère, à la Chambre, aux réunions du parti. Et la nuit, je vais dans mon pays. Et de jour et de nuit, je suis triste, si triste. — Ceci est aussi un secret. — Le jour, ils dorment et ils attendent ma venue. Quel frémissement quand j'arrive, après le gong. Ils accourent vers moi et ils me conseillent. Ils se réjouissent de mes réussites et m'apprennent à utiliser mes malheurs. Voilà. Ils vivent dans les caves. Les gens du Moyen Age ont tout très bien arrangé. Beaucoup de chambres. Pendant que tu étais à Genève, il n'y a eu qu'à apporter des meubles, des nourritures. Voilà. Étendu à l'orientale, sur des coussins, le ministre de la République française reste à deviser jusqu'au matin avec ses frères. — J'aime la France. Elle est jolie.

— Sol, pourquoi ne m'avoir rien dit, à moi, ta femme ? Pourquoi tout de même ne les avoir pas fait vivre avec moi, dans la lumière ? Vous auriez su persuader votre père et tous les vôtres.

Il leva vers elle des yeux troubles. Il n'osait pas lui dire le vrai secret. Il savait qu'il fallait une science dans le regard et une intelligence dans le cœur pour déceler la grandeur de ses Juifs, et il craignait pour eux le mépris de celle qu'il aimait. Ah, qu'il était difficile de dire la beauté d'Israël à qui ne voyait que les Juifs.

Elle aperçut la Bible, la feuilleta, s'arrêta au Livre de Ruth, indiqua du doigt un passage et lut sans craindre le ridicule : « Ton peuple sera mon peuple et ton Dieu sera mon Dieu. »

Il sourit, détourna la tête et deux larmes

coulèrent. Il regarda sa bien-aimée, la serra contre lui. Elle avait dit enfin les mots qu'il attendait depuis longtemps.

XXVIII

Le janissaire l'aida à descendre et à se diriger dans le souterrain. Elle songeait que, dans quelques secondes, elle verrait le monde merveilleux que son aimé lui avait décrit. Elle allait avec respect vers le royaume pur et guerrier de l'Ancien Testament. Elle allait vers les prophètes. Bientôt elle se convertirait, et alors elle serait vraiment digne de porter le beau nom de Solal. Le domestique souleva un rideau et disparut.

Restée seule dans la salle où des voûtes creusaient des ombres sur le sol de terre battue que recouvraient des tapis précieux, elle regarda à peine, par discrétion, les objets qui l'entouraient. Des lampadaires étoilés se balançaient. Des lustres et des miroirs étaient posés contre les murs blanchis. Un chandelier d'or brillait sur un coffre-fort à pustules d'acier verdi par les ans. Sur une table, la photographie de Solal enfant dont les lèvres entrouvertes interrogeaient avec inquiétude ou fatigue et semblaient se défendre d'un péché non commis.

Gamaliel Solal entra, conduit par Michaël. Elle s'aperçut avec étonnement que le vieillard était aveugle. (Lorsqu'il avait été renvoyé par son fils, le rabbin avait voulu se punir d'avoir engendré un renégat. Dans sa chambre d'hôtel, il avait fait rougir une lame de fer sur le brasero et l'avait approchée de ses yeux. Il n'avait avoué à personne ce châtiment. Un bandeau sur ses yeux avait caché la plaie et Saltiel lui-même ne s'était pas douté de la vérité. Tous croyaient qu'un mal mystérieux avait frappé le rabbin.) Le vieillard s'assit, ferma ses yeux morts, écarta ses fortes lèvres.

— Quand vous convertissez-vous ?

Après quelque hésitation, elle dit que, avant de prendre une décision si grave, elle était désireuse de s'initier à la doctrine israélite mais que, d'ailleurs, dès que. Elle se détesta de perdre son assurance. Le vieillard l'interrompit avec un sourire fatigué.

— Bien. Allez partager le repas des nôtres. Regardez-les. Ensuite, vous me ferez connaître votre décision, comme vous dites. Et si votre décision est négative, je demanderai à Dieu qu'il bénisse votre voyage de retour auprès des vôtres, ajouta-t-il en se levant pour donner congé.

Le janissaire fit un signe à la jeune femme qui le suivit, humiliée. Il poussa la porte de la salle à manger où l'oncle Saltiel allait de long en large, ravi de la visite inattendue.

Des ciseaux à la main, le vif vieillard faisait des dentelures à un cornet de papier qui entourait un petit bouquet, destiné à sa nièce. Il était au comble du bonheur et se promettait de révéler à la délicieuse prosélyte un oncle Saltiel sans peur, mondain, sinueux, svelte, plein d'entregent, loquace et armé de points de vue intéressants. Et puis cette réclusion allait finir. Par le Dieu vivant, l'oncle Saltiel était fait pour le soleil !

Lorsqu'il aperçut Aude, il s'avança avec grâce et lenteur. « Ce bouquet est très bien, convenable, ni trop grand ni trop petit ; en un mot un bouquet distingué. » Mais il ne put longtemps s'assujettir à une marche digne et s'élança, maître des cérémonies à basques volantes. Il tendit son château fort de papier.

— Hommage d'un oncle charmé. (Trois sourires en pointe, les uns derrière les autres. Trois courbettes.)

Aude remercia. L'oncle fit deux autres courbettes, recula et, les mains soulevant les basques de sa redingote, considéra orgueilleusement son bouquet. Puis il crut devoir converser avec aisance, s'affirma d'esprit libéral et tout acquis à la fusion des races. Aude voulut poser le pauvre bouquet sur la table déjà servie. L'oncle craignit pour son cadeau.

— Non, non, il s'abîmera. Donnez-le-moi, je vous le garderai sur mes genoux et après le dîner je vous le rendrai, soyez tranquille.

Il eut un sourire parfumé, essaya d'introduire le bouquet dans la poche des basques, n'y parvint pas et sourit avec une assurance distinguée. Il garda le bouquet dans sa main, avoua précieusement qu'il se mourait de faim, reconnut qu'il était gourmand, grignota un des poissons fumés qui se trouvaient sur la table et coqueta sans s'apercevoir du sourire que réprimait Aude.

Gamaliel entra rapidement, suivi de trois notables enturbannés et de cinq gentlemen. L'oncle Saltiel, d'un geste galant, optimiste et assuré, offrit à sa nièce la chaise qui lui était destinée. Des servantes convulsées apportèrent les plats. Le rabbin entonna une mélopée. Les assistants mirent leur chapeau, car la nudité est en abomination à l'Éternel, le Jaloux d'Israël. Saltiel, qui avait oublié sa toque, crut pouvoir ne se couvrir que de sa serviette. Les convives eurent des regards de réprobation. Il se leva, irrité, et sortit.

Il revint, tenant à la main un tricorne qui avait appartenu à son grand-père, mit le couvre-chef à la bravache et sourit à Aude. Nous sympathisons, pensa-t-il et il se frotta les mains. Aude mangeait à peine. Saltiel, qui se plaisait à supposer qu'elle était enceinte d'un petit-neveu déjà délicieux à son cœur, l'encouragea à se suralimenter et lui demanda si elle ne préférait pas de la tête d'agneau ou peut-être, mets fin et délectable, des yeux d'agneau.

Solal était venu prendre sa place à table. Il ne prêtait pas attention à sa femme et parlait à son père avec un étrange respect. Gamaliel, le visage hébété d'adoration et de vieillesse, avait posé la main sur le genou de son fils. Le petit oncle crut voir une tristesse sur les traits d'Aude et entreprit de la réconforter par un verbe étincelant. Il semblait diriger un orchestre avec le couteau qu'il agitait tout en parlant.

— Vous m'excuserez d'être peu éloquent ce soir. D'habitude j'ai l'instinct de conversation. Mais ce soir dans ma tête trottinent quelques inventions. Un stylographe pouvant contenir six encres différentes en même temps. Une glace double pour qu'on ne se voie pas à l'envers. Une canalisation d'air salubre pour tuberculeux à domicile, la nuit j'interromps l'air pyrénéen et je fais passer le lait suisse pour le déjeuner du matin. Et si le lait caille en route, me direz-vous ? Eh bien, double tarif ! Des millions.

Il picora, par pure affection et pour se sentir en tendres rapports familiaux, les miettes de pain qui se trouvaient dans l'assiette de sa chère nièce, crut sentir qu'il était l'objet d'une grande admiration et parla d'une plus belle affaire, à savoir navigation à voile par ventilateur ! Puis il arriva au chapitre chéri des passeports.

— Mais les douaniers, ces fils d'une mère mal famée et d'un diable à ventre tricolore, ne comprennent pas les nuances et que Arthur est la traduction de Saltiel, conclut-il en avalant un verre d'eau. (Il sourit et considéra l'effet produit. Comme sa nièce ne le regardait pas, il sifflota, tapota l'assiette, respira fort.)

Les convives cessèrent de parler et lancèrent des regards gênés sur les trois jeunes gens qui entraient. Comme ils ressemblaient à Sol.

Saltiel, interrogé par Aude, expliqua que ces trois étaient les neveux du rabbin, que Nadab avait été professeur à l'Université de Berlin, sous le nom, devenu célèbre, de Mann, et qu'il avait « découvert en psychologie des choses qui donnent le frisson ». Il parla ensuite du second frère, Saül l'illuminé, qui avait soulevé l'enthousiasme des mystiques de Pologne. Du troisième, Reuben, il était clair que l'oncle ne voulait pas parler. Il se contenta de dire que ce Reuben était banquier et que les trois frères étaient « en général un peu malades de l'esprit ». Il fit dévier l'entretien.

— Les cinq Anglais qui sont près du rabbin ne sont pas tous des Anglais. Il y en a un dans chaque grande capitale. Tous les cinq, des Solal de la branche aînée. Ils achètent et ils vendent tout. Mais ils ne m'ont jamais rien commandité car ils n'ont pas confiance en moi. Cinq mâchoires. Ce sont des hommes de la terre. Affaire de destinée ! conclut-il en soupirant et il croqua poétiquement une miette.

Reuben, qui avait pris place à table, choisissait les viandes les plus grasses, les abats, les parties cartilagineuses ou brûlées et s'en délectait syriaquement. Sa paupière gauche se fermait régulièrement dans une grimace convulsive, tic ou sourire de connivence. Avide à se nourrir, il transpirait et des gouttes tombaient sur les châles de laine qui entouraient son cou. Les yeux suintants, les lèvres huileuses, il détachait de temps à autre les dartres de son front. Et il avait les beaux yeux de Sol !

Il aperçut la jeune femme et sourit craintivement. Il s'arrêta pour renifler l'odeur d'une chandelle qui charbonnait puis attaqua des pâtisseries, tout en se regardant dans une glace pour mieux déguster. Lorsqu'il eut fini le vase de confitures, il avala diverses pilules médicinales, car il avait peur de toutes les maladies, fit sonner des pièces de monnaie dans sa poche et récita des chiffres.

Une jolie servante en robe à fleurettes remit une aiguière à Solal qui la présenta à son père. Le rabbin trempa ses doigts et son fils rendit le bassin d'argent à la servante, qui le lui tendit en fléchissant le genou.

Peu après, Solal s'approcha d'Aude. Était-ce bien lui ou un des trois ?

— Je vous prie de rester ce soir jusqu'à la fin, dit-il avec douceur. (Elle accéda d'un geste. Comme ils étaient loin l'un de l'autre.) Quoi que vous puissiez voir. Et maintenant, allez dans la salle voisine. Mon oncle vous accompagnera.

Les servantes ouvrirent la porte contre laquelle hurla immensément une salle forcenée où un peuple avide de vivre s'épandait. Des mains discutaient, des yeux vivaient. La clameur flamba plus fort puis s'éteignit à l'entrée de l'étrangère, et l'assistance darda, lèvres closes, un seul regard avide sur l'Européenne. Mais le silence ne dura guère. Les étranges passèrent de la crainte à la familiarité et entourèrent Aude, la questionnèrent en plusieurs langues, criant pour se faire comprendre. Elle répondait de son mieux, la gorge serrée.

Notre sieur Mangeclous s'arrêta de mastiquer des beignets au miel, écarta la foule et se présenta. Tout en bouclant les poils qui sortaient de son oreille, il demanda à la prévenue des précisions sur le fonctionnement des tribunaux en France. Saltiel, abaissant son tricorne sur les yeux, lui enjoignit de se taire. Mangeclous ricana, lâcha un rot à côtes et avala un septième beignet. Salomon sortit le cahier bleu sur lequel il recopiait des phrases élégantes et des articles politiques qu'il insérait tant bien que mal dans ses lettres de condoléances. Il rougit, prit son élan.

— Et que pense de Napoléon la noble dame? demanda-t-il timidement, tout en s'apprêtant à noter la réponse.

Mais Mattathias l'écarta et interrogea Aude, l'œil méfiant.

— On m'a rapporté que la Banque de France a diminué son taux d'escompte. Est-ce vrai? (Elle ne répondit pas.) Peu importe. J'ai un saphir premier choix. Pour vous, ce sera le prix israélite.

— Maudit négociant! cria Mangeclous pour réhabiliter la nation.

— Une mort subite pour toi, dit avec calme Mattathias. Je controverse et tu m'interromps. Et pourquoi m'interromps-tu, ô homme de mal?

Explique la raison pour laquelle tu m'interromps quand je fais une affaire.

L'oncle Saltiel s'interposa, le rouge au front.

— Taisez-vous, par le saint nom de Di...

— Manche! Dimanche, rectifia un pieux répétiteur de Talmud. Dimanche, dimanche! Le Nom n'a pas été prononcé! L'Imprononçable n'a pas été prononcé!

Saltiel sentit le danger. La réception qu'il voulait belle et grave allait tourner à sa confusion. Pourquoi donc Sol avait-il tenu à faire venir dans le souterrain, en même temps que les Solal de bonne naissance, tous les Solal de basse caste? Et maintenant lui, Saltiel, était seul à dompter ces panthères! En tout cas, il ne fallait pas que sa nièce emportât une mauvaise impression. Il fallait faire taire ces disputeurs. Une belle légende, contée avec gravité, les ferait se tenir tranquilles et donnerait lieu à des discussions savantes, ornées de gestes lents. Priant Dieu de ne pas noircir la face de ce peuple dont il se sentait responsable, il alla se placer au milieu de la salle et battit des mains pour arrêter les conversations.

— O gens de mauvaise éducation, commença-t-il, ô race de véritables ignorants!

Un chœur nourri protesta.

— Eh! si nous sommes ignorants, instruisons-nous! glapit un porteur d'eau.

— Soyez sages et je vous conterai une histoire de myrrhe, d'or et d'aromates.

Le peuple fit connaître son assentiment.

— Allons, commencez, homme de considération! crièrent quelques femmes en regardant si la Française se joignait à elles. Commencez et réjouissez-nous par vos histoires plaisantes! ajouta une grosse.

Puis elles se turent, effrayées de leur audace, et leur main cacha leur sourire honteux. Saltiel, assez désespéré, retourna auprès d'Aude, la salua, s'assit, croisa ses jambes et parla.

— Or donc, dans les temps anciens, temps où l'Éternel avait plus d'estime pour Son peuple.

Salomon avait sorti un cornet et mangeait des fèves bouillies dont il crachait loin de lui les peaux avec un bruit de sarbacane, sans quitter des yeux la Française qu'il admirait profondément. (Voluptueusement couché à ne rien faire dans ce délicieux souterrain où le seigneur ministre entretenait tant de fils des Solal et leur donnait des aliments et des couches délectables, Salomon avait lu dans la matinée un livre de Fénelon. Dans son cerveau vibraient encore les déplorables métaphores que ravivait sa bonne volonté. Il ne savait rien de plus beau que les « gazons émaillés de fleurs » ou « l'onde amère ». Son cœur ingénu était transpercé de beauté et il admirait la compatriote du grand Fénelon.) A une servante qui écoutait par la porte entrouverte, Mattathias proposait à voix basse des ventes à tempérament et montrait des alliances dont l'or, prétendait-il, était préservé des intempéries par une couche de cuivre.

— Or donc, continua Saltiel sans prendre garde à la porte qui s'ouvrait devant la litière, la nièce de Mardochée...

— Esther! cria le peuple assagi.

— Esther comme vous l'avez dit, hommes louables, avait quatorze ans.

— Je la veux! cria une voix fluette.

Saltiel gémit en lui-même. Tout était perdu. Rien de pire ne pouvait arriver. Son père venait d'entrer. Réveillé par le bruit, le vénérable Maïmon Solal avait ordonné aux servantes de le conduire au grand salon. Depuis qu'il vivait dans le souterrain, il se faisait lire des romans mondains, parlait de vivre sa vie et d'aller de par le monde chercher une fiancée. Ce soir-là, il avait endossé des vêtements de fête et ressemblait à un perroquet du paradis. Salomon chuchota que le rabbi était comme un sorbet panaché. Saltiel essaya de poursuivre son récit.

— Assuérus, en réalité, ne voulait pas se marier avec Esther.

— Et moi je l'épouse! Est-ce celle-ci? cria le pétulant moribond en montrant Aude.

Cette interruption fit scandale. Aude se sentait perdue dans cette foire médiévale.

— Ah, c'est la femme de celui qui est mon petit-fils en pays des Francs et pareil à Joseph quant à la puissance et l'éclat? J'ai compris. Tu es là, Saltiel, ô petite progéniture de mes reins? Et de quel pays viens-tu? Tais-toi! J'ai quelque chose de plus intéressant à raconter, dit le vieil égaré que les lumières des lustres excitaient. Écoute bien, ô femme de la couche de mon petit-fils, en l'an mille huit cent vingt il avait un emprunt à lots (on ignorait à quel antique défunt faisait allusion le mourant). Un seul emprunt à lots il avait, et il le voulait vendre. Je l'avais rencontré un mercredi, que mes ans ternissent si je mens et qu'ils s'enfuient comme la rosée!

Il interrompit son récit pour interroger d'une voix presque tonnante.

— Hé, les femmes, suis-je un menteur?

— Que Dieu garde!

— Je ne demande pas que Dieu garde, je demande si je suis un menteur.

— Certes non, dit le pacifique Salomon.

— Paix sur toi alors. Mais que disais-je? Tais-toi Saltiel. Et il voulait vendre cet emprunt à lots. Or le gros lot était de vingt-cinq mille dinars.

Des crayons s'affairèrent dans le silence. (Il est à remarquer que la plupart des calculateurs étaient des ingénus, des inadaptés et des rêveurs incapables de gagner leur vie, des poètes à qui il plaisait de s'imaginer maniant des millions.) Salomon s'apprêtait à noter, Mangeclous retenait sa respiration, Mattathias était devenu blanc. Des femmes avachies qui allaitaient leurs enfants écartèrent leur mamelle. Les nourrissons frustrés se plaignirent.

— Mais je ne sais s'il a vendu son titre, conclut Maïmon avec une majestueuse simplicité.

— Combinaison du monde et circonstance de

la vie, crut devoir dire Salomon qui se consolait facilement de n'avoir rien compris et qui recommença philosophiquement à manger ses fèves.

— Et ceci prouve, conclut Maïmon, que nous sommes tous dans la droite du Seigneur, et que même les chiffres des emprunts à lots dansent devant Son Trône, béni soit-Il!

— Amen, amen, amen, dit brutalement Mangeclous, lui-même excédé.

— Mais je crois que je vais mourir, geignit Maïmon. Et combien fait ce matin le rouble du tzar qu'ils fusillèrent au temps d'une révolution? Et quels sont les petits léopards qui m'affirment que le rouble du tzar ne vaut plus rien? Comment cela se pourrait-il, puisque j'ai septante mille d'entre ces roubles? Le rouble est au pair, jeunes gens. Croyez-moi. Les journaux ne savent rien.

— Par le Nom de Vérité, il me plairait de connaître le numéro du titre gagnant! dit le vieux répétiteur de Talmud.

Sur un signe de Saltiel, le janissaire, qui avait écouté avec mépris ces bavardages, emporta Maïmon dans ses bras. Le centenaire, qui aurait voulu jouir de la vie et rester aux lumières, se débattit, tendit le poing à Saltiel, maudit et déshérita « ce moucheron de la mouche ». Le moucheron dégrisé s'approcha d'Aude, lui conseilla de partir. Elle refusa avec un sourire méchant, égaré. Il partit, désespéré, pressentant un horrible scandale.

— Par le Nom de Vérité, je serais désireux de

connaître le numéro du titre de l'emprunt du lot ! répétait le solitaire répétiteur.

Mangeclous lui écrasa le pied et lui dit avec douceur :

— Trente-trois mille trois cent trente-trois. Es-tu content maintenant et fermeras-tu ta pestilence ?

Au grand étonnement de l'assistance, le petit Salomon ricana.

— Il s'en est fallu de peu que je ne gagne ! Dans mon billet de loterie espagnole il n'y a que des neuf. Mais qui dit neuf dit trois !

Un bel adolescent aux sourcils joints entra en coup de vent. C'était Emmanuel Solal, dit le Stupéfait. Son étonnement n'avait pas cessé depuis le soir où il avait assisté aux exploits joyeux de cinq robustes soldats russes qui avaient trouvé sa sœur à leur gré. Des parents l'avaient fait venir en Grèce et Reuben Solal subvenait à son entretien.

— Apprenez que j'ai appris une grande nouvelle ! cria-t-il. La belle-fille du rabbin va arriver !

Michaël l'enferma entre trois chaises et lui dit qu'il était en prison. Le fou cria, demanda que l'on appelât la flotte anglaise à son secours car la belle-fille du rabbin allait le tuer dans ses caves. Il fallait télégraphier à tous les gouvernements et faire venir des flottes de guerre ! Sa terreur était contagieuse et ses cris ne laissaient pas d'émouvoir les femmes à l'imagination prompte. Le répétiteur hoquetait avec générosité puis demandait le numéro du titre. Aude tressaillit. Une main palpait sa robe. Elle se retourna. Reuben Solal lui souriait. Ce monde tournait infiniment, vertigineusement immobile. Des chauves-souris s'affolaient. Des animaux aveugles sortaient de terre.

« Platine ? » demandait Mattathias en soupesant le collier d'Aude. Des enrhumés se mouchaient ténébreusement. Un Polonais se lamentait contre le mur que son front frappait. Mangeclous expliquait que le Polonais était un peu nerveux et « si vous pouvez me prêter une somme, je l'accepterai ». Il remerciait avec dignité, louait la générosité d'Aude, lui souhaitait de bonnes affaires, auscultait sa poitrine crépitante et diagnostiquait le galop d'une tuberculose. Solal, venu soudain, allait d'un groupe à l'autre. Il était rieur et passionné, pareil à eux, envoûté. Mais était-ce lui ou un des Trois ? Le répétiteur de Talmud demandait au rabbin de Bagdad : « Si un poil passe par un trou du vêtement est-ce que cela constitue une nudité qui interdit la lecture de l'Unité ? » Devant un échiquier, deux engourdis déplaçaient des pions avec des calculs dans leurs rayons visuels prestes et métalliques.

Des criardes s'entretenaient à voix éplorée, glapissante, peureuse et craignaient des malheurs. Dans leurs yeux la noblesse des anciennes douleurs. Des adolescents avaient une beauté rose, de poussière irisée, fausse, sans solidité, et devenaient soudain de louches tétrarques au nez gras, aux mains velues de bleu. De faux messies, hypocrites et illuminés, circulaient. De mélancoliques fous souriaient et avaient peur. Des lucides savaient tout et ne faisaient rien.

Un chœur de femmes bâillait d'un air ravi, en écoutant la conversation des sages, avec des éclaircies vibrantes lorsqu'un négociant renommé prenait la parole. Une mère berçait un nourrisson fraîchement circoncis et s'enorgueillissait du sang qui coulait sur les cuisses du petit vaillant. Des filles de la tribu congratulaient la mère.

Les grands miroirs des murs faisaient une multitude de Roboam Solal qui marchait. Tous ces centenaires espéraient.

Un vieillard, qui avait achevé de graver un noyau d'olive, venait faire don de son œuvre à Aude. « Gardez, dame Solal. J'ai tracé sur le noyau des mots de pureté et autour sont des petits lions. J'ai travaillé pour vous depuis que j'ai appris la nouvelle de votre conversion. Gardez, c'est don gratuit et offert par le cœur de l'Israélite. » Retourné à sa place, il posa sa barbe sur son épaule pour ne pas souiller le Nom ineffable qui allait sortir de la plume d'oie et se poser sur le parchemin. Il souriait et imaginait que le noyau gravé donnait en cet instant naissance à un autre noyau, frère céleste de saphir que l'Éternel enchâssait dans sa couronne tout en créant un ciel nouveau.

Salomon frissonnait et craignait la mort. « Je

crois bien que les morts vivent, cher Michaël, mais ils ne vivent pas beaucoup et de plus ils sont languissants. »

Mattathias restait debout pour ne pas abîmer son pantalon mais il s'inquiétait de l'usure possible de ses semelles. De grosses femmes timides et maniérées déambulaient. Leurs crinolines crissaient, leurs chaînes s'entrechoquaient. Fortement enceintes, elles portaient leur fardeau avec orgueil, agitaient des éventails de plumes et respiraient avec une volupté fausse et cérémonieuse des fleurs artificielles.

Des vieux se préoccupaient de leur santé, gardaient longtemps un thermomètre dans la bouche puis jetaient des regards avides sur les traits gradués. L'un d'eux pesait ses aliments. Un autre suçait un diamant. Certains, à barbe roussie et à oreillettes, frottaient leurs mains craquantes et des étincelles jaillissaient. Des neurasthéniques bouclaient sans arrêt leurs cheveux qui crépitaient. Ils avaient peur, peur.

D'autres commentaient des commentaires et tournaient leurs doigts avec rapidité. Le répétiteur disait qu'il est interdit de regarder même le petit doigt d'une femme. Un osseux, sur le front duquel était posée une petite boîte carrée, faisait claquer ses doigts multipliés et demandait la parole. « Je mets les phylactères. Or ces phylactères sont faits du cuir d'un bœuf. Supposition : Ce bœuf avait heurté un jour par mégarde ou volontairement un porc. Discussion : Suis-je

373

pêcheur de toucher un cuir qui a touché une viande défendue? Je demanderai encore : Est-il permis de tuer une punaise, le saint jour du sabbat? »

Une race exsudeuse expectorait, crachait, toussait, râlait, transpirait, se grattait, procédait à des échanges, assimilait, rejetait, vivait. Des enfants échangeaient des biens. Des vieillards échangeaient des sciences. Tout circulait. Une race active ricanait, sanglotait, débordait d'expression, avait peur.

Le rejeton de Mattathias, haut d'un bras et demi, rudoyait son père ravi de cette charmante vivacité, qui vénérait son benjamin et se garait des coups de pied. « C'est ce que tu appelles beaucoup d'arachides, ô Mattathias, mon père? Donne-m'en d'autres car j'ai faim et veux vivre et prospérer. » Puis, apercevant les enjeux de Salomon et de Michaël accroupis devant un tric-trac, l'enfant s'écriait (d'une voix suave tragique tendre, pris du mal sacré qui convulsait à sa suite d'autres enfants) que c'était de l'argent, de l'argent véritable! Les mères tressaillaient.

Une haute et vive jeune fille de sang royal et aux yeux d'intelligence folle s'approcha. Elle dit qu'elle était Tsillah, la nièce de Gamaliel et la sœur des Trois. Puis, sans autre, elle parla de ses frères.

— Le jour, Nadab pense, et c'est le froid géométrique, les stalactites se promènent dans le noir de vérité, les engrenages fonctionnent à vide.

La nuit, Nadab entre dans la vie. Sa fureur décèle, juxtapose, compare, recoupe, déplace, regroupe, substitue, spécule et détruit des fiertés illusoires. Le jour, Reuben, femelle adipeux sang épais fécond sale producteur, téléphone aux banques, aux journalistes et aux rois, il écrase, se juche, pressé de vivre, s'obstine impassiblement et enfle. La nuit, il est poursuivi, pleure, a peur, craint qu'on ne le remarque, pour se venger il crache, il voudrait être fier, ne plus sourire ni approuver, la peur le décompose, mais cette boue est granulée de germes précieux, il est pieux et lâche. Le jour, Saül dresse les Chiens de Dieu qui deviennent vifs et conduisent les brebis nations vers demain et l'on fera justice, il se révolte et déteste le mal, il a une face dure mais ses yeux vacillent de tendresse. La nuit, il sourit avec lassitude, il aime, méprise et sait que le Royaume est proclamé dès aujourd'hui, les femmes le comprennent, un simple, il va avec les enfants, gai, son visage est doux, une malice raie parfois l'œil gauche, c'est l'Agneau.

Aude n'écoutait plus cette folle. Les trois frères se disputaient férocement, semblaient vouloir se battre puis l'un disait un mot à l'oreille de l'autre et les trois s'apaisaient.

Le répétiteur vint expliquer à la néophyte que l'Éternel se plaisait tant à converser avec ses Juifs qu'Il n'exauçait pas leurs prières. S'Il avait consenti à leur accorder leurs demandes, ils ne se seraient plus adressés à Lui. Reuben demandait pourquoi ils avaient fait peur à ce pauvre Reuben-là et il demandait justice d'un rire stupide et sans fin.

Une voix grave et charmante s'éleva. Saül se promenait en souriant, les mains contre la poitrine, et chantait le jour de bonté. Nul ne paraissait plus tendre ni plus inoffensif que ce beau prince qui arracha soudain un lustre et le jeta sur Reuben qui alla se jucher sur une table et hurla. Les gens du souterrain semblaient habitués aux fantaisies des trois frères qui furent garrottés sur-le-champ et emmenés.

Les lamentations d'Emmanuel contaminaient les assistants. Dans la salle s'étendait un brocart de bourdonnements, faufilé de rires, de disputes, de bras agités. Un peuple malade et mélancolique et mortellement las et blessé vivait sous ces voûtes et tremblait de peur. Ces malheureux Solal avaient des rictus qui calmaient leur angoisse d'attente. Gamaliel marmonnait peut-être des paroles athées. Le ministre Solal, qui gisait et se débattait, une écume aux lèvres, se leva soudain, sourit gravement et sortit avec lenteur.

Mais au fond de la salle, soudain apparus, des graves vieillards prophètes, vrais fils du peuple saint, s'entretenaient. Assis sur les velours, ils étaient plus magnifiques que l'adolescent. Leurs gestes étaient doux, leurs lèvres étaient puissantes et la Venue posait un printemps contre leurs yeux. Leurs mains éclairaient. Des enfants s'étaient approchés d'eux. Dans leurs yeux luisait une attente du malheur, une protestation anticipée d'innocence.

Des jeunes hommes écoutaient l'alarme d'En Haut, méditaient, ignoraient le monde et ses dieux galvanisés d'or. Ils polissaient des verres de lunette, courbaient l'univers aux lois de vérité et ils méprisaient l'or. Et ceux-là étaient les vrais fils de ma race.

Là-bas, au fond de la salle, sous les voûtes, dans les déserts et les ombres et dans les lieux du temps, des brasiers regards magnifiques allaient jusqu'à demain éternel. Il y avait des espoirs altérés, des attentes, des galops lointains et de hautes flammes aux tournants des siècles sur les vrais fils de la nation aînée. Le malheur ne les courbait pas. Ils allaient, éclairés d'élection, et leur complot était l'amour des hommes.

— Éternel, que le jour de métamorphose illumine la face de mes frères et que tous apparaissent merveilleux et très saints comme ils sont déjà. — Par mon Nom, je montrerai leur beauté à l'univers, dit l'Éternel. Je les baignerai d'une eau glacée et sous la boue des siècles apparaîtront les princes vêtus d'hyacinthe, dit l'Éternel. En vérité, j'exalterai mon fils Israël, dit l'Éternel avec un rire fort.

XXIX

Il allait et venait dans sa chambre, inquiet comme l'accusé qui attend le verdict. Aude entra. Il comprit la signification de son silence, s'arrêta, ferma les yeux. Elle resta un moment immobile, pensa au monde dont elle venait de s'enfuir et s'aperçut enfin, avec stupéfaction, que Solal s'était endormi.

Debout, comme un seigneur de l'au-delà, il gardait les yeux dangereusement clos. Quelle figure froide et dure il avait. Quelle race incompréhensible. Elle n'osa pas le réveiller, le laissa comme il était, dans sa léthargie, appuyé au mur et un léger sourire sur le visage. Lorsqu'elle sortit, le sourire du dormeur s'accentua.

Une heure après, ce fut presque l'aube. Aude, à genoux, rangeait des objets dans une valise. Il poussa la porte. Elle leva la tête puis se remit au travail. Il l'admira de plier si bien ses robes et se sentit incompréhensiblement heureux. C'était un envahissement contre lequel il ne pouvait résister.

— Ce sont des bagages. (Cette simple et inutile affirmation le ravissait d'aise.) Vous préparez vos bagages ?

Elle ôta les épingles qu'elle avait entre les lèvres.

— Oui.

— Pour partir en voyage?

— Évidemment.

— Aude, vous n'avez pas su voir ces gens tels qu'ils sont. Tels qu'ils sont en réalité.

— Possible.

— C'est un grand peuple. Seulement, parmi eux, il est des malheureux et des tordus par les douleurs.

Elle acheva de boucler sa valise avec énergie. Ensuite, elle se leva, alla vers lui, le prit par les bras. Il se sentit diminué.

— Eux ou moi, choisis. Je ne reste pas s'ils restent ici. Renvoie-les. Tu n'es pas comme eux.

— Je suis tout à fait comme eux. Tu n'as pas su les voir, les vrais, ceux de l'esprit, ceux qui étaient mêlés aux autres hier soir. Mais les autres ont du bon d'ailleurs aussi car ils sont les fils et les pères des princes en humanité. Ils sont le plus magnifique fumier. Et puis tous, les vrais et les autres, sont des excessifs, des ardents. Comprends donc. Un peuple poète. Un peuple excessif. Chez nous, les grotesques le sont à l'extrême. Les avares, à l'extrême. Les prodigues, et il y en a beaucoup plus, à l'extrême. Les magnifiques, à l'extrême. Le peuple extrême. Le vieux peuple de génie, couronné de malheur, de royale science et de désenchantement. Le vieux peuple fou qui marche seul dans la tempête portant sa harpe sonnante à travers le noir ouragan des siècles et immortellement son délire de grandeur et de persécution.

Il s'enhardit, étincela d'un antique printemps.

— J'appartiens à la plus belle race du monde, à la plus noble, à la plus rêveuse, à la plus forte, à la plus douce. Regarde-moi et tu sauras que je dis vrai. Tu n'as pas compris que tu étais hier soir dans une ville sainte et folle et irrémédiable d'humanité. Les quelques ridicules, les quelques impolis, cela joue un grand rôle pour vous autres, les déformés t'ont empêchée de voir les saints, les fils du plus grand, du plus grand, du plus grand peuple de la terre. Certains, oui, s'occupent d'argent. Ils font avec plus de passion, plus de poésie, ce que les hommes de toutes les races font. Comme si les hommes de toutes les autres races détestaient l'argent ! Et d'ailleurs les Argentiers de chez nous s'occupent de ce métal en vertu d'un mobile saint : vivre, résister, durer. Pour que le peuple dure, pour que le fils vive, pour que le Messie vienne. C'est notre forteresse l'argent, pour nous pauvres bannis, pauvres errants. Et puis à côté des quelques rares parmi les nôtres qui savent le manier magistralement, combien de rêveurs, de poètes, de miséreux, de désintéressés, de petits oncles, de naïfs qui n'ont jamais su s'y prendre, de perdus dans le monde de la matière ! Et il en est d'autres qui dès aujourd'hui étincellent d'une beauté surhumaine. Surhumaine, répéta-t-il avec défi. Il y a quelques grandes nations. Nous sommes la plus grande. Je suis la plus grande. En vérité, en vérité je te le dis, je suis la plus grande nation, moi Solal. Souris donc et

moque-toi de moi et moque-toi de nous. (Pause.)
Nous vous avons donné Dieu. Nous vous avons
donné le plus beau livre. Nous vous avons donné
l'homme le plus digne d'amour. Nous vous avons
donné le plus grand sage. Et tant d'autres. Et
moi, entre autres. Moi de plus tard. Et vous
verrez toutes les magnificences que nous vous
donnerons et tous les ensoleillements. Un peu de
temps encore et vous verrez. Mais assez parlé de
cela, dit-il en baissant les yeux.

— Sol, ne manque pas ta vie à cause d'eux.
Qu'y a-t-il de commun entre toi et ces gens ? Tu
es noble et beau, tu n'es pas comme ces larves.
Aimé, renvoie ces gens.

— Et si je reste avec eux, rien qu'avec eux,
toujours en bas ? Plus ministre. Toujours larve ?

— Je suis allée vers eux avec tant de bonne
volonté. Je ne m'attendais pas à cela. Je ne peux
pas. Je ne veux pas voir, je ne veux pas entendre
ces êtres qui viennent me féliciter de ma préten-
due conversion ou me souhaiter de bonnes affaires. (Elle l'observa avec méchanceté.) Je veux
vivre chez moi, avec mon mari, et non avec tous
ces bonshommes impossibles.

Il y eut un long silence. Des larmes montaient
aux yeux de Solal. Deux mille années de souffrances courageusement supportées et voici le résultat ! Un peuple qui n'avait pas voulu trahir. Qui
avait préféré le bûcher au renoncement. Et qui
aujourd'hui encore préférait les persécutions au
renoncement. Qui préférait la honte au renonce-

ment. Qui préférait les massacres, l'ignominie même. Au Moyen Age, tous ceux qui avaient préféré la mort à l'apostasie. A Carentan, à Blois, à Bray, à Nuremberg, à Verdun, à Worms, à Francfort, à Oppenheim, à Mayence, à Burgos, à Barcelone, à Tolède, à Trente et dans d'autres villes, tous ces vaillants qui n'avaient pas voulu renier leur Dieu, qui avaient mis le feu à leurs maisons et s'étaient lancés dans les flammes, en tenant leurs enfants dans leurs bras et en chantant des psaumes. Ces héros, ces humiliés pour Dieu, ces grands nostalgiques de Dieu, ces faméliques errants à travers les siècles. Ce peuple passionné et fort qui avait traversé l'histoire comme une épée et qui avait marqué la terre de sa marque royale et de son Dieu. Ce peuple sublime d'espoir à travers les déserts vers Chanaan et dans les captivités en tant de terres étrangères. Ce peuple qui avait tenu tête, dans sa sainte bourgade, à Rome, et qui avait fait trembler le plus puissant des empires. Ce peuple de l'Esprit. Ce peuple du demain éternel.

Tout cela, pour celle qu'il aimait, des bonshommes impossibles et des larves ! C'était la première meurtrissure à leur amour. Elle s'éloignait de lui. Il comprenait qu'il ne pouvait en être autrement. Il hocha la tête, contempla sa destinée. Il hésita, baissa les yeux. Une folie s'insinuait en lui.

Avec un sourire sanguinolent, il s'approcha d'elle, déchira sa robe et les autres étoffes. Il admira la force et le jet de ce corps. Elle s'approcha du lit, arracha une couverture et recouvrit sa nudité.

— Lâche! dit-elle, frémissante d'indignation.

Eh, il le savait mieux qu'elle! Mais non, il n'était pas lâche. Il était malheureux et il ne savait pas ce qu'il faisait. Ou peut-être voulait-il se punir et donner à Aude une vraie raison de le mépriser? Ah, pourquoi avait-il choisi d'aimer celle-ci? Il la jeta sur le lit. Mais il contint son désir et recula.

— Pour que tu ne t'en ailles pas, ricana-t-il, nous te laisserons dans l'état de simple nature et nous t'emprisonnerons. Je reviendrai te chercher tout à l'heure et nous partirons avec les larves pour Jérusalem.

Il lança la valise et les vêtements de sa femme dans la chambre voisine, sentant avec ivresse qu'il se perdait. Il sourit avec grâce et s'inclina.

— A bientôt, chère dame Solal. La semaine prochaine à Jérusalem. Tu as épousé une larve. Tant pis pour toi. Juive, mon amie!

Il ferma la porte à double tour et s'en alla. Il avait honte.

Quatrième partie

XXX

Aude guettait à la fenêtre de sa chambre des Primevères. Elle aperçut le facteur, descendit et courut à sa rencontre. Elle revint lentement, la tête baissée. Pas de lettre. Pas de nouvelles de Solal. Où était-il?

Depuis deux mois qu'elle vivait aux Primevères, elle se repentait jour après jour. Elle avait osé forcer la porte de la chambre où il l'avait enfermée. Train pour Paris d'abord, puis pour Genève. Quelques jours après, elle était retournée à Saint-Germain. Elle avait trouvé la Commanderie sans Solal et sans ses hôtes. A Paris, le président du Conseil n'avait pu que lui montrer une lettre de quatre lignes par laquelle Solal lui demandait d'accepter sa démission. De retour à Genève, elle avait confié sa détresse à son grand-père. Aux autres, elle avait dit que son mari était malade et qu'il faisait une cure de repos dans une station des Pyrénées.

Lorsqu'elle entra au salon, M. Sarles s'arrêta de siffloter un air de « La Dame Blanche » et souleva les sourcils en signe d'interrogation. Elle fit un imperceptible non. Le pasteur lança un regard craintif du côté de sa femme et s'approcha obliquement de sa petite-fille. Ils parlèrent à voix basse. Oui, il avait bien pensé lui-même à aller chercher ce malheureux garçon à Céphalonie, où il avait dû se réfugier sans doute.

— Eh bien, a-t-on fini ces petits secrets? demanda Mme Sarles avec une intention de vive malice. Le thé va se refroidir.

Le pasteur passa son étendard de poche sur son front puis s'éventa avec sa calotte. Céphalonie était une île. Entreprendre un voyage par mer démontée à soixante-dix-huit ans, c'était parfaitement immoral. Mme Sarles trempa une biscotte vitaminée dans son thé et parla du cher Jacques dont elle venait de recevoir la photographie et qui devait venir bientôt passer un long congé aux Primevères.

— Commandant! s'exclama-t-elle en remuant avec ardeur sa biscotte chérie. Ah, qu'il doit être beau sur sa fougueuse monture, lorsqu'il fait sa promenade du matin à la tête de son régiment!

— Bataillon, rectifia M. Sarles.

— C'est ce que je disais. A la tête de son bataillon!

La sentimentale vieille dame sourit à cette évocation guerrière, puis s'aperçut du désastre : sa biscotte flottait comme une méduse à la surface des eaux

— Mais que disais-je?

— A la tête de son bataillon, dit machinalement M. Sarles qui pensait à Céphalonie et tournait lugubrement sa cuiller dans la Méditerranée.

Mme Sarles soupira discrètement et regarda sa petite-fille. Elle parla de Jacques, fit allusion à la douleur qui l'avait décidé à refuser le beau poste de Rome et à prendre du service en Afrique. Elle chanta ses actions d'éclat au Maroc et sa magnifique prestance. Comme il devait être estimé de ses supérieurs pour avoir été cité trois fois à l'ordre des armées françaises !

— A l'ordre de la brigade, dit M. Sarles.

— C'est ce que je disais, fit la vieille dame.

— Oui, il est tombé bien bas, conclut Aude.

Après le dîner, lorsqu'elle entra dans sa chambre, elle trouva Solal étendu sur le divan, qui tourmentait un chapelet catholique. Terrifiée de joie, elle se jeta dans ses bras.

— A propos, dit-il lorsque les sanglots de sa femme eurent cessé, je suis catholique. J'ai eu une révélation à Vienne et je me suis fait baptiser à Berlin.

Aux Primevères, la joie fut vive le lendemain. Mme Sarles soupirait bien un peu. « Il ne faut pas demander trop à la fois, lui disait le pasteur. Catholique c'est déjà bien quelque chose. »

Une atmosphère de bienveillance entoura Solal pendant les jours qui suivirent. Le pasteur restait de longues heures devant son harmonium. Mme Sarles fredonnait dans les corridors. Ruth

voyait moins souvent son amie et, à table, dirigeait sur Solal une spiritualité fulgurante. Aude
seule ne participait pas à l'allégresse. Elle eût
préféré un prompt départ pour Paris.

Un soir, c'était une semaine après son retour,
Solal lui dit :

— Tu sais, je les ai chassés le jour de ton
départ. Les larmes, ou larves, coulaient des yeux
de mon père. Il est aveugle, ce bonhomme
impossible. Laisse-moi seul. Bonne nuit.

Il voulut éteindre, ne trouva pas le commutateur, jeta la Bible sur l'ampoule qui éclata.
L'écriteau phosphorescent, que Mme Sarles avait
accroché subrepticement le jour précédent, se mit
à luire : « Crois et tu seras sauvé. » Solal marcha
dans l'obscurité.

A l'aurore, il prit sa guitare et, tout en la
sollicitant, songea à ses semaines de vagabondage
après le départ de Paris et à ses aventures.
L'archiduchesse aux cuisses dures. La marchande
d'oranges à Venise. Les deux Suédoises. Que de
noyades sans résultat. L'indicible aventure de
Dresde. Puis le baptême, reçu avec joie. Mais à
quoi bon se leurrer ? Un Solal, archevêque de
Grenade, n'était-il pas revenu à la foi de ses
pères ?

Il descendit l'escalier. Dans le jardin d'hiver,
Aude et Ruth s'apprêtaient à écouter la lecture du
journal par Mme Sarles. Les trois femmes s'éton-
nèrent en elles-mêmes du vêtement russe qu'il
portait. Il salua cérémonieusement et s'éloigna

avec indolence. Aude alla le rejoindre dans sa chambre.

— Aimé, il faut partir pour Paris.

Il continua de gratter attentivement sa guitare. Elle admira sa noble pose. Il leva les yeux, eut un geste de négation.

— Mais alors que veux-tu faire?

Il leva les yeux.

— Rien.

Il répéta plusieurs fois ce mot avec joie, avec feu comme s'il annonçait un exploit. Resté seul, il s'interrogea :

— Sais-tu que les élections générales ont eu lieu en France, il y a quinze jours? — Oui, je le sais. — Que tu ne t'es pas présenté et que tu n'es plus député, plus rien? — Je ne l'ignore pas, seigneur. — Que fais-tu Solal? — Rien. — Très bien, Solal. Continue, Solal.

Cet homme jeune, qui avait eu des débuts remarquables, paraissait avoir oublié sa vie de Paris et semblait décidé à rester longtemps à Genève. Lorsqu'il venait à table avec son accoutrement russe, il ne disait mot et gardait les yeux baissés. Son silence alourdissait l'air. Et toujours ce chantonnement dans sa chambre.

Bientôt, il cessa de venir à table. Aux heures des repas, un domestique déposait un plateau devant la porte. Aude essayait de persuader les siens que son mari était malade.

Lorsqu'il le lui permettait, elle s'occupait de lui

comme d'un enfant. Elle se tenait au pied de son lit et lui racontait d'étranges histoires. Il n'admettait que les incursions dans les siècles passés ou dans les pays de rêve.

Un soir, lasse de ces mirages qu'elle devait sans cesse renouveler, elle lui dit avec naturel :

— Vous savez, Jacques est à Genève, en congé. N'aimeriez-vous pas le voir ? Il est en bas.

— L'homme à qui je t'ai volée ? Comment ose-t-il venir ?

— Tout cela est si vieux, dit-elle avec un sourire forcé. Il a tout oublié.

— Est-ce qu'il fait quelque chose, est-ce qu'il travaille ?

— Oui.

— Alors, je ne veux pas le voir.

Prévoyant des désastres proches, il répétait en lui-même le nom de Jacques et considérait sa femme avec terreur. Elle se mit à genoux, le déchaussa, lui dit de se coucher. Elle le contemplait avec tristesse. Il était en train de perdre sa vie et c'était peut-être sa faute à elle. Il y avait sans doute un moyen de le tirer de ce marais, mais elle ne pouvait pas mentir et lui dire les mots qu'il attendait d'elle. Elle chercha quelle histoire de son enfance elle pourrait bien lui raconter.

— Lorsqu'elle venait passer ses vacances ici, Adrienne...

— Qui est-ce ?

— Mais voyons, tu sais bien.

— Je ne sais pas. Tu me fais mal quand tu discutes.

— Adrienne de Valdonne.

— Oui, dit-il en considérant attentivement ses doigts, j'ai très bien compris. Et quand est-ce qu'elle vient ?

— Tu sais bien qu'elle est morte.

Il élargit ses yeux qui se lustrèrent de douleur.

— Morte. Moi aussi. Va-t'en, va voir l'homme qui fait quelque chose.

Le lendemain, Mme Sarles, profitant de ce que son mari était allé herboriser, dit à sa petite-fille qu'elle supposait que Solal désirait payer une pension et qu'elle comprendrait fort bien ce souci de dignité. Elle ajouta qu'elle avait bien des soucis et que certains de ses titres (elle prononça ce mot avec pudeur) ne rapportaient plus rien depuis trois semestres. Solal, qui guettait derrière la porte, avait entendu. Il battit des mains. Aude accourut.

— Je n'ai plus un rouble. Mes quarante millions — tous en billets de banque — je les ai brûlés après ma conversion. Et la Commanderie, je l'ai donnée à Saint-Germain, à la ville, municipalité, que sais-je. J'ai oublié que je t'avais emprunté tout ton argent.

— Mais cela n'a aucune importance, dit-elle avec un beau sourire qui exaspéra Solal de honte et d'amour.

— Je sais que tu es très noble. L'autre jour, tu as dit : « Il est très bien élevé » en parlant de

quelque idiot ou d'un chien. Tu as dit une heure
après : « C'est une tradition dans notre famille. »

Elle le regarda droit dans les yeux.

— Eh bien ?

— Rien, fit-il en reculant. Te souviens-tu de
Reuben ? C'est ton cousin, n'est-ce pas ?

Elle sortit. Il tourna en rond dans sa chambre.
Pourquoi avait-il fait venir ces gens dans le
souterrain ? Imbécile, il n'avait qu'à rester ministre ! Déjà pas mal. Et maintenant elle les méprisait et elle le méprisait en eux. Elle voyait sans
cesse ces « bonshommes impossibles ». Et lui
aussi à ses yeux était devenu un bonhomme
impossible.

La honte s'était emparée de toutes les régions et
régnait, immobile et dévoratrice, pliant tout à sa
loi, déformant toutes choses. Il aurait voulu
entendre sa femme lui dire qu'elle admirait les
Juifs. Et que ce fût vrai. Que ce fût dans un
jaillissement spontané et non par bonté ou pitié.
Il savait bien qu'il attendait l'impossible. Aude se
bornait à lui offrir une bonté sans tache et sans
importance.

Étouffant de solitude, il eût désiré se mêler à la
vie des Primevères. Mais il n'osait plus. Il sentait
que Mme Sarles et Mlle Granier le considéraient
comme un pécheur qu'il fallait aimer malgré ses
torts. Pour son malheur, M. Sarles n'était plus là.
Il était venu, quelques jours auparavant, faire ses
adieux à Solal : il allait remplacer pendant un
mois un de ses anciens élèves, pasteur au Brassus,

qui venait de tomber malade. Le défaut de prononciation du cher grand-père s'était accentué au cours de l'entretien et soudain le vieux Genevois l'avait embrassé. Cette bonté spontanée avait été bienfaisante à Solal. Pendant quelques heures, il avait cru revivre.

Mais le génie social qui s'emparait de M\ume{}e Sarles faisait de cette femme, qui avait de petits travers et de solides vertus, une sorte d'aimable tortionnaire. A sa façon, elle punissait le solitaire. Comme une seiche lance l'encre, elle projetait sans cesse à la face de Solal des petits nuages d'ordre et de bienséance. En sa présence, elle faisait de continuelles allusions à sa vie d'homme hors des rangs et des cadres. Elle ne pouvait pas deviner la douleur et le désarroi de cet homme qui avait le cœur trop ardent pour pouvoir choisir entre sa femme qu'il aimait et sa race qu'il aimait, qui se sentait coupable vis-à-vis de l'une et de l'autre, qui n'avait plus le courage de rentrer dans la vie, cruelle aux passionnés d'absolu.

Un jour, il avait failli casser une tasse, à l'émoi théâtral de M\ume{}e Sarles, adoratrice d'objets, qui se plut à retracer la noble carrière familiale de cette porcelaine, héritage de l'arrière-grand-oncle d'une demoiselle de bien, tante du commandant de Nons.

— Cher Jacques. Un homme qui a trouvé sa voie et qui y persévère. Hum, oui, conclut

Mme Sarles avec un sourire plein d'amour et de certitude triomphante.

Chaque fois qu'elle apercevait Solal, elle se livrait ainsi à d'innocentes caracolades et avançait ses petits pions sur le damier. Mme Sarles avait la force douce de la pluie. Sans penser à mal, elle usait Solal. Elle s'étonnait que le lépreux ne voulût pas accepter son immatériel baiser et ne répondît pas à ses sourires par un sourire. Aude regardait avec étonnement son mari qui écoutait presque humblement les imperturbables verdicts souriants qui sortaient des minuscules lèvres froncées de la vieille dame, représentante de la société.

Parfois, on oubliait de lui envoyer le plateau. Pour calmer sa faim, il sortait, se promenait sous la pluie. Puis il rentrait, tournait en rond dans sa chambre. Elles avaient bien raison d'en avoir assez. Il savait bien qu'il était insupportable. De quel droit restait-il dans cette maison ?

Un soir, comme il sortait de sa chambre, il entendit le martèlement important, gracieux, assuré, propriétaire et fouineur des bottines de Mme Sarles. Il voulut aussitôt rebrousser chemin. Mais c'était trop tard, il était repéré. L'aimable mitrailleuse crépita.

— Vous n'êtes pas souffrant au moins, mon cher ? Nous avons été bien étonnées de ne pas vous voir à table.

Que faire ? Répondre ? Dire ses remords, sa honte et sa fierté des siens, son amour déchiré pour Aude, son attente du miracle qui remettrait de l'harmonie dans sa vie ? A tort ou à raison, cet homme souffrait. Il ne répondit pas, haussa les épaules. Mme Sarles supporta vaillamment l'injure, se proposa de prier pour Solal et lui sourit avec une spiritualité vraiment terrifiante.

Libéré, il se précipita dans sa chambre et se boucha les oreilles pour ne pas entendre les pas secs de Mme Sarles qui faisait une petite tournée au second étage pour voir si la cuisinière et la femme de chambre avaient éteint leurs bougies. Un peu calmé, il songea : « Évidemment, j'ai peur d'elle. S'il y avait un lion dans cette chambre, je m'arrangerais avec lui. En tout cas, il ne sourirait pas. Elle me fait peur parce qu'elle m'aime pour son plaisir moral et ma déconfiture. » Il avait soif, il voulut chercher de l'eau. Mais il n'osa pas sortir, de peur de rencontrer la vieille dame.

Le lendemain matin, Mme Sarles harponna le noyé et lui montra, dans un mouvement d'exaltation, la photographie d'un évangéliste nègre habillé en homme, et dont elle lui dit, avec une insistance significative, combien il était travailleur, poli, ordonné, prévenant avec sa femme, religieux et d'esprit moderne

Le dimanche de Pâques coïncidait cette année avec le premier jour de la Pâque israélite. Solal se souvenait de la fête joyeuse à Céphalonie. Les parents et les amis étaient réunis autour de la table et son père expliquait le sens de l'antique cérémonie. Herbes amères et pain sans levain. O souvenirs abolis. A Céphalonie, ses frères festoyaient. Il tira de sa poche une galette de pain sans levain qu'il s'était procurée la veille, la mâcha lentement. Dans la solitude, le renégat commémorait la sortie d'Égypte.

Il alla rôder autour de la synagogue, mais il n'osa pas entrer. A son retour aux Primevères, il vit les œufs teints sur la table. « Je n'en suis pas. Pourtant c'est Un des miens qui ressuscite aujourd'hui. Et je L'aime autant qu'eux. Plus peut-être, parce qu'Il est si terriblement proche de mon cœur. Je pense sans cesse à Lui qui est mon frère bien-aimé et vénéré. »

Appuyé contre la vitre, il surveillait le jardin. « Quatorze invités. Jacques. Oui, il a changé. Viril, calme. Il a eu un moment de jeunesse, de naïve affectation Puis il a été happé par le social. Quel sabre ! Il étripe et on l'admire. Aude est heureuse de parler avec lui. Ils ont tous les deux un sourire franc. Et pourquoi n'auraient-ils pas un sourire franc, ces héritiers d'heureux ? Ressuscitée aussi, celle-là. Elle touche les décorations, l'infâme. Va-t-elle lécher les éperons ? Allez allez, au lit tous les deux ! Vous en mourez d'envie ! Ils vont dans le salon prendre leur thé délicieux et gober leurs œufs de Pâques je suppose. J'ai faim. »

Il se boucha les oreilles pour ne pas entendre les rires aimables qui témoignaient de l'intérêt pris au prochain ou, du moins, à sa conversation

Il avait faim. Il aperçut une fois de plus le tragique de sa situation. Il n'était plus de sa race et il n'était pas chrétien. Seul. Et sa femme ne pensait même pas à venir l'appeler! Ces rires du salon éclataient peut-être à son intention.

« Ils m'en veulent aussi parce que je suis pauvre. Si j'avais de l'argent, je serais un original. Ils m'en veulent et moi je les aime tous, tous, au fond de moi. Si la mère Sarles savait comme je pourrais l'aimer! Il suffirait qu'elle ne me reproche pas mon existence et ma race, dans son âme que je devine, pour que j'aille me jeter dans ses bras et lui dire : O grand-mère, console-moi, console ton petit-fils si malheureux. J'attends le miracle. Quand on attend le miracle, on ne peut pas gagner de l'argent. Que de qualités morales ils me trouveraient, de bonne foi, si j'étais riche, si j'avais un bout de la queue du veau d'or. Et puis je suis seul. Ils n'aiment pas ça, les gens des majorités. Lorsqu'ils admirent, ils disent : c'est un type, et quand ils méprisent ils disent : cet individu. Je les envie d'ailleurs. Crève, solitaire, tu les gênes. Ils se divertissent quand tu n'es pas là et ils ont bien raison. Tiens, ils chantent un psaume. Un psaume inventé par David. David aussi est mon frère par le sang. S'il ressuscitait, il bâillerait dans leur salon. Il viendrait vers moi et nous nous entendrions, moi et lui. »

Aude s'apercevait qu'elle participait sans déplaisir à ces réjouissances qui autrefois l'ennuyaient. Était-ce mal de se détendre un peu? Soudain, Jacques s'arrêta de parler d'un document curieux qui prouvait que sa famille remontait au XIIIᵉ siècle.

Sortie du fond des âges humains, une voix chaude et merveilleusement mélancolique s'était élevée. Dans le salon figé, les convives écoutaient avec gêne l'appel tragique d'une langue de nostalgie. Là-haut, dans sa chambre et loin de ses frères, mais accoudé sur les coussins prescrits par le rite, le renégat solitaire fêtait comme il pouvait le jour de la Pâque et la sortie d'Égypte. Il chantait l'hymne que Moïse et les enfants d'Israël avaient chanté à la gloire de l'Éternel, le cantique pascal que les Solal avaient scandé en Chanaan sous les tentes et sous les palmes :

Les chars de Pharaon et son armée,
Il les a lancés dans la mer!

Il entra dans le salon. Les convives se turent à la vue de cet homme à la démarche hésitante, au visage amaigri. Ses yeux rougis et brillants étaient enfoncés dans une brèche agrandie On lui parla avec gentillesse et on lui offrit une tasse de thé. L'homme traqué eut un sourire tremblant, ne put parler, regarda tous les assistants avec défi. Il avait honte d'avoir besoin d'une compagnie humaine et de n'avoir pu supporter sa solitude.

— Certainement, j'accepterai une tasse de thé. Certainement, je boirai. Et pourquoi n'accepte-

rais-je pas ? Ne suis-je pas homme comme vous ?
N'est-ce pas, Aude, je prendrai place auprès de
vous ?

Il ne répondit pas aux avances qu'on lui faisait,
but avec une fausse assurance une seconde tasse
de thé et s'adressa à Jacques avec une ironie
inopportune. Le commandant parla avec simplicité de sa dernière campagne au Maroc et ses
décorations s'entrechoquèrent. Solal l'écoutait en
s'efforçant de sourire avec dédain, mais ses lèvres
tremblaient. Ce militaire, vigoureusement assis,
était à sa place, heureux. La vie était simple pour
cet homme qui vivait avec ses pareils. Et lui,
Solal, étranger parmi les étrangers.

Aude vit une larme sur le visage vieilli de son
mari. Elle se leva, le prit par le bras, une
résolution si belle sur son visage.

XXXI

Elle arrangeait de son mieux le petit appartement meublé de la rue Calvin qu'elle habitait
avec son mari, depuis trois jours. Avec un pince-
ment attentif des lèvres, elle clouait des bandes de
serpillière, destinées à cacher la tapisserie poissée.

Elle regarda son œuvre achevée. Elle l'aimait
déjà, ce foyer auquel elle venait de donner une
âme. Elle avait fait disparaître les tableaux vul-
gaires et avait épinglé de belles reproductions sur

la toile brune. Le matin, elle avait demandé à Solal de ne rentrer qu'à la fin de la journée. Elle jouissait déjà de sa surprise lorsqu'il verrait l'appartement transformé.

Il était si bon, depuis leur départ des Primevères. Il était allé chercher du travail. Elle était sûre qu'ils partiraient bientôt pour Paris et que ce serait une plus belle réussite qu'autrefois. Elle s'assit, inclina sa tête charmante. « Et à Paris, nous aurons des enfants plus tard, beaucoup d'enfants. Ils se disputeront et moi j'interviendrai. Je les gronderai affectueusement, mais fermement. »

Lorsque, trois jours auparavant, elle avait entendu chanter le solitaire, sa poitrine s'était déchirée de pitié. Elle avait su parler à Solal, lui montrer la nécessité d'un départ immédiat. Elle avait laissé pour ses grands-parents une lettre dans laquelle elle leur demandait de ne pas essayer de la revoir avant qu'elle n'eût écrit de nouveau. Elle était allée réveiller le jardinier qui les avait conduits en voiture jusqu'à l'hôtel. Le lendemain, elle était allée vendre ses bijoux et son manteau de fourrure, s'était étonnée que ces objets eussent si peu de valeur : cinq mille francs. L'idée que les marchands avaient pu la tromper ne l'avait pas effleurée.

Elle se mit à la fenêtre pour guetter la venue de son mari. Dans l'étroite rue, elle reconnut le cheval, la voiture, puis le chapeau cylindrique, aux bords arrondis, de M. Sarles qui descendait avec peine. Évidemment grand-mère avait dû lui télégraphier. Mais comment avait-il pu se procurer leur adresse? Par l'Hôtel de Ville peut-être

On frappa craintivement. Elle n'osa pas ouvrir. Elle entendit le bruit de la canne, le pas de son grand-père qui redescendait. Le cœur battant, elle écouta, craignant un faux pas dans ces escaliers sombres. Elle regarda par les contrevents entrebâillés. M. Sarles, désorienté, le chapeau à la main, levait les yeux et considérait les fenêtres du quatrième étage.

Peu après, Solal arriva. Il embrassa Aude avec un sourire timide, caressa ses cheveux, puis sortit de sa poche un bouquet de violettes qu'il lui tendit, les yeux baissés. Il n'osa pas lui avouer que les coreligionnaires auxquels il avait demandé du travail l'avaient accueilli avec méfiance. Elle servit le dîner, préparé avec mille soins maladroits.

— Aimé, comme c'est bon d'être seuls.

Il frissonna de peur et répéta en lui-même ce dernier mot.

Les semaines passèrent. Leur amour, qui avait dépassé la période où il croît par sa propre vertu, aurait dû être renforcé, soutenu par une alliance au sein de la société.

Elle cherchait à peupler leur vie, apportait des livres, des fleurs, des fruits rares. Elle se surprenait même à souhaiter qu'il lui fît une scène. Cela l'aurait désennuyé peut-être. Mais de qui aurait-il pu être jaloux? Elle ne voyait personne. Et il ne lui restait plus que huit cents francs. Malgré la misère proche, elle avait acheté une histoire de l'art en cinq volumes qu'ils lisaient le soir, les deux pauvres solitaires.

« Je perds mon meilleur temps, pensait Solal. Au lieu d'être un de ceux dont on parle dans les livres ou qui écrivent un grand livre et puis ont un sourire de bonté, de lassitude et de mépris, je lis des livres. Nous nous cultivons. C'est comique. A mon âge, le Christ. Et moi je suis l'empereur d'une femme. C'est ma faute si je ne trouve pas de travail. Quand je vais demander du travail, cette fierté stupide. Je leur défile des prénoms hébraïques que j'invente, si je parle à des chrétiens. Ou je dis avec orgueil que j'ai épousé une chrétienne, si je parle à des Juifs. Tiens, elle s'est arrêtée de lire. »

— Oui, oui, Aude. Les primitifs, Aude, les primitifs.

— Il faut sortir, Sol.

— Tu crois? demanda-t-il d'un ton câlin. On est si bien à la rue Calvin pourtant.

— Dites, Sol, aimeriez-vous avoir un petit enfant?

Il eut un sourire si douloureux qu'elle se décida, le cœur serré, à garder encore le secret pour elle-même.

Ils allèrent au concert. Si peu qu'ils se fussent approchés de la vie sociale, leur joie était revenue.

404

Ils retrouvèrent leur appartement avec bonheur, s'unirent comme autrefois.

Le lendemain, il se dit : « C'est dans cette voie qu'il faut continuer. Mais voir qui ? A cause d'elle, je n'ai plus envie de voir les miens. A cause de moi, elle n'a plus envie, ou elle a honte, de voir les siens. Elle n'est pas coupable, je ne suis pas coupable, personne n'est coupable. » Ils restèrent ensemble toute la journée. Elle utilisait ses réserves d'amour à faire briller son appartement. Il suivait son activité avec indifférence.

— Sol, je t'ai fait des œufs à la neige.

Il frissonna. Il mangea, la tête baissée, la regarda à la dérobée. « Elle me dit tu maintenant. Chute de la drachme palestinienne. Gai, gai, marions-nous ! »

Après le dîner, elle lut à haute voix un chapitre sur Botticelli. De l'appartement voisin sortaient des chants joyeux et les sons d'un accordéon. L'employé de la mairie célébrait une fête patriotique. Ces chants montagnards étaient vivants, libres et associés. Et eux, ils étaient deux maudits. « Oh, être pareil à ces gens. La bien-aimée si bonne. Elle fait tout ce qu'elle peut. L'alliance devient trop large. Pauvres doigts amaigris. Malheur aux solitaires ! Ils rient, les gens d'en face. Ils sont nombreux, contents, leurs regards brillent, leurs yeux s'aiment. Et nous, nous sommes deux lecteurs de Botticelli qui s'embêtent à mourir. Solal et Aude sont deux vomis par la société. Que le malheur fasse souffrir, qu'importe Mais il rend bas. Ce n'est pas juste. »

— Ils sont odieux, ces gens d'en face! fit-elle. Je ne peux pas les supporter.

— Ha, ha, tu avoues! hurla-t-il.

Il retomba dans sa prostration. « Messieurs, l'amour ne dure que par la société. Messieurs, seule la société lustre le biologique. Ma femme ne jouit plus, messieurs, parce qu'il n'y a pas le contraste. On ne se sent délicieusement seuls et deux, le soir, que quand on a été en contact avec les Autres, le jour. »

Elle se mit au piano. Il regardait cette femme qui caracolait toute seule de son côté (il avait bu de l'alcool en cachette). « Moi je suis debout, j'assiste et elle fait l'écuyère. Pauvre femme. Tout ça pour me désennuyer. Et elle a loué un piano! Comique. Nous sommes perdus. »

Elle s'arrêta de jouer.

— Veux-tu que nous sortions?

Il fit une acceptation mystérieuse, la tête rentrée dans les épaules, le regard vers ailleurs. Quelle tristesse lorsqu'il la vit jeter un dernier coup d'œil sur la glace! Elle se préoccupait donc de lui plaire encore? Cela ne durerait pas longtemps.

Ils passèrent devant le Grand-Théâtre. Elle feignit de ne pas reconnaître deux anciennes amies, méprisa ces gens qui menaient une vie extérieure, superficielle. Solal s'était arrêté, regardait avidement les lumières du théâtre et les sociaux qui entraient se divertir. Il se gratta le front. Elle le regarda, réprima une sorte de honte et lui donna le bras. Ils allèrent se promener le long de l'Arve. Mais ils ne trouvaient plus rien à se dire. Ils n'avaient de commun que leur amour encore vivant.

Un contremaître, adepte de la Croix-Bleue, prit en pitié le malheureux aux souliers troués. Solal ne dit pas à sa femme où il travaillait et parla vaguement d'opérations financières. Il s'acquitta de son humble besogne avec zèle.

Mais un jour il entendit la vieille injure dite sans méchanceté, par bonne vieille habitude presque cordiale. Il se leva, frappa l'insulteur et fut renvoyé. Il annonça la nouvelle à midi.

— Bonsoir, Aude. Je suis renvoyé. Je travaillais dans une fabrique de ressorts de montres. Est-ce que tu as une montre à réparer ? Je suis expert.

Son aimé avait courageusement accepté un tel travail et elle ne s'était doutée de rien ! Elle aurait dû comprendre pourtant. Ces départs de bon matin. Et c'était le ministre qui recevait avec mépris, mince, agile et las. Un sanglot se pressait contre sa gorge, un sanglot de pitié maternelle et de reconnaissance. Elle baisa la main de son mari.

— Écoute, mon bien-aimé. (Il eut un rictus de protestation.) Tu as été si victorieux à Paris. Père est tout à fait guéri — grand-père m'a écrit — il ne demanderait pas mieux que de t'aider à recommencer. Ne veux-tu pas ?

— Ni le droit, ni l'envie. D'ailleurs, je suis spécialiste en petits engrenages.

Elle sourit machinalement, avec fatigue. Il se mit à marcher, réprimant son désir de lui demander si elle ne l'aimait pas moins. « Mais non, il ne faut pas qu'elle sache qu'elle m'aime moins. Il faut retarder le moment où elle sera bien forcée de s'en apercevoir. »

Elle releva la tête presque avec gaieté.

— Chéri, sortons. Il fait si beau.

— C'est ennuyeux, dit-il. (Il pensait qu'elle s'ennuierait avec lui dehors aussi bien qu'à la maison.)

Elle s'étendit sur le lit défait.

— Que fais-tu ?

— Je me couche, répondit-elle.

Elle ferma les yeux, essaya de dormir, de ne plus penser. Mais le soleil entrait dans la chambre et cet homme marchait maladroitement, irrégulièrement. Elle avait mal à la tête. Elle se leva.

— Veux-tu que nous nous séparions, mon ami ?

Il la regarda avec angoisse.

— Non, mon ami, non, je resterai.

Quel ton supérieur elle prenait ! Il n'avait plus qu'un moyen pour rompre un instant le maléfice. Il fouilla en hâte les vêtements d'Aude. Elle se laissa faire, déconcertée, honteuse. Pendant quelques instants le poids de la vie fut moins lourd. La pauvre fête ne dura pas longtemps.

Il se remit à marcher, ne comprenant plus

pourquoi il était dans cette chambre et dans ce monde. Enfin, il ouvrit la porte et dit :

— Bilan du mariage mixte. Je suis haï des miens et des tiens. Tu es haïe des tiens et des miens. Et nous nous haïssons d'être haïs. Adieu, je te quitte définitivement.

— Mets ton pardessus. Il fait froid dehors.

Haha, elle ne croyait pas que c'était sérieux ! Eh bien elle verrait ! Le claquement de la porte n'impressionna pas Aude. Elle se mit à la fenêtre. C'était sa vie, sa pauvre part à elle, ce malheureux qui disparaissait dans la rue étroite.

Dans l'après-midi, elle reçut la visite qu'elle redoutait le plus. M. de Maussane s'assit, regarda la lessive qui séchait, ôta ses gants, effila ses moustaches, Tout en parlant, il observait Aude et son dos voûté, ses cils collés, l'expression égarée de son visage usé.

— Tu vas quitter cet appartement tout de suite, conclut-il. Je me charge de faire accepter à Solal les formalités d'un divorce. Donc, mon enfant, allons.

Elle sourit et dit avec un tremblement des lèvres :

— Mais je n'ai nulle envie de partir.

— Contente de ton sort ?

— Oui, fit-elle avec gravité.

Maussane soupira, affila son nez, huma l'air, prit l'enveloppe qui renfermait le chèque préparé à tout hasard. (Elle songeait, les yeux baissés.) Il posa doucement l'enveloppe sur la cheminée, près d'un amas de papiers. Il toussa.

— Fillette, n'oublie pas qu'aux Primevères on t'attend.

Elle se tenait droite et fière, résistait à l'envie de pleurer et d'embrasser son père. Cet homme politique savait ne pas insister. Il était sûr qu'elle leur reviendrait tôt ou tard. Il partit.

Cependant le malheureux Solal errait dans une rue d'Annemasse, petite ville savoyarde à quelques kilomètres de Genève. (Il y avait beaucoup de chômage à Genève et il avait entendu dire qu'en Savoie on trouvait plus facilement du travail.) Il aperçut contre la vitre d'une épicerie un écriteau. On demandait « un jeune homme pour les courses ». Il entra.

L'épicière qui causait avec un représentant de pâtes alimentaires fit un sourire gracieux au nouveau client. Mais lorsqu'elle apprit le motif qui amenait l'homme, elle fronça les sourcils et feuilleta avec compétence le passeport, puis alla dans l'arrière-boutique. Une voix d'homme malade résonna.

— Allons, allons, tu es absurde. Absurde. C'est clair, voyons. J'en ai connu un au régiment à Marseille qui s'appelait comme ça et il était de la confrérie. Je veux pas de youpinerie chez moi. Allez allez, ouste, à Jérusalem. Dis à l'asticot qu'il repasse à Noël.

Solal sortit, fit quelques pas, puis s'arrêta.

— Par ces temps de chômage on donne la préférence aux compatriotes, dit l'épicière. — Bien sûr, ça n'a qu'à retourner en Pologne! approuva le représentant de commerce impatient de décrocher la commande. — Faux comme Judas et avares comme Rothschi! proclama dans l'arrière-boutique la voix auguste des nations. — Faites le bien et il vous en cuira! — Bien sûr, fit l'épicière distraitement car une de ses pratiques venait de passer sans s'arrêter, portant un paquet qui semblait provenir d'un concurrent. Aujourd'hui c'est tout à l'ingratitude! conclut-elle d'une voix vibrante. — Et nous disions, madame Hermelin, cent kilos de vermicelle mi-fin? — Demi-fin, confirma avec une poésie souveraine celle à qui l'hommage était dû puisqu'elle donnait la commande.

Solal retrouva sa femme à la crémerie où ils avaient pris l'habitude d'aller tous les soirs. Elle pensait à une amie qu'elle avait rencontrée et qui avait détourné le regard. « Je m'en moque qu'elle ne m'ait pas regardée. Il reste encore cent vingt-cinq francs à peu près. Ça fait cinquante repas pour chacun. J'aime mieux venir manger ici. Toute cette vaisselle à laver après. Ils servent des petites portions. Ce bifteck est plein de nerfs. Les cavales aimées par les vents dans la Scythie la plus lointaine. J'aimais ces vers autrefois. » Elle se pencha sur l'assiette.

Ils mangeaient humblement, mastiquant leur

pitance dans une intimité animale. Ils ne se regardaient pas Chacun était à l'autre l'image de la sale vie.

A côté d'eux, un couple prolétarien. L'ouvrière consultait la carte avec une joie énorme et dissimulée. « Moi, Aude de Maussane, je suis devenue pareille à ces gens. » Le compagnon de l'ouvrière appela le garçon avec dureté, pour montrer qu'il avait l'habitude, et commanda le menu riche à quatre francs. Le professeur au cachet qui déjeunait d'un café crème se retourna. Le prolétariat garda un sérieux magnifique

Quand arrivèrent les hors-d'œuvre, de joie l'ouvrier et sa fiancée se mordirent honteusement les lèvres pour ne pas sourire. La femme eut envie de s'exclamer que c'était coquet, mais elle eut la force de se contenir, jeta son cure-dent et dit avec une fausse colère que ce n'était pas trop tôt. Émus par cette vision de richesse, l'ouvrier et sa fiancée se comblaient de prévenances inaccoutumées et s'offraient réciproquement des hors-d'œuvre. L'homme esquissa le geste d'aiguiser les deux couteaux mais il s'arrêta et essuya son assiette après avoir soufflé dessus.

Aude eut un rire pénible et se leva. Solal paya et la rejoignit. Les deux galériens marchèrent côte à côte.

Lorsqu'ils furent rentrés chez eux, il lui demanda de faire du feu. Le bois humide ne flambant pas, elle sanglota d'agacement. Elle prit les feuilles qui se trouvaient sur le marbre de la cheminée et, avec elles, l'enveloppe que M. de Maussane avait posée à l'insu de sa fille. Elle froissa ces papiers poussiéreux, les jeta dans le foyer où ils flambèrent. Cet homme, ce feu, tout était insupportable.

Solal parlait des premiers jours de leur mariage avec une ironie simulée qui cachait tant de désespoir et l'espoir d'un miracle. Elle se leva, pleine de rancœur.

— Tu ne veux même pas me laisser cela ! Même pas un beau souvenir !

— O ma fiancée, vous souvenez-vous comme nous étions comiques l'autre jour, enrhumés tous les deux, dans cette chambre, extirpant, à tour de bras et sans nous regarder, un mucus égoïste et conjugal. Hymen, ô hyménée !

— Assez, je vous en prie, assez !

Elle était excédée et ne comprenait pas que ce cynisme recouvrait la douleur de voir le bel amour lentement étouffé par la solitude à deux et par la misère. Il prit une résolution d'isolement fier. Le silence, la froideur, voilà ce qui lui rendrait peut-être l'amour de sa femme. Mais elle le connaissait, sentait que cette attitude était superficielle, et elle réprimait une envie de rire mécanique en le voyant se contraindre péniblement au silence.

Au bout d'un quart d'heure, il oublia sa résolution. Pour rompre le silence angoissant, il accabla sa femme d'interrogations inutiles, espérant qu'elle répondrait tendrement, que des mots de miracle surgiraient, qu'elle lui dirait, soudain illuminée : « Allons vers les tiens ! » C'est pourquoi il répéta, sans se lasser, longtemps :

— Quoi, quoi, qu'est-ce qu'il y a ?

Il espérait la réponse de miracle. Mais elle ne disait rien. Elle pensait à autre chose, rêveusement et dangereusement à autre chose. Avec des rires d'idiot, avec une joie inexplicable de désarroi, il essaya, pour impressionner Aude, pour l'émouvoir, de courber l'alliance qu'il portait encore. Mais tout cela ne servait à rien. Il fallait de l'inédit et il n'y avait plus d'inédit. (Toujours souffrir. La grande souffrance abêtit, réduit l'âme, avilit le corps. Et vos imbéciles poètes, petits douillets dont le cœur n'a jamais brassé un sang noir, qui viennent me chanter la grandeur et les bienfaits de la souffrance.)

A neuf heures, n'ayant plus rien à faire, l'un et l'autre, ils se couchèrent. Dès qu'elle fut près de lui, il s'écarta pour ne pas sentir ce corps étranger. Chacun d'eux aima son corps et détesta le corps de l'autre. L'homme a un amour indulgent pour son corps, ce vieux malheureux qui le suit dans tous ses déboires.

— Va-t'en, tu me gênes.

Grelottant de froid, elle s'assit sur un fauteuil, demandant à Dieu de les sauver.

— Enfonce bien les clous, ma bien-aimée.

Il se tourna vers le mur, sachant qu'il dévorait les derniers restes du capital de noblesse et de virilité amassé avant le mariage.

414

— Les clous du cercueil. Va-t'en !

Resté seul, comprenant sa culpabilité, il pleura, le visage contre l'oreiller. Mais il n'y avait rien à faire. La main de Dieu pesait sur ces pauvres enfants.

Il ne pouvait s'endormir et il étouffait dans l'obscurité. « Je ne me tue pas, uniquement parce que j'ai peur de me manquer. Paralysie possible. D'ailleurs le revolver est toujours là. On verra demain. » Il avait besoin d'elle. Il frappa contre la cloison et l'attendit avec un grand espoir. Elle allait tout comprendre. Le mal passé serait merveilleusement aboli et ce serait le pur recommencement et tout serait bien.

Mais dès qu'elle entra, il la regarda avec haine, prit un verre d'eau, voulut le lui jeter à la figure. Elle dit avec mépris :

— A quoi bon ? Ce n'est vraiment pas intéressant. (Elle avait trop de politesse pour oser dire que c'était bête. Mais elle pensait : « Comme il est tombé bas ! »)

— Dis comment tu t'appelles.

— Aude Solal.

— A Paris, quand tu faisais des commandes chez les fournisseurs, comment disais-tu ? Tu devais manger les syllabes. Tu te repens de ton mariage ? Dis que tu te repens ! (Les joues lui brûlaient de honte.) Dis ton nom d'avant.

— Aude de Maussane.

Oh, comme elle le disait bien ! Lentement. Elle le savourait, son bel ancien nom ! Qu'était-il venu faire dans ces pays ? Ah, vivre avec son père, avec son oncle, rire avec les Valeureux, lorsqu'ils racontaient des histoires de passeports, ou lorsque, piquant des olives, ils avouaient ingénument leur frayeur des gendarmes ! Il était si fatigué qu'il dormit une minute.

Il ouvrit les yeux, tomba à genoux devant sa femme. La main d'Aude caressait machinalement la main de Solal. Elle n'était même plus triste, elle était indifférente. Pour éprouver de la douleur, il faut encore un petit reste de joie. Il avait détruit tout espoir. Elle ne croyait plus en lui. Elle restait avec lui par noblesse et par fidélité à la parole donnée. Il regardait, fou d'adoration, cette main qu'il avait meurtrie.

— Bien-aimée, ma fiancée. Jamais plus. Je me repens. Je demande pardon. Bien-aimée, je sais que nous aurons un enfant. Pourquoi ne m'as-tu rien dit ? Je n'ai pas osé t'en parler. Est-ce que tu le hais à cause de moi ? A cause d'eux ?

Les mots sortaient avec peine. Il était si malheureux qu'il ne savait presque plus parler. Elle ne l'écoutait plus, les yeux durcis. Elle retira sa main, pensant à son enfance. Les grandes paroles chrétiennes se pressaient contre sa gorge : « Venez à moi, vous tous qui êtes travaillés et chargés et je vous soulagerai. » Son maître de toujours, le Seigneur Christ, lui souriait. Solal avait posé son visage illuminé de larmes sur les genoux de sa femme. Elle recula légèrement.

— Ne me méprise pas, ne me quitte pas,

balbutia-t-il éperdument. Aime-moi, puisque je t'aime.

Il voulut la reprendre d'autorité. Mais il était trop sincère pour réussir. Il voulut baiser ses lèvres et l'attira si maladroitement que leurs dents s'entrechoquèrent. Elle le repoussa.

— Vous auriez pu me casser une dent, dit-elle pour ajouter au ridicule. (Puis elle le regarda longuement avec une petite joie mauvaise.)

Un miracle se produisit. Solal se redressa, se retrouva, s'indigna de cette déchéance et eut un rire si vif qu'Aude eut peur. Enfin il se calma, alluma une cigarette qu'il jeta presque aussitôt sur le tapis.

— Imbécile! articula-t-il. O idiote, je t'ai fait ce royal hommage d'être sincère et désarmé. Tu m'as vu à genoux, moi! Le mépris que j'ai toujours éprouvé pour la femme, comme il était juste. Avant ma naissance, je détestais ces créatures de servage qui adorent le poing, l'intonation et le renom. Quel sale souvenir j'ai gardé de ma vie intra-utérine. Donc ce qu'il te fallait, c'était le silence viril et la glace virile que les petites folles de satin meurent d'envie de rompre. « Toc toc toc, beau chevalier énergique et silencieux, puis-je entrer? » Imbécile! Tous ces temps, je n'ai pas voulu faire de la machinerie. Je n'ai pas voulu te traiter en femme. Je t'ai honorée. Mais le petit oiseau n'a rien voulu savoir et il s'est envolé à tire-d'aile! Eh! je sais, il aurait fallu être lucide — si facile! — parler peu, regarder, fixer un lourd regard. Il te fallait les gestes graves qui font se fondre les imbéciles, leur font oublier les offenses et ne désirer plus qu'être serrées et supporter mes soixante-dix kilos ! Et depuis deux, trois mille ans, nous nous égosillons pour ces petites créatures ! Pauvre Pétrarque ! Et Laure qui couchait avec le capitaine de dragons ! Je vais te dire un secret. Facile d'être viril, plus beau d'être homme. Eh bien, que me réponds-tu ?

La concierge vint leur dire que le propriétaire les renvoyait. On avait été patient avec eux, on leur avait réclamé plusieurs fois le trimestre, mais tant va la cruche à l'eau. Elle avait reçu l'ordre de garder leurs valises. Naturellement, on leur laisserait le temps de chercher un autre logement. Mais dans trois jours, les nouveaux sous-locataires, des personnes comme il faut, allaient prendre possession. Naturellement, on leur laisserait emporter une valise. On ne voulait pas la mort du pécheur.

La concierge sortit. Solal comptait sa seule richesse et son dernier luxe : une pile de mouchoirs très blancs et très fins qu'il avait achetés peu de jours auparavant et qu'il se plaisait à étaler. Aude chantonna : « Comment tout cela finira, ah ah ? » Pour s'offrir une réjouissance, elle croqua un morceau de sucre et s'étendit sur le fauteuil. Solal, tout en s'aspergeant d'eau de Cologne (désir de l'ancien luxe et peur de déchoir), lui parla avec douceur. Il avança même la main vers le front de sa femme pour le caresser.

Elle tressaillit et leva le bras pour se garer contre les coups.

Il siffla, esquissa un pas de danse. La bête avait besoin de s'amuser. Ce n'était plus l'insouciance de la jeunesse mais l'habitude du malheur et l'avilissement par l'habitude. Il fit des gestes de fou puis jeta une carafe par terre, mais en visant le tapis afin de ne pas la briser. Aude éclata de rire et tira la langue à son mari (son enfance venait à son secours).

— Je déteste tout le monde, dit-elle.

Elle chanta en imitant la prononciation de son grand-père « Bons garfons, commenfons notre marfe et nos fanfons » et remarqua que Solal portait de magnifiques chaussettes neuves. Où trouvait-il tout ce linge si propre ?

— Dis, bien-aimée. Dis-moi une insulte. Tu sais, les deux mots qu'on dit aux larves, aux bonshommes impossibles.

— Tu y tiens ? Eh bien, si ça peut te faire plaisir. Sale Juif.

Il tressaillit, goûtant une étrange volupté.

— Aude, j'ai rêvé que tu étais morte. Tu l'aimes, Jacques ?

— Peut-être.

— Tu regrettes de ne pas l'avoir épousé ? Écris-le. Écris aussi ce que tu penses de mon père.

— Bien.

Elle écrivit : « J'aurais voulu ne jamais connaître d'Israélites. Je crois que je regrette de ne pas avoir épousé Jacques de Nons. » Elle était heureuse de le faire souffrir, de lui rendre la pareille, une fois au moins.

— Faut-il signer? demanda-t-elle tranquillement et elle écrivit : « Aude de Maussane. »

Il prit la feuille. Elle eut pitié, voulut reprendre la feuille. Il lut, tressaillit, se souvenant qu'elle était enceinte. Les doigts tremblants, il lui rendit la feuille, sourit avec bonté et voulut poser un baiser sur le front de sa femme. Elle recula et le regarda avec mépris.

— Je vais chercher de l'argent, dit-il timidement.

Il alla trouver Einstein, le commissionnaire qui faisait les déménagements des étudiants. Plusieurs années auparavant, il lui avait donné mille francs, un jour de gaieté. Einstein lui remit quarante francs, toute sa fortune, et le conduisit à l'École des Beaux-Arts. Quelques heures de pose, accordées par charité, firent vingt-quatre francs. Avec une soixantaine de francs ça pouvait aller. En rentrant, il vit avec étonnement que sa femme ne s'était pas enfuie.

Ils sortirent. Einstein portait la valise. Devant lui, Solal et derrière lui, la jeune femme qui marchait, inattentive, poursuivant un mystérieux dessein intérieur. A la devanture d'une boucherie de la rue de Carouge, un écriteau annonçait qu'une chambre était à louer. Ils entrèrent.

L'avant-bras emmignonné d'une manche tuyautée, la maigre bouchère à perruque blonde discourait devant une pratique, en agitant son lorgnon. A la droite de Mme Quelut, trois frères moutons pendaient ; à sa gauche, un bœuf paré de verdure éclatait de santé. Mme Quelut, dont les lèvres sifflantes venaient de désapprouver le dernier mariage du quartier, s'arrêta pour toiser les mal vêtus, puis écouta leur requête tout en croquant avec distinction des miettes, restes d'un sandwich.

— Ce sera trente francs. Plus l'éclairage, comme de juste. Mais la chambre est coquette, ajouta-t-elle en retroussant avec tendresse l'oreille d'une tête de veau. Et comme de bien entendu, payable d'avance.

Tout en aspirant les fibrilles de viande que le cure-dent n'avait pas délogées, Mme Quelut précéda le couple. Elle marchait avec dignité car elle était assez dégoûtée du maigre bagage de ces deux.

Ils s'assirent sur le lit de fer. Aude regarda la cuvette de fer-blanc, le miroir-réclame, puis son ventre gonflé. Il toucha avec délicatesse le bras de sa femme et, du regard, la supplia de pardonner. Ce ventre habité par son enfant le remplissait de respect et de tendresse. Il la regardait avec frayeur, attendait humblement.

Elle se leva soudain et sortit, laissant la porte ouverte. Il comprit Il se leva, chancela, se traîna jusqu'à la rampe de l'escalier, appela. Aucune réponse. Son esprit dévia et se pencha comme un vaisseau blessé. Il marcha à travers la chambre, chantonna qu'il était perdu perdu, frappa sa poitrine, tourmenta son visage. Cependant, il était lucide et surveillait cette représentation qui recouvrait, occupait ou berçait son désarroi.

— Elle ne reviendra plus. C'est bien fait, bégaya-t-il.

Et il tomba. Il resta longtemps étendu sur le sol, les bras en croix. Au bout d'une heure, il se leva et se reprit à espérer. Elle allait revenir. Elle avait voulu le punir, mais elle reviendrait. Une fois de plus, elle serait patiente et bonne.

— Il faut arranger la chambre pour quand elle reviendra.

Les yeux hagards, ne sachant pas ce qu'il faisait, il ferma les volets, ôta la poussière de la table, rangea les chaises. Il peigna ses cheveux, lava longuement ses longues mains.

Depuis une heure, le soleil avait disparu. Assis dans l'obscurité, Solal attendait le retour de sa femme, parlait à voix basse.

— Ma bien-aimée a des cheveux si beaux, si beaux. Une robe si jolie, une robe de soirée.

La légère parure, dont il n'avait jamais voulu se défaire, était dans la valise. Il étala le tissu argenté sur le lit et le caressa.

— Elle a des yeux mordorés. Des yeux malicieux autrefois. Si beaux, des yeux si beaux. Elle a la voix grave mais quelquefois très fine. Une voix si belle. Aude va revenir. Je sais bien qu'elle va revenir.

C'était la nuit. La chambre était froide et noire.

Un gros cordon pendait près des rideaux. Il
l'arracha et fit un nœud coulant. Il hésita.

XXXII

C'était l'heure glacée entre la nuit et l'aurore.
Le chef du village sortit de sa baraque. Tandis
que les colons dormaient encore, il fit ses ablutions, se regarda dans l'éclat de miroir accroché à
la pompe et approuva la redingote noisette qu'il
n'avait pu se décider à abandonner malgré les
travaux agrestes qu'il dirigeait depuis plusieurs
mois en Palestine. « En somme, mon ami, se dit-
il, on est infiniment mieux en terre d'Israël qu'en
cette ville du Saint Germanique ou comment
l'appelles-tu, j'ai oublié. »

Après le départ lamentable de Saint-Germain,
Saltiel était allé dans le Rif marocain pour y
placer des harpes, puis à Rome où — à la suite
d'une série de malentendus trop longs à expliquer
et dont il n'était pas responsable — il avait été
pris, au moment où il descendait d'un carrosse
loué pour ébahir les Valeureux qui l'attendaient
devant le Vatican, pour un haut personnage
sioniste qui devait être reçu par le pape en
audience privée.

Un élégant prélat avait aidé à descendre de
voiture l'oncle Saltiel, évidemment un peu étonné

mais qui se laissait faire, suivait son guide et appréciait l'extrême urbanité des autorités vaticanes. « A la grâce de Dieu et on verra bien! »

Des monseigneurs se l'étaient transmis de salle en salle jusqu'à la porte rouge devant laquelle l'un d'eux lui avait soufflé à l'oreille qu'il ne devait pas oublier de baiser la mule de Sa Sainteté. L'oncle avait cherché d'un œil agonisant le quadrupède indocile.

Un quart d'heure après, il était sorti, la figure embellie par les lys du triomphe.

Il était allé rejoindre les Valeureux à l'hôtel, avait fermé la porte à clef, avait enjoint à ses amis de prier, puis de l'embrasser. Enfin, après leur avoir demandé s'ils comprenaient « d'une manière générale ce qu'est un pape », après les avoir fait se lever et se rasseoir plusieurs fois, il leur avait annoncé qu'il avait parlé comme un ange à Sa Sainteté, qu'il avait été vif, adroit, sincère, émouvant, ému, spirituel, patriotique et que le Saint-Père lui avait fait remettre une déclaration de sympathie pour le mouvement sioniste. « Que Dieu garde le Pape! » s'étaient exclamés les Valeureux transportés de joie et ils avaient prié toute la nuit pour l'auguste vieillard.

A l'aurore, Saltiel s'était préparé à diriger les destinées d'Israël. Mais les sionistes lui avaient arraché la déclaration et avaient morigéné l'usurpateur. L'oncle s'était vite consolé car il était déjà las de faire de la politique. Il avait réussi un grand coup et cela lui suffisait. Après être allé faire une petite conversation avec Titus sous l'arc érigé en l'honneur du vainqueur de Jérusalem, il avait repris le chemin de Céphalonie, décidé à faire œuvre utile au soir de sa vie. En parlant avec le pape, il avait découvert qu'il avait une patrie.

Son ardeur avait persuadé son père. Le seigneur Maïmon — qui conservait dans son coffre une assez forte somme en doublons, livres, onces, ducats, pesos, gourdes et florins — avait longuement maudit son fils et lui avait remis deux mille pièces d'or

Saltiel avait donc acheté un beau terrain, entre Jaffa et Gaza. Trente jeunes gens et dix jeunes filles originaires de Russie avaient accepté de le suivre et de fonder le nouveau village, auquel ils donnèrent, malgré les hypocrites protestations du petit oncle, le nom de Kfar-Saltiel. La bonne grâce, l'ardeur et les maladresses du fondateur de la colonie lui avaient valu la respectueuse affection de ses administrés.

Lorsqu'ils apprirent la naissance de Kfar-Saltiel, les Valeureux annoncèrent à tout venant leur décision de reconstruire la Palestine, prirent des leçons d'agriculture, d'escrime et de pâturage, et se préparèrent au départ.

Le premier prêt fut Mattathias, qui venait de perdre toute sa fortune. L'administration anglaise exigeant la présentation d'une somme d'argent, Mattathias, pour pouvoir franchir le cordon douanier, montra aux fonctionnaires de Jaffa un billet de cent livres que le seigneur Maïmon avait consenti à lui prêter. Une fois arrivé à Kfar-Saltiel, il renvoya le billet de banque à Mange-clous qui débarqua dix jours plus tard, coiffé d'un chapeau haut de forme et drapé dans une cape aventurière couleur de muraille dont il croyait devoir ramener un pan sur son visage, ne laissant à découvert que les yeux. Mangeclous renvoya aussitôt à Michaël le billet éternel. Par le même truchement arrivèrent d'innombrables fils de la race milliardaire et, entre autres, Salomon qui avait perdu sa femme et ses enfants et ne cessait de louer Dieu de ce qu'Il ne l'eût pas fait mourir aussi.

Mattathias et Michaël s'étaient mis avec sérieux à la tâche. Mangeclous et Salomon avaient perdu quelques semaines à discuter du costume qui convenait à d'agrestes et loyaux Palestiniens. Salomon se décida enfin pour une tenue de vacher suisse. Mangeclous préféra l'uni-forme de boy-scout, culotte courte et blouse kaki, sans pourtant se résoudre à abandonner son haut-de-forme. En peu de temps, la main-d'œuvre non qualifiée — nouveau nom des Valeureux — assécha un assez grand marais.

La lumière éveilla les lys des champs et au bord de la mer, un instant amarante, des palmiers s'étirèrent. (Un jour, peut-être, tu verras ce pays, ma fille Myriam que j'aime.) Saltiel songea que la première herbe de son domaine allait être fauchée aujourd'hui. Intimidé, il alla vérifier le fil des faux qui, la veille, avaient été aiguisées par Michaël.

Des chants retentirent et les jeunes pionniers entourèrent le chef qui, d'une voix étranglée, ordonna que l'on prît les faux.

— En avant, marche !

Gardant son sérieux, le harpail, noir de soleil et de vent, suivit la redingote solennelle et défila devant la forge où Michaël frappait déjà, Mange-clous attisant les braises par le moyen de sa toux et de son haut-de-forme utilisé comme éventail. Mattathias, penché sur une caisse, tenait passionnément la comptabilité de la colonie et tournait les feuilles du grand livre à l'aide de son crochet d'acier. Sous le regard critique de ses trois amis, Saltiel releva sa fine figure. Salomon, qui avait rejoint la cohorte, s'embarrassa dans sa faux, se fit une entaille au mollet dodu, sourit et dit que cela n'avait aucune importance.

Dans la prairie, les cultivateurs se mirent au travail. Les pionniers fauchaient d'un rythme régulier et Saltiel avec fougue, ses rides mimant le travail de ses mains. Soudain, Salomon poussa un hurlement. Sa faux, immense et mal dirigée, venait de trancher net la pointe de son sabot. Après s'être relevé, il sourit, dit que cela n'avait aucune importance et qu'il se portait très bien. Saltiel sortit de ses basques une faucille enfantine, l'aiguisa et la tendit silencieusement au petit imbécile.

Les garçons et les filles, couverts de sueur,

s'arrêtaient de temps à autre et regardaient avec inquiétude le vieil oncle de la colonie qui, très pâle, cambrait ses mollets de soixante-sept ans pour mieux apprécier la tâche accomplie. Son cœur malade faisait des prodiges. Deux jeunes filles le prièrent de s'arrêter. Il refusa et se remit à faucher, la tête baissée, dans un état complet d'inconscience. Il était désolé de couper les têtes des petites fleurs et tâchait de gracier les bleuets.

Cependant, Michaël et Mangeclous étaient venus se joindre aux travailleurs des champs. Les Russes se retournaient pour admirer le grand janissaire qui fauchait merveilleusement.

Trois mystiques polonais, rencontrés autrefois par Saltiel dans un train italien, étaient enfoncés jusqu'aux genoux dans un petit marais où trempaient leurs manteaux. Les yeux fermés, ils soulevaient la vase avec leurs bêches et chantaient des psaumes.

Tous ces anciens nomades savaient qu'ils étaient maladroits. Mais que leur importait ? Ils travaillaient au soleil et leurs fils trouveraient des champs gras. Suants et paisibles, ils continuaient. Honneur aux nouveaux fils de Sion.

Seul l'ancien Compliqueur de Procès manquait de sérieux. Il s'arrêtait souvent pour maudire un moustique ou pour contempler avec une évidente satisfaction les ampoules de ses formidables mains tout en os, veines et poils. Ensuite, il assujettissait son chapeau haut de forme, reprenait sa faux en dissimulant un bâillement et criait qu'il fécondait la terre de ses aïeux. Ensuite, il se reposait. A quelques mètres de là, des étudiantes de Kiev qui cassaient courageusement des pierres sur la route riaient du paresseux Méditerranéen.

Pendant la pause du repas, Salomon s'endormit sans manger et ne se réveilla qu'à trois heures. Comme il exigeait du travail, on lui ordonna de semer des fèves dans le coin réservé aux expériences. Accroupi, il faisait des petits trous avec son index, introduisait dans chacun une graine. Il venait de temps à autre demander à Iarochevsky, qui avait été chef de clinique à Odessa, si cette graine n'était pas malade et si on pouvait la semer sans inconvénient « dans la patrie ». Parfois, il criait à Michaël qui ne l'écoutait pas :

— Mais tu sais qu'on se salit les mains ici ! On a de la terre dans les ongles et ça me fait mal aux dents !

Il courait alors se laver les mains au village, s'arrêtait dans la basse-cour pour tendre à un petit âne charmant ou à une chevrette, avec une intense frayeur d'avoir la main happée, un peu d'herbe sur une feuille de papier. Il revenait ensuite, plein de zèle, perdant sans cesse ses sabots et disant : « Qu'y a-t-il à faire maintenant ? Je le ferai ! » Il demandait des travaux supplémentaires, qu'il oubliait, attiré par un papillon ou bousculé par les pionniers.

— O Palestiniens, criait Mangeclous en montrant ses ampoules, compatissez ! Regardez le

pauvre paysan ! Regardez l'infortune qui m'est
arrivée à mes mains d'intellectuel par la faute de
ces sionistes du fond de la Russie qui m'ont
conduit en ce Sahara et en cette Pollakstine !

Mais il remettait son chapeau et reprenait son
travail d'assez bonne grâce

Le vénérable Maïmon, qui était arrivé depuis
une semaine et qui venait de se réveiller en l'heure
cinquième de l'après-midi et en la cent cinquième
année de son existence, exigea aussi du travail.
Son fils lui donna respectueusement quelques
chèvres noires à surveiller. On apercevait, près du
bois d'eucalyptus, la longue forme chevrotante et
la barbiche flottante du cabaliste, coiffé d'un
béret basque, qui criait aux quatre animaux du
Malin :

— Par le Nom d'Étincelles, je voudrais bien
savoir pourquoi vous bougez tout le temps ! N'est-
ce pas meilleure chose de rester paisibles et de
m'écouter en rond vous conter des apologues ?

Les heures passaient. Les travailleurs prêtaient
peu d'attention à Tartakower, un ancien chef
sioniste passé à l'opposition, et qui venait de
temps à autre les réconforter par des prosopopées
patriotiques en agitant son petit corps, sa crinière
rousse, son mufle léonin, sa cravate rouge, et en se
cambrant sur ses hauts talons.

Mangeclous rêvassait sur un talus et chérissait
ses mains. Il avait décidé de ne reprendre son
travail qu'après guérison de ses ampoules. « Pays
de miel et de lait ! » ricanait-il en donnant des

coups de pied à la boîte qui avait contenu le lait condensé dont il se suralimentait.

L'oncle Saltiel s'arrêta de faucher pour regarder avec inquiétude les baraquements de bois et de tôle ondulée au-dessus desquels flottait un fanion bleu et blanc. Il tremblait pour sa colonie. Depuis plusieurs jours, des bruits inquiétants couraient. Les dernières fêtes religieuses semblaient avoir surexcité les paysans arabes et Michaël avait surpris des colloques entre ces derniers et les chefs d'une tribu nomade.

Saltiel se réconforta en pensant aux fils barbelés autour du petit village et à la mitrailleuse qu'il avait fait venir d'Égypte. Un ânier passa, nasillant un appel amoureux vers une Bédouine qui s'enfuit en enfonçant un rire honteux dans une mangue. L'Arabe s'approcha des Juifs et leur cria que demain leurs têtes seraient suspendues aux arbres.

Au coucher du soleil, les travailleurs quittèrent la prairie. Les rangées étaient irrégulières, l'herbe était un peu abîmée. On ferait mieux l'année prochaine.

Tout au loin, Salomon absorbé en était à sa cinq centième graine et ne s'apercevait pas du crépuscule et du silence. Un escargot le fit crier et reculer d'effroi. Il remarqua alors que la prairie était déserte. Notre petit bonhomme détala avec force et de toute son âme ingénue et couarde, en proie à une violente panique, imaginant derrière lui des Bédouins altérés de son sang.

Et en vérité, dissimulés dans le bois d'eucalyptus, des espions arabes surveillaient les mouvements de la colonie.

Au clair de la lune, l'ami Salomon. Assis contre une charrue, il déchiffrait l'hymne sioniste qu'il avait fait venir de Jérusalem. Mais il se lassa vite, s'apercevant qu'il ne comprenait rien à ces cinq lignes et à ces maudits petits ronds tantôt noirs, tantôt blancs. Il se leva, se gratta, chercha un autre divertissement. Il alla donner un bout de chocolat au petit chameau nouvellement né, lui essuya les lèvres avec son mouchoir et se plut à se décerner le titre de cornac.

Le faux avocat poitrinaire arriva sur ces entrefaites, achevant de puiser des forces dans un régime de bananes qu'il portait accroché à un baudrier. Michaël et Mattathias le suivaient. A l'autre bout du village, les pionniers chantaient et dansaient autour d'un feu.

— Et alors, qu'est-ce qu'on fait maintenant et à quoi est-ce qu'on joue, Mangeclous? demanda Salomon.

— Il paraît que c'est ce soir qu'ils viennent, dit caverneusement Mangeclous. Pauvre Salomon, mourir si jeune! L'Arabe est terrible et il fait voler les têtes à des distances!

Salomon frappa du pied, affirma qu'il n'avait pas peur et dit à l'intention de Saltiel qui se promenait, le visage soucieux :

— Sache que je suis ici dans mon petit pays et que si les Arabes viennent j'en extermine un!

Il fronça terriblement le nez et éternua. Mange-clous regarda son petit ami avec tendresse et lui proposa de lui apprendre le métier des armes, afin de sauver la Palestine. L'ancien caporal au cent quarante et unième se décerna le grade de « Capitaine Soudard » et fit une théorie sur le salut militaire à Salomon louveteau qui salua sans arrêt avec une sincérité passionnée.

Tamar, une belle fille aux fortes protubérances, qui sortait de la baraque où avaient été installées les douches, regarda les deux militaires, fit luire un rire, secoua les perles d'eau de ses cheveux courts et alla rejoindre les danseurs.

Saltiel se demandait avec inquiétude s'il y avait des Israélites dans les étoiles et scrutait les mystères du ciel en télescopant ses mains devant son œil droit. Il se disait que, puisqu'il y avait des étoiles en nombre infini, il y avait dans d'autres mondes de nombreux Saltiel Solal, dont certains étaient en train de regarder le ciel, exactement comme lui à la même heure. Il sentit qu'il y avait là une forme de vie immortelle à laquelle il n'avait jamais songé.

Il s'approcha des danseurs. Les filles avaient les jambes nues et les poitrines des garçons se découvraient au vent de la danse. Le vieux Saltiel frappa des mains, lança haut sa toque de castor et cria :

— Une place pour moi!

Il entra dans la ronde avec la fougue de l'adolescent et mit son honneur à bondir plus haut que tous. Mais soudain la danse s'immobilisa. Michaël arrivait en courant, la main levée.

— Il y en a des douzaines derrière les eucalyptus ! Beaucoup à cheval et les autres à pied !

On jeta de l'eau sur les branches enflammées et les garçons se disposèrent en carré. Des fusils et une caisse de cartouches furent apportés par les jeunes filles. Michaël enleva la housse de la petite mitrailleuse qu'il graissait une fois par semaine, courba ses fortes moustaches et attendit avantageusement. Le chef de clinique alluma une cigarette et pria l'oncle Saltiel de se mettre en lieu sûr. Le pauvre petit sexagénaire, harassé par la dure journée de fauchaison, eut un moment de défaillance et obéit en tremblant, suivi par ses amis.

Les trois Polonais avaient relevé le col de leur houppelande et entonnaient, les yeux au ciel, un psaume étique. Au loin un coup de feu éclata et des cavaliers, suivis de vélites loqueteux, s'élancèrent. Dès qu'ils furent à une centaine de mètres, Michaël, paisible opérateur, fit fonctionner la mitrailleuse. Le fusil contre la hanche, les cavaliers arabes tirèrent. Tartakower tomba, balbutia les derniers mots de son discours au premier congrès sioniste. Ses mains fouillèrent, étreignirent la terre arrachée et, raidies, la gardèrent toujours. Plusieurs chevaux s'étaient écroulés et les ennemis avaient déjà disparu. Michaël annonça que les cousins allaient bientôt revenir à la charge et recommanda aux jeunes filles qui remplaçaient les blessés de viser les chevaux.

Cependant Saltiel était sorti de la baraque qui servait de cuisine. Il tenait à se réhabiliter. Salomon frémit en voyant le cadavre sur lequel Tamar étendait un drap. Michaël ordonna de seller les six chevaux de labour et de les tenir prêts au centre de la colonie. Quelques Bédouins plus obstinés reprirent l'attaque.

Michaël, la belle Tamar et quatre garçons enfourchèrent les chevaux qui sautèrent lourdement au-dessus des fils barbelés. Pendant que les six cavaliers s'élançaient à la poursuite de ces agaçants insaisissables, les garçons restés au village, tout en plaisantant de la tactique confuse de leurs ennemis, faisaient feu contre les cousins qui tiraient aussi et essayaient de franchir les fils barbelés. Un des mystiques tomba. Ses deux compagnons entonnèrent la prière des morts, immobiles sous les balles.

Salomon, enthousiasmé par le départ valeureux de Michaël, s'empara d'une faucille et la lança sur un Arabe qui riait en le visant. Le Dieu des Armées voulut que l'objet atteignît son but et que l'Arabe tombât de son cheval. Poussant un cri de victoire et mourant de peur, Salomon enjamba les fils barbelés sans savoir au juste ce qu'il faisait et enfourcha le cheval de sa victime. Il se faisait d'amers reproches et se disposait à descendre lorsque sa monture l'entraîna au grand galop vers trois fils de cheikh qui éperonnèrent et s'enfuirent.

Salomon suppliait son cheval de retourner à Kfar-Saltiel mais la maudite bête feignait de ne pas comprendre le français. Des rires éclatèrent dans le camp et on applaudit le petit valeureux. Mattathias harponna avec son crochet un Arabe qui s'était glissé dans une baraque pour y mettre le feu, le ficela, prit le pistolet du prisonnier et le soupesa machinalement, aux fins d'évaluation.

Enthousiasmé par cette suite de hauts faits, l'oncle Saltiel choisit un fils de Sem à figure particulièrement immorale, prépara un lasso, le lança avec adresse et s'attrapa lui-même. Il se fût étranglé sans la prompte intervention de Mange-clous. Celui-ci, qui avait tout d'abord résolu de n'être qu'ambulancier, se décida à lancer sur un groupe de renfort quelques bouteilles d'acide sulfurique concentré qui semèrent la terreur.

Trois étudiants en philosophie, cinq médecins et deux belles antimilitaristes sortirent alors du camp et s'élancèrent à la poursuite des nombreux vitriolés. Saltiel s'empara d'une fronde à éper-viers, la fit tourner avec vigueur et tua, d'une pierre bien entrée dans l'œil, l'unique chameau de la colonie qui était derrière lui. Avant de s'age-nouiller, la noble bête dédaigneuse lança un regard de reproche à son assassin.

Désespéré et honteux, l'oncle prit un sabre, courut vers un immense Arabe qui se traînait en boitant et le héla loyalement. Le géant s'étant retourné tristement, Saltiel le somma de reconnaî-tre avec lui la toute-puissance du Dieu d'Israël.

436

Comme l'Arabe chargeait son fusil, Saltiel, s'estimant en état de légitime défense, leva son sabre. Mais il eut peur de faire mal à son adversaire et de voir le sang couler. Il se contenta, en fermant les yeux, d'assener prestement un grand coup plat sur la tête de l'hérétique qui tomba. Ayant ainsi combattu, Saltiel s'en fut.

Les jeunes gens revenus s'assirent, transpirants, et se regardèrent avec de bons sourires essoufflés. En règle avec sa conscience, Saltiel monta sur une caisse. Deux doigts dans son gilet et une main en visière, il inspecta Austerlitz ou Valmy. Plus d'Arabes.

Au loin, Michaël et ses cavaliers revenaient vers le camp. Mais pourquoi leurs chevaux allaient-ils d'un pas si lent ? Saltiel comprima son cœur en voyant Michaël qui tenait dans ses bras le petit Salomon percé de balles.

L'agonisant, déposé sur le foin, fit ses adieux aux Valeureux, chers compagnons de sa vie.

— Je savais bien que je mourrais jeune. Je ne vous verrai plus, mes amis. Adieu, cher Mangeclous, cher cher Michaël. Oncle Saltiel, veuillez me donner la main, s'il vous plaît.

— Et à moi, tu ne dis rien à moi ? demanda Mattathias avec une sorte de sanglot.

Salomon s'excusa, sourit, ferma les yeux et balbutia qu'il fallait tout donner aux pauvres. Un râle musical sortit de ses lèvres ouvertes et la mort posa sa main sur le petit visage ébahi.

Saltiel ferma les yeux du pauvret. Mangeclous

et Michaël pleuraient, le dos tourné. Enfin, ils portèrent leur ami dans la grange où étaient étendus les trois autres morts. Debout et les yeux baissés, les Valeureux montèrent la garde funèbre autour de Salomon.

Dans leurs baraques, les pionniers s'étaient couchés sur les planches couvertes de foin. Au-dessus de chaque couchette était le sac qui contenait les chemises, le savon, les brèves lettres du père et les longues missives de la mère, les livres socialistes et la Bible. A quatre heures, à l'exception des Valeureux, tout le camp dormait. Les jeunes visages étaient fatigués. La reine Esther, les doigts noircis de poudre, souriait. Dans son cauchemar, Iarochevsky insultait en allemand son professeur d'anatomie patholo-gique.

A quatre heures et demie, Maïmon qui s'était couché avec le soleil se réveilla, ne sachant rien du combat qui avait eu lieu. Il sortit, huma la création, vit qu'elle était bonne et se réjouit de vivre. Derrière un tas de foin, il aperçut le prisonnier arabe qui était parvenu à ôter ses liens et faisait main basse sur les fusils. L'apparition du vieillard translucide qui le maudissait en langue chaldéenne effraya le voleur qui s'enfuit.

Quelque temps après le premier coup de main, le jour de l'arrivée de Gamaliel, un émissaire était venu dire à Saltiel que les gens des environs ne voulaient plus de Juifs chez eux, que le premier combat n'avait été qu'un jeu et que si les Juifs ne partaient pas sur-le-champ, c'était la mort pour eux. Saltiel avait choisi la mort.

Bien conduite par les Arabes, la seconde attaque avait été meurtrière. Les Juifs s'étaient défendus de leur mieux et Saltiel, blessé à plusieurs reprises, avait fait des prodiges. Gamaliel, le front balafré, avait assommé d'un coup de soc un Arabe qui avait tenté d'arracher à l'aveugle les rouleaux de la Loi. A ce moment, étaient arrivés des renforts de Ruhama, la colonie voisine, et le calme était revenu. Mais il restait peu de vivants parmi les gens de Kfar-Saltiel.

Iarochevsky dit aux Valeureux qu'ils devaient s'attendre à voir bientôt mourir leur chef et ami. Le soir même arriva de Céphalonie le sous-maître de Talmud, porteur d'une grande nouvelle.

— O compère Saltiel, ô fils de la fortune, ton titre ottoman a gagné le gros lot !

Pendant un demi-siècle le petit oncle avait minutieusement décrit les magnificences et les donations du jour où « son ottoman gagnerait ». Il écouta le sous-maître avec un sourire distrait, demanda des nouvelles du chamelet et recommanda cet orphelin aux bons soins de ses amis. Puis il aspira le parfum des petites fleurs que Michaël venait de lui apporter. Des fleurs d'Israël.

— Vous êtes là tous les trois ? Mes amis, je crois que je vais bientôt rejoindre Salomon, Dieu sait où.

— Allons, allons, fit Mangeclous d'une voix particulièrement enrouée, qui parle ici de mourir ?

— Attendez que nous ayons construit quelques cuirassés, dit Michaël avec une fausse gaieté. Vous voulez mourir, maintenant que nous avons le Royaume ?

— Il a toujours été original, dit sévèrement Mattathias, qui avait les yeux rouges et battus.

Le moribond demanda qu'on lui fît lecture du carnet bleu qui contenait les œuvres de Salomon. Il sourit et salua au passage les poèmes énamourés, neufs et chantants que le vendeur d'eau avait composés en buvant sa marchandise.

— Un bon inutile, un petit sel de la terre. Comme nous. Maintenant, donne la valise, Mangeclous.

Il eut un petit rire en reconnaissant la vieille amie persécutée. Il regarda longuement les photographies de son neveu puis ferma les yeux de fatigue et s'endormit.

Une heure après, il se réveilla avec le sourire d'heure de mort dont il avait parlé à son neveu un soir, le long de la Seine. Ses amis se penchèrent pour mieux comprendre. Il semblait dicter un testament.

— J'ai beaucoup voyagé. Qui a vu ce que j'ai vu ? Si on veut des renseignements sur le monde qu'on les demande à Saltiel. Les Français ont la gentillesse, les Anglais sont plus hauts que le Babylonien, les Italiens ont le cœur jeune et les

Allemands ont les mélodies qui font pleurer. Et qui est honnête, libre, indépendant comme le Suisse? Que l'Éternel protège Genève où mon bien-aimé a trouvé celle qu'il aime. O les amis, si vous allez à Genève après ma mort, saluez-la et apportez-lui une rose de la part de l'oncle Saltiel. J'y suis allé tout seul une fois pour voir mon aimé, sans qu'il s'en doute. (Il sourit et râla.) Mais nous sommes le fils de Dieu. Un vieux noble qui a traversé les flammes sans trahir et pour sauver. Il faut dire à tous les hommes qu'ils sont bons pour qu'ils s'en souviennent. Les chrétiens sont très bons et ils souffrent aussi. Saluez-les de la part de l'oncle Saltiel qui les aime. Mon Dieu est ma force et ma tour. Attention aux enfants quand ils traversent la route. Tu vas tomber. Trop vivant, mon Sol. Ils n'aiment pas qui vit trop. Mon fils, tu souffres et ton oncle te quitte. Mon chéri, c'est aujourd'hui la fin du monde par la froidure. Mais quel signe, ô ma tante d'infinie considération? O mon Sol, où es-tu et que fais-tu?

Ses lèvres d'où le sang coulait invoquèrent le Dieu unique. La tête affectueuse et naïve, où tant d'inventions avaient bouillonné, s'abattit, calmée pour un temps éternel. Les yeux du cher Saltiel étaient étonnés de ce qu'ils voyaient et souriaient d'incurable tristesse.

Après un mois de deuil, les trois amis que la mort avait épargnés secouèrent les cendres de leurs manteaux et entrèrent dans la vie. Et

Mangeclous déclara qu'il voulait partir, qu'il en avait assez de cette Palestine « qui dévorait les meilleurs de ses fils ». Michaël lui fit remarquer qu'ils avaient juré à l'oncle de rester à Kfar-Saltiel. Mangeclous ricana.

— Eh bien oui, nous avons promis et tu veux encore que nous tenions ? Mais qui t'a procréé, ô ignorant ?

— Mon père.

— Je me le demande avec suspicion. En tout cas, jurer est une chose, tenir parole est une deuxième chose. Pourquoi faire les deux ? Une suffit.

— Mais, dit Mattathias, regarde nos frères de Russie, comme ils travaillent avec ardeur !

— Ils sont les concombres et nous sommes le sel, dit énigmatiquement Mangeclous.

— Mais qu'entends-tu par concombres ?

— Concombres, expliqua Mangeclous. Moi je pars. O mes amis, cette Palestine c'est un pays que si tu craches par terre il en sort une sauterelle qui te croque le visage ! J'en ai assez. Et pour tout dire, il y a trop d'Arabes par ici et ce n'est pas hygiénique pour ma santé. Voilà.

Rabbi Maïmon se réveilla.

— Hé jeunes gens, que fais-je en cette terre ? Expliquez-le-moi. Suis-je un chrétien pour flétrir mes ans en Palestine ? Moi il me faut des pays où l'on bouge. Suis-je un Gentil pour venir voir un mur ? Et qui me dit que ce Mur des Pleurs est authentique ?

— Le vieux parle bien, dit Mangeclous. Et pourquoi resterions-nous puisque le rabbin Gamaliel lui-même s'est enfui secrètement avec une Sulamite de dix-huit ans ! (— C'est une calomnie ! cria Michaël. Mangeclous haussa les épaules.) D'ailleurs, ajouta-t-il avec férocité, s'il y a des Juifs de Pologne ici c'est parce que les affaires ça ne va pas chez eux. Alors ils se sont dit : « Allons en Palestine, et même là Dieu pourvoira ! » Voilà ma pensée.

Un Juif de Varsovie haussa les épaules et continua d'aiguiser sa faux. Il savait sa foi et son amour. Il aimait Jérusalem et il savait que des millions étaient comme lui.

— Enfants, si je reste ici, conclut Mangeclous en lançant un regard sombre au faucheur, je sens que je vais devenir antisémite et que je vais faire un pogrom, parole d'honneur ! Il y a trop de fils de Jacob par ici. Bref, j'ai la nostalgie et je me languis de revoir les Chrétiens.

— Ce qui est vrai, dit Michaël languissamment, c'est qu'on s'embête en cette sainte terre.

Et il suça une fleurette.

— Il n'y a pas assez d'allées et venues en cette contrée qu'on m'affirme chanaanéenne, soupira Maïmon en se soulevant sur son cercueil. Est-il juste que je ne voie pas les autres pays avant de défaillir dans les bras de l'ange de la mort ? Et suis-je une population pour rester en cette Palestine ? Le sel doit être répandu et non concentré.

— Il me semble que le vieux parle juste, dit

Mangeclous. Nous sommes le sel, je l'ai dit. Et il me tarde d'aller saler les pays.

— Inutile de développer, dit Mattathias. Nous avons compris. Nous ne sommes pas des Arabes.

— Vous le deviendrez si vous restez ici ! articula Mangeclous en se levant. Bref, je prends une mauvaise graisse dans cette contrée. Suis-je un Juif de la Russie et des contrées de brume pour m'échiner ici ? Ces Russes, qu'ont-ils de commun avec moi que je suis un Juif du soleil ? Mon ami, ces Russes ont de ces nez que tu peux prendre le café sur leur nez, parole d'honneur ! et après, faire ta sieste à l'ombre de leur nez ! (Le faucheur vint poser sa main lourde sur l'épaule de l'insolent qui ricana honteusement et se tut.)

Le soir même, Mangeclous quitta Kfar-Saltiel et se dirigea vers la côte. Sur la grand-route et sous la lune, son ombre violente s'allongeait. Seul et libre, le grotesque rêvait ou nasillait un air de liberté. Après des heures de marche, il entendit le cri de ralliement des Valeureux. Il se retourna, aperçut Mattathias et Michaël qui lui faisaient signe.

Il les attendit et crut, les larmes aux yeux, reconnaître plus loin les ombres de Saltiel et de Salomon qui vagabondaient bienheureusement.

XXXIII

Solal se réveilla, se souvint que des semaines s'étaient écoulées depuis la fuite de sa femme. Il courut vers le miroir. Peut-être allait-il lire la fin du malheur sur son visage ? Non, c'était toujours lui, toujours le misérable.

Il s'étendit sur le lit, tout grelottant, sans songer à se couvrir. Si dans deux jours elle ne venait pas, oui, il irait aux Primevères. Il pensa à Mme Quelut avec effroi car il lui devait de l'argent. Quelques jours auparavant, il avait donné quarante francs à un Éternel qui jouait de la guitare dans un coin de rue où soufflait la bise et il n'avait pu remettre qu'un acompte à la logeuse. Celle-ci avait accepté d'attendre une semaine encore. Elle surveillait son locataire et lui demandait de temps à autre : « Eh bien, cette dame n'est pas encore revenue ? »

Il se leva, sortit, vagua, échoua dans un jardin, devant l'Université. Quatre retraités se réchauffaient sur un banc. Il s'assit près d'eux. L'un d'eux disait qu'il avait assisté à de bien belles funérailles, qui faisaient plaisir à voir.

— Il y avait toutes les notabilités. Monsieur Sarles c'était quelqu'un. Pour vous dire l'homme que c'était, un jour je rentre chez moi. Je le vois sur le trottoir d'en face. Je me dis : Ne le salue pas, tu le dérangeras et sûrement il ne te reconnaîtra pas. Eh bien cet homme qui a été président de la Croix-Rouge, recteur de l'Université, une personnalité imminente, imminente pour sûr, eh bien il m'a reconnu, il a levé la main pour me faire un salut et il m'a dit : Monsieur Perrolaz bonjour ! Croyez-le si vous voulez, j'en ai eu les larmes aux yeux ! Voilà l'homme que c'était. C'est une famille aristocratique. Il y a du pognon là-dedans.

Les trois acolytes sifflèrent de respect attendri. M. Perrolaz ôta sa pipe, cracha, rêva. Puis il se moucha parce qu'il croyait être ému. Mais en réalité parce que le soleil chauffait bien, que M. Perrolaz entendait être heureux et jouir de ses années de retraite et enfin parce que de se moucher largement il n'y a rien de mieux pour bien ponctuer une histoire.

Solal frissonna et se leva. Le grand-père était mort. Paix sur toi, vieux grand-père. Il entra dans un magasin de fleurs, demanda un bouquet de roses et paya.

— Est-ce qu'il est beau ? demanda-t-il à la commise avec un sourire naïf.

— Mais certainement.

— Ah bon, merci. Mettez encore de belles roses. C'est pour mon grand-père. Mettez des jeunes, des toutes petites, qui ont des larmes le matin.

Au cimetière, il s'assit devant la tombe du pasteur. (Puisque bientôt tu seras enfoui aussi, toi qui lis, tue l'orgueil et revêts-toi dès à présent de bonté.)

Il se leva, n'aperçut pas Aude et Jacques qui venaient. Près de lui, un petit homme endimanché — assis sur un pliant et qui enduisait de pâte à polir le granit d'une croix mortuaire — s'interrompit pour ramasser une feuille jaunie qui rompait l'ordre de la coquette sépulture. Il semblait heureux. C'était une gentille occupation qui lui rappelait le temps où la chère défunte faisait reluire les cuivres. Solal montra le portrait émaillé qui était scellé contre la croix et interrogea le correct astiqueur qui, d'un coup compétent de sécateur, fit tomber une branche morte et souffla sur le petit saule.

— Mon épouse, oui. Elle est morte juste quand j'ai pris ma retraite. On s'était dit : on fera un voyage à Venise. Mais un phlegmon l'a ravie à mon affection.

A ce moment, Solal reconnut avec terreur sa femme et s'éloigna rapidement. Mais lorsqu'il fut hors du cimetière, il se repentit. Quoi, n'avait-il pas le droit de voir sa femme? Il l'attendrait, il l'interrogerait. Il convoquerait les deux coupables devant son tribunal.

Il alla de long en large, majestueusement, et des spasmes secouaient les muscles de son visage excavé. Il s'arrêta, ôta la poussière de son pantalon, releva le col de son pardessus.

— Un juge doit être convenablement habillé, murmura-t-il avec un petit rire.

Mais lorsqu'il vit les deux si bien vêtus, il eut honte, cacha sa figure entre ses mains, tout en surveillant les ennemis.

Le murmure feutré de la longue automobile le révolta. Il courut. Jacques regarda avec pitié le pauvre hère qui avait posé sa main sur le poignet de la jeune femme. La voiture s'élança. Solal courut un instant. Vaincu, il s'arrêta, ramassa une pierre et la jeta sur la méchante bête qui disparut. Il s'étendit sur un talus, écarta les bras et gémit.

Une douleur froide entre les épaules le réveilla. Le vent apportait le carillon de Saint-Pierre et ses danses de bergerie. Il devait être neuf heures du soir.

— Aux Primevères !

Il était à bout de souffle lorsqu'il arriva devant la grille. Les volets étaient fermés. Il sonna. Pas de réponse. Il alla frapper au chalet du jardinier. Une fillette ouvrit, balbutia que son papa n'était pas là, oublia la crème qu'elle préparait sur un minuscule fourneau.

— Madame Aude est partie ce soir en voyage avec monsieur Jacques et le petit bébé.

— Où ? A Paris ?

— Je ne sais pas.

— Bien sûr, à Paris. N'aie pas peur de moi. Qu'est-ce que tu fais ? (Il éprouvait pour ce corps frêle une grande tendresse.)

— De la crème au chocolat.

— C'est bon?

— Je ne sais pas, dit la petite en souriant.

— Et les hommes, ils sont bons?

— Je ne sais pas. Oui.

— Tu as raison. Embrasse-moi.

Il ôta l'alliance qu'il portait encore, prit des écus posés sur le bahut et un morceau de pain. Il donna à la petite sa bague en échange. Il s'en fut à grands pas tout en dévorant le pain.

— A Paris! criait-il dans le vent.

XXXIV

Il allait et venait sur le trottoir, devant le ministère des Affaires étrangères. « Bien, je suis à Paris depuis dix jours. Bien, j'habite rue Damrémont chez une logeuse bouchère. Pourquoi encore une bouchère? Héhé! » Il eut un sourire dangereux et rusé et continua de guetter. Il savait que son beau-père allait venir. Il avait lu quelques jours auparavant que Maussane avait été chargé de constituer le nouveau cabinet. Quel vice avait cet homme de faire des ministères? Par lui, il saurait où elle habitait.

A ce moment, il aperçut Aude qu'un chauffeur à cocarde tricolore aidait à descendre de voiture. Il se décida à entrer. Mais l'huissier repoussa doucement le gueux qui ne protesta pas, baissa la tête et se borna à prier le domestique de dire à cette dame, qui venait d'entrer, que Solal habitait rue Damrémont quatre.

Puis il s'en alla, longea les quais. Il s'arrêta devant une boutique d'antiquaire sur le quai des Grands-Augustins. Un beau poignard court attira son regard. Il le considéra longtemps, eut un sourire rusé et continua sa marche. Il se coucha à minuit.

Le lendemain matin, on frappa à sa porte. Il alla ouvrir : la bouchère était devant lui, finissant un chicot de gruyère. Il lui demanda s'il y avait une lettre pour lui. Mme Glerre dédaigna de répondre à cette question absurde, eut un rire amer et parla en ces termes :

— Monsieur, on en a assez de vous ! Si c'est une habitude dans vos pays de parler comme ça à haute voix, chez nous ça ne se fait pas ! Le locataire d'à côté, un homme posé, sérieux et tout, en a assez. Si ça ne vous plaît pas, vous n'avez qu'à me payer mon dû et au revoir ! On ne sait pas de quoi vous vivez. Ah là là !

— Dites à mon voisin que je ne penserai plus, fit-il en humant un flacon d'eau de Cologne. Vous pouvez aller.

Mme Glerre se retira, assez impressionnée. Mais la vue de sa vaisselle neuve à filets d'or lui redonna de l'orgueil et elle fit claquer une porte, en criant devant la chambre de Solal :

— Ceux qui veulent gueuler n'ont qu'à aller dans leur synagogue.

Il se lava, considérant ses mains avec étonnement. Curieux. Elles bougeaient toutes seules, lui était spectateur. Dans dix jours, quel serait leur sort à ses mains, à ses pauvres amies?

— Tout de même, qui sait, peut-être lorsque ce savon sera usé, je serai heureux, je serai avec elle.

Il se trouva dehors. Pont. Place Clichy. Entraîné par le courant des passants, longeant les maisons des prospères, il allait dans les rues, fleuves nourriciers des solitaires. Il faisait glisser ses semelles et ses sourcils se soulevaient.

— Je suis un cadavre qui flotte, déclara-t-il avec un petit plaisir phosphorescent.

Un régiment passa. Il applaudit avec la foule, sans comprendre, puis bâilla : il fallait s'amuser et saupoudrer de sucre le malheur. Mais il y avait peut-être une lettre d'Aude à la maison · « La maison ! » Il courut

Mme Glerre avait achevé de conférer avec ses conseillères intimes. Elle était persuadée maintenant que son acrobate était un révolutionnaire. Ah non, merci ! Avoir des ennuis avec la police par les temps qui courent ! En présence des spectatrices excitées, la déesse, assise devant sa balance et encadrée de bovidés abattus, procéda d'une grande âme à l'exécution du suspect. Elle lui fit savoir qu'il n'avait qu'à déguerpir et à prendre une chambre chez quelque boucher israélite. Plus de logis, c'est plus logique, pensa-t-il presque avec joie.

Oubliant d'emporter sa valise, il erra jusqu'au soir. Il retourna plusieurs fois au quai des

Grands-Augustins, pour voir le joli poignard. La pluie commençait à tomber. A considérer tous ces hommes, faits comme lui en somme, un flot d'adoration montait en lui. Il se sentait le fils de tous les hommes.

— Le fils de l'homme.

Il tressaillit, se secoua et continua d'errer dans la brume, sous le regard et à l'ombre des gardiens de la paix qui profilaient leur immense sévérité.

A quatre heures du matin, il alla se coucher à la gare de Lyon. A six heures, le bruit le réveilla. La bouche ouverte, il s'absorba longtemps dans la contemplation des locomotives, sûres de leur tâche. Ses doigts fouillaient ses cheveux. Tiens, sa barbe avait poussé. Il devait avoir un autre visage maintenant. Ah oui, il fallait aller au ministère. En avant !

Il se posta inutilement pendant des heures. Pas de Maussane. Il alla s'accouder au parapet et regarda la Seine. Cinq vieux étranges s'étaient arrêtés, le regardaient, restaient patiemment auprès de lui. Que lui voulaient-ils, ces bonshommes impossibles, au regard trouble, qui extirpaient rêveusement des poils de leur barbe et les examinaient.

Lorsqu'il aperçut le commandant de Nons sortant du ministère, il dit à un des vieillards de suivre cet homme et de revenir lui dire où il était allé. Le vieux répondit au seigneur Solal par l'ouïe et par l'obéissance.

Il revint au bout de deux heures et annonça que

l'homme à l'épée était entré dans divers magasins où il avait commandé des nourritures et des luxes et que, ensuite, il avait pris une voiture sans cheval qui l'avait conduit à la gare du saint Lazare où il avait pris un billet pour la cité du saint Germain.

Saint-Germain, bien sûr. Elle avait dû louer à la municipalité cette Commanderie qui contenait encore tous ses meubles. En avant donc pour Saint-Germain !

Ses compagnons aux lévites empoussiérées de siècles et de négoces involontaires et aussi miraculeusement longues et attendrissantes que leurs barbes se mirent en branle et cheminèrent en traînant les pieds. Il ne songea pas à se débarrasser de ces vieux frères qu'il reconnaissait maintenant. Des Solal qu'il avait hospitalisés jadis dans le souterrain. Ils le regardaient avec espoir comme s'ils attendaient de lui un acte merveilleux. Ils réfléchissaient et leurs mains penseuses tordaient les fils des barbes soupçonneuses.

Lorsque le train arriva à Saint-Germain, Solal écarta les bras et respira. Enfin, il allait la voir. Il marcha rapidement. Les vieux à bonnet de fourrure suivaient comme ils pouvaient.

La Commanderie. Il était sûr qu'elle était là, sa fiancée qu'il aimait de toutes ses veines. Elle le verrait, elle comprendrait et elle lui ouvrirait ses bras et ce serait le recommencement.

Il regarda à travers les buissons. Aude et

Jacques étaient assis dans le jardin ensoleillé. Comme elle était belle. Tiens, costume d'équitation. Elle faisait du cheval pendant que lui, son mari, faisait du trottoir depuis des mois. Et elle devait se plaire à chevaucher en compagnie de ce magnifique officier si bronzé. « Jacques est devenu un homme et Solal est un malheureux. »

Un domestique apporta le thé. Étincellement des cristaux taillés et des objets de vermeil. Et le petit enfant inconnu, dont il ne distinguait pas le visage, qui dormait dans du rose. Son enfant.

Aude servit Jacques avec un joli sourire qui montra ses magnifiques dents éclatantes au soleil. Peu après, le jardinier amena deux chevaux.

— Votre Sadi s'impatiente, dit-elle à Jacques. Allez toujours. Je vous rejoindrai à la Charmeraie. Il faut que je donne des ordres.

Elle ouvrit la porte au moment même où il se préparait à sonner. Elle fronça les sourcils, puis le considéra droit, avec l'acuité solaire des blondes. Elle était d'une lignée qui n'avait pas eu peur depuis des siècles.

— Que voulez-vous?

Il sourit, tendit la main. Elle recula légèrement.

— Bonjour, dit-il timidement en laissant retomber sa main dédaignée.

— Que voulez-vous?

— Aude, tu es ma femme, balbutia-t-il après un long silence d'adoration.

Affaibli par plusieurs journées de marche sans

trêve et de faim, il s'appuya sur la table. La théière tomba et se brisa. Il ramassa les morceaux, les contempla.

— Ce n'est rien, dit-il avec un pauvre sourire.

— Partez. Je vous prie de partir.

Il tremblait et ses doigts tourmentaient la nappe de la table. Il détestait ce sourire humble qu'il ne pouvait pas réprimer. Il prit un biscuit et le mangea, la pensée ailleurs. Elle le regardait avec un peu de dégoût. Puis il recommença son affirmation obstinée :

— Tu es ma femme, tu es ma femme, tu es ma femme.

Il but avidement le thé qui restait dans une tasse puis il jeta la tasse.

— Viens avec moi. Je suis malheureux. Je suis misérable. Regarde dans quel état je suis à cause de toi.

Elle revoyait le temps maudit de la rue Calvin.

— N'approchez pas.

Il se mit à rire, ivre de douleur. Eh quoi, il l'avait déflorée, cette femme, il avait été le maître de cette femme, il avait écarté les genoux de cette femme ! Il avança la main. Elle recula. Il la prit par les épaules et voulut baiser ses lèvres. Elle le repoussa violemment, leva sa cravache.

La strie était rouge sur le visage devenu blanc. Il regarda sa femme. Celle que, tout à l'heure, il était si sûr de trouver pitoyable à sa douleur. Les yeux pleins de larmes, dans un défi douloureux, il tendit la joue offensée. Comme emportée par un démon, pour se châtier peut-être de son remords, elle frappa une seconde fois. Il la regarda longuement, hocha la tête, puis traversa le jardin, le dos courbé, la main contre la joue qui saignait maintenant.

Derrière la grille, les vieillards attendaient. Ils le suivirent en silence. L'un d'eux baisa la main de l'offensé. Toute la nuit, ils marchèrent dans la forêt. A l'aube, les vieux frères le conduisirent vers la gare.

Des rues. Paris, oui, c'était Paris. Tous ces condamnés à mort autour de lui qui marchaient, ces femmes qui trahissaient. Les raies du trottoir zigzaguaient, les murs des maisons tremblaient, des mouches bourdonnaient. Il ordonna aux vieillards de partir. Ils feignirent d'obéir mais continuèrent à le suivre de loin.

Chambre des Députés. Il avait parlé là-dedans. Quel silence quand le jeune ministre gravissait l'escalier de la tribune.

Pont. Des hommes. Des hommes. Tous ces singes savants marchaient sur deux pattes.

Quai des Grands-Augustins. Il s'arrêta devant la petite boutique. Il entra, s'enquit avec insolence. La marchande effrayée n'osa pas le renvoyer et lui dit que c'était une dague miséricorde du XIIIe siècle. Miséricorde ! Il rit et sortit. Il ne savait où aller, bâillait de faim et ne songeait même pas à se procurer de la nourriture.

Il était donc allé vers sa femme avec tout son

espoir, avec son attente naïve, et maintenant il portait un signe d'amour, deux signes d'amour sur sa joue de vingt siècles. Faim, oui, faim. Froid surtout. Il aurait dû manger la crème au chocolat de la petite fille. Quand avait-il vu cette petite fille ? Bonne petite fille. Mais non, une ennemie aussi, celle-là, plus tard !

Il marchait sans répit. Rues et rues. Sa fatigue l'engourdissait, et il était porté sur les vagues de sa fatigue. Seul. Totalement abandonné. Insulté par tous. Tous ces gens qui se retournaient et se moquaient de ses saintes balafres. Il était mort. Le plus mort des hommes. Oh, appuyer sa tête sur l'épaule d'Adrienne et dormir pendant des années.

Un aveugle, pourvu d'un orgue, triturait un air. Entre la misère de ce malheureux et la sienne, il lui semblait découvrir un lien mystérieux, un lien de causalité qui se perdait dans l'infini de sa vie. Il reprit sa marche. C'était la nuit maintenant.

Une place. Une foire. Dans le noir, troué de lampes tristes, un autre orgue ruminait les joies acétylénées du peuple. Des chevaux de bois tournaient à vide. Le petit patron des balançoires délaissées se balançait en faisant le gai pour engager les clients. Solal le regarda avec tendresse.

Devant Notre-Dame, une douceur l'arrêta. Cette cathédrale était une maison de bonté. Les hommes enlevaient leurs armes en entrant. Et puis c'était la nuit, la bonne nuit, sa sœur la nuit. L'eau du fleuve coulait avec tendresse. La place déserte était entourée de grandes faces mélancoliques.

Il s'aperçut qu'il dansait et sa danse le consolait. Devant ces rois de pierre, il dansait. Il était l'holocauste et le temple. Les étoiles le regardaient avec compassion. Là-haut, les yeux de ses anciens morts le bénissaient.

Le froid du matin le réveilla sur les marches de la cathédrale. Grelottant, il reprit son vagabondage éternel. Quai des Grands-Augustins. Il était sept heures du matin. Les hommes lavés allaient vers leur travail. Ils allaient s'insérer dans leurs cubes, chacun heureux devant son engrenage. Et lui, il avait faim et il était une revendication.

La balafre. Sa femme l'avait frappé. Ses yeux étincelèrent. Évidemment, qui craindrait, qui aurait peur de frapper une larve ? Quelles souffrances lui avait apportées cette femme ! Vivre sans elle désormais, ne plus voir son regard, ne plus jouir de sa noblesse, ne plus être aimé. Pourquoi vivre ?

Tous ces. Ces maudits se moquaient de lui et le menaçaient. Et ils savaient ce qu'il était. Ils étaient parfaitement au courant. Ces imbéciles connaissaient son malheur. Ah, une épidémie pour leur faire cesser cette marche rectiligne qu'ils avaient, ces convenables, ces assurés de leur lendemain ! « Pauvres. En réalité, même en ce moment, je les aime. »

Glacé de faim, il entra dans un corridor. Ces pots de lait étaient tentants. Mais il eut honte et calma sa faim en buvant à la fontaine d'un square

Il alla s'asseoir sur un banc. Une femme était près de lui. D'une voix détachée, pour dire sans danger la vérité, d'une voix indifférente comme s'il s'agissait d'une réminiscence, comme s'il récitait un lambeau de poème :

— Je suis le Seigneur, déclara-t-il.

L'ouvrière regarda ce détraqué aux habits déchirés qui tremblait de tous ses membres. Il se leva, marcha rapidement. Des rues, des hommes. Que d'hommes. Jamais tant d'hommes sur la terre. Que de condamnés. Rue Damrémont.

Attention, ne pas s'ennuyer. La douleur profite de la première fissure d'ennui et s'insinue avec son cortège. Pour s'amuser, pour passer le temps, il pressa le globe de son œil. Une vraie rue était en haut, une moins véritable, en bas et à droite, chevauchait sur la première. On fait ce qu'on peut.

Il chantonna, bourdonna, comme il en avait pris l'habitude depuis des semaines. Pourquoi se trouvait-il rue Damrémont ? Ah oui, il avait habité autrefois dans cette rue. Deux jeunes filles passèrent. Pour n'être pas seul, il régla son pas sur le leur.

— Tiens, Jésus-Christ qui est revenu dans le quartier, fit la blonde.

Toujours ce nom ! Ah oui, c'était ainsi qu'on

l'avait appelé dès son arrivée. Mme Glerre le lui avait dit sardoniquement. Ils l'appelaient sans doute ainsi à cause de sa barbe. Il toucha les poils de son visage avec majesté. Il portait une barbe maintenant, il n'était plus Solal au visage nu d'autrefois mais un roi très majestueux certainement et persécuté. Sa main droite faisait de grands gestes mécaniques et solennels. Des enfants le suivaient, riaient de ses sourcils qui se soulevaient, de ses soliloques et de ses gestes oratoires.

— Regarde voir Jésus! — Comme il est bien habillé, Jésus-Christ! — Elle te fait mal ta joue, Jésus?

— Doucement, enfants, dit-il en se retournant avec un sourire hagard et en aimant soudain de toute son âme ces petits.

Un des enfants lança avec violence une orange qui souilla les cheveux et la barbe de Solal. Un garçon boucher écrivit: « Je suis un piqué » sur un papier qu'il épingla au pardessus du misérable qui souriait aux enfants et levait ses mains tremblantes pour leur jeter un sort de bonheur.

Bâillant de faim, il entra dans un café de la rue Caulaincourt, demanda du lait chaud et du pain, beaucoup de pain. Des étudiants qui étaient en train de composer une invitation de bal en vieux français le regardèrent avec esprit. Ce garçon de café avait une cravache. Assez de tortures! Tous ces gens avaient des cravaches. Mal. Mal à la joue.

— Je n'ai pas de quoi payer, dit-il d'un ton menaçant.

— On payera pour lui! cria un étudiant.

Solal tourna un regard d'amour vers le jeune homme, se souleva avec peine et le salua en souriant. Sur sa barbe les fibrilles d'orange tremblèrent. Oui, oui, la petite avait raison. Les hommes étaient bons. Merci, mon Dieu, merci. Aude, je te pardonne.

— On payera pour l'ami, à condition qu'il nous fasse un laïus! — C'est ça, dit un autre étudiant. — Vas-y, Jésus, une parabole!

Il repoussa le verre de lait et se dressa, les yeux flamboyants. On s'était encore moqué de lui! Une fois encore, on l'avait fouetté! Il voulut dire des paroles terribles, ne les trouva pas et sortit. Il fit quelques pas, se dirigea vers une vieille dame pacifique, une propriétaire qui venait de toucher les loyers, mains tragiquement serrées sur le fermoir du réticule.

— Je suis Juif, fils de Juif, lui dit le fou d'une voix douce et enivrée. Je suis le roi des Juifs, je suis le prince de l'exil!

Les vieillards qui n'avaient cessé de suivre l'homme de douleur étaient près de lui et l'écoutaient avec attention. Il aurait voulu pleurer, mais sa gorge était dure. Il était au comble de la misère et du traquenard. Les vieillards connaissaient la vie de cet homme et ils espéraient en cet homme qui avait été puissant autrefois et qui peut-être serait plus tard un sauveur en Israël.

Le pauvre sauveur s'assit sur le trottoir. Un rayon de soleil irisait ses larmes. Des femmes s'attendrirent, des hommes gênés s'éloignèrent. Une vendeuse de journaux se pencha, lui caressa l'épaule et lui parla.

Mais le fou n'entendait pas, ne voyait pas. Il bénissait ces gens et toute la ville. Une complainte chantait en lui, une vieille compagne. Il était solidaire de son peuple, il était la souffrance et l'humiliation de son peuple. Il était le chassé, le lépreux, le honni, le balafré. Cependant, la fierté et l'émotion qui s'étaient emparées de lui ne l'empêchèrent pas d'apercevoir un sergent de ville qui s'avançait, vêtu de gravité. Il eut un coup d'œil rusé et se leva aussitôt.

Dans sa marche sans trêve, il arriva devant un hôpital. Des gens souffraient là-dedans. Tant mieux. Au moins, il n'était pas seul à souffrir. Ah, il n'accepterait plus de balafres, maintenant! Et bientôt il rétablirait la justice. L'heure du châtiment était venue.

Il entra dans une pâtisserie. Trois brioches sur un plat. Il les agrippa et les engloutit en quelques mouvements brusques et précis. Tout lui appartenait. Il avait droit magique sur tout.

— Encore, dit-il d'une voix enrouée à la petite commise.

Qui tromperait-elle, cette stupide fille qui avait des cuisses ciseaux et un ventre plein d'ordures et un sale petit cœur-cerveau placé le diable savait où. En somme il s'amusait même quand il souffrait à mort. Il sortit sans payer. La commise protesta. Il la repoussa violemment et s'en fut à grandes enjambées, suivant un énorme chat galeux qui rasait les murs.

Ce chat c'était sa vie. La bien-aimée d'autre-fois. Elle le méprisait. Ils étaient heureux, tous ces gens. Et lui, il était le chat galeux, le sale Juif. Ce gendarme le surveillait. Tous ces hommes avec leurs yeux mornes, si atrocement indifférents. Et ces pimpantes fardées qui cachaient leurs organes malodorants sous leurs robes parfumées. « Je crache sur vous tous. Vaincu par vous, par votre organisation, votre système. Mais je suis supé-rieur à vous. Celle-ci sourit avec distinction et sentimentalité parce qu'elle vient de lâcher son soulagement dans quelque obscur retrait. Mau-vais, tous mauvais. Canailles. Ils parlent de justice, d'amour, de collaboration de classes. Hypocrites. Collaboration ! Le pauvre a faim. Le riche l'aide, il mange pour le pauvre. Ils se partagent la besogne, évidemment. Haha. L'un a le désir, l'autre a l'accomplissement. Assez. Que m'importent ces singes qui se prennent au sérieux sur leurs deux pattes. »

Quai des Grands-Augustins. Il n'y avait per-sonne dans la boutique. Il entra, prit tranquille-ment le poignard et sortit en sifflant. Les deux balafres lui faisaient mal.

Il ne s'étonna pas de voir son cousin Saül. Qu'est-ce qu'il lui voulait, cet idiot qui le considé-rait avec pitié ? Ils marchèrent ensemble. Les réverbères éclairaient de temps à autre les tourments de leurs visages.

— Je n'ai pas le temps de te parler. Maintenant je vais prendre le train pour Saint-Germain. J'ai des affaires, des comptes à régler là-bas. Tu es fou et moi aussi. Et je crache sur toi ! Quels crimes médites-tu ? Donne-moi de l'argent, je vais acheter des fleurs pour ma fiancée.

Il sortit du magasin, tenant avec gravité un bouquet, insoucieux des commentaires qu'il provoquait. Il regarda sa silhouette dans une vitrine. Le manteau était souillé et déchiré, mais la magnificence des fleurs répondait au faste des cheveux sombres et étincelants. Il jeta le papier blanc qui entourait les roses. L'odeur de ces fleurs nues était bienfaisante. Il cligna de l'œil à Saül pour lui montrer un magasin de pompes funèbres, éclairé au gaz. Un gendarme lança sur les deux un regard universel. Solal eut un sourire malin.

— Il faut que nous te parlions, dit Saül. Nous avons quelque chose de grave à te demander.

— Venez à Saint-Germain demain. La Commanderie. Quand le soleil se lèvera, je vous écouterai pendant mille ans.

Il s'en fut avec violence. Là-bas, Saül s'entretenait avec les cinq vieillards. Solal alla longtemps, tenant ses roses et, dissimulé dans sa manche, le poignard. Encore ce chat immonde devant lui. Un spasme continuel et refréné vivait dans cette sale cage solide de la poitrine, un spasme de sanglot durcissait sa gorge. Il se retourna. Son

464

cousin avait disparu. Une hallucination, peut-être, comme souvent, lorsqu'il lui semblait voir ou entendre les trois frères.

Gare Saint-Lazare. Guichet.

— Oui, Saint-Germain. Non, pas de billet de retour. (Il ricana.)

Il souffrait dans la solitude. Ah, être un enfant comme autrefois et courir au soleil, deux perles dans la main. Ces jours heureux étaient finis. Et pourtant, il aurait pu connaître la joie. Et tous ces gens qui l'observaient avec méfiance. Que faire? répétaient les essieux.

Il se mit à la fenêtre et hurla de douleur, de peur et de rage contre sa vie. Le contrôleur était debout devant lui. Solal lui répondit avec timidité. Et pourtant, avec ce poignard qu'il tenait dans sa poche, il pourrait, haha, empêcher cet homme heureux de rentrer chez lui et d'y trouver son père et sa femme et ses enfants.

Il alla s'asseoir. Dans le compartiment obscur, il avait peur de ce qu'il allait faire bientôt.

XXXV

Il posa une échelle contre le mur et monta doucement. A travers la fente du volet, il vit le baiser que Jacques et Aude échangeaient.

Ne plus regarder. Dormir d'abord. Mais où? L'écurie. Il ouvrit la porte, se laissa tomber sur la litière. Les deux chevaux tournèrent leur tête comme pour interroger tristement, puis reprirent leur réflexion.

Le bruit de la grille le réveilla. Il se leva, courut, reconnut la silhouette de Jacques qui partait. Il monta de nouveau sur l'échelle et considéra la maudite. Pourquoi prenait-elle ce pavot ? Elle avait des insomnies peut-être. Les premiers mois de leur mariage, elle ne parvenait pas à s'endormir et buvait parfois cette infusion de pavot. Comme elle coupait bien ce pavot. Ces gens faisaient tout soigneusement. Elle avait les mêmes beaux gestes que lorsqu'elle n'était pas seule. Elle était gracieuse pour elle-même, la païenne !

Il attendit longtemps avant de pénétrer dans la maison. La porte d'entrée était fermée à clef. Il fit le tour de la maison, descendit quelques marches, pesa sur la porte de la cave. La serrure céda. A tâtons il marcha, gravit d'autres escaliers, ouvrit avec précaution, entra dans le salon, alluma.

Comme elle avait su changer l'aspect de l'ancienne maison. Et l'argent ? Ah bien sûr, le vieux Sarles était mort. Portraits de famille, beaux fauteuils, murs tapissés de soie.

Il s'assit, porta la main au visage balafré par cette infidèle qui donnait ses lèvres à un autre. Il sortit le poignard, en essaya le tranchant sur le velours d'un fauteuil. Il eut un rictus de décision et sortit du salon.

Les escaliers craquaient sous ses pas. Deuxième

étage. Il entra dans sa chambre d'autrefois. Au rayon de lune, il reconnut sa malle. Il l'ouvrit. Doucement. Ne pas faire de bruit. Ne pas la réveiller.

Et dans ce coffret qu'y avait-il? Avec le poignard, il fit sauter la serrure. Le collier d'Adrienne. Il l'avait oublié. Pauvre bonne Adrienne. Ces perles serviraient. Il pardonnerait à Aude morte et il parerait son immobilité. Lui aussi se devait d'être beau en cette dernière nuit.

Il ôta ses vêtements déchirés. Il fit couler l'eau dans la baignoire. Trop de bruit. Non, la chambre d'Aude était éloignée et les murs étaient épais. Elle n'entendrait pas. Il lava longuement son beau corps. Dans une armoire, il aperçut les sept costumes russes. Il en prit un.

— Je le mettrai. Et s'il me plaît à moi d'être fou? Je crache sur vous, imbéciles!

Oui. Et maintenant rendre net ce visage. Il chercha dans les tiroirs, trouva le rasoir. Il fit courir plusieurs fois la lame sur ses joues. L'ancien visage apparut, irradié de jeunesse, plus beau que jamais.

Pendant qu'il passait le large pantalon de velours noir, les bottes molles, la blouse de lin serrée par une tresse d'or, il pensait à l'acte horrible qu'il allait commettre. La lune, mêlée au début de l'aurore, versait son lait bleuissant. Il aperçut le châle hébraïque de prière, le déploya et le posa sur ses épaules. Maintenant, il était un prince couvert de soie et de franges.

— Ils se moquent de toi. Qu'ils se moquent, les pauvres ! Comment comprendraient-ils ?

Dans une main les perles, dans l'autre la dague illuminante, il descendit, animé de joie et de défi archangélique. Il était Solal et qui pouvait en cette heure l'empêcher d'être Solal ?

Il poussa doucement la porte. Aude dormait du sommeil profond d'une créature heureuse. Il regarda ces yeux clos, ces lèvres qui, soudain, prononcèrent avec douceur le nom de Jacques. Il prit le poignard au beau tranchant et considéra la coupable, la cause de ses malheurs, la cavalière cruelle dont il portait le mépris marqué sur sa face. Mais il leva les yeux et il s'aperçut dans le miroir, les mains illuminées de perles et le visage éblouissant. La bonté était une lumière de Dieu sur le visage de cet homme. Il tomba à genoux et il loua Dieu. — Dieu de bonté, Dieu de bonté, Dieu de bonté. Terrible Dieu de bonté. Seigneur sur terre et dans mon cœur.

Il ne sut où poser le collier de perles et le passa autour de son cou. Aude se plaignit, respira plus doucement, se tourna vers le mur et se découvrit. Cette femme saine dormait nue. Un premier rayon de soleil toucha le corps dense et long. Comme le pavot l'avait endormie.

Il regarda cette vie. Des larmes de pitié montèrent à ses yeux. Comme un être vivant était beau et infiniment adorable ! Devant la fenêtre ouverte, une branche fleurie se balançait sous le poids d'un rouge-gorge Avec le poignard il coupa une fleur, posa l'offrande au pied du lit et sortit.

Il savait qu'il ne reverrait jamais plus cette maison et que sa femme allait être bientôt la femme d'un autre. Mais il éprouvait devant cette femme endormie un sentiment puissant et mystérieux de reconnaissance. Oui, elle m'a frappé. Qu'elle soit bénie. Oui, j'ai souffert par elle. Qu'elle soit bénie en vérité. Elle a brisé ma vie. Qu'elle soit bénie et tous les hommes de la terre avec elle.

— Dieu, Dieu, balbutiait-il en regardant ses mains.

Mais voir son fils, avant de mourir. Il poussa une autre porte. Voici le berceau, voici le fils de Solal. Il ne savait même pas quel nom elle lui avait donné.

— Dieu de mes pères, reçois cet enfant dans Ton alliance sous le nom de David, fils de Solal.

L'enfant se réveilla, sourit. Solal le souleva avec précaution, l'emporta serré contre sa poitrine et sortit.

Dans le jardin, le vent fit palpiter la soie de prière. L'enfant réveillé jouait avec la poignée de la dague. La porte de l'écurie était ouverte et le cheval blanc hennissait au soleil apparu. Solal posa sa joue contre le garrot.

— Tu veux sortir ? Et pourquoi pas, frère ? (Il défit le licol.) Si c'est ton plaisir, sors et réjouis-toi du jour nouveau. Nous sommes amis, toi et moi. Enfants de Dieu, toi et moi.

Silencieux, satisfaits, dociles, la bête et l'homme allèrent sur la route fraîche. Solal portait son enfant sur son bras droit et sa main gauche s'accrochait à la crinière du cheval. Il marchait, distrait et heureux. Un vagabond les croisa. Solal rompit le collier, garda deux perles, comme au jour lointain d'Adrienne, et fit don du reste au misérable.

— Prends-les et vis dans l'allégresse. Mais auparavant, auparavant, père, bénis-moi.

Il s'éloigna, serrant plus fort son enfant qui ne pleurait pas, souriait, le regardait avec une miraculeuse confiance. Son enfant, son petit enfant qui ne savait rien du monde, qui ne savait pas encore ce qu'est un père et ce qu'est la mort et ce qu'est la douleur qui fait désirer la mort.

Il se décida, leva le bras et un sourire affreux se dessina sur ses lèvres de belle fleur. Son regard était rebelle. Le soleil qui brillait sur le poignard haut levé coula, pénétra d'un seul jet dans la poitrine.

Il retira l'arme où perlaient quelques gouttes de sang. Ses jambes tremblaient et son corps était léger. Maintenant, il fallait hâter la venue de la mort en marchant. Autour de lui, la vie. Les abeilles réchauffées par le soleil grondaient activement. Tout vivait. Le sang des arbres circulait. Un oiselet heureux de la fraîcheur matinale se rengorgeait, gonflait ses plumes brillantes de rosée, se lissait, satisfait de ses petites pattes et de l'univers.

Deux filles venaient. Il prit l'enfant contre son cœur pour cacher le sang qui coulait. La merveilleuse blonde serra sa ceinture puis se mit à rire pour attirer le regard de l'étrange prince, pour lui dire la fraîcheur de son corps, pour lui montrer qu'elle ne faisait pas attention à lui, pour cacher son émoi de vierge. Il ressentait une douleur vivante dans le dos. Comment pouvait-il aller encore ? Il sourit aux filles qui s'éloignèrent, entrèrent dans le bois et chantèrent. Leurs voix se liaient dans un appel de vie. Elles l'attendaient peut-être dans le bois. Trop tard. Que de beautés perdues.

Le cheval blanc suivait fidèlement. Solal arracha la branche d'un arbre, mordit une fleur. Le vent léger soufflait des senteurs tièdes. Trop tard. Il ricana de joie, vengé de lui-même. Erreur sur erreur. Il y avait la vie, il y avait Solal et pourquoi avait-il détruit la vie en Solal ? Comme il marchait avec peine, il s'assit, déposa sur l'herbe le petit qui s'endormit aussitôt.

Aude se réveilla en sursaut, vit la fleur sur son lit, s'élança vers la chambre de l'enfant. Le berceau vide. Dans un éclair, elle comprit. Le fou était venu voler l'enfant ! Haletante, sans prendre garde à sa nudité, elle sortit. Là-bas, ils étaient là-bas, à la lisière du petit bois. Elle courut.

Solal, la main soulevée, immobile et si blanche. Son visage était indifférent, doux et fort. La mort avait posé sur lui sa simplicité.

XXXVI

Sortis des plus secrètes demeures de la Commanderie, qu'ils avaient continué d'habiter dans l'attente d'un miracle, les cinq vieillards, les trois frères, d'autres vieillards, des gueux, des illuminés et des femmes contemplaient Solal étendu. Et voici, il tressaillit et se leva, et une femme jeta un voile sur Aude qui considérait le mystère de l'homme mort et ressuscité. Solal posa la main sur sa blessure, porta aux lèvres ses doigts trempés de vin charnel et bénit la vie. Il ne savait plus pourquoi il avait voulu mourir. Son cœur battait. Que pouvait un peu d'acier contre ce cœur de Solal ? Ils l'avaient cru mort et il n'était pas mort. Et voici, le sang ne coulait plus de sa poitrine nue que le soleil dorait. O race de vivants.

Il se prosterna jusqu'à terre devant cette femme du passé qui tenait contre elle son enfant, baisa la terre, se leva et oublia sa vie passée. Il était d'autres vies. Il était de nouvelles et plus royales tristesses. Des appels plus déchirants et plus nobles se faisaient entendre du côté du soleil. Il était impatient de partir et de vivre.

Les miséreux aidèrent le vivant à monter sur le cheval blanc. Ils lui présentèrent son fils qu'il présenta au soleil. Il baisa son fils aux lèvres et le rendit à celle qui l'avait enfanté. Il eut un rire et le cheval obéit et alla et les miséreux suivirent. Il était d'autres vies et il était d'autres femmes. Le cavalier du matin souleva une jeune merveilleuse fille qui marchait à sa droite et il posa un soleil sur ses lèvres. La vie était odorante de toutes fleurs. Sur une branche un fruit qu'il arracha et ses dents étincelèrent et toutes les misères du passé avaient disparu.

Pur et soudain grave, il demanda aux serviteurs où ils le conduisaient. Et ils lui répondirent : Seigneur, tu le sais. Au carrefour, un miséreux, assis sur sa malle cloutée, les attendait. Au bord de la route, un autre écartait les mains en rayons et attendait.

Des paysans appuyés sur leurs bêches se moquaient de l'absurde passage et des errants aux yeux d'espoir. Une pierre lancée blessa le visage du cavalier au torse nu. Le soleil illuminait les larmes du seigneur ensanglanté au sourire rebelle qui allait, fou d'amour pour la terre et couronné de beauté, vers demain et sa merveilleuse défaite. Au ciel un oiseau royal éployait son vol. Solal chevauchait et il regardait le soleil face à face.

DU MÊME AUTEUR

Aux Éditions Gallimard

MANGECLOUS, *roman* (Folio n° 1170)
LE LIVRE DE MA MÈRE (Folio n° 561 et Folio Plus n° 2)
ÉZÉCHIEL, *théâtre*
LES VALEUREUX, *roman* (Folio n° 1740)
Ô VOUS, FRÈRES HUMAINS (Folio n° 1915)
CARNETS 1978 (Folio n° 2434)
BELLE DU SEIGNEUR, *roman* (Folio n° 3039)

Dans la Bibliothèque de la Pléiade

BELLE DU SEIGNEUR
ŒUVRES

Impression Bussière
à Saint-Amand (Cher),
le 2 février 2005.
Dépôt légal : février 2005.
1ᵉʳ dépôt légal dans la collection : avril 1981.
Numéro d'imprimeur : 050451/1.
ISBN 2-07-037269-3./Imprimé en France.